TOR

MIRA VALENTIN

DRUIDEN-DÄMMERUNG

TOR

Aus Verantwortung für die Umwelt hat sich der S. Fischer Verlag zu einer nachhaltigen Buchproduktion verpflichtet. Der bewusste Umgang mit unseren Ressourcen, der Schutz unseres Klimas und der Natur gehören zu unseren obersten Unternehmenszielen.

Gemeinsam mit unseren Partnern und Lieferanten setzen wir uns für eine klimaneutrale Buchproduktion ein, die den Erwerb von Klimazertifikaten zur Kompensation des CO_2-Ausstoßes einschließt.

Weitere Informationen finden Sie unter: www.klimaneutralerverlag.de

MIX
Papier aus verantwortungsvollen Quellen
FSC® C014496
FSC
www.fsc.org

Erschienen bei FISCHER Tor
Frankfurt am Main, Dezember 2022

Satz: Pinkuin Satz und Datentechnik, Berlin
Druck und Bindung: GGP Media GmbH, Pößneck
Printed in Germany
ISBN 978-3-596-70693-8

MONSTERMILCH

Ein schneller Tod war das Beste, was die Ziege noch vom Leben erwarten konnte. Sie hatte Glück. Anstatt wie üblich mit seiner Beute zu spielen, schloss der Redcap seine sehnigen Finger um den Brustkorb des Tieres und riss mit einem einzigen Ruck Rippen und Fleisch auseinander. Schmatzend starrte der Gnom mit vor Hunger glänzenden Augen auf das Herz, das soeben seinen letzten Schlag tat. Ein entzücktes Seufzen entwich ihm. Dann krümmte er den Hals, tauchte seinen gesamten Kopf in das Innere des Kadavers, suhlte sich darin wie ein Verdurstender und hörte nicht auf, ehe seine Zipfelmütze bis über beide Ohrenklappen in der Farbe des Todes erstrahlte: Rot. Dieses erschreckende Ritual, welches die Redcaps mit jedem Opfer vollzogen, hatte ihnen auch ihren Namen eingebracht.

Angewidert wich Mylo einen Schritt zurück und betrachtete das Gemetzel. Von allen Wesen im Druidenwald hasste er die Redcaps am meisten. Sie waren gewissenlos und brutal, vollkommen unfähig zu menschlichen Regungen wie Barmherzigkeit oder Gnade, obgleich sie auf den ersten Blick wie harmlose Kinder mit dürren Ärmchen wirkten. Sah man jedoch genauer hin, so fielen einem die langen Krallen und das hasserfüllte Funkeln in ihren tiefschwarzen Augen auf.

Mylo war von Natur aus keiner, der das Leben leichtnahm. Selbst unter den Druiden der Orkneys, die nicht gerade für ihre ausgelassenen Gelage bekannt waren, galt er als verschlossen. Aber das Gefühl, das ihn regelmäßig beim Besuch des Redcap-Geheges überkam, war so abgrundtief düster, dass er den Blick zum Himmel wandte, um sich davon zu überzeugen, dass es noch eine Sonne gab.

Unterdessen hatten auch die restlichen Gnome in dem Käfig festgestellt, dass Nahrung eingetroffen war. Einer nach dem anderen krochen sie zum Fressen aus ihren Felsspalten, Höhlen oder Baumlöchern. Die kleine Ziegenherde, die Mylo in das Gehege getrieben hatte, war nach dem ersten Angriff zitternd in einer Ecke stehen geblieben. Zusammengerottet und mit weit aufgerissenen Augen verharrten die Tierchen eng aneinandergedrängt. Doch dann erklang ein vielstimmiges Fauchen, und der erste Gnom hetzte auf seine Beute zu. Laut meckernd stoben die Ziegen in alle Richtungen davon – ein sinnloses Unterfangen, denn keine entkam den Klauen, die von überallher nach ihnen griffen. Schon bald war die Luft von Todesschreien vergiftet, und der felsige Untergrund verwandelte sich in ein Flussbett, das dunkelrote Fluten führte.

Mylo zwang sich zum Weiteratmen, obgleich seine Kehle sich zusammenschnürte – wie immer bei diesem Anblick. Bilder der Vergangenheit schlichen sich in seine Gedanken, doch er drängte sie beiseite und zog die Mauer um sein Herz höher, um ertragen zu können, was seine Augen sahen.

Für die grausamen Gnome war der Fütterungstag gleichbedeutend mit der Rettung vor dem sicheren Tod, denn sie starben, sobald der letzte Tropfen Blut in ihren Mützen getrocknet war. Mindestens einmal pro Woche benötigten sie frisches Blut, wollte man verhindern, dass sie sich gegenseitig aufschlitzten, um ihre Kopfbedeckungen zu tränken. Hätte jemand Mylo nach seiner Meinung gefragt, so hätte er vorgeschlagen, das Gehege einfach niederzubrennen. Aber keiner der Druiden interessierte sich für die ketzerischen Gedanken eines Anwärters, der noch nicht einmal in den magischen Zirkel aufgenommen worden war, sondern lediglich zur Monsterpflege taugte.

Während die übrigen Redcaps ihr blutiges Ritual vollzogen, war der erste schon zum Fressen übergegangen. Er schlug seine spitzen Zähne ins Fleisch der Ziege, riss einen großen Brocken heraus und schlang ihn gierig mitsamt Haut und Fell hinunter. Mylo schauderte.

Unerwartet zupfte etwas an seinem Hosenbein. »Wenn du mir Süßes gibst, helfe ich dir beim Aufräumen«, ertönte eine piepsige Stimme.

Er wandte den Blick nach unten und bemerkte einen kleinen Brownie, der sich klammheimlich herangeschlichen hatte. Nun stand er vor dem Gitter, die runzeligen Hände in den Hosentaschen, und betrachtete die Redcaps mit einer Mischung aus Abscheu und Faszination. Dass er am helllichten Tag hier auftauchte und das Wort an einen Menschen richtete, war ungewöhnlich. Normalerweise blieben diese kleinen Hausgeister stets unter sich. Nur des Nachts kamen sie aus ihren Ritzen gekrochen, erledigten anfallende Arbeiten in der Küche und verschwanden vor Sonnenaufgang ungesehen wieder in irgendwelchen Löchern. Brownies gehörten zu den wenigen freundlichen Sagenwesen – auch »Lichtwesen« genannt –, die sich freiwillig im Druidenwald angesiedelt hatten und daher nicht hinter eisernen Gittern gefangen gehalten wurden. Es waren kleine Kobolde mit faltigen Gesichtern, lockigem Haar und stets braunem Gewand. Männer, Frauen und Kinder waren nur schwer auseinanderzuhalten, da sie alle Runzeln und einen dünnen Bartflaum am Kinn hatten. Der übertrieben lässigen Haltung nach vermutete Mylo in dem Besucher jedoch einen jungen Mann.

»Ich habe nichts Süßes«, gab er zu, obwohl das Angebot des Brownies ihn durchaus reizte. Er betrat das Gehege der Redcaps nicht gerne, denn zuweilen griffen sie ihn trotz des Druidenbluts in seinen Adern und der Eisenwaffen, die er mit sich führte, an. Meist blieb es beim Rempeln, Kratzen und Treten – doch das war schlimm genug. Und es schien von Mal zu Mal heftiger zu werden, wie bei einem Rudel junger Wölfe, die austesteten, wie weit sie gehen konnten. Ganz klar war Mylo nicht zum Wildhüter geboren worden, doch keiner der ausgebildeten Druiden ließ sich zu einer derart niederen Tätigkeit herab. Bescheidenheit und Duldsamkeit sei das oberste Gut aller Anwärter, die darauf hofften, dereinst von den Göttern als magisches Gefäß erwählt zu werden, behaupteten die Meister.

»Nun … dann vielleicht ein Schlückchen Milch?« Der Kobold zeigte auf die Ladefläche des Wagens, wo neben mehreren aufeinandergestapelten Hühnerkäfigen und fünf Trögen voller Fisch noch zwei Weinfässer sowie ein verkorkter Tonkrug standen.

»Die Milch ist für die Banshee. Sie freut sich die ganze Woche auf diesen Genuss und wäre nicht begeistert, wenn sie stattdessen mit Wasser vorliebnehmen müsste.«

»Ooooch!«, schmollte der Brownie. »Nur ein winziges Schlückchen! Sie wird nicht einmal merken, dass etwas fehlt!« Er schürzte die Lippen und setzte einen Hundeblick auf, der selbst ein so sorgfältig eingemauertes Herz wie das von Mylo erweichte.

»Ein Schluck Milch, und du räumst alle Knochen aus dem Gehege?«

»Bis auf das letzte Schlüsselbein, Ehrenwort!« Drei kurze Wurstfinger erhoben sich zum Schwur.

Mylo stemmte die Hände in die Hüften. »Du willst mich an der Nase herumführen. Ziegen haben keine Schlüsselbeine. Ich weiß das, weil ich ihre Knochen oft genug aufgesammelt habe«, brummte er.

Der Brownie ließ sich von seiner offensichtlichen Ablehnung nicht beeindrucken. »Du bist eindeutig schlauer als ich. Also bis zum letzten Schneidezahn.«

Grübelnd betrachtete Mylo erst den Kobold und dann die Redcaps, die mit jedem blutigen Happen gieriger und unersättlicher zu werden schienen. Selbst wenn der kleine Brownie hehre Absichten hegte, war sein Plan zum Scheitern verurteilt, denn er würde dabei sein Leben verlieren, und dann musste Mylo auch noch dessen Knochen zusammensammeln. Wie zur Bestätigung rempelte in diesem Moment einer der Redcaps gegen das Gitter und fauchte ihn böse an. Der Zorn einer gefangenen Bestie, die es nach Freiheit dürstete, stand in seinen Augen.

»Sie werden dich als willkommene Nachspeise ansehen. Sogar ich schaffe es in letzter Zeit selten ohne Blessuren da heraus. Also lassen wir das lieber«, beschloss Mylo.

Der Kobold verdrehte die Augen wie ein Lehrer, der sich über die Einfältigkeit seines Schülers aufregte. »Niemand bemerkt einen Brownie, der nicht bemerkt werden will. Auch der Raufbold eben hat mich keines Blickes gewürdigt, sondern nur dich. Ich dachte, du seist ein Druide und wüsstest genauestens über alle Wesen aus Licht und Schatten Bescheid?«

Mürrisch schlug Mylo seinen Umhang beiseite und präsentierte die einfache Kutte, die er darunter trug. »Welche Farbe hat mein Gewand?«

»Grau.«

»Und was bedeutet das?«

»Hm …« Der Brownie überlegte. »In der Tat tragen die meisten Druiden, die ich kenne, entweder weiße oder schwarze Kleidung. Außer dir habe ich nur wenige Graue gesehen. Und die werden immer weniger.«

»Ich dachte, du seist ein Hausgeist und wüsstest genauestens über alle Bewohner der Dämmerfeste Bescheid?«, äffte Mylo ihn nach.

Bei diesen Worten schlich sich zum ersten Mal eine Spur von Verzagtheit auf das Gesicht des Kobolds. »Ich bin noch nicht lange auf der Sterninsel«, gab er zu. »Hatte eine schöne Burg im Norden von Circhenn – große Küche, sehr zuvorkommende Mägde. Jeden Abend, bevor sie zu Bett gingen, stellten sie mir Honigkuchen und Butter in die Ecke. Und nach dem Brauen bekam ich immer Bierwürze.« Er seufzte sehnsüchtig.

Was weiter passiert war, musste er nicht erzählen, denn überall auf dem Festland geschah dasselbe: Die alte Religion wurde vom Christentum verdrängt. Hohe Herren warfen die Standbilder ihrer Götter in Flüsse und Lochs, schmückten ihre Wände stattdessen mit Kreuzen und zwangen ihre Leibeigenen, sich ebenfalls dem toten Jesus zuzuwenden. Mit den Göttern gingen auch die Geschöpfe der alten Welt unter, denn kein guter Christ fütterte mehr einen Brownie oder steckte Fleischstückchen für die Feenkatzen in dunkle Felsspalten. Noch schlimmer erging es den kämpferischen Exemplaren unter den magischen Kreaturen, den »Schattenwesen«. Ganze Scharen von Jägern zogen gegen sie in den Krieg, um das Kopfgeld zu kassieren, das die christlichen Könige Britanniens und Piktlands auf sie aussetzten. Aber hier auf den Orkneys, wo die Druiden den Lauf der Dinge bestimmten, wurden stattdessen junge Anwärter wie Mylo abgestellt, um die sagenhaften Bestien des Waldes zu hegen und zu pflegen. Viele dieser Ungeheuer waren die Letzten ihrer Art – und insgeheim war Mylo froh über diesen Umstand.

»Wie ist dein Name?«, fragte er den Brownie.

»Broc. Und deiner?«

»Mylo.«

»Es freut mich, deine Bekanntschaft zu machen.« Der kleine Kerl streckte ihm seine Runzelhand entgegen, mit der er überraschend stark zupacken konnte. »Also, warum ist dein Mantel nun grau? Kannst du dich nicht entscheiden, zu welcher Sorte von Druiden du gehörst?«

»Ich könnte schon, aber ich darf nicht. Erst wenn Sea Mither oder ihr Gegenspieler Teran mich erwählen und ein Teil der magischen Weltenergie in mich fließt, werde ich in die Gemeinschaft aufgenommen.«

»Das heißt, du kannst noch nicht zaubern?«

Es schwang keinerlei Häme in Brocs Frage mit, und dennoch spürte Mylo den Drang, sich zu rechtfertigen. »Seit langer Zeit wurde kein Anwärter mehr mit Licht- oder Schattenenergie erfüllt. Das Tor nach Avalon ist verschlossen. Und die wenige magische Kraft, die noch in der diesseitigen Sphäre schwebt, reicht kaum aus, um alle Druiden zu versorgen. Aber ich vermute, du weißt das alles.«

Der Brownie wandte den Blick zu Boden. »Ja.«

Sie sagten nichts mehr dazu. Der Niedergang ihrer Welt war kein Thema für ein erstes Kennenlernen, im Grunde sprach man besser überhaupt nicht davon. Denn jede Unterhaltung, egal, mit welchem Optimismus sie geführt wurde, endete immer nur bei der Feststellung, dass die Zeit der Druiden und Sagenwesen ihrem Ende entgegenging. Hier auf der Sterninsel hatten sie eine letzte Zuflucht gefunden, doch es würde nicht lange dauern, bis sie von christlichen Kriegern heimgesucht wurden, welche die Druiden dahinmetzelten und bei der Gelegenheit auch gleich die letzten Monster ausrotteten. Gerüchten zufolge machten einige Könige sich schon gefechtsbereit für einen letzten Schlag gegen die alte Welt. Einzig die jahrtausendealte Angst vor der Zauberei, die noch immer in den Köpfen der Menschen saß, hatte sie bisher davon abgehalten, es zu versuchen. Niemand auf dem Festland wusste, wie verletzbar die Druiden tatsächlich waren.

Oft hatte Mylo darüber nachgedacht, dem Druidenwald wie so viele andere vor ihm den Rücken zuzukehren. Noch hatte er die Möglichkeit, als ganz normaler Mensch in Piktland oder gar Northumbria Fuß zu fassen, denn die auffällige Tätowierung, die jeder Magier auf der Stirn nahe des Haaransatzes trug, würde er erst bei seiner Aufnahmezeremonie bekommen: ein liegender Sichelmond, der die strahlende Scheibe der Sonne in sich barg. Das Zeichen symbolisierte die beiden Hauptgottheiten der Druiden, die alles Leben und Sterben auf der Erde im Gleichgewicht hielten: Sea Mither und Teran. Sie waren Frau und Mann, Sommer und Winter, Wasser und Land, Gut und Böse, Licht und Schatten, Sonne und Mond. Diesem alten Gesetz der Dualität folgend, gab es ebenso zwei Sorten von Druiden: die weißen Geals, die die Mutter anbeteten, und die schwarzen Dorchas, die dem Vater folgten. Mylo wollte dereinst das schwarze Gewand anlegen, weil auch sein Herz in diese Farbe getaucht war, doch dazu hätte Teran sich für ihn interessieren müssen.

Viele ehemalige Anwärter hatten eine Flucht aufs Festland vorgezogen. Verständlich, denn wer ging schon gern mit einem sinkenden Schiff unter, zumal er sich nicht einmal mit Magie über Wasser halten konnte? Letzte Woche hatte sich leider auch Cailean abgesetzt, der Mylo bislang bei der Pflege der Kreaturen geholfen hatte. Entsprechend musste er nun alles allein bewerkstelligen – den Wagen fahren, das Futter abladen und nach Bedarf die Gehege säubern. Das Ausmisten verabscheute er bei den Redcaps besonders, da sie ihn ständig hinterrücks angriffen, während er ihre Hinterlassenschaften vom Boden kratzte.

Eine ganze Weile hatte Mylo mit dem Gedanken gespielt, es Cailean gleichzutun. Er hätte Fische fangen oder sich wie in seiner Kindheit als Barde verdingen können. Aber stattdessen war er geblieben. Nicht aus Überzeugung, sondern aus einem viel tieferen inneren Antrieb heraus. Denn nur als ausgebildeter Druide konnte er in die Vergangenheit blicken und herausfinden, wer seine Mutter war und ob sie noch lebte. Entweder würde er also Magie gewinnen oder sein Leben verlieren. Beides war besser, als für den Rest seines sinnlosen Daseins ein Niemand zu sein, einer, der nicht wusste, woher er kam und wohin er ging.

»Die Milch bitte!«, unterbrach der Brownie seine Gedanken, wobei er mit dem Kopf in Richtung des Redcap-Geheges ruckte.

Ein Blick dort hinein machte Mylo klar, dass die Gnome ihre Mahlzeit beendet hatten. Von den Ziegen waren nur noch Knochen übrig, die kreuz und quer im Gehege verstreut lagen. In ihrer endlosen Gier hatten die Redcaps ihre Opfer regelrecht ausgeweidet und dabei die Überreste hinter sich geworfen. Räumte man diese nicht weg, so machten sich Fliegen und Würmer darüber her, was natürlich kein akzeptabler Zustand für einen gepflegten Druidenwald war.

Mylo überlegte, ob der Brownie als Ersatz für Cailean taugen könnte, was sich vermutlich nur herausfinden ließ, indem er sich auf diesen Handel einließ und die Milch aufs Spiel setzte. Entschlossen ging er zum Wagen und entkorkte den Krug. »Also … Broc. Ein einziger winziger Schluck!«

Er streckte dem Kobold den Krug entgegen, woraufhin dieser ihn mit leuchtenden Augen an sich riss. Gierig setzte er das für seine Verhältnisse viel zu große Gefäß an die Lippen. Zu Mylos Entsetzen nippte er aber nicht nur daran, sondern nahm einen so gewaltigen Zug, als wollte er ein ganzes Meer mit einem einzigen Schluck in sich hineinsaugen.

»Aufhören!«, brüllte Mylo. Er machte einen Sprung auf den Brownie zu, doch es schien ein ganzer Tag zu vergehen, ehe er ihn erreicht hatte und ihm den Krug vom Mund riss.

Broc grinste lausbübisch.

»Du Ausgeburt einer Dunkelfee!«, murmelte Mylo, während er in den Krug starrte und nur noch einen kleinen Rest weißer Flüssigkeit auf dem Boden sah. »Die Banshee wird außer sich sein!«

»Wir könnten eine wilde Ziege fangen und sie melken«, schlug Broc vor, der weiterhin nicht zu begreifen schien, was für eine Tragödie es war, sich eine Banshee zum Feind zu machen.

»Wenn ich sie erzürne, wird sie mein Totenhemd waschen!«

»Auch dafür weiß ich eine Lösung«, behauptete Broc. »Jetzt kümmere ich mich erst einmal um deine Redcaps.«

Es sind nicht meine *Redcaps*, wollte Mylo einwerfen, doch da war der Brownie bereits durch die Gitterstäbe des Geheges geschlüpft und wetzte von einem Knochen zum nächsten. Er war zwar schnell, aber nicht unsichtbar, trotzdem schien ihn keiner der Gnome zu bemerken. Sie standen alle nur da, die schwarzen Augen begehrlich auf die Hühnerkäfige auf dem Wagen gerichtet, und leckten sich die Lippen. Selbst als Broc seine ekelerregende Fracht zwischen den Gitterstäben hindurchschob, streckte sich keine einzige Klaue nach ihm aus. Beeindruckt nahm Mylo die Knochen an sich und warf sie auf den Wagen. So ging es weiter, bis der letzte Schneidezahn aus dem Gehege entfernt war, genau wie der Brownie es versprochen hatte.

Mit triumphierender Miene schlüpfte der Kleine wieder aus dem überdimensionalen Käfig heraus.

»Wieso haben sie dich nicht bemerkt?«, fragte Mylo interessiert.

»An ihren Augen liegt es nicht. Wir Brownies haben seit jeher das Talent, übersehen zu werden … wenn man das denn ein Talent nennen kann. Was glaubst du, warum das Gerücht umgeht, wir würden unsere Dienste nur nachts anbieten?«

»Ist das etwa nicht korrekt?«

Broc lachte auf, und diesmal sah er wirklich vergnügt aus.

»Nein, ist es nicht. Aber die meisten Lebewesen – ob Mensch oder Monster – schauen einfach über uns hinweg oder durch uns hindurch. Erst wenn man sie auf uns aufmerksam macht oder wir sie ansprechen, reißen sie plötzlich die Augen weit auf und rufen ›Ah!‹ und ›Oh!‹. Oder sie versuchen, uns zu fressen.«

»Interessant. Aber ich habe dich sofort gesehen.«

Broc grinste schief.

»Nicht?«

»Ich saß schon auf deinem Wagen, bevor du die Dämmerfeste verlassen hast. Aber dann ist mir aufgefallen, wie überfordert du ohne deinen Gehilfen bist, und ich habe beschlossen, mich dir zu zeigen. Und mit Verlaub, Herr Beinahe-Magier ... du hast Hilfe bitter nötig.« Er vollführte eine ausladende Geste, die sowohl die Redcaps als auch die angrenzenden Bereiche des Waldes mit einschloss.

Mylo sagte nichts dazu, denn er wollte Broc ungern recht geben. Stattdessen ging er zu seinem Wagen zurück, griff in die Zügel des Maultiers und wendete es, um den Pfad zum Hauptweg zu nehmen. Erst als er auf dem Kutschbock saß, wandte er sich noch einmal zu dem Brownie um. »Heute wirst du mich begleiten, damit ich jemanden habe, den ich der Banshee zum Ausgleich für ihre Milch zum Fraß vorwerfen kann. Aber ich muss gut darüber nachdenken, ob ich wirklich mit einem halb unsichtbaren Kobold zusammenarbeiten will, der nur Unfug im Kopf hat«, stellte er klar.

»Abgemacht!«, erwiderte Broc lachend und zog sich umständlich am Wagen hoch. Er pfiff ein kindisches Lied, während sie das Redcap-Gehege hinter sich ließen und über die Schlaglöcher des Waldweges weiterrumpelten, und schien sich sehr sicher zu sein, dass er heute nicht im Schlund einer Todesfee enden würde.

Bis zum Reich der Banshee waren es noch ein paar Meilen. Ihr nächster Halt war die Behausung der Baobhan-Siths – Vampirinnen, die es ebenfalls auf das Blut ihrer Opfer abgesehen hatten. Anders als die Redcaps waren sie aus freien Stücken in den Wald gekommen und mussten ihr Dasein deshalb nicht hinter eisernen Gittern fristen, sondern durften eine einfache Hütte auf einer sonnigen Lichtung bewohnen. Ein- bis zweimal in der Woche brachte Mylo ihnen frisches Blut, und dafür hatten sie geschworen, keine anderen Wesen auszusaugen. Ihr Geist war willig, dieses Versprechen einzuhalten, doch es kam immer wieder zu Situationen, in denen ihre Körper der dauerhaften Gier nach Menschenblut unterlagen. Von den nichtmagischen Inselbewohnern wagte sich normalerweise niemand in den Druidenwald. Aber vor einigen Wochen hatten sich drei Halbstarke auf eine tödliche Mutprobe eingelassen und waren bei ihrem nächtlichen Ausflug von den Baobhan-Siths verführt worden. Am nächsten Morgen hatte man ihre ausgesaugten Körper unter der Eiche der Black Annis gefunden – einer ebenso gefährlichen wie blutrünstigen Hexe –, die sogleich beteuerte, nichts mit dem Tod der jungen Männer zu tun zu haben. Die Bisslöcher an deren Hälsen und die bleiche Haut hatten die wahren Mörderinnen schnell entlarvt.

Auch heute standen wieder alle Zeichen auf Konfrontation, wie Mylo bei der Anfahrt auf die Vampirhütte bemerkte. Mit wiegenden Hüften trat eine der Baobhan-Siths aus dem Unterholz und gesellte sich zu ihm. Blätterschatten tanzten über ihr hauchdünnes grünes Kleid, während sie anmutig neben dem Wagen herschritt. Langes kastanienbraunes Haar wallte um schmale Schultern. Augen, so klar und tief wie ein Bergsee. Beine, so kerzengerade wie junge Fichten, die zum Himmel strebten. Ihre feingliederige Hand legte sich auf den Kutschbock gleich neben Mylos Knie. »Sei gegrüßt, schöner Mann!«, raunte sie. »Meine Schwestern und ich haben dich vermisst!«

Er schluckte schwer, riss den Blick von ihr los und starrte stur nach vorn. Das war die einzige Möglichkeit, ihren sinnlichen Betörungen auszuweichen, die die Gedanken eines Mannes so vernebelten, dass er bereit war, sein Leben für einen Kuss hinzugeben.

»Was hast du uns denn heute mitgebracht? Lass mich mal sehen …« Ein enttäuschtes Zischen entwich der Vampirin, als sie bemerkte, dass es sich um Hühner handelte. »Federvieh, pfui! Konntest du nicht wenigstens ein saftiges Schwein auftreiben, wenn es schon kein Mensch sein darf?«

»Schweine sind in diesen Zeiten schwer zu bekommen.«

»Oder Ziegen? Aber die hast du ja lieber den Redcaps gegeben, wie ich an dem widerwärtigen Knochenhaufen sehe, unfähiger Taugenichts!« Der Liebreiz der Baobhan-Sith stand in direktem Zusammenhang mit der Nahrung, die man ihr brachte. Handelte es sich dabei um Hühner, so ersetzte sie ihre schmeichelnden Worte durch Beschimpfungen. Es war nicht das erste Mal, dass dies geschah.

»Nenne mich noch einmal einen Taugenichts, und ich liefere euch bei meinem nächsten Besuch nur noch Fisch«, konterte Mylo scheinbar ungerührt.

Die Vampirin schüttelte sich vor Grauen. Die Vorstellung, ihre Zähne in einen glitschigen Fisch schlagen zu müssen, entsetzte sie derart, dass sie rüpelhaft neben sich zu Boden spie.

Mylo schnalzte mit der Zunge, um sein Maultier schneller voranzutreiben, doch die Baobhan-Sith ließ ihn nicht entkommen. Mit großen Sprüngen setzte sie hinter dem Wagen her, ergriff die Trense des Maultiers und brachte es zum Stehen. Ihre Nasenflügel blähten sich, während sie an dessen Hals schnupperte, genau dort, wo die Schlagader verlief. »Hm … Pferdeblut«, seufzte sie. »Gewürzt mit ein wenig Esel, aber das macht nichts. Behalte deine Hühner, du grauer Haderlump, ich habe mein Mahl bereits gewählt.«

»Das lässt du schön bleiben!«, rief Mylo und sprang vom Bock. Für solche Fälle trug er neben einem Eisenstock und einem Dolch stets einen Beutel mit Eisenpulver an seinem Gürtel, denn die meisten Schattenwesen ließen sich mit Hilfe des Metalls kontrollieren und im Notfall sogar töten. Auch wenn Mylo noch keine magischen Kräfte besaß, verliehen ihm diese Waffen zumindest die Macht, sich besonders aufdringliche Angreifer vom Leib zu halten.

Die Vampirin sah ihn mit der Hand im Beutel kommen, doch der Geruch des Maultiers, das mittlerweile vor Furcht schlotterte und mit den Augen rollte, hatte sie voll im Griff. Sie fuhr ihre überlangen Zähne aus, legte den Kopf in den Nacken – und stolperte im nächsten Moment kreischend rückwärts. Es war nur eine Fingerspitze Eisenpulver gewesen, doch auf den nackten Oberarmen der Baobhan-Sith wirkte es wie lichterloh brennende Glut. Rote Blasen bildeten sich auf ihrer Haut, fingen an zu qualmen und platzten auf. Schreiend rannte sie zum Brunnen und sprang mit einem kühnen Satz über den Rand, um ihre Verletzung abzukühlen. Es platschte, als sie auf dem unterirdischen Wasserspiegel aufschlug.

»Du hältst dich an die Regeln oder schwimmst zurück zum Festland, wo du es mit den Vampirjägern aufnehmen kannst, anstatt dich durchfüttern zu lassen!«, rief Mylo ihr hinterher.

Er wollte gerade wieder auf den Kutschbock steigen, da ertönte ein aufgeregtes Raunen von der Hütte her. Einen Wimpernschlag später tänzelte der Rest der blutgierigen Schwestern heran. Ohne es zu wollen, fühlte Mylo beim Anblick ihrer geballten Verführungskraft Faszination in sich aufsteigen, gepaart mit der verräterischen Lust eines jeden Mannes, der die tödlichen Weiber zu Gesicht bekam.

Sie waren allesamt in grüne Kleider gehüllt, fein und durchscheinend wie Spinnweben. Rank von Gestalt, mit wehendem

Haar und samtweißer Haut kamen sie auf ihn zu. Obwohl er genau wusste, welch unheilbringende Zähne sich hinter ihren vollen Lippen verbargen, stieg der Wunsch in ihm auf, nur ein einziges Mal seinen Mund auf einen der ihren zu pressen.

»Mylooooo!«, hauchte eine Schwarzhaarige, die als Anführerin fungierte. »Wie grob und ungehobelt du heute bist!« Sie schwebte heran und fing seinen Blick, bevor er ihn abwenden konnte. Ihre Wimpern wippten wie Schmetterlingsfühler. Blaue Augen, in denen sich die Kronen der Bäume spiegelten. Sanft umschlossen ihre kühlen Finger seine Hand, die viel zu zögerlich in den Beutel gegriffen hatte. »Wir sollten etwas gegen die Düsternis in deiner Seele tun … und gegen die unerfüllten Wünsche deines Körpers. All diese Anspannung, die du mit dir herumträgst«, sie schürzte die Lippen, »wir können sie vertreiben.«

Wie aus dem Nichts erschien eine goldlockige Schönheit hinter ihr, und einen Herzschlag später erblickte er das rote Haar einer dritten, das vom Wind um einen schlanken Hals geweht wurde. Ein Augenpaar nach dem anderen fing Mylos Blick ein. Mehrere Hände hinterließen ein süßes Kribbeln auf seiner Brust. Was konnte es Schöneres geben, als in diesen Blicken zu ertrinken?

»Alles abgelaaaaden!«, durchbrach ein krächzender Ausruf die Sinnlichkeit des Moments.

Die Vampirschwestern fuhren herum, wobei ihr Zauber schwand. Noch immer benommen taumelte Mylo einen Schritt zurück. Hatte er gerade wahrhaftig die Kontrolle verloren und war im Begriff gewesen, sich aus vollem Herzen in sein Verderben zu stürzen?

»Wer bist *du* denn?«, giftete die Schwarzhaarige, die Hände in die Hüften gestemmt. »Und wo kommst du so plötzlich her?«

»Gestatten, mein Name ist Broc«, stellte der Brownie sich

vor. »Ich bin der neue Gehilfe von Master Mylo und habe mir die Freiheit genommen, euch eure Hühner bereitzustellen.«

»Bah, Hühner!«

»Es sind wahrhaft prächtige Goldhennen dabei, werte Frau. Saftig und fett gefüttert mit glänzendem Gefieder und …«

»Schweig, du geschwätzige Schlammkröte, oder wir drehen dir den Hals um!«

»Tzz, tzz«, machte Broc und schüttelte einen Zeigefinger. »Brownies sind schwerer zu fangen als kleine Ferkel. Und ihr dreht niemandem den Hals um, sondern springt gleich alle in den Brunnen zu eurer ungezogenen Schwester.« Grinsend deutete er auf Mylo, der es mittlerweile geschafft hatte, eine Handvoll Eisenpulver aus dem Beutel zu ziehen.

Die Baobhan-Sith schnappte nach Luft. »Das ist unerhört!«

»Unerhört war allenfalls euer Übergriff auf mich«, schaltete Mylo sich ein. »Wenn ich dem Großmeister davon erzähle, steckt er euch in ein Gehege, genau wie die Redcaps. Dann seid ihr nicht mehr als eine Horde Tiere in einem Käfig, unfähig, eigenständige Entscheidungen zu treffen.«

Bei diesen Worten wurde die Vampirin noch bleicher, als sie es ohnehin schon war. Innerhalb eines Herzschlags änderte sich ihre Stimmung. Bittend landete ihr Blick wieder auf Mylo, doch der hütete sich, ihr erneut so tief in die Augen zu sehen. »Das wirst du nicht tun, oder? Wir können doch nichts dafür! Es ist unsere Natur, die uns dazu treibt. Unser Hunger wird täglich größer. Und ein hübscher Jüngling wie du … so ganz allein im Wald …«

»Lass das anbiedernde Gewäsch! Ihr hättet auch einen faltigen Greis verführt, um an Menschenblut zu kommen. Und nun tobt euch an den Hühnern aus, ehe ich es mir anders überlege und sie wieder mitnehme!«

Ohne weitere Gegenwehr drückten sich die insgesamt sechs

Vampirinnen an ihm vorbei, bedachten Broc mit einem missmutigen Blick und widmeten sich dann unter Seufzen den Käfigen.

Mylo sah in die andere Richtung, während sie die Hühner aussaugten, und stellte fest, dass seine Hände trotzdem nicht aufhören wollten zu beben. All die Monster in diesem Wald waren es nicht wert, eine Bleibe zu erhalten. Im Kreise der Druiden gab es einige, die diese Meinung teilten, allen voran Drostan, der oberste Diener Terans. Doch Adair, der Großmeister, hielt beständig seine schützende Hand über Redcaps, Baobhan-Siths und Schlimmeres. Selbst der Nuckelavee in der Mitte des Waldes, dessen Namen nicht einmal die Druiden gern in den Mund nahmen, sei ein Geschöpf der Götter, das es für die Nachwelt zu bewahren galt, behauptete er.

Nun, wenn er es darauf anlegte, diese Nachwelt auf tausend Arten zu ermorden, dann lag er gewiss richtig, dachte Mylo zynisch.

»Du wirst uns doch keinen Ärger machen?«, fragte die Anführerin des Vampirclans. Sie warf die leer gesaugte Henne zur Seite und kam mit einer blutigen Daunenfeder am Kinn auf Mylo zu.

Der verzog angeekelt das Gesicht. »Sag mir einen Grund, weshalb ich Adair nicht von eurem Verhalten berichten sollte?«, gab er unwirsch zurück.

Die Baobhan-Sith griff sich mit einer Hand an die Brust und sog theatralisch Luft ein. »Warum bist du so unversöhnlich? Hab doch etwas Mitleid mit uns armen, vom Schicksal gebeutelten Weibern. Wenn die Druiden uns aus dem Wald verbannen, rammt irgendein Christ uns ein eisernes Kreuz ins Herz. Und eingesperrt hinter Gittern verkümmern wir wie Blumen auf dürrem Land.«

»Würde euch recht geschehen. Ihr seid eine Geißel der Menschheit.«

»Wir sind Teil des großen Gleichgewichts.« Mit einem Mal war die Unterwürfigkeit in der Stimme der Vampirin verschwunden. Sie wischte sich die Feder vom Kinn und reckte Selbiges in die Luft. »Solange du das nicht verstehst, wirst du der zauberlose Niemand bleiben, der du heute bist. Wäre ich eine Göttin, würde ich dich nicht erwählen.« Ohne eine Antwort abzuwarten, kehrte sie ihm den Rücken zu und schwebte, gefolgt von ihren Schwestern, zu ihrer schäbigen Hütte zurück.

Wutentbrannt blieb Mylo stehen. Dass er die Hände zu Fäusten geballt hatte, merkte er erst, als Broc daran rüttelte.

»Darf ich eine Frage stellen?«, erkundigte der Brownie sich.

»Nein.« Mylo strich dem tapferen Maultier über den Mähnenkamm und stieg wieder auf den Wagen.

Mit der Selbstverständlichkeit eines langjährigen Gefährten kletterte Broc hinter ihm her. »Wir hätten sie fragen sollen, ob sie Milch besorgen können«, plapperte er vor sich hin. Er schien keine Erwiderung zu erwarten oder gar einen Dank dafür, dass er seinen neuen Freund soeben vor der sicheren Verdammnis gerettet hatte.

Mylo wendete den Wagen und schlug den Weg gen Westen ein – hinein in das Unterholz, das beständig nach jedem lebenden Wesen zu greifen schien. Dorthin, wo niemand weilte, der noch ein Lied auf den Lippen hatte. Lediglich in die Mitte selbst, in das dunkelste Herz des Waldes, würde er nicht vorstoßen, denn dort war der Nuckelavee gefangen, um den sich Adair persönlich kümmerte.

Mit jeder Umdrehung der Räder tauchte der Wagen tiefer in die Finsternis ein, wurden die Büsche am Wegesrand dichter und fühlte sich die Luft kälter an. Es roch nach Moos und schlammigen Tümpeln. Broc ließ sich nicht davon einschüchtern. Stattdessen unternahm er einen erneuten Versuch, seine drängende Frage loszuwerden: »Diese Weiber haben dir übel mitgespielt. Aber sie haben recht: Es liegt in ihrer Natur. So wie Wölfe nach frischem Fleisch schnappen und Kaninchen es nicht lassen können, Löwenzahn zu fressen. Du hattest allen Grund, dich zu verteidigen. Auch, sie zu maßregeln. Aber woher kommt dieser endlose Hass gegen die Geschöpfe der Schatten?«

Mylo schwieg. Einem dahergelaufenen Brownie würde er seine Lebensgeschichte nicht erzählen, ebenso wenig, wie man sich vor einem Fremden nackt auszog. Sollte er ihn ruhig für den griesgrämigen Finsterling halten, der er vielleicht auch war. Zu viel Offenheit machte nur verletzbar.

Am Ufer eines dunklen Sees, aus dessen Mitte unheilvolle Luftblasen aufstiegen, trafen sie den Urisk – ein harmloses Mischwesen aus Mensch und Ziege, das grundsätzlich mehr Angst vor Besuchern hatte als diese vor ihm. Der Urisk war das vermutlich einsamste Wesen der Welt, denn er hasste seine eigene Gestalt ebenso sehr wie Mylo seine Vergangenheit. Seit das erste Menschenkind schreiend vor einem seiner Ahnen davongelaufen war, hatte diese Scham sich fortgepflanzt und bis zum Wahnsinn gesteigert. Ein Redcap hätte über ein solches Schicksal nicht einmal mit den Spitzohren gezuckt, doch der Urisk sehnte sich nach Zuwendung und inniger Freundschaft, die ihm jedoch nie zuteilwurde, obgleich er alles tat, um den Menschen zu gefallen. Er bearbeitete sogar deren Felder, reinigte das Ackergerät und flickte zerrissene Fischernetze. Aber jedes Mal wenn er heimlich einem seiner Angebeteten folgte, endete das mit Geschrei oder – falls es sich um einen wehrfähigen Mann handelte – einem Pfeil im Rücken des Ziegenmannes. Dieses Exemplar hier war besonders schlimm dran, denn es hatte nicht einmal mehr einen Gefährten, dem es sein Leid klagen konnte, sondern schien das letzte seiner Art zu sein.

Beim Anblick des Wagens duckte es sich weg, machte den Buckel krumm und schlang die sehnigen Arme um seine Fellbeine, die in gespaltenen Hufen endeten. Unwillkürlich fühlte Mylo Aggression in sich aufsteigen, wenngleich der Urisk sich ihm gegenüber stets zuvorkommend verhielt. Doch dieser feucht schimmernde Blick, der grundsätzlich von unten nach oben ging, rüttelte an seiner Selbstbeherrschung. Er musste sich zusammennehmen, um seine aufgestaute Wut nicht an einem Unschuldigen auszulassen.

»Sei willkommen, werter Druide!«, nuschelte der Urisk. »Was für eine Ehre, dass du einen Ziegenmann besuchst!«

»Ich besuche dich nicht, sondern erfülle lediglich meine Pflicht und bringe Knochen für das Loch-Monster«, widersprach Mylo unwirsch, was dazu führte, dass das Wesen noch mehr in sich zusammensank. Traurige Falten erschienen über seinen struppigen Augenbrauen.

»Guten Tag, lieber Freund, wie geht es dir heute?«, zwitscherte Broc und sprang vom Wagen.

Ebenso wie die Baobhan-Siths bemerkte der Urisk den Brownie erst, nachdem dieser ihn angesprochen hatte. Als ihm gewahr wurde, dass jemand wahrhaftig ein höfliches Wort an ihn richtete, bebte der Ziegenbart an seinem Kinn vor Rührung. Tränen der Freude stiegen in seine Augen, doch vor lauter Überwältigung brachte er keine Entgegnung hervor.

Broc setzte sich auf den Stein neben ihm und zog die Beine an. Er war so klein, dass der Urisk auf ihn hinabsehen musste, dennoch wirkte der Ziegenmann immer noch wie ein unsicheres Kind, das sein Glück kaum fassen konnte.

»Wir haben viel gemeinsam«, behauptete Broc und schnippte sich eine seiner braunen Locken aus der Stirn. »Beide helfen wir den Menschen, aber uns Brownies stellen sie zum Dank immer Nahrung hin. Wie schön wäre es doch, wenn sie erkennen würden, dass Gutherzigkeit keine Frage der äußeren Erscheinung ist.«

Der Urisk bewegte mehrfach die Lippen, aber es dauerte lange, bis ein gehauchtes »Jaaaa« darüber kam.

»Nun, mein Freund, möchtest du ein Schlückchen Wein von unserem Wagen? Oder hast du ein anderes Anliegen?«

Die Antwort war ein hastiges Kopfschütteln. Niemals – das wusste jeder im Druidenwald – stellte ein Urisk irgendwelche Forderungen, denn er war der Meinung, er hätte keinerlei Dank oder Hilfe verdient. Zu fressen brauchte er auch nichts. Sein Futter bestand aus Kleeblättern und Löwenzahn.

»Dann … dürfen wir dich vielleicht um etwas bitten?«, hakte Broc nach.

Nun endlich war der Ziegenmann voll und ganz in seinem Element. Jemand wollte seine Hilfe! Und wenn er eines in Perfektion beherrschte, dann, sich bis zur Selbstaufgabe für andere aufzuopfern. Freudig strahlend richtete er sich ein Stückchen auf. »Aber natürlich! Ghobwin hilft immer! Sprich, was er für dich und den werten Druiden tun kann!«

»Ghobwin – ist das dein Name?«

Der Urisk nickte eifrig mit dem kahlen Kopf. »So heißt er, ja, ja!«

Broc lächelte, nein, er *strahlte* ihn dermaßen an, dass Mylo von all der Warmherzigkeit ringsum ganz schlecht wurde. »Könntest du uns vielleicht ein Schlückchen Milch von einer deiner wilden Verwandten besorgen? Ein winzig kleines würde schon reichen.«

Diese Aussage stimmte nur gesetzt den Fall, dass der schüchterne Halbmann dieselben Vorstellungen von Mengen- und Größenverhältnissen hatte wie Broc. Davon abgesehen zog es sicherlich keine einzige Wildziege so tief in den Wald hinein. Der Urisk aber nickte begeistert und deutete auf den See hinaus, dorthin, wo immer noch die schauderhaften Blasen aufstiegen. »Das Monster hat gerade Junge. Ghobwin ist sicher, er kann es melken. Tagsüber schläft es.«

»Ich glaube kaum, dass Monstermilch …«, warf Mylo ein, doch Broc unterbrach ihn mit einer wegwerfenden Handbewegung.

»Ach was! Eine Milch ist wie die andere.« Er ging zum Wagen, holte den leeren Krug hervor und drückte ihn dem Urisken in die Hand.

»Wie soll das funktionieren? Hast du schon einmal unter Wasser ein Monster gemolken? Die Milch wird danebenlaufen … oder das Seewasser in den Krug«, begehrte Mylo auf, der bereits das Gesicht der Banshee vor sich sah, wenn er ihr ein solches Mahl vorsetzte.

Der Urisk warf sich in die Brust. »Ghobwin schafft das! Monsterzitze ist groß genug. Passt genau da rein!«

Mylo schlug sich eine Hand vor die Stirn, sagte jedoch nichts mehr. Sollte die aufdringliche Ziege es doch versuchen – anschließend konnte er immer noch entscheiden, ob er den Inhalt des Gefäßes lieber ausschüttete, anstatt ihn der Todesfee zu übergeben.

Selig lächelnd klemmte der Urisk sich den Krug unter den Arm und sprang ins Wasser. Mit ungelenken Schwimmzügen paddelte er ein Stück weit hinaus, dann tauchte er ab.

Mylo und Broc starrten auf die Wellenkreise, die sich von der Stelle, an der er verschwunden war, immer weiter ausbreiteten und schließlich mit dem stillen Wasserspiegel verschmolzen. Herzschlag für Herzschlag verging, doch der Urisk kehrte nicht zurück an die Oberfläche. Lediglich die Blasen in der Seemitte schienen dicker zu werden.

»Hast du je eines der Loch-Monster gesehen?«, fragte Broc, vermutlich um die angespannte Stille zu durchbrechen.

Mylo schüttelte den Kopf.

»Es heißt, sie sehen aus wie riesige Schildkröten ohne Panzer.«

»Mir hat man gesagt, wie dünne Wale mit Schlangenkopf und vier Flossen.«

»Ist doch das Gleiche!«

»Völlig egal!«, presste Mylo hervor. »Ich will jedenfalls keine Milch von einem Schildkrötenwal trinken.«

»Och!« Der Brownie zuckte mit den Achseln. »Gut, dass du keine Banshee bist. Wir Wesen aus Licht und Schatten haben andere Ansprüche an das Leben als ihr Menschen. Und wir sind weniger verbohrt.«

»Lieber verbohrt als vergiftet.«

Sie schwiegen abermals gespannt. Kurz darauf schwebte ein heller Schatten aus der schwarzen Tiefe heran, dann tauchte der Glatzkopf des Urisks knapp vor ihnen auf.

»Hat es funktioniert?«, rief Broc aufgeregt.

Triumphierend hob Ghobwin den verkorkten Krug aus dem Wasser. »Randvoll gefüllt mit süßer Milch!«, behauptete er, wobei ihm doch tatsächlich ein winziges Lächeln über die Mundwinkel huschte.

Mylo trat vor und nahm ihm das Gefäß aus den Händen. Wortlos entkorkte er es und betrachtete den Inhalt. In der Tat handelte es sich dabei um eine weiße Flüssigkeit, die weder aufdringlich roch noch sonstige Anzeichen von Widerwärtigkeit in sich barg. Lediglich ein schwaches Aroma von Algen und Seewasser ging davon aus, was bei einer Unterwassermelkung vermutlich unvermeidbar war.

Er streckte Broc den Krug hin. »Probier sie! Aber nur den Finger reintauchen und den Tropfen ablecken. Selbst ein *winziges Schlückchen* wäre schon zu viel!«

Folgsam tauchte der Brownie einen Zeigefinger in die Milch

und leckte ihn ab. Mylo beobachtete sein Gesicht genau, um ja kein Anzeichen von Widerwillen oder Ekel zu übersehen, doch nichts dergleichen war darauf auszumachen.

»Ganz wunderbar!«, urteilte Broc. »Eine vollmundige Milch mit dem Geschmack von Seelilien und einem Hauch von Karpfenrogen. Wenn du mich fragst: Die Banshee wird begeistert sein.«

»Und da bist du sicher?«

»Vollkommen!« Zur Bekräftigung seiner Aussage hieb sich der Brownie die kleine Faust auf die Brust.

Mylo zögerte immer noch, aber ihm grauste davor, selbst einen Schluck von der Monstermilch zu nehmen. Es hieß, Brownies seien wählerisch bei der Auswahl ihrer Speisen und Getränke – immerhin waren sie jahrhundertelang mit den besten Stücken aus der Menschenküche verwöhnt worden. Einen Versuch war die Sache also allemal wert. Und falls die Banshee sich doch ungehalten zeigen sollte, konnte er ja behaupten, die Milch sei während der Fahrt eben schlecht geworden. Oder alles auf Broc schieben.

Er wies seinen Gehilfen an, die Knochen vom Wagen zu laden, und trug dem Urisken auf, sie später als Monsterfutter in den See zu werfen. Sicherheitshalber wollte er weit genug weg sein, wenn das Untier erwachte und feststellte, dass jemand es im Schlaf gemolken hatte.

WASCHTAG

Die Banshee saß an einem der Zuflüsse zum See und weichte ihren Lappen ein. Aufgrund ihres ausgeprägten Waschzwangs hatte Mylo ihr bereits vor Wochen einen ausgebleichten Lumpen überlassen, der nachweislich nie von einem lebenden Menschen am Leib getragen worden war, denn jedes Kleidungsstück verwandelte sich in ihren Händen zum Totenhemd. So wie die Redcaps und Baobhan-Siths lieber echtes Menschenblut gehabt hätten, verlangte es die Banshee dauerhaft nach einem Hemd, das noch warm vom Körper seines Trägers war. Aus diesem Grund musste man in ihrer Nähe stets auf der Hut sein und durfte niemals eine Tunika oder ein Unterkleid unbewacht herumliegen lassen.

Also schrubbte die Todesfee nun tagein, tagaus in gebückter Haltung ihren Ersatzlappen. Ihr Rücken war entsprechend krumm, und ihre Hände sahen bleich und aufgequollen aus, aber wenigstens war sie beschäftigt. Wenn sie nämlich nichts zu waschen hatte, fing sie zu klagen an, was sich kaum aushalten ließ. Ihr durchdringendes Geschrei schallte dann durch den ganzen Wald, machte das Seemonster aggressiv, verschreckte den armen Urisken und raubte Mylo den letzten Nerv.

Dem »todsicheren« Plan von Broc folgend, trat Mylo nur mit seiner Hose bekleidet vor die Todesfee. Die graue Kutte und den Umhang hatte er zusammengerollt zwischen die Weinfässer geschoben, wo sie im Zweifelsfall unerreichbar sein sollten. Schließlich konnte niemand wissen, wie die alte Moira auf das außergewöhnliche Mahl reagieren würde, das er ihr heute überbrachte.

»Sei gegrüßt, Gevatterin«, sprach Mylo die Banshee an, der er aufgrund ihrer Gefährlichkeit mit mehr Respekt begegnete als allen anderen Waldbewohnern.

Die Todesfee hob den Kopf und musterte ihn durchdringend. Sie war eine Greisin mit schlohweißem Haar, hervorstehenden Zähnen und nur einem Nasenloch. Ihre ausgeprägten Hängebrüste waren unbedeckt, nur um den Unterleib trug sie eine fleckige Schürze, die eindeutig seltener gewaschen wurde als ihr geliebter Lumpen. »Ah, der zukünftige Druide«, lispelte sie. »Musst du immer noch die Bestien des Waldes pflegen, weil kein Gott sich deiner erbarmt und dir ein Fünkchen Magie zuspielt?« Ein leises boshaftes Lachen erklang, dann widmete sie sich wieder ihrer Arbeit, tauchte den Stoff ins Wasser, wrang ihn aus und tunkte ihn erneut unter.

Mylo ließ sich nicht provozieren. Mit dem Milchkrug in der Hand trat er an sie heran und stellte ihn neben sie ans Ufer. »Teile sie dir gut ein. Ich komme erst nächste Woche wieder.«

Er wollte sich eben abwenden und zurück zum Wagen gehen, da hievte die alte Moira sich hoch und richtete ihren stechenden Blick auf ihn. So abstoßend ihre sonstige Gestalt war – ihre Augen strahlten in einem leuchtenden tiefklaren Blau wie zwei kleine Gebirgsseen von unermesslicher Tiefe. »Wo sind deine Kleider, Bursche? Du wirst sie doch nicht vor mir verstecken?«

»Nein, Mütterchen. Aber innerhalb der Dämmerfeste wird von einem Anwärter erwartet, sich stets sittsam zu kleiden. Also habe ich beschlossen, dass wir beide kein unnötiges Risiko eingehen müssen und ich ein wenig Sonne an meine Haut lassen kann. So schlage ich zwei Fliegen mit einem Lappen, verstehst du?«

Sie kicherte. »Hast du auch die Baobhan-Siths ohne Hemd aufgesucht? Das grenzt an Vampirquälerei!«

Er antwortete nichts darauf, sondern setzte nur ein vielsagendes Lächeln auf, das ihn einiges an Überwindung kostete. Innerlich war er nur halb so gelassen, wie er sich gab.

»Lass dir deine Milch schmecken.« Er kletterte auf den Wagen und nahm die Zügel zur Hand. »Wir sehen uns nächste Woche.«

Noch während er das Maultier wendete, beobachtete er aus den Augenwinkeln, wie Moira nach dem Milchkrug griff. Sie entkorkte ihn, roch am Inhalt und setzte ihn dann an die Lippen. Mylo drehte sich nicht mehr um, sondern steuerte den Wagen in die Gegenrichtung. Dabei hielt er den Atem an und zählte innerlich jeden seiner Herzschläge mit, bis er schon glaubte, Brocs Plan wäre aufgegangen.

Mitten in seine Erleichterung hinein ertönte ein derart durchdringender Schrei, dass ihm das Blut in den Adern stockte. Es begann mit einem kehligen »Äääääähhhh!«, steigerte sich zu einem klirrenden »Iiiiiiieeeehhh!«, gefolgt von einem überdeutlichen »Komm sofort zurück, du Balg einer Aasnatter!«.

»O weh«, murmelte Broc vom Sitz nebenan. »Es hat ihr wohl doch nicht geschmeckt!«

Mylo schnalzte mit der Zunge, um das Maultier schneller voranzutreiben, da erscholl der Schrei der Banshee erneut: »Brollachan!«, kreischte sie. »Brollachaaaaaan!«

»Gar nicht gut!«, piepste Broc, während er auf seinem Sitz immer mehr zusammenschrumpfte und schließlich sogar unter dem Kutschbock in Deckung ging.

Verflucht!, schoss es Mylo durch den Kopf. Wenn er eines nicht brauchen konnte, dann eine Banshee, die sich mit einem

Brollachan verbündete! Er hatte nicht einmal gewusst, dass sich eines dieser gestaltlosen Wesen im Druidenwald niedergelassen hatte. Kein Wunder, denn Brollachans waren so gut wie unsichtbar, solange sie nicht von einem anderen Geschöpf Besitz ergriffen. Lediglich ihre Augen und ihren Mund sah man manchmal durch aufsteigenden Nebel blitzen.

Das Maultier trabte so hastig von dannen, als wüsste es genau, dass Unheil blühte. Schnell genug war es indes nicht. Denn mit einem Mal schwebte von einer gewaltigen Eiche über ihnen ein Schatten auf die Ladefläche herab. Eine riesige Krähe nahm die Lücke zwischen den Weinfässern ins Visier und versenkte ihre Krallen in Mylos Kutte. Doch erst als sie mit ihrem Diebesgut wieder in die Lüfte stieg, konnte man ihre hell leuchtenden Augen sehen. Noch weitaus abscheulicher fand Mylo die Tatsache, dass der Vogel keinen Schnabel besaß, sondern eine Nase und einen menschlichen Mund. Damit schrie er triumphierend nur ein einziges Wort, aber dieses dafür gleich mehrfach hintereinander: »Ich! Ich! Ich!«

»Grauenvoll!«, stieß Broc bibbernd hervor.

Mylo brachte das Maultier zum Stehen. Hilflos sah er mit an, wie der Brollachan seine Kutte zur Banshee trug und in deren gierig ausgestreckte Arme fallen ließ.

»*Monstermilch* hast du mir gebracht!«, kreischte diese, wobei sie mehrmals hintereinander ausspie. »Bittere, scharfe Monstermilch, die in meiner Kehle brennt wie Feuer! Dafür wirst du büßen!«

»Du! Du! Du!«, krächzte der Brollachan.

Und ehe Mylo sich verteidigen, geschweige denn in irgendeiner Weise eingreifen konnte, hatte die alte Moira sein Kleidungsstück in den Bach geworfen und angefangen, es zu schrubben. Er spürte einen eisigen Schauder über seinen Rücken jagen, als hätte man ihn selbst ins kalte Wasser getaucht.

Tausend kleine Nadelstiche fuhren auf seine Haut nieder, und für einen kurzen Moment fühlte er die Umklammerung frostiger Finger um sein Herz.

Ohne auf Broc, den Wagen oder das Maultier zu achten, sprang er vom Bock und rannte zum Bach. Die Todesfee sah ihn kommen und stieß ein unangenehmes Kreischen aus, während sie nur noch schneller weiterschrubbte. Gierig wie ein Raubtier zog sie das Gewand über ihren Waschstein, tunkte, scheuerte, wässerte wie von Sinnen, wobei der Geifer aus ihrem zahnlosen Mund rann. Als Mylo sie erreichte und ihr die Kutte entwinden wollte, krallte sie die gichtgeplagten Finger um den Stoff. Es kostete ihn einiges an Mühe, doch letzten Endes behielt er die Oberhand. Schwer atmend brachte er sein Gewand in Sicherheit. Dann stand er da und starrte darauf hinab, wie es tropfend in seinen Händen lag.

»Das hast du jetzt davon!«, keifte die Banshee.

»Ich … ich werde …«, setzte Mylo an, doch sie fuhr ihm sofort über den Mund.

»Gar nichts wirst du! Ein tragisches Unglück war das. Wer konnte schon ahnen, dass ein völlig unbekannter Brollachan sich deiner Kutte bemächtigen würde, um sie an eine arme ausgemergelte Banshee zu übergeben? Niemand wird mich dafür zur Rechenschaft ziehen, dass ich dieses unverhoffte Geschenk angenommen habe, ebenso wenig wie man den Wolf bestraft, weil er das Lamm gefressen hat, das sich in seine Höhle verirrte. Aber du, mein hinterlistiger Freund … wirst nun ste-her-ben!« Sie grinste so breit, dass er ihre wenigen verbliebenen Zahnstummel sehen konnte.

»Du!«, bestätigte die Krähe, die sich ganz selbstverständlich auf der Schulter der Banshee niedergelassen hatte.

»Nimm auf der Stelle diesen Fluch von mir!«, forderte Mylo.

»Ich?« Fragend richtete der Brollachan seine roten Augen auf die alte Moira.

»Nein, er spricht mit mir«, erklärte diese und streichelte dem Dämon übers Gefieder. Allein diese Geste machte klar, dass die beiden sich schon länger kannten. »Man merkt, dass der Bursche noch keine umfassende Ausbildung erhalten hat. Sonst wüsste er, dass ein einmal gewaschenes Totenhemd den Schmutz des Lebens für immer abstößt. Da ist nichts mehr zu machen!«

Ein dumpfes Pochen dröhnte durch Mylos Kopf. Wie hatte er sich nur in diese verfahrene Situation gebracht? Unermesslicher Groll gegen Broc stieg in ihm auf, zugleich mit einer Frage – der einzigen, die jetzt noch von Bedeutung war: »Wann?«

Moira zuckte mit den Schultern. »Sagen wir, in drei Tagen? Genau weiß ich es nicht. Lange hast du mir dein Kleidchen ja nicht gelassen. Wenn du willst, dass es schneller geht, gib es mir noch mal. Es wird eine Erlösung für dich sein.« Sie rieb sich die Hände.

»Und da ist nichts, was ich dagegen tun kann? Niemand, der es ungeschehen machen kann?«

»Nichts und niemand!« Kein Funken von Mitleid oder Reue schwang in dieser Aussage der Banshee mit, sondern einzig und allein die Genugtuung, endlich wieder ihrer Leidenschaft gefrönt zu haben. Wie sehr sie dieser Umstand beflügelte, konnte man an der frischen Röte sehen, die sich auf ihren faltigen Wangen abzeichnete.

»Wenn das so ist, nehme ich dich mit in Terans Reich, damit du dich für deine Gräueltaten vor ihm verantworten kannst«, zischte Mylo, während er seinen eisernen Dolch hervorzog.

Bei dessen Anblick schwand jegliche Überheblichkeit aus dem Gesicht der Banshee. Ihr einzelnes Nasenloch bebte. »Das darfst du nicht tun! Nur dem Großmeister ist es erlaubt, Recht zu sprechen!« Sie machte einen Schritt zurück und wäre dabei fast über den Felsen gefallen, auf dem sie vorhin gesessen hatte.

Wütend warf Mylo seine Kutte zu Boden. Seine Faust umklammerte den Griff seiner Waffe fester.

»Weiß denn irgendjemand sonst, wie man dem Herrn Druiden helfen kann?«, meldete sich auf einmal Broc zu Wort. Klammheimlich wie immer war er zu ihnen getreten, was die Banshee zu einem jugendlich anmutenden Sprung über den Felsen veranlasste. Diese ungewohnte Bewegung brachte sie aus dem Gleichgewicht, und sie schlug der Länge nach ins Gras. Jammernd rappelte sie sich wieder auf. Doch bevor sie zu einer Schimpftirade gegen den ungebetenen Gast ansetzen konnte, mischte sich der Brollachan in seinem Krähenkörper ein: »Ich!«

»Du?«, entfuhr es Mylo, Broc und der alten Moira gleichzeitig.

»Ich!«, beharrte der Brollachan.

»Und was müssen wir tun?«, fragte Mylo, obgleich er ziemlich sicher war, dass er keine verständliche Antwort erhalten würde.

Er sollte recht behalten. »Du! Ich!«, krächzte die Krähe.

»Es ist sinnlos, sich mit ihm zu unterhalten, denn mehr als diese zwei Wörter beherrscht er nicht«, knurrte Moira.

»Das macht gar nichts«, trumpfte Broc auf, als wäre all dies nur ein spannendes Rätsel, das es zu lösen galt. »Pass auf, Dämon: Ich stelle dir Fragen, und du beantwortest sie mit Ja oder Nein. *Ich* heißt ja. Und *Du* heißt nein. Alles klar?«

»Du«, antwortete der Brollachan, während er fragend die Flügel hob.

Mylo stöhnte. »Das hat doch keinen Zweck. Ich muss zurück zur Dämmerfeste. Wenn mir irgendjemand helfen kann, dann Großmeister Adair.«

»Gedulde dich noch einen Moment. Unser glutäugiger

Freund wird gewiss ebenfalls dazu in der Lage sein!«, versuchte Broc, ihn zu beschwichtigen.

Die Banshee lachte gehässig. Sie schien von der Hilfsbereitschaft des Dämons nicht überzeugt zu sein.

»Also, lieber Brollachan, befindet sich die Person, die Meister Mylo helfen kann, in diesem Wald?«

»Ich!«

Broc klatschte in die Hände. »Handelt es sich um einen Druiden?«

»Du!«

»Also ein Wesen aus Licht und Schatten … hm … Aber welches?« Er dachte kurz nach. »Vielleicht die Black Annis? Nein, die hat nur scharfe Klauen, aber kaum Magie.«

»Du«, bestätigte der Brollachan. Zum ersten Mal fiel Mylo auf, dass dessen Lippen so voll waren wie die einer schönen Frau.

»Meinst du … etwa *mich*?«, hakte Broc nach.

Die Krähe verdrehte ihre Menschenaugen. »Du.«

»Vielleicht die Fuaths? Oder der Beithir? Ein Kelpie?« Broc nannte ein Monster nach dem anderen, doch jedes Mal erhielt er dieselbe niederschmetternde Antwort.

Einzig Moira, die sich zwischenzeitlich wieder mit ihrem Lappen zum Bach zurückgezogen hatte, schien die Befragung zu erheitern. »Wie wär's mit dem Nuckelavee?«, schlug sie kichernd vor. »Immerhin ist das ein entfernter Vetter von dir, nicht wahr, Brollachan?«

»Ich!«, rief die Krähe entzückt. »IIIIIIIch!«

»*Ja*, ihr seid verwandt, oder *ja*, der Nuckelavee kann helfen?«, fragte Broc.

Aufgeregt schlug der Brollachan mit den Flügeln. »Ich!« Er stieg ein Stück weit in die Luft und flog in Richtung der Waldesmitte davon. Über einem Fichtendickicht, so schwarz wie sein Gefieder, verharrte er und krächzte auffordernd.

»Kluges Kerlchen. Aber *natürlich* – sein freundlicher Verwandter verfügt gewiss über ausreichend Zauberkraft, um dich zu heilen. Es heißt, er wäre mächtiger als alle Druiden zusammen«, säuselte Moira. Doch der Blick ihrer kristallklaren Augen sagte etwas anderes: *Ich hätte nie gedacht, dass meine Wäsche derart schnell wirkt, obwohl sie so kurz andauerte.*

Mylo war geneigt, Letzteres zu glauben. Brollachans legten es seit jeher darauf an, Tod und Leid über jeden Menschen und jedes Tier zu bringen. Weshalb sonst hatte der Dämon seine Kutte direkt in die Arme einer Banshee geworfen? Sicher nicht, um ihm kurze Zeit später das Leben zu retten. Stattdessen wollte er ihn und Broc direkt in die Fänge des Nuckelavees führen. Das alles war ein abgekartetes Spiel!

Mylo schauderte. Trotz der unsäglichen Niedertracht, die den Wesen des Druidenwaldes innewohnte, konnte keines von ihnen es mit jenem aufnehmen, das die Druiden ins innerste Dickicht verbannt hatten, wohin sich niemand je verirrte, nicht einmal die Wildhüter. Er kannte die Gestalt des Nuckelavees nur aus Erzählungen und dennoch suchte sie ihn oft genug in seinen Albträumen heim: der riesenhafte Leib eines Pferdes, auf dessen Rücken ein Mann ohne Beine festgewachsen war. Es hieß, die Arme des Reiters wären so lang, dass sie über den Boden schleiften, und sein Kopf rolle auf seinen Schultern hin und her, weil er keinen Hals besaß. Das Schauerlichste am Nuckelavee aber war, dass keine Haut seinen grauenvollen Körper bedeckte. Man konnte jede Bewegung seiner Sehnen und Muskelstränge deutlich sehen, auch das gelbe Blut, das durch seine Adern pulsierte. Kaum ein Mensch hatte je eine Begegnung mit ihm überlebt. Allein sein Atem ließ ganze Felder verdorren und das Vieh in den Ställen scharenweise tot umfallen.

»Wir werden dieser lügenhaften Krähe nicht folgen, sondern zurück zur Feste fahren«, beschloss Mylo.

»Hm …«, machte Broc. »Das ist wohl das Klügste.«

Die Banshee hingegen ließ ein Seufzen hören, vermutlich weil ihr ein schneller Tod ihres Opfers lieber gewesen wäre. Und zudem lief sie nun Gefahr, dass die Druiden sie für den angeblichen »Unfall« mit dem Brollachan doch noch richteten. Aber Mylos Entscheidung war getroffen, so leidenschaftlich die Todesfee auch versuchte, ihn ins dunkle Herz des Waldes zu locken.

Lange nach Sonnenuntergang erreichte der Wagen die Dämmerfeste, eine kreisförmig angelegte Ansammlung runder Bauwerke, umgeben von einem Wall aus hölzernen Palisaden. Exakt die Hälfte der Anlage lag innerhalb des Waldes, der andere Halbkreis außerhalb. So war stets sichergestellt, dass der Kontakt zu den Bauern und Fischern der Insel nicht abriss, die regelmäßig zur vorderen Pforte kamen, um ihre Waren abzuliefern, aber es nur selten wagten, einen Fuß über die Baumgrenze zu setzen.

Bevor die Druiden das abgelegene Eiland als ihren Zufluchtsort auserkoren hatten, war es ausschließlich von Buschwerk überwuchert gewesen. Doch Adair, Drostan und andere mächtige Magier hatten es geschafft, dass innerhalb kürzester Zeit ein Wald gewachsen war. »Sterninsel« nannten sie ihre neue Bleibe, da die zahlreichen Buchten dem Land die Form eines strahlenden Himmelsgestirns verliehen.

In düsteres Schweigen und seine immer noch nasse Kutte gehüllt, lenkte Mylo den Wagen zum Stall, wo er den mittlerweile recht schweigsamen Broc anwies, das Maultier zu versorgen. Er selbst machte sich auf zur *Halle des Zwielichts*, die genau in der Mitte des Häuserkreises aufragte. Sie war ein kolossales Bauwerk, das von zwölf mächtigen Eichenbalken gestützt wurde, in welche die Symbole des Jahreskreises eingeschnitzt waren. Diese standen gleichermaßen für die zwölf auserwählten Priester des Großmeisters: sechs Dorchas in schwarzen Gewändern und sechs Geals mit weißer Kleidung. Adair selbst stammte aus letzterem Lager, doch aus Respekt vor den Dienern des Mondes trug er stets eine schwarze Schärpe über seiner Kutte, in die mit hellen Fäden die Zeichen der Druiden gestickt waren: Sonne und Mond. Sie prangten zudem auf dem dreizehnten Balken, der aus einem hundertjährigen Stamm gehauen worden war und die Spitze des Strohdaches in Richtung des Himmels hob.

Als Mylo eintrat, befand sich der Großmeister in innerer Einkehr. Unbewegt saß er auf der Plattform aus geschliffenem Feldstein, die den Mittelbalken umgab, die Augen geschlossen, eine Hand an seinem Druidenstab, die andere auf das angewinkelte Knie gelegt. Kein Muskel seines Körpers zuckte, selbst sein Atmen war so verzögert, dass es den Anschein hatte, er wäre dabei, langsam in die Anderwelt hinüberzugleiten. Neben ihm brannten mehrere Feuerschalen, und davor standen zwei Wachen, ein Geal und ein Dorcha, bewaffnet mit langen Eisenspeeren.

»Der Meister befindet sich in Trance. Störe ihn nicht!«, knurrte der schwarz gewandete Dorcha und hielt Mylo eine flache Hand entgegen, die ihn zum Stehenbleiben aufforderte.

Ungeduldig verharrte der junge Anwärter in einigen Schritten Entfernung. »Ich bringe eine Botschaft von äußerster Dringlichkeit. Die Wesen des Waldes werden zunehmend unkontrollierbar.«

Der Dorcha legte die Stirn in Falten. »Das ist dein Problem. Die Magie des Großmeisters ist zu wertvoll, um sie an einen unfähigen Wildhüter wie dich zu verschwenden. Such dir einen Gleichgestellten, der dir bei der Pflege der Bestien beisteht.«

»Es gibt aber keine Gleichgestellten mehr!«, zischte Mylo, wütend über ein derartiges Maß an Ignoranz. »Falls es dir noch nicht aufgefallen ist: Der vorletzte Anwärter hat die Feste vor einer Woche verlassen. Ich bin der einzige, der noch hier ist, um die Drecksarbeit zu erledigen. Und bald werdet ihr auch auf mich verzichten müssen!«

Der Dorcha verstand ihn eindeutig falsch, denn er kniff wütend die Augen zusammen und richtete seinen Speer auf Mylos Brust. »Du willst die Gemeinschaft der Druiden verraten und feige dein Heil in der Flucht suchen?«

»Was gäbe ich darum, wenn das noch helfen würde!«, brummte Mylo.

Diese Aussage schien den Dorcha zu irritieren, denn er klappte den Mund auf und dann wieder zu. Seine Hände umklammerten weiterhin den Speer.

»Wie meinst du das?«, schaltete sich der andere Wachmann ein. Wie üblich für einen Geal fiel ihm das Haar offen über die Schultern, was ihm den Anschein eines Gelehrten verlieh, während die Dorchas sich stets einen Kriegerzopf flochten, der ihnen im Falle eines Kampfes nicht im Wege war.

»Zusammengefasst könnte man sagen: Die Redcaps sind aggressiver denn je, die Baobhan-Siths wollten mich verführen, und die Banshee hat mein Totenhemd gewaschen. Außerdem treibt ein Brollachan in der Mitte des Waldes sein Unwesen und versucht, Menschen zum Nuckelavee zu locken.«

Der Geal sog scharf die Luft ein. Er tauschte einen kurzen Blick mit dem anderen Druiden, doch der schüttelte nur den Kopf. »Dieser Wildhüter ist nicht sehr begabt«, urteilte er mit eiskalter Miene.

Unsägliche Wut machte sich in Mylo breit. Jeder in der Dämmerfeste wusste, dass er selbst danach strebte, dereinst ein schwarzes Gewand anzulegen. Die Stärke und Wehrhaftigkeit der Dorchas beeindruckten ihn, ebenso ihr Mut und der unbedingte Wille, auch die grauenvollste Bestie zu besiegen. Doch zum ersten Mal wünschte er sich, sie wären zudem mit einer Portion Einfühlungsvermögen ausgestattet.

Der weiße Krieger aber schien Mitleid zu verspüren oder zumindest die Dringlichkeit des Anliegens zu begreifen, denn er lenkte ein. »Ich werde Großmeister Adairs Geist zurückrufen!«, beschloss er, was sein dunkler Kumpan mit einem missmutigen Brummen kommentierte.

Andächtig schloss der Geal die Lider, murmelte Beschwörungsformeln vor sich hin und hieb dreimal in Folge mit seinem Speer auf den Lehmboden.

Einen Herzschlag lang geschah gar nichts, dann flatterten Adairs Lider, und er schlug die Augen auf.

Mylo wusste nicht, wie lange der Großmeister in seiner Entrückung verharrt hatte, doch entgegen allen Erwartungen war dessen Blick sofort klar, sein Verstand so scharf wie die Umrisse von Sonne und Mond auf seiner Stirn. Er benötigte keinen Moment des Erwachens, sondern wandte sich gleich an den jungen Anwärter, der mit gesenktem Haupt vor ihm stand: »Mylo. Du wirkst aufgewühlt. Was hat dich aus deinem inneren Gleichgewicht gebracht?«

»Nun, wenn Ihr so fragt: mein bevorstehender Tod.«

»Jeder Tod ist nur ein Übergang in ein neues Dasein«, antwortete der Großmeister. »Wer ihn herannahen sieht, sollte seiner Seele Raum geben, damit sie ihre Schwingen entfalten und zu den Göttern fliegen kann.«

»Ich würde lieber noch eine Weile auf dem Boden der diesseitigen Welt verharren«, gab Mylo zu. Er nahm einen tiefen Atemzug, ehe er in allen Einzelheiten von den Geschehnissen im Wald berichtete.

Der Großmeister lauschte seiner Erzählung mit unbewegtem Gesicht, ohne die hohe Stirn in Falten zu legen oder den schlohweißen Bart zu zwirbeln. Erst als die Rede auf den

Nuckelavee kam, hob er seine Augenbrauen. »Du hast gut daran getan, diesem Ratschlag nicht zu folgen. Ich werde Jäger ausschicken, um den Brollachan zu fangen. Er muss ausgetrieben und in einen Eisenkäfig gebannt werden. Die Vampirinnen erhalten eine Strafe. Die Zusammenkunft der Meister wird über ihr Schicksal entscheiden – ebenso wie über das der Banshee.«

»Und was wird mit mir geschehen?«, hakte Mylo nach, denn diese Frage interessierte ihn weitaus mehr als das Schicksal der Monster.

Adair seufzte. Seine hellblauen Augen richteten sich auf seinen unglückseligen Schüler, und Mylo glaubte, Mitleid darin zu erkennen. »Ich werde alles tun, was in meiner Macht steht, um den Zauber der Banshee so stark zu verwässern, wie ich es nur vermag. Dadurch bleiben dir noch weitere Tage, vielleicht Wochen.«

»Tage?« Unwillkürlich wich Mylo einen Schritt zurück. »Wochen? Ich habe erst zwanzig Winter erlebt. Meine Zeit ist noch nicht gekommen!«

»Es tut mir leid, mein junger Freund. Doch selbst wenn meine Lichtmagie noch so stark wie früher wäre, könnte ich nichts für dich tun. Ein einmal gewaschenes Totenhemd bleibt für immer rein. Sieh her!« Auf seinen Stab gestützt stand er auf und griff in den Aschekessel, der die Überreste der Feuerschalen beherbergte. Dann kam er auf Mylo zu und strich diesem den Ruß über die Brust. Nicht das kleinste Ascheflöckchen blieb an seiner Kutte haften. Nur Adairs Hand war von schwarzer Schmiere überzogen.

»Und wenn ich es ausziehe … oder verbrenne?«, stieß Mylo hervor. Bis vor wenigen Augenblicken hatte er die Furcht in seinem Inneren im Zaum gehalten, doch nun, da es wahrhaftig keinen Ausweg zu geben schien, riss sie sich los und galoppierte durch seine Gedanken wie ein wild gewordenes Füllen.

Adair schüttelte den Kopf. »Das könntest du tun, doch es würde nichts ändern. Dein Los ist gefallen. Dein Totenhemd ist nur das äußere Anzeichen davon.«

Mylo stand da wie gelähmt. Alles, was weiter passierte, nahm er lediglich durch den Nebel des Entsetzens wahr: die unbewegten Gesichter der Wachen, die magischen Zeichen, die Adair mit weißer Farbe auf seine Stirn malte, die Beschwörungsformeln, welche dabei über dessen Lippen drangen. Nichts davon beruhigte sein flatterndes Herz. Wochen? Monate? Was sollte er damit anfangen, wenn er doch wusste, wie begrenzt sein Leben von diesem Zeitpunkt an war?

Nachdem der Großmeister der Druiden sein Werk vollendet hatte, legte er Mylo beide Hände auf die Schultern. »Nutze die Stunden, die dir noch bleiben, mein Junge. Teran wiegt jede Seele, die ins *Haus des großen Vaters* eingeht. Ist sie zu schwer von Schuld und Torheit, so wird dein nächstes Leben bitter sein.«

Gewiss wurde von einem Druiden – oder jemandem, der einer hatte werden wollen – erwartet, einer solchen Botschaft mit Gleichmut und Würde zu begegnen. Doch da war etwas in Mylos Herz, das dieses Schicksal nicht akzeptieren, das kämpfen und schreien und weiterleben wollte. »Was ist mit dem Nuckelavee?«, brachte er hervor. »Hat er wirklich die Macht, neues Leben zu spenden?«

Diese einfache Frage führte dazu, dass die Miene des Großmeisters zu Stein erstarrte. »Nein«, antwortete er in einem Tonfall, der ebenso hart klang. »Kein Zauber dieser Welt kann den Tod zurückrufen, wenn er sich erst einmal auf den Weg zu seinem Opfer gemacht hat.«

»Aber nicht nur der Brollachan wollte mich dort hinlocken. Auch die Banshee hat eingeräumt, dass dieser Ausweg besteht.«

Adair schüttelte den Kopf. »Wir werden Moira für ihre Taten und Lügen zur Rechenschaft ziehen.«

Ertrinkende, das wusste Mylo, klammerten sich an alles, dessen sie habhaft werden konnten: Treibholz, andere Menschen, Strohhalme. Und er würde dasselbe tun. Denn von diesem Moment an war es egal, ob es nun der Nuckelavee war, der seinem Leben ein Ende setzte, oder irgendein anderer Gehilfe des Todes. Jetzt gab es nur noch einen Ort, an den er gehen konnte: das dunkle Herz des Waldes. Dort würde er Erlösung finden – auf welche Weise auch immer.

LEBEN!

Broc hatte das Maultier angebunden und mit einer Schippe Hafer versorgt. Als Mylo die Scheune betrat, mühte der Brownie sich soeben damit ab, Heu in die für seine Verhältnisse viel zu hoch angebrachte Futterraufe zu stopfen. Dabei balancierte er keuchend auf den Zehenspitzen. Über seinem Kopf flackerte eine winzige magische Lichtkugel, die den Stall nur notdürftig erleuchtete. Vor sechs Jahren, als Mylo zu den Druiden gestoßen war, hatte jedes Gebäude der Dämmerfeste über zahlreiche solcher Kugeln verfügt, die die Räume des Nachts in gleißendes Licht tauchten, sobald man sie betrat. Doch mittlerweile reichte die Kraft der Geals nur noch für eine winzige Funzel pro Haus.

»Wenn man dich einmal gesehen hat, sieht man dich immer«, stellte Mylo fest. Anstatt dem Kleinen zu helfen, nahm er einen Sattel von der Wand und hievte ihn auf den Rücken des Maultiers, woraufhin dieses den Kopf in seine Richtung drehte und ihn entsetzt anstarrte, als wollte es fragen: *Bist du von allen guten Geistern verlassen? War das nicht schon genug Aufregung für heute?*

»Nur wenn dein Herz gute Augen hat«, stellte der Brownie klar. Dann ließ er seine hilflosen Fütterungsversuche bleiben, kam um den Ständer herum und stemmte die Arme in die Hüften. »Was hast du vor?«

»Ich reite in die Mitte des Waldes«, klärte Mylo ihn auf und zurrte den Sattelgurt fest.

»Zum Nuckelavee? Jetzt? Mitten in der Nacht?«

»Dreimal ja.«

Brocs entsetzte Miene ließ keine Zweifel offen, was er von der Sache hielt. »Willst du nicht lieber warten, bis die Sonne aufgeht? Im Tageslicht sieht so mancher Dämon weit weniger schrecklich aus.«

»Der Tod«, knurrte Mylo, »hat morgens die gleiche Gestalt wie um Mitternacht.«

»Konnte Adair dir nicht helfen?«

Der junge Anwärter schüttelte den Kopf. »Niemand kann mir helfen, außer vielleicht die schrecklichste aller Bestien.«

Aus irgendeinem Grund antwortete Broc ihm nicht mehr. Stattdessen machte der Brownie einen Schritt zur Seite und starrte hinüber zur offen stehenden Scheunentür.

Mylo folgte seinem Blick. Dort, im Schatten der beiden mächtigen Flügeltüren, tauchte soeben eine dunkle Gestalt auf, deren Antlitz er nicht erkennen konnte. Erst als sie die Kapuze ihres Mantels abnahm und näher kam, sah er, dass es sich um Drostan handelte, den Anführer der Dorchas. Im spärlichen Licht, das auf sein Gesicht fiel, glichen die Narben darauf tiefen Kratern, obgleich seine Züge im Grunde genommen attraktiv waren: feine Nase, schmales Kinn, herausfordernder Blick. Sein Haar und der sauber gestutzte Bart leuchteten hellblond wie ein Weizenfeld, was einen herben Kontrast zu seiner schwarzen Kleidung und der Tätowierung auf seiner Stirn darstellte. Wäre Drostan kein Diener Terans gewesen, sondern ein Priester der Sea Mither, so hätte er das Idealbild des Druiden verkörpert, die in den Augen der Menschen stets hell und weise waren. Stattdessen hatte er den dunklen, den schweren Weg gewählt. Denn Dorchas waren nicht nur die Wächter der Feste, sondern auch diejenigen Krieger, welche überall auf dem Festland Monster einfingen und auf die Sterninsel brachten. Drostan hatte zahlreiche der finsteren Kreaturen aufgespürt. Doch eines – ausgerechnet ein Redcap – hatte ihn dabei in die Wange gebissen. Die Abdrücke jener scharfen Zähne verunstalteten seither sein Gesicht. Ein Umstand, der ihn in der Achtung der Druiden sogar noch hatte steigen lassen. Denn Teran, der große Vater, trug ebenfalls Narben von den zahlreichen Kämpfen, die er sich vor Urzeiten mit anderen Göttern geliefert hatte. In den Augen seiner Anhänger waren sie kein Makel, sondern ehrenvolle Trophäen, die allzeit an seine Siege erinnerten. Denn seine Gegner waren gefallen, Teran selbst jedoch für immer unvergessen.

Es war allgemein bekannt, dass Drostan die Wesen aus Licht und Schatten verabscheute. Hätten die Druiden ihn anstelle von Adair zum Anführer gewählt, so gäbe es keine Zuflucht auf einer abgelegenen Insel, sondern lodernde Scheiterhaufen voller toter Monster auf dem Festland. Man munkelte sogar, der oberste der Dorchas hätte während seiner Jagdreisen im Norden Piktlands mehr Bestien erlegt als gefangen genommen. Und doch standen die Entscheidungen des Großmeisters über den seinen.

Mylo verehrte Drostan aus vielerlei Gründen, am allermeisten aber wegen seiner Haltung gegenüber den bösartigen Kreaturen des Waldes. Und weil er den Redcap-Angriff überlebt hatte.

»Der Nuckelavee«, drang die sonore Stimme des Druiden an sein Ohr, »ist ein grausames Wesen, das stets nur das eigene Wohl im Sinne hat. Was, um aller Welt, ist geschehen, dass du nach seiner Hilfe strebst, anstatt *mich* um Rat zu fragen? Denn beim Meister des Lichts bist du offenbar bereits gewesen.« Er deutete auf die weißen Zeichen, die Adair auf Mylos Stirn gemalt hatte.

Auf einmal fühlte Mylo Scham in sich aufsteigen. »Es tut mir leid. Ich wollte Euch nicht in Bedrängnis bringen, nachdem der Großmeister bereits sein Urteil gefällt hatte«, war alles, was er zu seiner Verteidigung hervorbringen konnte.

Überraschenderweise zeigte der Dorcha keinerlei Verärgerung, sondern nickte sogar. »Adairs Entscheidungen sind so unumstößlich wie tausendjährige Eichen. Und dennoch hast du beschlossen, sie zu missachten. Auch ich habe das zuweilen schon getan. Erzähl mir, wie es dazu gekommen ist.«

»Ich will Euch ungern in diese Sache hineinziehen …«, versuchte Mylo, sich herauszureden.

Ein winziges Lächeln auf Drostans narbigem Gesicht gab ihm zu verstehen, dass er ihn durchschaut hatte. »Wohl eher willst du ungern zugeben, dass du mir nicht genug vertraust, um dich mir zu öffnen. Na, komm schon, Junge, ich bin keines deiner Monster!«

Mylo gab sich einen Ruck und berichtete in knappen Worten vom Übergriff der Banshee und ihrer Behauptung, der Nuckelavee verfüge über eine Magie, die den Tod in seine Schranken zu weisen vermochte.

Drostan hörte aufmerksam zu, während er den jungen Anwärter unentwegt musterte. Im fahlen Licht des Stalles wirkte sein bleiches Gesicht beinahe wächsern. »Die Banshee hat die Wahrheit gesprochen«, räumte er ein, nachdem Mylo geendet hatte. »Von allen Wesen in diesem Wald ist der Nuckelavee nicht nur das grausamste, sondern auch das mächtigste. Früher, als die Götter noch stark waren, bannten sie ihn für viele Monate im Jahr ins Meer. Nur im Frühling und im Herbst, wenn Sea Mither und Teran ihre eigenen Kämpfe auszutragen pflegten, entwischte er ihnen. Dann zog er über die Lande und brachte Krankheit und Tod über die Menschen, bis einer der Götter den Kampf gewann, eine neue Jahreszeit anbrechen ließ und den Nuckelavee wieder in die Tiefen des Ozeans trieb. Dies war das

Gleichgewicht des Lebens, und über viele Jahrtausende hat es funktioniert.«

Nachdenklich trat Drostan näher heran und legte eine Hand auf die Kruppe des Maultiers. Noch verstand Mylo nicht, worauf er hinauswollte, denn bis zu diesem Punkt waren seine Ausführungen jedem Bewohner der Dämmerfeste bekannt.

»Dann jedoch schloss sich das Tor nach Avalon, das jahrhundertelang die Quelle unserer Magie gewesen ist. Die Druiden verloren ihre Macht, stattdessen kamen die christlichen Herrscher über das Land«, nahm der Dorcha den Faden wieder auf, wobei ein wütendes Funkeln in seine Augen trat. »Sie schlachteten alles dahin, was nicht ihrem Weltbild entsprach: Schattenwesen, Lichtwesen, Anhänger der alten Götter. Immer mehr Menschen wandten sich von Sea Mither und Teran ab, weil ihre Fürsten es von ihnen forderten und eine Verweigerung gleichbedeutend mit dem sicheren Hungertod gewesen wäre. Doch was passiert mit Göttern, an die keiner mehr glaubt?« Er hob fragend die filigranen Augenbrauen wie in jeder Lehrstunde, der Mylo bereits beigewohnt hatte. Die Anwärter und jungen Priester verbrachten oft ganze Tage und Nächte im Gespräch mit den Meistern, wodurch sie nicht nur die Grundsätze der Magie, sondern auch den Lauf der Gestirne am Firmament, die Deutung der Vogelzüge und die wichtigsten Lieder der Barden lernten. Sogar im Schwert- und Stockkampf übten sie sich.

»Sie sterben«, antwortete Mylo.

Drostan nickte. »Ihre Kraft schwindet, denn auch sie ist nur ein Teil des Gleichgewichts. Deshalb verändern sich die Jahreszeiten immer mehr. Deshalb gefriert im Sommer der Tau auf den Wiesen, und deshalb kommt die Schneeschmelze viel zu früh. Doch die Götter sind die Einzigen, die unsere Magie noch aufrechterhalten, nun, da Avalon verloren ist. Wenn sie sterben – dann siecht auch die letzte Zauberkraft ihrer Diener dahin.«

Im Hintergrund schnaubte das Maultier, das wohl langsam hoffte, man würde ihm seinen Sattel wieder abnehmen und es für den Rest der Nacht in Ruhe lassen. Drostan schwieg in Gedanken versunken, doch dabei war ihm anzusehen, dass er noch weitaus mehr zu sagen hatte. Wie ein Sturm, der bisher nur geweht hatte und nun im Begriff war, die entscheidende Böe loszulassen.

»Allerdings gibt es einen unter uns, der von all dem Sterben ringsum nicht betroffen zu sein scheint«, sagte er.

Mylo hielt den Atem an. »Wen meint Ihr?«

»Den Nuckelavee.«

Gespannte Stille legte sich über den Raum, selbst das Maultier hörte für einen Moment auf zu kauen. Und Broc war ohnehin in Schweigen versunken, seit Drostan die Scheune betreten hatte.

»Wieso gerade er?«, brachte Mylo hervor.

»Das wissen wir nicht«, gab der schwarze Druide zu. »Es wurde viel darüber diskutiert, doch niemand findet die Antwort. Tatsache ist: Diese grausame Kreatur besitzt derzeit mehr Macht als wir.«

»Aber ihr habt ihn eingesperrt. Weshalb kann er trotz dieser unermesslichen Kraft nicht ausbrechen?«

Drostan schüttelte den Kopf. »Nicht *wir* haben ihn eingesperrt, vielmehr war er bereits gefangen, als wir hier ankamen. Niemand weiß, wer dieses Wunder vollbracht hat. Aber sicher ist: Die einzige Waffe, die den Nuckelavee in Schach zu halten vermag, ist Wasser.«

»Habt Ihr nicht gesagt, er hätte die meiste Zeit seines Lebens im Meer verbracht?«

Die Antwort war ein sachtes Nicken. »Sea Mither und Teran bannten ihn ins Salzwasser, doch daraus vermag er zu entkommen. Derjenige hingegen, der ihn einst besiegt hat, bannte ihn in einen Kreis aus Süßwasser – und diesen kann er nicht durchschreiten. Aber mit jedem Tag, der vergeht, wird der Nuckelavee wütender und unsere Macht schwächer. Wer zu nah an seinen Käfig herantritt, läuft Gefahr, von seinem dunklen Sog erfasst zu werden, und stürzt sich ihm freiwillig in den Rachen. Wäre ich ein Christ, so würde ich in diesem Wesen den leibhaftigen Teufel sehen.«

»Das heißt, die Mitte des Waldes beherbergt ein Monster, das die ganze Welt vernichten könnte, sollte es je entfesselt werden?«

Drostan nickte. »Und deshalb muss es sterben.« Es stand keinerlei Zweifel in seinen Augen, während er diesen abtrünnigen Gedanken aussprach, und genau diese Haltung schätzte Mylo so an ihm.

»Es gibt eines, das Großmeister Adair und mich unterscheidet, mein junger Freund«, verkündete der Druide, und der Ernst in seiner Miene legte nahe, dass er nun zum wichtigsten Punkt seiner Ausführungen kam. »*Er* beharrt auf den Traditionen von früher – *ich* nicht.«

»Also denkt Ihr, es besteht noch Hoffnung?«, fragte Mylo vorsichtig, ohne zu präzisieren, ob er damit sich allein oder die ganze Welt meinte, denn er wusste es selbst nicht. Doch schon dieses eine Wort – Hoffnung – schmeckte süßer als jeder Honigkuchen.

»Gewiss. Und wenn wir es geschickt anstellen, retten wir damit nicht nur dein Leben.«

»Wie meint Ihr das?«

Väterlich legte Drostan ihm eine Hand auf die Schulter. »Ich vertraue auf die Visionen, die Teran mir schickt, daher bin ich sicher, dass die Vernichtung des Nuckelavees der Schlüssel zu unserer Rettung ist. All diese Magie, die er in seinem grauenvollen Leib verwahrt, kann ihm entrissen und den Druiden zugeführt werden. Töten wir den Nuckelavee und gelangen dadurch wieder an unsere einstige Macht! So werden wir schließlich auch die Christen vertreiben und in Frieden aufs Festland zurückkehren können.«

»Aus welchem Grund habt Ihr das nicht längst getan?«, fragte Mylo verwundert.

Drostan seufzte. »Entgegen der Anweisung unseres Großmeisters habe ich es versucht – aber leider ohne Erfolg. Denn der Zauber, der das Monster einschließt, ist von beiden Seiten nahezu undurchdringlich. Ich vermute, der Nuckelavee selbst hat einen zweiten Schild gewoben, der ihn von innen heraus schützt. Damit will er genau das verhindern, was wir vorhaben: dass irgendein abtrünniger Druide beschließt, sich der Gefahr in der Mitte des Waldes zu entledigen. Er hat sich einen Kokon gesponnen und wartet auf den Tag, an dem jemand einen Fehler macht oder die Götter ihn befreien.«

»Aber dann …«, Mylo wusste nicht recht, wie er es ausdrücken sollte, »… rüttelt man besser nicht an der bestehenden Konstruktion. So, wie es ist, ist es gut: Die Bestie ist gefangen. Niemand kann sie töten, aber es kann auch niemand getötet werden.«

Mit diesem Einwand schien Drostan gerechnet zu haben. Er nickte, doch dabei schlich sich ein pathetischer Glanz in seine Augen. »Ich frage dich, Anwärter: Willst du diese graue Kutte ablegen und deine Bestimmung finden oder lieber langsam untergehen? Willst du das gesammelte Wissen der Druiden bewahren oder künftigen Generationen eine Welt ohne Weisheit hinterlassen?« Als wären diese Argumente noch immer nicht stichhaltig genug, überwand er den letzten Schritt, der sie voneinander trennte, und trat bis auf Augenhöhe an seinen Schüler heran. »Willst du leben … oder sterben?«

»Leben«, hauchte Mylo.

Ein zufriedenes Lächeln huschte über Drostans Gesicht.

»Dann bring das Monster dazu, dich zu heilen. Geh auf all seine Forderungen ein. Den Rest erledige ich.«

Mylo räusperte sich. »Was wird er im Gegenzug für seine Hilfe von mir verlangen?«

»Seine Freiheit«, antwortete Drostan.

»Aber wie sollte ich ihn befreien? Ich bin nur ein Anwärter ohne jegliche Kraft. Das Gefängnis, das ihn bannt, wurde aus uralter Magie gewebt.«

Der Druide nickte. »Ich gehe fest davon aus, dass der Nuckelavee längst weiß, mit welchen Mitteln er diesen Zauber auflösen könnte – er *hat* sie nur nicht. Gib diesem Monster einen Grund, dir anzuvertrauen, welche Artefakte er benötigt, um auszubrechen, ja, bring sie ihm sogar. Er darf nur nicht wissen, dass ich dich geschickt habe, denn er muss sich in Sicherheit wiegen und glauben, er hätte alles unter Kontrolle. Sobald er die Grenze seines Kerkers überschreitet, verlässt er auch seinen schützenden Kokon. Ich werde ihn töten, wenn es so weit ist. Deine Aufgabe ist lediglich, die passenden Voraussetzungen zu schaffen.«

»Aber wie … wie wollt Ihr ein Wesen besiegen, das mehr Macht hat als Ihr?«

Diese Frage war vermessen für einen Anwärter, doch Drostan zeigte keinerlei Verärgerung. Im Gegenteil – er lächelte. »Das, mein junger Freund, weiß ich noch nicht. Aber als ich Teran in meiner Vision danach fragte, zeigte er mir dein Gesicht.«

Mylo war sprachlos. Bis zu diesem Tag war er nur einer unter vielen unbedeutenden Anwärtern in der Dämmerfeste gewesen. Und nun hatte der Vatergott ihn als Retter seiner Welt erwählt? Zwiespältige Gefühle suchten ihn heim: Stolz, Hoffnung – und Misstrauen. Denn obgleich Drostans Plan ihm ein Weiterleben versprach, schien es doch so, als erzähle sein Meister ihm nicht die ganze Wahrheit. Auf der anderen Seite: Was hatte Adair unternommen, um Mylos Leben zu retten? Zaubersprüche gemurmelt und Zeichen auf seine Stirn gemalt, um sein todgeweihtes Dasein um ein paar Sonnenauf- und -untergänge zu verlängern.

»Ich werde tun, was Ihr verlangt«, murmelte Mylo.

Bei diesen Worten bildeten sich Falten auf Drostans Stirn – feine Wellen, die sich unter den Zeichen von Sonne und Mond kräuselten. Er schüttelte den Kopf. »Ich *verlange* gar nichts von dir, junger Freund. Stattdessen biete ich dir einen Ausweg. Teran hat dich an diese Wegscheide deines Lebens geführt. Nutze deine Chance und entscheide dich für den richtigen Pfad – denjenigen, auf den das Mondlicht scheint. Wenn du diesen Auftrag erfüllst, wirst du Zauberkraft gewinnen und das schwarze Gewand des großen Vaters anlegen dürfen.«

Das Licht der magischen Kugel fiel flackernd auf Drostans narbiges Gesicht, und einen Moment lang kam es Mylo so vor, als wäre es Teran selbst, der zu ihm sprach. Tiefe Ehrfurcht erfüllte ihn.

»Habt Dank. Ich werde Euch nicht enttäuschen.«

Der Druide nickte, dann hob er die rechte Hand und zeichnete eine Form auf Mylos Wange, die an seine eigenen Verletzungen erinnerte. Er benutzte keine Farbe wie Adair, und doch fühlte jeder Strich sich an wie eine Tätowierung für die Ewigkeit.

»Geh hin und lebe!«, raunte er.

Schicksalsergeben trabte das Maultier wenig später durch die Nacht. Aus irgendeinem Grund hatte Mylo sich beim Verlassen des Stalls nicht unversöhnlich weggedreht, als Broc wie ein Kind die Arme zu ihm emporgereckt hatte, sondern den Brownie gepackt und vor sich in den Sattel gesetzt. Womöglich lag es daran, dass selbst ein Eigenbrötler wie er in Stunden wie dieser dankbar für einen Gefährten war – niemand ritt gern allein dem Tod entgegen.

Lange schwiegen sie beide. Erst als die Dämmerfeste außer Sicht- und Hörweite war, verdrehte Broc den Hals und versuchte, Mylos Blick aufzufangen, doch der starrte nur weiterhin geradeaus auf den Weg.

»Es liegt viel Dunkelheit in diesem schwarzen Plan«, nuschelte der Brownie.

»Terans Pläne sind seit jeher dunkel«, erwiderte Mylo, obgleich er vorgehabt hatte, sämtliche Meinungsäußerungen des Kobolds unkommentiert zu lassen. »Die Welt besteht nun mal aus Licht und Schatten. Das eine kann ohne das andere nicht sein.«

»Bist du sicher, dass es Terans Plan ist und nicht Drostans? Und ist es wirklich ein guter Plan? Ich meine … Er weiß noch nicht einmal, wie er den Nuckelavee töten will. Das erscheint mir alles ein wenig unausgereift.«

Mylo antwortete nicht darauf, doch tief in seinem Inneren wusste er, dass der Einwand nicht unbegründet war. Auch er verspürte ein nagendes Gefühl in der Magengegend, das ihn davor warnte, als Mittel zum Zweck missbraucht zu werden.

»Will er den Nuckelavee überhaupt töten?«, fragte Broc.

»Was denn sonst?«

»Ihn freilassen, um die ganze Welt zu vernichten?«

Diese Aussage veranlasste Mylo dazu, die Zügel anzuziehen. Es war falsch gewesen, diesen kleinen runzeligen Schwätzer auf den wohl schwersten Weg seines Lebens mitzunehmen. Verärgert wies er mit dem Zeigefinger zu Boden. »Du warst derjenige, der mich überhaupt erst in diese Lage gebracht hat. Wenn du nur hier bist, um mich zum Aufgeben zu bewegen, dann steig ab!«

Der Brownie schluckte sichtbar. Einen Augenblick lang zögerte er, dann senkte er niedergeschlagen den Kopf. »Es tut mir leid. Hätte ich gewusst, wie wählerisch die Banshee in Bezug auf Getränke ist, hätte ich die Milch niemals ausgetrunken.«

»Hast du aber. Gedankenlos und willkürlich, wie ihr Monster nun einmal seid.«

Broc nahm die Beleidigung hin, ohne aufzubegehren. Weil er weiterhin keine Anstalten machte abzusteigen, drückte Mylo dem Maultier die Absätze in die Flanken und ritt weiter.

Sie passierten die Eiche der Black Annis, von deren Zweigen die Häute ihrer Opfer – ausnahmslos Ziegen und Hühner – baumelten. Im Licht des fast vollen Mondes wirkte die Szenerie noch gespenstischer als sonst. Mylo versuchte, sich nicht vorzustellen, wie diese Behausung früher ausgesehen haben mochte, zu einer Zeit, als die Hexe frei in den Wäldern Britanniens gelebt hatte. Wie viele unschuldige Wanderer und Kaufleute hatte sie überfallen, gefressen und deren Häute zum Trocknen ins Geäst gehängt?

Auf den Eichenwald folgte eine Lichtung, auf der einige harmlose Kobolde gerade Flöten aus den Fischgräten der letzten Fütterung schnitzten, sowie ein Gesteinsmassiv, das vom stetigen Klopfen der Knockers widerhallte, die einfach nicht glauben wollten, dass es keinerlei Bergleute mehr gab, und weiterhin versuchten, sie in eine Falle zu locken.

Sie umrundeten einen See, der eine Gruppe Kelpies sowie zwei Shellycoats beherbergte, doch in dieser Nacht schienen alle Wassergeister satt und zufrieden auf dem Grund des Teichs zu schlafen. Keines von ihnen streckte seine spitzen Zähne oder seine muschelbewachsene Hand heraus.

Den Monstersee sowie den Bachlauf der Banshee umritten sie in großzügigem Abstand, dann tauchten sie in das Fichtendickicht ein, zu dem der Brollachan sie hatte führen wollen. Inzwischen war die Krähe weitergeflogen, oder der Dämon hatte längst eine andere Gestalt angenommen, doch nirgendwo im Unterholz flatterte oder scharrte irgendetwas. Dies war der dunkelste und gefährlichste Abschnitt des Waldes, in dem nicht einmal die wehrhaftesten Schattenwesen leben wollten. Auch kein Vogel baute sein Nest in diesen Bäumen, keine Maus wühlte sich durch das Erdreich, ja selbst die Ameisen errichteten ihre Hügel lieber woanders. Es war, als wäre die Luft von so viel giftiger Bosheit erfüllt, dass sie sich von selbst entzünden würde, wenn man nur einen Laut von sich gab.

Inmitten all dieser Stille hörten sich die Tritte des Maultiers wie Donnerschläge an. Mylo ertappte sich dabei, dass er den Atem anhielt und auf den Tod wartete.

»Hier ist nichts, das uns etwas zuleide tun könnte«, wisperte Broc, vermutlich um sich selbst Mut zuzusprechen, denn er zitterte am ganzen Leib – ebenso wie ihr Reittier.

»Nein, aber wir reiten genau darauf zu«, antwortete Mylo im Flüsterton. Auch er hatte das unbestimmte Gefühl, von tausend Augen beobachtet zu werden.

Der Weg führte durch einen Hohlweg aus Dornen, die so gierig nach jedem Reisenden griffen, dass Mylo den Rücken krumm machen musste, um nicht an ihnen hängen zu bleiben. Im selben Moment, als er sich wieder aufrichtete, blieb das Maultier wie angewurzelt stehen. Wenige Schritte vor seinen Hufen tat sich ein langsam fließender Bach auf. Seine Wassermassen bewegten sich so träge, dass sie die ovale Scheibe des Mondes nahezu ohne jegliche Verzerrung spiegelten. Noch außergewöhnlicher war der Umstand, dass das Gewässer weder eine Quelle noch einen Ablauf zu haben schien, sondern kreisförmig um eine felsige Landmasse herumlief. Was sich außer Gestrüpp und Steinen darauf befand, konnte man nicht erkennen, denn fast die gesamte Insel war von dichtem Nebel bedeckt.

»Ich glaube … wir sind da«, wisperte Broc. Dabei hielt er sich die Augen zu, was in doppelter Hinsicht sinnlos war, da Fremde ihn ohnehin nicht sehen konnten.

Mylo stieg aus dem Sattel und band das Maultier in der Dornenhecke hinter ihnen an, weil er befürchtete, es würde das Weite suchen, sobald er die Zügel losließ. Er stellte sich an den Rand des Baches und versuchte erfolglos, durch den Nebel zu spähen. Nichts regte sich darin, nicht einmal die Dunstglocke selbst waberte sichtbar in irgendeine Richtung. Das Einzige, was die allumfassende Stille durchbrach, war Mylos Herzklopfen, das sein Trommelfell zu durchschlagen schien.

Auf einmal ertönte ein durchdringendes »Hicks!« hinter seinem Rücken, und er fuhr herum.

»Entschuldigung«, flüsterte Broc. »Wenn ich sehr aufgeregt bin, bekomme ich immer Schluckauf!«

Ehe Mylo darauf reagieren konnte, scholl ein heiseres Lachen aus dem Nebel. Es war nicht auszumachen, von welcher Stelle es kam, doch es hallte in den Nachthimmel hinauf, als wäre es das einzige Geräusch auf der Welt. Broc hickste wieder, und das Maultier stampfte unruhig mit den Hufen.

»Ich sehe dich!« Einer Schlange gleich wand sich die Stimme durch die Luft. Sie war tief und dennoch von scharfer Bitterkeit durchzogen. »Nicht nur dein Fleisch, auch dein Herz. Nicht nur die Symbole des Lichts auf deiner Stirn, sondern auch die Male der Dunkelheit auf deinen Wangen. Tritt durch das Wasser, dann erlöse ich dich von deinen Qualen.«

Mylo zwang seine Zunge zum Sprechen. »Nuckelavee! Ich bin gekommen, um dir einen Handel vorzuschlagen.«

Auf einen Augenblick der Stille folgte ein Zischen, das gleichermaßen Wut und Belustigung ausdrücken konnte. »Ich glaube kaum, dass du etwas zu tun vermagst, das mein Interesse wecken könnte, Graukutte. Aber wenn du den Bach überschreitest, biete ich dir einen anderen Ausweg aus deinem Jammer. Und den saftigen Brownie darfst du ebenfalls mitbringen. Er wird mir eine willkommene Vorspeise sein.«

Das Hicksen ertönte jetzt in doppelter Lautstärke. War es möglich, dass der Nuckelavee nicht nur durch den Nebel blickte, sondern auch den sonst so unauffälligen Kobold glasklar sah?

Mylo nahm sich zusammen. Einem Gegner wie diesem durfte man niemals mit sichtbarer Furchtsamkeit gegenübertreten – das hatte er in sechs Jahren Monsterpflege gelernt. »Keiner von uns wird zu dir kommen. Stattdessen hörst du dir an, was ich zu sagen habe!«

»Dann sprich!«, schnarrte der Nuckelavee. »Mir fehlt es ohnehin an Unterhaltung, seit auch der letzte Vogel begriffen hat, dass er den Himmel über diesem Ort besser meiden sollte. Sie fliegen jetzt alle anderswo – über zerklüftete Berge und fruchtbare Täler, über das Meer hinaus, wo die Winde noch ungezähmt durch ihr Gefieder wehen.« Ein Hauch von Wehmut lag in diesen Worten und machte klar, dass selbst ein Monster wahre Schönheit zu erkennen wusste.

»Du willst frei sein?«, rief Mylo über das Wasser hinweg. »Dann löse den Fluch, den die Banshee mir auferlegt hat. Solltest du Erfolg haben, werde ich dir helfen zu entkommen.«

Der Nuckelavee schwieg, und mit ihm hielt der ganze Wald den Atem an. Das leise Gluckern des Baches war das einzige Geräusch, das die Stille durchdrang. Mit einem Mal wallte der Nebel auf, und eine Gestalt trat hindurch. Erst schemenhaft, dann immer deutlicher erkannte Mylo das Ungeheuer aus seinen Träumen: Doppelt so hoch wie ein erwachsener Mann ragte der Nuckelavee im Abstand von wenigen Schritten vor ihm auf. Das einzelne Auge auf dem Pferdekopf leuchtete in hellem Rot, doch es hatte keine Pupille, um ihn zu fixieren. Vielmehr glich es einem riesigen Insektenauge, das aus Tausenden von Facetten bestand und in alle Richtungen blicken konnte.

Die fleischige Masse des Körpers war von gelben Adern durchdrungen. Wie ein schauriges Fischernetz spannten sie sich über Muskeln und Sehnen, verzweigten sich zu immer schmaler werdenden Ästen und pulsierten bei jeder Bewegung. Doch während das Pferd nicht wie ein eigenständiges Lebewesen wirkte, sondern vielmehr ein reines Fortbewegungsmittel zu sein schien, strotzte der mit ihm verwachsene Reiter nur so von düsterer Anziehungskraft. Dieser kahle gehäutete Mann mit dem frei liegenden Nasenknorpel und den Lippen, die lediglich aus zwei waagrechten Muskelsträngen bestanden, war eindeutig das grauenvollste Monster, dem Mylo jemals gegenübergestanden hatte. Und dennoch ging eine sonderbare Faszination von ihm aus – die Schwingung der schier unendlichen Macht, welche ihn durchströmte.

Der Blick seiner lidlosen Augen drang tief in Mylos Brust. Es fühlte sich an, als wühlte er sich mit jedem Blinzeln weiter hinein, bis sich schließlich die drei Muskeln seiner linken Wange verkürzten, was vermutlich einem abschätzigen Grinsen gleichkam. »Die alte Moira hat dein Totenhemd gewaschen«, fistelte er, und erst jetzt konnte Mylo sehen, dass seine Zunge gespalten war wie die einer Schlange. Sie zischelte zwischen einer Reihe schneeweißer Reißzähne hervor.

»Hat dir dein Vetter, der Brollachan, davon erzählt?«, fragte er so ungerührt wie möglich.

Der Nuckelavee schüttelte den Kopf, was tatsächlich so aussah, als rolle dieser auf seinen Schultern hin und her, genau wie es die Legende besagte. »Ich brauche keinen gestaltlosen Dämon, um in dein Herz zu blicken. Mein magisches Auge durchdringt jede Haut.« Er hob seine viel zu langen Arme und deutete nach vorne zum Pferdekopf. »Deshalb sehe ich auch die Angst, von der du gänzlich durchdrungen bist – obwohl du versuchst, sie vor mir zu verbergen.«

»Es ist keine Schande, Furcht vor einem Wesen zu haben, das mächtiger ist als man selbst«, räumte Mylo ein.

Die Bestie lachte gehässig. »Nein, da hast du wohl recht. Doch davon spreche ich nicht, sondern von Kilmartin Glen, einem schmucken Tal an der Westküste von Dalriada. Ich weiß, was damals dort geschehen ist.«

Innerhalb eines Wimpernschlags beschleunigte Mylos Puls sich um das Dreifache. In all den Jahren, die er auf der Sterninsel weilte, hatte er diese Geschichte niemals erzählt, nicht einmal Drostan. Er hatte gute Gründe, es nicht zu tun, denn manche Dinge schloss man besser in der hintersten Kammer seines Herzens ein und warf den Schlüssel ins Moor des Vergessens. Der Nuckelavee jedoch hatte dieses wohl gehütete Geheimnis mit einem einzigen Blick durchschaut. Welche Dinge konnte er noch sehen? Wusste er, dass Mylo mit Drostan im Bunde stand?

Das Facettenauge des Pferdekopfes blitzte auf, und der Reiter reckte seinen Nasenknorpel in die Luft, wohl um einen Geruch aufzufangen, der ihm besondere Freude bereitete. »Ahhhh!«, seufzte er. »Ich rieche den Duft der Finsternis, die dich durchdringt. Sie ist beinahe so aromatisch wie das Blut, welches damals die grünen Wiesen von Kilmartin Glen tränkte.«

Schmerzhafte Erinnerungen durchfuhren Mylo. Er sah sich selbst, wie er in diesem Meer aus Blut saß. Ein junger Mann, fast noch ein Kind, war er damals gewesen, nicht viel größer als der Redcap, der seinen Vater getötet hatte. Sie waren in ihrem Spielmannswagen von einer Burg zur anderen gefahren, um die adeligen Herren mit ihrer Kunst zu erfreuen. Mylo jonglierte mit drei Bällen, während sein Vater die Harfe zupfte und schottische Heldenlieder sang – von mutigen Recken und klugen Königinnen, von endloser Liebe und abgrundtiefem

Hass. Es war ein leichtes Leben gewesen, doch es endete abrupt im Schatten einer mächtigen Eiche von Kilmartin Glen, hinter deren Stamm der Gnom gelauert hatte. Zuerst hatte Mylo die abgerissene Gestalt für ein Bettelkind gehalten, das um Almosen bat, denn sie trug kaum Kleidung am Leib, und die graue Mütze war voller Mottenlöcher. Doch innerhalb eines einzigen Herzschlags drehte das Schicksalsrad sich so geschwind wie der Redcap selbst, der, wendig wie ein Eichhörnchen, aus dem Stand in die Luft schnellte, eine Drehung vollführte und direkt auf dem Kutschbock ihres Wagens landete. »Duuuuuurst!«, raunte er. Dann rammte er Mylos Vater die Klauen in den Hals, bevor dieser auch nur einen Ansatz von Gegenwehr aufbringen konnte, und zog ihn vom Wagen herunter.

»Du hast zugesehen, wie er zerrissen wurde«, kommentierte der Nuckelavee die schmerzhaften Erinnerungen. »Hast sein Ächzen und Gurgeln gehört, unfähig, etwas daran zu ändern. All dein Druidenblut hat dir nicht geholfen. Stattdessen kamen weitere Redcaps.« Ein begehrliches Schnauben entwich ihm. »Sie veranstalteten ein Festmahl mit deinem hilflosen alten Herrn. Und schon bald war die Flöte an dessen Gürtel von roter Firnis überzogen – ein eindringliches Bild, das du dir da bewahrt hast, das muss ich zugeben.«

»Schweig!«, presste Mylo hervor.

Doch das Monster auf der anderen Seite des Baches scharrte nur mit den flossenförmigen Hufen und ließ seinen Kopf über die Schultern rollen. Es wirkte schauderhaft fasziniert von den Grausamkeiten, die es in Mylos Gedanken las – wie ein Raubtier im Käfig, das von wilden Jagden träumte. Dann legte der Reiter die Stirnmuskulatur in knotige Falten und durchbohrte den jungen Besucher mit seinem Blick. »Du weißt nicht mehr, was danach geschehen ist, hast nicht die Spur einer Ahnung, wer die Schar der anstürmenden Gnome besiegt und zerrissen hat.

Vielleicht waren es die Götter, vielleicht die Feen aus Avalon, vielleicht aber bist du auch selbst das größte Monster von allen. Alles, woran du dich erinnerst, ist der Moment, als du wieder aufgewacht bist: der kleine Mylo inmitten Dutzender toter Leiber auf dem Schlachtfeld – in der einen Hand eine zerrissene Redcap-Mütze, in der anderen die blutige Flöte.« Er stockte und ließ sein Facettenauge glühen. »Du hast sie immer noch.«

Unwillkürlich fuhr Mylos Hand an den Beutel an seinem Gürtel, in dem er das kleine Instrument aufbewahrte. Nur selten, wenn er sich vollkommen unbeobachtet glaubte, zog er die Flöte hervor, doch ihr Anblick war ihm Trost und Folter zugleich, und deshalb hatte er sie nie mehr an seine Lippen gesetzt.

Der Nuckelavee reckte seinen Pferdekopf so weit in Richtung des Baches, dass seine Nüstern vibrierten. »Spielst du mir das Lied vom Tod?«, raunte er.

Eine schier unerträgliche Trübsal brach über Mylo herein. Es war, als würde der schützende Damm vor seiner Seele brechen und alles Gute und Warme loslassen, das er seit jenem Tag dort gehütet hatte. Auf einmal verspürte er den Drang, den Bach zu überschreiten und das zu tun, was ihm der Nuckelavee von Anfang an geraten hatte: Der Sache – dem Leben – ein Ende bereiten!

Mit einem prägnanten »Hicks!« meldete Broc sich wieder zu Wort, woraufhin das glühende Pferdeauge in seine Richtung schwenkte und das Gefühl der Ausweglosigkeit mitnahm, das von Mylo Besitz ergriffen hatte.

»Darf ich etwas anmerken?«, piepste der Brownie.

»Ein letzter Wunsch? Aber gewiss doch«, säuselte der Nuckelavee.

»Ein Wunsch, ja, auch wenn es nicht der letzte ist. Ich würde gern noch einmal auf den Beginn unseres Gesprächs zurückkommen.«

»Auf den … was?«, knurrte das Monster halb irritiert, halb verärgert über so viel Missachtung seiner Bestialität.

»Mir ist bewusst, dass Ihr uns gern fressen wollt, Meister Nuckelavee. Aber noch viel lieber wollt Ihr doch frei sein, oder nicht?«

Der Reiter schürzte die Lippenmuskeln.

»Aus diesem Grund schlage ich vor, Ihr befreit nun den werten Herrn Druidenanwärter von seinem Totenhemd, damit wir in aller Frische losziehen und die Dinge suchen können, die Ihr für Euren Ausbruch benötigt. Es gibt doch gewiss irgendetwas, das Euch befähigt, in all Eurer Eleganz über diesen Bach zu schreiten … oder nicht?« Die letzten beiden Worte klangen piepsig, aber bis dahin hatte Broc erstaunlich klar gesprochen, fand Mylo.

Selbst der Nuckelavee zeigte sich angesichts von so viel Dreistigkeit beeindruckt. Einen Moment lang schien er zu überlegen, doch dann züngelte er in ihre Richtung und beschloss: »Ihr beide habt nicht das Zeug dazu, mir das entsprechende Artefakt zu besorgen. Aber als Mahlzeit und Nachtisch werdet ihr mir hervorragend munden. Und dann muss Graukutte hier sich auch nicht mehr mit seiner Angst herumschlagen.« Damit fixierte er wieder Mylo, und sogleich kehrte die Verzweiflung in dessen Herz zurück.

»Wenn wir nur wüssten, was für ein Artefakt das sein soll …«, versuchte Broc einen weiteren Vorstoß, doch der Nuckelavee beachtete ihn nicht mehr.

»… dann würden wir auch glauben, dass Ihr die Macht besitzt, einem Gefängnis zu entfliehen, welches das Schicksal selbst errichtet hat.«

Augenblicklich schnellte das Monster wieder zu ihm herum. »Wer sagt, dass es das Schicksal war? Du ehrloser Mistkäfer weißt *gar* nichts, behauptest aber, ich sei nicht mächtig genug?«

»Nun ja«, stammelte Broc, »es heißt, es gebe nichts und niemanden, der die Hürden überwinden kann, welche die Götter ihm einst in die Wiege gelegt haben. In Eurem Fall: das Wasser.«

»Ich könnte es mit jeder verdammten Hürde dieser Welt aufnehmen, wenn ich eine Haut hätte!«, zischte das Monster.

Eine Haut, dachte Mylo resigniert. *Wie beim Lauf der Gestirne soll ich ihm denn eine Haut besorgen?* Im selben Moment schoss ihm ein Gedanke durch den Kopf, der zumindest den Funken einer Hoffnung in sich barg. »Vielleicht kann die Black Annis helfen. Sie trocknet die Häute ihrer Opfer in den Wipfeln ihrer Eiche.«

Der Nuckelavee kräuselte die zahlreichen Sehnen auf seinen Wangen so stark, dass es den Anschein hatte, sie könnten sich ineinander verknoten. »Keine steife tote Haut! Was ich brauche, ist lebendes Gewebe, das sich mit meinem Körper verbindet und es mir ermöglicht, dieses verfluchte Wasser zu überschreiten, ohne mich daran zu verbrennen!«

Dann ist es aussichtslos, erkannte Mylo. *Dies ist der Tag meines Todes. Hätte ich davon gewusst, als ich heute Morgen die Augen aufgeschlagen habe, so hätte ich dem Zwitschern der Vögel in den Baumkronen länger gelauscht.*

»Kein Problem!«, vermeldete Broc. »Zufälligerweise ist mir bekannt, wo ich eine solche Haut finde.«

Er konnte überraschend gut lügen – ohne jegliches Wimpernzucken und sogar mit einem aufgeregten Grinsen im Gesicht. Dennoch glaubte Mylo nicht eine Sekunde lang, dass der Nuckelavee sich so leicht an der Knorpelnase herumführen lassen würde.

Dieser richtete jedoch sein magisches Pferdeauge auf Broc und schien ihn damit zu durchleuchten, wie er es zuvor bei Mylo getan hatte. Die Prozedur dauerte nur kurz, dann schlich sich ein triumphierender Ausdruck auf die Miene des Nuckelavees. »Das könnte funktionieren!«, zischelte er.

Broc warf sich in die Brust. »Also abgemacht: Ihr rettet Mylos Haut, und er besorgt Euch eine eigene. Auf diese Weise kommen wir alle mit heiler Haut …«

»Genug geschwätzt!«, donnerte die Bestie und ließ einen Huf auf den felsigen Boden krachen. »Ich löse den Fluch der Banshee aber erst, nachdem ich mein Artefakt in den Händen halte! Und es muss genau *dieses* sein, verstehst du?«

Mylo hätte gern widersprochen, denn so war die Gefahr, die dauerhaft über ihm schwebte, nicht gebannt. Er konnte weiterhin jederzeit tot umfallen. Dazu kam, dass schon der letzte Plan des Brownies alles andere als erfolgreich gewesen war. Doch die unübersehbare Sicherheit, die aus jeder Pore des Kobolds drang, vermittelte zumindest ein wenig Zuversicht.

»Beeilt euch!«, gab der Nuckelavee ihnen mit, wobei er die Pferdenase in die Luft hielt. Welchen Geruch auch immer der Wind an seine Nüstern trug – Menschenblut vermutlich –, es musste ein besonders liebreizender sein, denn er brachte den gesamten monströsen Fleischberg zum Beben. Eindrucksvoll kehrte er ihnen den Rücken zu und schritt zurück in die Nebelbank.

Broc seufzte so laut, als fielen ganze Felsbrocken von seinem Herzen. Mylo hingegen war nicht nach Aufatmen zumute. »Wo, bei Sonne und Mond, willst du eine lebendige Haut herbekommen?«, fragte er.

Die Tatsache, dass der Brownie daraufhin ein tieftrauriges Gesicht aufsetzte, konnte kein gutes Omen sein. »Von jemandem, der sie sehr vermissen wird«, murmelte er und wandte sich ab.

SCHICKSALSMEER

Es tat gut, endlich wieder Sand unter den Füßen zu spüren. Schritt für Schritt schlich Torvis sich über den Strand und die angrenzenden Felsbänke hinweg an die Hütte heran, kletterte über eine sorgfältig aufgeschichtete Steinmauer und landete schließlich im Gras, dessen frische Halme sie zwischen den Zehen kitzelten. Einige Ziegen starrten zu ihr herüber, doch sie verloren schnell das Interesse an der nackten Frau, die ihnen weder ihr Futter wegfraß noch scharfe Reißzähne besaß. Unbeeindruckt neigten sie ihre Köpfe wieder dem Boden zu und grasten weiter.

Torvis mochte die Haustiere der Menschen, denn sie waren so herrlich vertrauensselig. Ganz anders als die Bewohner des Meeres, die stets ums Überleben kämpften und einander deshalb entweder auflauerten oder sich voreinander versteckten. In gewisser Weise konnte sie nachvollziehen, weshalb Illaria dieses Leben gewählt hatte. Trotzdem litt sie unter dem Verlust ihrer Schwester. Ihr Lachen fehlte ihr, die gemeinsamen Ausflüge zu abgelegenen Buchten, ihr stets warmherziger Blick, der so viel mehr vermittelte als tausend Menschenworte.

Wie an jedem dritten Tag vor Vollmond hing ein braunes Kleid auf der Leine hinter der Hütte. Torvis nahm es herunter und schlüpfte hinein. Nun würde sie wenigstens keine allzu große Aufmerksamkeit mehr erregen, falls Connor oder ein

ELYA
ADAIR

anderer Mann sie ungeplant erblicken sollte. Das Problem mit den Männern war, dass selbst das schäbige Wollkleid nicht genug von ihrer Gestalt verbarg, um ihr diese Kerle vom Leib zu halten. Stets bekamen sie große Augen beim Anblick ihres fein geschnittenen Gesichts, das von glänzendem dunklem Haar umspielt wurde. Sie sagten dann Dinge über den Schwung ihrer Augenbrauen und die Form ihrer Lippen, versuchten, ihre Hand zu berühren, oder sangen alberne Lieder über sie. Grundsätzlich war Torvis dem Balzverhalten der Menschenmänner nicht abgeneigt, denn es war in so vieler Hinsicht neu und prickelnd für sie, doch heute wollte sie nur eines: ihre Schwester sehen.

Sie hielt die Hände vor den Mund und schickte ein leises Pfeifen hindurch. Das Zeichen dafür, dass sie hier war.

Illarias Gehör hatte nicht an Feinheit verloren. Barfuß kam sie aus der Hütte gerannt, ein seltsames Konstrukt aus zahlreichen verknoteten Ästen in der Hand. Ihr Gesicht war leicht gerötet, doch ebenso gleichmäßig und filigran wie das von Torvis. Connor war kein reicher Mann, was man dem mehrfach geflickten Kleid seiner jungen Frau ansehen konnte. Aber dafür war er »schön und stark« – Illaria wurde niemals müde, das zu betonen. Sie war vollkommen wild auf ihn, wie ein Hai, der Blut gerochen hatte. Eines Tages, so hoffte Torvis, würde sie seiner überdrüssig werden und endlich ins Meer zurückkehren. Denn kein Selkie konnte auf Dauer in nur einer Welt leben. Es war ihrem Volk in die Wiege gelegt, stets zerrissen zu sein, wo immer man sich befand. Weilten sie im Ozean, so sehnten sie sich nach Beinen, um damit über Land zu tanzen. Doch kaum hatten sie einen Schritt auf festen Boden gesetzt, träumten ihre Seelen wieder vom Salzwasser. Aus diesem Grund kamen sie oft auf die Inseln, aber nur selten beschloss jemand, für immer dortzubleiben.

»Du bist da!«, jubelte Illaria in einer Lautstärke, die Torvis klarmachte, dass der *schöne und starke* Connor nicht in der Nähe war. »Oh, ich muss dir so viel erzählen!« Sie hüpfte wie ein Kind auf der Stelle, wobei ihr das Astgeflecht aus den Händen glitt.

Torvis bückte sich und hob es auf. Verständnislos betrachtete sie es von allen Seiten. »Was soll das sein? Ein Fischfanggerät?«

Das Lachen ihrer Schwester war so hell wie ein Möwenschrei. »Nein, das wird ein Korb. Ich muss lernen, so etwas zu flechten, aber ach … Als Connor es mir zeigen wollte, habe ich ihn lieber ins Bett gezerrt. Wer will schon seine Tage mit schnödem Handwerk verbringen, wenn man dafür so einen schönen, starken …«

»Ja, ja, ich verstehe!«, unterbrach Torvis sie augenrollend und warf den Korb achtlos zur Seite. »Wo ist dein Menschenmann jetzt?«

»Fischen. Aber ein gutes Stück weiter südlich. Er wird nicht vor dem Abend zurückkehren.«

»Ein ganzer Tag nur für uns!«

»Nur du und ich, Schwester!« Strahlend umfasste Illaria Torvis' Unterarme und drückte sie. »Na los, verlieren wir keine Zeit mehr!«

Kichernd sprangen sie davon, vorbei an der Ziegenherde, aus der einige junge Böcklein ihrem Beispiel folgten und sie springend bis zur Mauer begleiteten. Die Sonne strahlte vom Himmel, und es kam ihnen vor, als wären ihre ineinander verschränkten Hände der Mittelpunkt der Welt.

Sie rannten barfuß über den Teppich aus saftigem Grün, der die Sandsteinböden überzog, vorbei an einem majestätischen Felsbogen, der eine kleine Bucht überspannte und den die Menschen *Mother's Crown* nannten. Von dort aus kletterten sie ein Stück bergab, bis sie schwer atmend die Küstenhöhle erreichten, in der sie ihre Häute versteckt hatten. Die von Torvis hing nachlässig über einem Felsen, Illarias hingegen hatte ein dauerhaftes Versteck. Sorgsam gefaltet lag das graue, von schwarzen Sprenkeln überzogene Fell in einer Kuhle, verdeckt von einem ausladenden Stein, den man nur unter Anstrengung zur Seite schieben konnte. Sie holte es hervor und strich andächtig über das glänzende Haarkleid.

»Wann wirst du es Connor endlich sagen?«, fragte Torvis ernst.

Gedankenverloren zuckte Illaria mit den Schultern. »Vielleicht sollte ich es ihm überhaupt nicht verraten. Menschenmänner neigen zum Klammern. Ich kenne zahlreiche Geschichten, in denen sie sich in Selkies verliebten, ihnen dann aber die Häute wegnahmen, um zu verhindern, dass sie ihnen davonschwammen. Ich könnte es nicht ertragen, gefangen gehalten zu werden.«

»Traust du deinem Angebeteten so wenig?«

Illaria grinste. »Keine Frau sollte einem Mann jemals ganz und gar vertrauen. Erst recht keinem solchen Prachtexemplar wie Connor.«

»Aber eure Kinder werden Schwimmhäute zwischen den Fingern und Zehen haben!«, erinnerte Torvis sie.

»Nun ja … Wenn es erst einmal so weit ist, muss ich es ihm wohl sagen.« Illaria seufzte. Dann zog sie sich das hässliche Menschenkleid über den Kopf und schlüpfte in ihre Robbenhaut. Nahtlos schloss sich das Fell um ihre Schenkel, verwandelte ihre Beine in einen plumpen Schwanz und ihre perfekte Wespentaille in den fassförmigen Bauch der Seehunde. Ein glückliches Grölen entwich ihrem Maul.

Torvis tat es ihr gleich. Viel zu lange hatte sie auf die Gesellschaft ihrer Schwester verzichten müssen, und entsprechend fröhlich rutschte sie hinter Illaria her, aus der Höhle hinaus und direkt hinein in das endlose Blau des Ozeans.

So ungeschickt sie sich als Robben auf dem Land bewegt hatten, so grazil glitten sie durch das Wasser, jagten dem Wind auf den Wellen hinterher und tauchten in die Stille der Tiefsee hinab, so weit, dass das Gewicht des Meeres auf ihre Lungen drückte und ihre Flossen vor Anstrengung zitterten. Es bedurfte keines sichtbaren Zeichens, um sie beide gleichzeitig zum Umdrehen zu veranlassen. In voller Geschwindigkeit fegten sie einem Heringsschwarm hinterher, schnappten nach jeder Flosse, die zu träge zum Ausweichen war, und verschlangen die Fische noch während ihrer Unterwasserjagd. Um Luft zu sparen, schlugen ihre Herzen langsam, doch genau im selben Takt. Torvis fühlte wilde Freude durch ihre Adern pulsieren. Was konnte es im Leben Schöneres geben als die unendliche Freiheit eines Selkies im Meer? Sie hörte den Gesang eines Wales in weiter Ferne, fühlte die Vibrationen Tausender kleiner Fische zwischen den Korallen, schmeckte die süßsauren Ausdünstungen einer Anemone und wich den Nesselfäden aus, die diese nach ihr schleuderte.

Neben einem Riff, fernab von allen menschlichen Blicken, tauchten sie wieder auf. Illaria reckte ihre Schnauze zum wolkenlosen Himmel und drehte sich auf den Bauch, um die Sonnenstrahlen aufzusaugen. Dieses Bild der unverhohlenen Faulheit und Lebensfreude war so erfrischend, dass Torvis mit den Flossen klatschte, wie es sonst nur balzende Robbenmänner taten, um einem Weibchen zu imponieren. Illaria grölte.

Da Selkies sich äußerlich nicht von normalen Robben unterschieden, geschah es oft, dass eine der Ihren von einem paarungsbereiten Bullen auserwählt wurde, um seine Verführungskünste mit anzusehen, was Torvis stets zum Lachen brachte. In der Tat waren da die balzenden Menschenmänner um ein Vielfaches interessanter. Illaria sah das genauso, doch nur Connor hatte es geschafft, sie gänzlich einzufangen – mit seinem durchdringenden Augenaufschlag, den beeindruckenden Oberarmen und einem Stück Bernstein an einer Schnur.

Wann bist du ihn endlich leid und kehrst zurück in unser Unterwasserreich?, dachte Torvis sehnsüchtig, und der Blick in den Knopfaugen ihrer Schwester sagte ihr, dass diese genau wusste, welche Gedanken ihr durch den Kopf gingen.

Sie erklommen das Riff, wo sie im Schutz hoher Felsen ihre Häute ablegten. Früher, als sie noch aneinandergeklebt hatten wie der Schiffshalterfisch am Wal, hatten sie nur selten das Bedürfnis verspürt, an Land zu gehen, um sich zu unterhalten. Aber nun war ihrer beider Leben so anders geworden, dass Blicke und Gesten nicht mehr ausreichten, um sich zu verständigen. Dazu bedurfte es eines Menschenmunds.

»Wie geht es Vater?«, fragte Illaria als Erstes, vermutlich weil sie dieses Thema schnellstmöglich hinter sich bringen wollte.

Torvis hätte mit »Gut« antworten und das Gespräch wieder auf Connors zahlreiche Heldentaten lenken können, doch sie hatte sich vorgenommen, ehrlich zu sein. »Er ist gesund und bei Kräften, aber die Sehnsucht nach dir ist ungebrochen. Es tut weh, die Schwermut in seinen Augen zu sehen, während er sich nach dir verzehrt. Es ist ähnlich wie damals nach Mutters Tod.«

Illaria wandte den Blick auf ihre Füße. Der Tod ihrer Mutter war ein Tabuthema zwischen ihnen, was sie Torvis durch ihr zu langes Schweigen klarmachte. »Es wäre einfacher für mich, wenn er weniger stur wäre und sich stattdessen mit mir freuen könnte – so wie du«, sagte sie schließlich versöhnlich.

In Wahrheit freute Torvis sich keineswegs darüber, dass ihre Schwester ein Leben an Land gewählt hatte. Sie hielt Connor für einen aufgeblasenen Kugelfisch mit einem Gehirn in Kaperngröße, doch das behielt sie lieber für sich. »Er macht sich Sorgen um dich. Denk nur an die vielen Geschichten, die man sich über die Menschen erzählt. Ihre Sinne sind so stumpf wie ihre Lieder. Sie begreifen die tieferen Zusammenhänge der Natur nicht.«

Illaria rollte mit den Augen. »Jaaaa … aber könnt ihr denn nicht verstehen, dass es gerade diese Andersartigkeit ist, die mich an ihnen reizt? Ihre grobe, zugegebenermaßen etwas plumpe Art hat auch etwas Anziehendes. Ich betrachte Connor auf dieselbe Art wie der Delfin den Wal, vollkommen fasziniert von der Trägheit der Masse, die dennoch in der Lage ist, feinste Flossenschläge zu erspüren. Obgleich man es ihnen nicht auf den ersten Blick anmerkt. Du musst lange hinsehen und tief hineinhören, um den Rhythmus ihrer Herzen zu erkennen.«

Torvis seufzte. »Ich glaube, so viel Geduld habe ich nicht.«

Illarias kühle Hand umschloss die ihre. »Doch allein für deine Treue liebe ich dich, Schwester.«

Nach dieser eher schwermütigen Einleitung schafften sie den Sprung zurück zu Connor, und Torvis erfuhr, dass er seit einiger Zeit mit den Druiden zusammenarbeitete und seine Ziegenherde vergrößern wollte, da der Futterbedarf der Flüchtlinge im Wald ständig stieg. Immer mehr Wesen aus Licht und Schatten bevölkerten die Zufluchtsstätte, was die Menschen auf der Insel in Angst und Schrecken versetzte. Connor jedoch – der »unglaublich stark und mutig« war – wusste diesen Umstand für sich zu nutzen und verkaufte nicht nur Ziegen, sondern auch Fische an die Magier. Wenn das so weiterging, würden sie sich bald schöne Kleider und eines Tages eine größere Hütte leisten können, in die dann eine Horde Kinder passte. Bei dieser Vorstellung glänzten Illarias Augen vor Glückseligkeit.

»Die Selkies denken darüber nach, ebenfalls in den Druidenwald zu flüchten«, berichtete Torvis.

Illaria sog scharf die Luft ein. »Was?«

»Bislang ist es nur eine kleine Gruppe, die sich dafür ausspricht. Aber vor einigen Wochen wurde Doria von einem Jäger angeschossen, genau wie zuvor Seal und Ronnad. Wir sind jetzt einer doppelten Gefahr ausgesetzt, denn sowohl die normalen

Fischer als auch die Monsterjäger schleudern ihre Harpunen auf uns. Entweder werden wir uns also über kurz oder lang den Druiden anvertrauen müssen, oder wir suchen uns neue Ufer – irgendwo auf dieser Welt, wo man uns nicht nach dem Leben trachtet.«

»Ihr wollt die Inseln verlassen?«, fragte Illaria entsetzt, der nun doch anzusehen war, wie sehr sie weiterhin an ihrer Familie hing.

Torvis seufzte. »Noch ist nichts entschieden. Aber die Stimmung ist gereizt.«

Vor Enttäuschung schlug Illaria mehrmals hintereinander die flachen Hände auf den Boden, was eine typische Geste der Selkies war, in ihrer Menschengestalt aber unpassend und lustig aussah. »Diese verfluchten Jäger! Warum tun sie uns das an? Wir haben ihnen nie ein Leid zugefügt!«

»Wir nicht. Aber die Menschen unterscheiden nicht zwischen Licht- und Schattenwesen. Für sie sind wir alle Ausgeburten der Hölle – so jedenfalls nennen uns die christlichen Priester. Erinnerst du dich an die Legende vom Stoor Worm? Damit fing alles an.«

Illaria schüttelte den Kopf.

»Er war ein riesiger Drache, der im Meer lebte. Auch wir Selkies fürchteten ihn, doch die Menschen litten am meisten, denn seine Leibspeise waren junge Frauen. Mit seinem giftigen Atem und der gespaltenen Zunge konnte er Schiffe zerschmettern wie Eierschalen und ganze Städte von der Küste fegen. Wenn es ihn nach Nahrung verlangte, legte er seinen Schädel ans Ufer einer Stadt und forderte, dass die Menschen seinen Hunger stillen sollten. Nur wenn der König ihm seine Tochter auslieferte, würde er aufhören, die Orkneys heimzusuchen. Der König jedoch liebte seine einzige Tochter von Herzen und sandte Helden aus, um den Stoor Worm zu töten. Zwölf gut gerüstete

Krieger zogen in ihren letzten Kampf und starben samt und sonders eines grausamen Todes. Doch dann kam Assipattle, ein einfacher Bauernjunge, der keinerlei Waffen mit sich trug, nur einen Eimer mit glühendem Torf.«

Ein seliges Lächeln erschien auf Illarias Mundwinkeln, denn vermutlich hatte Assipattle in ihrer Vorstellung Connors Züge.

Torvis fuhr fort: »Mit einem Fischerboot segelte der Junge aufs Meer hinaus zum schlafenden Drachen, wartete, bis dieser gähnte, und ließ sich in seinen Schlund saugen. Er gelangte bis zu seiner Leber. Dort stieg er aus, schnitt ein Loch in das Organ und stopfte den glühenden Torf hinein.«

Illaria schlug beide Hände vor den Mund. Ihre Augen glänzten vor Faszination. Schon immer hatte sie ein Faible für Geschichten gehabt, doch diese war keine bloße Legende, sondern der Anfang vom Ende ihrer Welt. »Ist der arme Junge im Drachenleib gestorben?«, wollte sie wissen.

Torvis schüttelte den Kopf. »Er rannte so schnell wie nie zuvor in seinem Leben. Und die Götter standen ihm bei: Die brennende Leber brachte den Stoor Worm zum Würgen, woraufhin auch Assipattle wieder ausgespuckt wurde. Und so erlag der Drache dem Feuer in seinem Inneren, doch der tapfere Menschenjunge bekam zum Dank für seine heldenhafte Tat die Prinzessin zur Frau. Er wurde König und befahl, alle Wesen aus Licht und Schatten zu vernichten, damit nie mehr einer der Unseren über einen Menschen triumphiere. Und alle, die nach ihm kamen, hielten sich an seinen Rat. Beowulf tötete einen Meerestroll, Morvidus einen Riesen, und Arthur zog mit seinen Gefährten gegen den schrecklichen Eber Twrch Trwyth.«

»Aber … wieso die friedvollen Kreaturen ebenso?«, beharrte Illaria, die nicht glauben wollte, dass die Ahnen ihres Geliebten auch zahlreiche Selkies, Brownies und Urisks auf dem Gewissen haben sollten.

»Weil wir Magie besitzen und sie nicht. Wir haben Fähigkeiten, die ihnen Angst machen, und verhalten uns anders, als ihre starren Lebensregeln es vorschreiben. Was würde dein Connor wohl sagen, wenn er wüsste, wie lange du die Luft anhalten kannst und wie stark du wirklich bist? Nie werden sie uns gänzlich begreifen, und das erfüllt sie mit tiefer Furcht.«

»Das stimmt nicht ganz. Auch einige Menschen haben Magie: die Druiden!«

Torvis nickte. »Und deshalb werden sie gemeinsam mit uns untergehen.«

Darauf wusste Illaria nichts zu sagen. Sie stieß hörbar die Luft aus und dachte nach. Eine Lösung fand sie ebenso wenig wie jeder andere, doch dafür hatte sie ein Talent, erdrückende Tatsachen nicht auf ihre Schultern zu laden, sondern in hohem Bogen zurück ins Meer zu schleudern. »Heute jedenfalls, an diesem wundervollen Sommertag, wird niemand untergehen!«, beschloss sie übermütig, stand auf und warf Torvis ihr Robbenfell zu. »Außer dir und mir, Schwester, denn das Meer ruft nach uns.«

Sie schwammen bis zum nördlichsten Punkt der Insel, gingen den echten Seehunden aus dem Weg und ärgerten eine Muräne in ihrer Unterwasserhöhle. Aus einiger Entfernung betrachteten sie ein menschliches Liebespaar, das sich unbeobachtet glaubte und heimliche Küsse hinter einer Stockfisch-Dörre austauschte. Torvis interessierte sich nicht sonderlich dafür, aber Illaria starrte wie gebannt auf die beiden. Es war nicht auszumachen, ob es Tränen der Rührung oder schlichte Wasserperlen waren, die über ihre Wangen rannen. Sie war so unbelehrbar naiv.

Lange vor Sonnenuntergang kehrten sie zu Connors Hütte zurück. Sie wollten sich in aller Ruhe voneinander verabschieden, denn nun würde erneut ein ganzer Mond vergehen, ehe sie sich wiedersahen. Torvis nahm sich vor, künftig zweimal im Monat zur Sterninsel zu schwimmen, selbst wenn der Weg von ihrem Liegeplatz dorthin noch so weit war.

Auf Höhe der Höhle, in der sie immer ihre Häute versteckten, tauchten sie auf und erklommen das Ufer. Mit der plumpen Fortbewegungsart der Robben krochen sie ein Stück über den felsigen Untergrund und warfen einen letzten Blick zurück. Der Ozean war völlig still, da nicht die kleinste Brise darüber trieb. Ein *Schicksalsmeer* hatte ihre Mutter das genannt. Es trat immer dann auf, wenn die Sea Mither kurz den Atem anhielt, bevor sie tief Luft holte und das Leben einer Kreatur in neue Bahnen lenkte. Wer würde es wohl sein, der heute ihren salzigen Odem zu spüren bekam? Ein Fischer, dessen Boot an einer Klippe zerschellte? Ein Wal, der in seichtes Gewässer trieb und an Land gespült wurde? Oder gar eine der geschwätzigen Möwen über ihnen, die dem Seeadler in die Fänge geriet? Es musste nicht einmal ein Unglück sein, das dem auserwählten Wesen widerfuhr. Manch einer, der großes Glück hatte, traf an einem solchen Tag den Gefährten fürs Leben oder entriss dem Erdreich einen verborgenen Schatz.

Schon mehrfach hatte Torvis ein Schicksalsmeer gesehen, doch heute wurde ihr bei diesem Anblick eng ums Herz. Sie hätte nicht sagen können, woher das Gefühl kam, aber als sie das Boot sah, das direkt unter dem Steinbogen der *Mother's Crown* vor Anker lag, ergriff sie wilde Panik. Denn auf dem Dollbord stand Connor, das dunkle Haar vom Wind verweht, breitbeinig und mühelos sein Gewicht ausgleichend. Sein stechender Blick war auf die beiden Robben gerichtet, die in kurzer Entfernung vor ihm so tollpatschig und hilflos über die Felsen krochen. In der Hand hielt er einen Speer.

»Nein!«, wollte Torvis schreien, doch alles, was aus ihrer Kehle drang, war ein tierisches Röhren.

Auch Illaria hatte ihren Liebsten bemerkt. Im ersten Moment schien sie vor Schreck zu erstarren, doch im nächsten griff sie sich geistesgegenwärtig an die Brust, um ihre Haut abzustreifen.

Da schleuderte Connor den Speer.

Er zischte durch die Luft, schneller als ein Kormoran im Sturzflug. Torvis ließ sich ein Stück zur Seite rollen, während sie gleichzeitig ebenfalls versuchte, ihrer Robbenhaut zu entkommen. Genau in dem Moment, als sie sich das Fell vom Leib riss, ertönte ein schreckliches Geräusch, dumpf wie der Herzschlag der Tiefsee. Eine furchtbare Ahnung sagte Torvis, dass sie sich besser nicht umdrehen sollte. Nicht die Augen öffnen, nicht die Menschenarme ausstrecken, denn alles, was es noch zu greifen gab, war der Tod.

Connors gellender Schrei riss sie aus ihrer inneren Starre. Sie fuhr herum und sah Illaria am Ufer liegen. Der Speer steckte mitten in ihrer Brust.

»Schwester …«, stöhnte sie und streckte eine blutbesudelte Hand nach ihr aus.

Ein Schleier aus Taubheit legte sich über Torvis' Wahrnehmung. Dies hier konnte nicht der Wille der Götter sein. Es war so grausam, so vollkommen ohne jeglichen Sinn! Sie wollte aufwachen, die Zeit zurückdrehen, ohnmächtig niedersinken, um nicht mit ansehen zu müssen, wie das Liebste, was sie auf dieser Welt besaß, vor ihren Augen verging.

Blind vor Tränen kroch sie zu ihrer sterbenden Schwester hinüber. Kein Ton kam über ihre Lippen. Ein verzweifeltes Kopfschütteln war alles, was sie zustande brachte.

»Ich wollte … noch so viel erleben«, hauchte Illaria, doch ihre Stimme klang erstickt.

Torvis bebte. Über ihnen war das Möwengeschrei verstummt. Nur das rhythmische Brechen der Wellen und Connors platschende Ruderblätter durchbrachen die Stille. Immer wieder schrie er Illarias Namen, doch Torvis drehte sich nicht zu dem näher kommenden Boot um. Unablässig hüllte der graue Mantel des Todes ihre Schwester ein, riss alle Sehnsucht nach dem Weiterleben aus ihrem bleichen Gesicht und legte stattdessen bittere Erkenntnis darauf.

»Meine Seele taucht hinab in Sea Mithers Palast«, flüsterte sie. »Nimm es nicht zu schwer. Und lass … lass Connor am Leben. Er kann nichts dafür.«

Da endlich löste sich die Starre in Torvis' Kehle. Verzweifelt stieß sie die Luft aus. »Ich will dich nicht verlieren. Deine Zeit ist noch nicht gekommen!«

»Doch, das ist sie … Auch wenn keine von uns damit gerechnet hat. Du musst loslassen. Suche nach einem Platz auf dieser Welt, an dem die Selkies in Frieden leben können. Und hüte dich vor den Druiden, denn sie sperren jeden hinter Eisengittern ein, der sich ihren Regeln widersetzt.«

Das war das Letzte, was sie sagte. Ihre Augenlider senkten sich nieder, als wäre es lediglich ein tiefer Traum, in den sie hinüberglitt. Dann sackte ihr Kopf zur Seite, und die schmerzerfüllte Anspannung wich aus ihrem Körper.

Torvis blieb sitzen, unfähig, einen Muskel zu rühren. Hinter ihr ertönte ein Schluchzen. Der Kiel des Fischerbootes krachte gegen das steinige Ufer, und kurz darauf sank Connor neben seiner toten Frau zu Boden. Fahrig tastete er nach ihrem fehlenden Herzschlag, legte beide Hände an ihre Wangen und presste seine Stirn gegen ihre. Mehrere Beben erschütterten seinen breiten Rücken, während er über ihr kniete und weinte.

Es fühlte sich an, als wären Stunden vergangen, als er sich endlich wieder aufrichtete, den Speer aus Illarias Leib zog und ihn mit einem Urschrei aufs Meer hinauswarf. Dann erst sah er Torvis an. »Wer bist du?«

»Ihre Schwester.«

Er ließ seinen Blick über ihren nackten Körper gleiten, jedoch ohne die übliche Wollust der Männer. »Du bist eine Selkie. Und auch … meine eigene Frau war eine«, stellte er fest.

Torvis nickte.

»Wieso hat sie es mir nicht gesagt? Niemals im ganzen Leben hätte ich einen Speer auf eine Robbe geschleudert, wenn ich das gewusst hätte!«

»Sie wollte nicht von dir in einer Hütte festgehalten werden«, antwortete Torvis bleischwer.

Connor riss die Augen auf. Tiefste Verletzung stand darin. »Das hätte ich ihr nie angetan. Ich habe sie geliebt!«

Eine Spur von Mitleid ihm gegenüber kam in Torvis auf, doch sie wollte das nicht fühlen. Wollte nicht glauben, dass er nichts mit alldem hier zu tun haben sollte. Er war es gewesen, der Illaria an Land gelockt hatte. Der sie ihrer Familie entrissen und in geflickte Kleider gesteckt hatte. Und zuletzt war er es auch gewesen, der ihr Herz mit einer eisernen Speerspitze durchbohrt hatte. Dieser schwache, stumpfsinnige Mensch, der das Leben für eine Aneinanderreihung von Aufstehen, Ziegenfüttern und Zubettgehen hielt – er war an allem schuld!

Mit ausdruckslosem Gesicht stand er da und wartete. Worauf, verstand Torvis nicht. Vielleicht auf einen Satz aus ihrem Mund, der ihn von seiner Schuld freisprach und ihn zurück in sein armseliges Dasein schickte. Aber den würde er nicht erhalten. Sie machte einen Schritt auf ihn zu, prägte sich jede Einzelheit seines Gesichts ein: die Bartstoppeln auf dem markanten Kinn, die etwas zu große Nase, die feinen Linien in seiner wettergegerbten Haut, den Blick, der mit einem Mal verdächtig ruhig und tief wurde.

»Es gibt nichts, was du mir jetzt noch antun kannst«, flüsterte er.

»Doch«, sagte sie. »Dich in ein anderes Grab legen als sie.«

Damit umschlang sie ihn mit beiden Armen und zog ihn mit sich in die Tiefe des Ozeans.

MÖWENAUGE

Selkies!« Drostans Brauen wanderten anerkennend nach oben. »Aber natürlich! So also will er ausbrechen.«

Mylo hatte den obersten Dorcha in seiner Hütte aufgesucht, wo niemand außer einem dösenden Hund ihre frühmorgendliche Unterhaltung mit anhören konnte. Es gab weder eine Frau noch Kinder, denn die Bewohner der Dämmerfeste widmeten ihr Dasein ganz und gar der Gemeinschaft der Druiden. Auf dem Festland zogen die Magier in der Regel ein Familienleben vor, doch die meisten von ihnen waren mittlerweile geflohen oder hatten sich zum Christentum bekehrt. Und weibliche Druiden, wie Mylos Mutter eine gewesen war, traf man ohnehin nur selten.

»Du hast eine rasche Auffassungsgabe und ein tapferes Herz«, betonte Drostan. »Selbst ausgebildete Druiden erlagen schon den Manipulationen des Nuckelavees und warfen sich ihm zum Fraß vor, weil sie zu nah an den Bach herangetreten sind. Du aber hast ihm widerstanden.«

Einem inneren Impuls folgend, hatte Mylo beschlossen, Drostan nichts von dem kleinen Brownie zu erzählen, der entscheidend zu seinem Überleben beigetragen und zudem den Hinweis auf die Selkies geliefert hatte. Da war etwas am Verhalten des obersten Dorchas, das ihn misstrauisch machte. Er hegte keinen konkreten Verdacht, vielmehr war es ein bloßes

Gefühl, das ihn zu dieser Entscheidung veranlasst hatte. Womöglich lag es aber auch daran, dass Mylo niemandem mehr gänzlich vertraute, seit er auf dem Schlachtfeld von Kilmartin Glen wieder zu sich gekommen war – nicht einmal sich selbst.

»Ihr wusstet also, dass er versuchen würde, mich über den Bach zu locken«, stellte er fest, bemüht, den anklagenden Ton aus seiner Stimmlage fernzuhalten.

»Natürlich. Deshalb habe ich die schützenden Zeichen Terans auf dein Gesicht gemalt. Sie haben dir den Willen und die Kraft verliehen, Widerstand zu leisten.«

Von dieser Kraft hatte Mylo gar nichts gemerkt, als er dem Nuckelavee gegenübergestanden hatte. Hätte Broc nicht die Aufmerksamkeit auf sich gezogen, wäre er der Verführung des Monsters erlegen, aber das konnte er Drostan nicht sagen, ohne die Existenz des Brownies zu offenbaren.

»Womöglich hat der Nuckelavee unseren Plan bereits durchschaut«, gab Mylo zu bedenken. »Er hat tief in meinen Geist geblickt und dabei Dinge gesehen, die längst vergangen sind.«

Drostan nickte verständnisvoll. »Niemand – kein Druide und auch kein Monster – vermag es, den Geist eines anderen Wesens ganz und gar zu ergründen. Manche Visionen zeigen uns nur oberflächliche Eindrücke, aber einige stoßen bis in die tiefsten Abgründe einer Seele vor. Wenn der Nuckelavee dich auf diese Weise angegriffen hat, so hat er an der falschen Stelle gegraben. Er hat nach deinen Schwächen gesucht, nicht nach deinen aktuellen Plänen und Gedanken. Gehen wir davon aus, dass er weiterhin nichts weiß.«

»Und nun?«, fragte Mylo mit einem unguten Gefühl im Bauch. »Soll ich wie ein gemeiner Dieb losziehen, um einen Selkie zu finden, dessen Haut ich stehlen kann?«

Nachdenklich starrte Drostan in das prasselnde Feuer, das seine Hütte erhellte. Es dauerte eine Weile, ehe er zu einer

Antwort ansetzte. »Das Leben ist nicht immer gerecht, mein junger Freund. Manchmal müssen wir ein kleines Übel in Kauf nehmen, um ein größeres zu verhindern. Wenn du erfolgreich bist, werden wir die Welt von einer Gefahr befreien, die uns alle zugrunde richten könnte. Ist die Magie des Nuckelavees erst einmal freigesetzt, so wird keiner von uns sich mehr sorgen müssen, ob Aidan Mac Gabhran nun das Schicksal herausfordert oder nicht.«

»Wer ist das?«, hakte Mylo nach.

»Der Herrscher über Dalriada, ein Königreich westlich von Piktland. Hast du schon davon gehört?«

»Ich kenne Dalriada gut, vor allem eines seiner Täler: Kilmartin Glen«, murmelte Mylo.

Drostan sah ihn an, als erwarte er eine ausführlichere Erzählung, doch Mylo schüttelte nur den Kopf. »Wie kommt Ihr auf ihn?«

»Viele von uns haben ihn in ihren Visionen gesehen. Er drängt wie kein anderer christlicher König auf unsere Vernichtung. Wir glauben, dass er schon bald seine Kriegsflotte gegen uns aussenden wird. Die Zeit drängt. Und wir müssen eine Lösung finden.«

Das alles klang so sinnvoll, so zielgerichtet. Im Grunde wusste Mylo selbst nicht, weshalb er sich dennoch gegen den Plan seines Meisters sträubte.

Draußen ertönte der erste Hahnenschrei. Eine quietschende Stalltür wurde geöffnet, und Drostans riesiger Wolfshund schlug ein Auge auf, als wollte er seinem Herrn beweisen, dass er stets auf der Hut war.

Der Dorcha erhob sich. Er griff in seinen Beutel und zog ein Silberstück heraus, das er lässig in Mylos Hand schnipste. »Nimm den Wagen mit. Ich werde Adair sagen, ich hätte dich an die Küste geschickt, um Lebensmittel und Futter zu besorgen.«

Mylo steckte die Münze ein, dann zwang er sich ebenfalls auf die Beine. Die Aufregungen und körperlichen Anstrengungen des vergangenen Tages saßen ihm in den Knochen. Am liebsten hätte er sich zu dem Hund ans Feuer gelegt, die Augen geschlossen und sich in die Welt des Vergessens verkrochen.

»Wie erkenne ich einen Selkie?«, fragte er, denn bislang hatte er mit diesen freiheitsliebenden Kreaturen keinerlei Berührungspunkte gehabt.

»Gar nicht. Sie sehen wie normale Menschen oder Robben aus. Doch es gibt einen Trick, um sie anzulocken: Du musst sieben Tränen ins Meer weinen.«

»Und wenn ich das nicht schaffe?«

Drostan nahm seine Hände und drückte sie. »Teran wird mit dir sein, mein Junge. Denke immer daran: Er hat dich für diese Aufgabe auserwählt.« Der Druide verzog seine Mundwinkel zu einem milden Lächeln, doch es ertrank in den Narben auf seinen Wangen. »Mögen die Sterne dir deinen Weg weisen.«

Dieser traditionelle Abschiedsgruß der Dorchas war eigentlich den ausgebildeten Druiden vorbehalten. Trotz aller Zweifel fühlte Mylo Stolz in sich aufsteigen. Er nahm einen tiefen Atemzug und antwortete auf dieselbe Weise: »Möge der Mond Euch seine Weisheit schenken.«

Mylo gönnte weder Broc noch dem Maultier Ruhe, sondern spannte das Tier vor den Karren und verließ die Feste, bevor deren Bewohner – allen voran Adair – ihn zu Gesicht bekamen. Erst nachdem sie den Wald hinter sich gelassen hatten und die salzige Luft der Küste riechen konnten, gestattete er sich eine Pause. Weit und breit gab es keine Bäume oder Hügel, also hielt er direkt auf dem unendlichen grünen Plateau der Giant Bay, band die Zügel am Kutschbock fest und kletterte darüber hinweg, um sich schlafen zu legen. Niemand protestierte. Das

Letzte, was Mylo wahrnahm, war der kleine Koboldkörper, der zu ihm unter die Decke kroch, um den übermütigen Windböen zu entkommen, welche vom Meer aus zu ihnen herüberwehten.

Die Sonne stand bereits hoch am Himmel, als er wieder erwachte. Er rieb sich den Schlaf aus den Augen und rüttelte den Brownie wach, der ebenso geräuschvoll schnarchte, wie er hickste. Sie fuhren ein paar Meilen weiter bis zur Küste, die an der Westseite in zerklüftete Klippen überging. Ein einzelnes Hüttchen erhob sich dort aus dem steinigen Boden – ebenso baufällig und schäbig wie die meisten Behausungen der wenigen Bauern und Fischer, die noch auf der Sterninsel weilten. An einen Pflock war eine dürre Ziege angebunden, die die letzten fressbaren Flechten von den Felsen rupfte. Dahinter lagerte kieloben ein ausgedientes Boot. Zahlreiche Netze trockneten Seite an Seite mit einer übersichtlichen Zahl klapperiger Stockfische im Wind, was Mylo dazu veranlasste, sein Maultier in diese Richtung zu lenken. Adair glaubte, er sei ausgeschickt worden, um Proviant zu besorgen, also brachte er dieses Ablenkungsmanöver besser gleich hinter sich. Außerdem knurrte sein Magen mittlerweile in der Lautstärke von Brocs Schluckauf. Mit etwas Glück hatten diese Leute ein wenig Butter und Zwiebeln in ihrer Vorratskammer, womit man den getrockneten Fisch einigermaßen erfolgreich hinunterbekam. Und womöglich wussten sie sogar, wo es Selkies gab.

Beim Näherkommen erkannte Mylo eine junge Frau, die auf dem verwitterten Anleger saß und aufs Meer hinausstarrte. Sie war so in sich versunken, dass sie den herannahenden Karren erst bemerkte, als er schon fast die Hütte erreicht hatte. Überrascht fuhr sie herum, beschattete ihre Augen mit einer Hand und erhob sich dann eilig. Barfuß wie die meisten armen Leute, doch mit anmutigen Bewegungen kam sie auf ihn zu.

»Den Göttern zum Gruße, verehrter Druide!«, rief sie ihm

entgegen, woraus Mylo schloss, dass sie nicht zum ersten Mal von einem Magier aufgesucht wurde, der Verpflegung kaufen wollte. Die meisten Menschen auf der Insel trieben irgendeine Form von Handel mit der Dämmerfeste, denn die Druiden waren die Einzigen, die dafür mit echtem Silber bezahlten, was anschließend bei den Kapitänen der Handelsschiffe in Getreide, Salz und Tuch umgetauscht werden konnte. Drostan und seine Dorchas brachten die Münzen von ihren Ausflügen zum Festland mit, wo sie die dortigen Bewohner von allerlei Gebrechen heilten oder in ihrem Auftrag in die Zukunft blickten. Seltsamerweise war diese Quelle ihres Wohlstands in den letzten Jahren kaum versiegt, denn obgleich die hohen Herren nun dem Christengott huldigten, riefen sie immer noch heimlich die Druiden herbei, sobald sie die Gicht oder Schwindsucht plagte. Problematisch war dabei lediglich der bekannte Umstand, dass die Kraft der Magier schwand. Eine Weissagung konnte man in einem solchen Fall vielleicht manipulieren, aber es kam immer öfter vor, dass ein herbeigerufener Dorcha einen Kranken nicht mehr gesund machen konnte. Einer von Drostans Kriegern war im letzten Jahr auf dem Scheiterhaufen verbrannt worden, weil seine Magie nicht ausgereicht hatte, um einen Clanchef von seinem Leiden zu befreien. Ein anderer war in Dalriada verschwunden und vermutlich zu Tode gefoltert worden.

»Möge die Sea Mither ihre schützenden Hände über dich halten, werte Maid«, erwiderte Mylo den Gruß der jungen Frau.

Sie legte den Kopf schief und betrachtete ihn von oben bis unten. »Ich hoffe, der werte Flannagan ist wohlauf. Normalerweise holt immer er die Fische.«

Mylo winkte ab. »Sei unbesorgt. Er hat in der vergangenen Nacht nur ein Ale zu viel getrunken. Was hast du anzubieten?«

Sie blickte zu Boden und scharrte verlegen mit den bloßen Füßen auf dem steinigen Untergrund. »Nur wenig, Herr. Mein

Vater ist noch auf See. Ich habe einige Trockenfische und ein Fass voller Muscheln. Aber wir hatten heute nicht mit Euch gerechnet und haben daher den Fang der letzten Tage an die Mönche verkauft.«

Mylo winkte ab. »Gräme dich nicht. Schon bald wird Flannagan wieder herkommen, um mit euch zu handeln.« Ein wenig ärgerte es ihn, dass er nun weiterfahren und sein Glück woanders suchen musste. Er hätte diese ganze unliebsame Aufgabe gerne schneller hinter sich gebracht. Noch während er das dachte, schweifte der Blick der jungen Frau aufs Meer hinaus, ihre Augen weiteten sich, und ein beglückter Ausdruck trat auf ihr Gesicht. »Wartet noch, Herr! Da ist das Segel meines Vaters am Horizont!«, rief sie.

So angestrengt Mylo auch versuchte, das Fischerboot auf dem weiten Ozean zu erkennen, es funktionierte nicht. Er sah nichts als das endlose Blau des Wassers. »Bist du sicher?«, hakte er nach.

»Ganz sicher!« Sie hob einen schlanken Zeigefinger und deutete gen Osten. Dann bemerkte sie seine zusammengekniffenen Lider und lächelte. »Versucht es gar nicht erst. Mein Blick ist schärfer als der der meisten Menschen, vielleicht weil ich jeden Tag zur Mittagsstunde hier sitze und nach meinem Vater Ausschau halte. Die Leute aus dem Dorf nennen mich deshalb Möwenauge.«

Ein kleines Lächeln stahl sich auf Mylos Gesicht. Dieses Mädchen hatte etwas an sich, das ihn auf sonderbare Weise berührte. Sie musste etwa im selben Alter sein wie er, weshalb es verwunderlich war, dass sie noch keine eigene Familie gegründet hatte. Normalerweise wurden Frauen lange vor ihrem zwanzigsten Wiegenfest verheiratet, und hübsch war sie obendrein mit ihrem blonden Haar und den hohen Wangenknochen. Vermutlich wollte niemand sie haben, weil ihr Vater ein armer Schlucker war. Die wenigen Stockfischleiber auf der Dörre deuteten zumindest darauf hin, dass er nicht gerade in den fruchtbarsten Gewässern fischte.

»Na schön«, beschloss er aus einem Impuls heraus. »Dann werde ich warten, bis dein alter Herr angelegt hat. So frischen Fisch bekommen unsere Monster selten.«

Sie machte große Augen, entweder weil sie kein solches Entgegenkommen von ihm erwartet hatte oder weil er das wenig schönfärberische Wort *Monster* verwendete. Die meisten anderen Druiden benutzten eher die Bezeichnung *Wesen aus Licht und Schatten*.

»Habt Ihr viel mit diesen Kreaturen zu tun?«, fragte sie neugierig. »Mit Shellycoats, Fuaths und Kelpies?«

Er nickte. »Das habe ich. Aber der Umgang mit ihnen ist weniger erquickend, als du denkst.«

»Würdet Ihr mir von ihnen erzählen, während wir warten?«

Mylo blickte aufs Meer hinaus, und nun konnte auch er einen winzigen schwarzen Punkt am äußeren Rande des Blickfelds ausmachen. Es sprach nichts dagegen, sich so lange mit der Fischerstochter zu unterhalten, bis ihr Vater seine hoffentlich vollen Netze auf die Ladefläche des Karrens entleerte. Er nickte ihr zu.

Die junge Frau klatschte begeistert in die Hände. Er stieg vom Karren und folgte ihr zur Hütte, natürlich im Beisein von Broc, der sich wie immer unauffällig dazugesellte.

Sie rückte eine einfache Sitzgelegenheit aus Treibholz neben der Dörre zurecht, von wo aus man einen guten Überblick über die Küste und das Meer hatte, und brachte einen Krug Milch herbei, den sie unglücklicherweise direkt vor der Nase des Brownies abstellte. Als sie erneut ins Innere der Hütte ging, nahm dieser einen seiner berüchtigten *winzig kleinen Schlucke* daraus, und Mylo ging leer aus.

»Ich könnte dich gegen die Wand klatschen«, zischte er dem Kobold zu, doch da kam die Fischerstochter schon wieder zurück.

»Habt Ihr etwas gesagt? … Oh!«, entfuhr es ihr. Sie verharrte in der Bewegung, den Blick ungläubig auf den leeren Krug gerichtet. »Ich … hole Euch neue Milch. Ihr müsst sehr durstig sein.«

Mylo winkte ab, denn er wusste, wie arm diese Leute waren. »Mach dir keine Mühe. Ein Becher mit Trinkwasser tut es auch.«

Sie nickte erleichtert, verschwand um die Ecke und kam kurz darauf mit einem Holzbecher voller Regenwasser zurück, in dem eine Mückenlarve schwamm. Mylo beherrschte sich, um keinen Laut des Ekels von sich zu geben. Sein Magen knurrte immer noch, während er versuchte, das sich kringelnde Würmchen aus dem Becher zu fischen.

Die junge Frau beobachtete ihn halb verlegen, halb amüsiert. »Wir haben keinen Brunnen«, entschuldigte sie sich.

»Ich weiß. Danke für das Wasser.« Mit dem Zeigefinger drückte er die Larve an den Rand des Bechers und schob sie nach oben. »Wie heißt du?«

»Fiona.« Der Name bedeutete so viel wie »die strahlend Helle«, was nicht nur zu ihrem weizenblonden Haar passte, sondern auch zu der unübersehbar freundlichen Aura, die sie umgab.

»Und mein Name ist Mylo.« Er schnippte das zerquetschte Würmchen weg.

Sie lächelte. »Seid willkommen in unserem bescheidenen Heim, Meister Mylo. Seid Ihr ein Krieger des Mondes?«

Fiona war ohne Frage neugierig, wagte aber nicht, sich nach seinem grauen Gewand zu erkundigen. Normalerweise trieben die Anwärter sich niemals außerhalb des Waldes herum, was zum einen daran lag, dass sie gänzlich mit der Monsterpflege beschäftigt waren, und zum anderen wollten die Druiden ihren Schülern Begegnungen wie diese vorenthalten. Man wusste nie, wie schnell sie sich verliebten und zugunsten eines Weibes die Dämmerfeste verließen. Dann wäre der jahrelange Unterricht umsonst gewesen.

»Eines Tages werde ich einer sein. Ich befinde mich noch in der Ausbildung«, erklärte er. »Viele von uns lernen bis zu zwanzig Jahre lang, ehe sie das schwarze oder weiße Gewand anlegen dürfen.«

»Ah!« Fiona wirkte beeindruckt. »Das stelle ich mir schrecklich aufregend vor.«

Mylo schüttelte den Kopf. »Meistens ist das Gegenteil der Fall. Einige der Geals reden stundenlang über den Lauf der Gestirne, die heiligen Bäume des Jahreskreises oder die tiefere Sphären, in die sie eintauchen, um den Göttern näher zu sein.«

»Klingt, als hättet Ihr nicht viel für sie übrig.«

Er zuckte mit den Schultern. »Wenn du mich fragst: Die Diener des Mondes sind weitaus beeindruckender. Sie verteidigen die Dämmerfeste gegen Angreifer, segeln nach Britannien, um Handel zu treiben, und lehren uns den Kampf mit Schwert und Stock. Außerdem fangen sie die Monster ein.«

Bei dem Wort *Monster* strahlten Fionas blaue Augen auf. »Erzählt mir davon. Bestimmt habt Ihr schon viele Abenteuer mit ihnen erlebt.«

Mylo selbst bezeichnete seine Erfahrungen mit den Kreaturen des Waldes eher als Ärgernisse, dennoch berichtete er ihr bereitwillig von seiner ersten Begegnung mit einem Shellycoat, der ihn mit zauberhaften Harfenklängen an einen See gelockt und seine muschelbewachsenen Arme ausgestreckt hatte, um ihn in die verhängnisvolle Tiefe zu ziehen. Nachdem das hässliche Viech aber begriffen hatte, dass ihm anstelle einer holden Jungfrau wieder nur ein langweiliges männliches Wesen in die Fänge gegangen war, hatte es sich angewidert abgewandt und war mit einem lauten Platschen im Wasser verschwunden.

Fiona kicherte. Die Begeisterung über die Geschichte stand ihr ins Gesicht geschrieben. »Habt Ihr auch das Questentier gefangen, das König Arthur so lange erfolglos gejagt hat?«, erkundigte sie sich.

Mylo schüttelte den Kopf. »Das Questentier lebt, um gejagt, aber nicht gefangen zu werden. Du kennst die Geschichten von Arthurs Bestienverfolgung?«

»Aber natürlich! Mein Vater hat mir alle Heldentaten der Ritter aus Camelot erzählt. Auch von Guinevere, die zwischen Arthur und Lancelot stand. Von Morgan le Fay, die auf der sagenumwobenen Insel Avalon ausgebildet wurde. Doch am liebsten mag ich Nimue, die Herrin vom See, welche den großen Druiden Merlin verführt und für immer in den Stamm einer Eiche gebannt hat.«

Mylo grunzte. »Nimue? Niemand mag dieses Miststück von einer Fee, das den größten und tapfersten Druiden besiegte, der jemals auf dieser Welt gewandelt ist.«

»Genau deshalb finde ich sie gut. Sie war stark, mutig und voller Leidenschaft!«, trumpfte Fiona auf. Für einen Moment schien sie den Standesunterschied zwischen ihr und Mylo ebenso vergessen zu haben wie die Tatsache, dass er ebenfalls zu den Druiden gehörte. Einen Atemzug zu spät fiel ihr beides wieder ein. »Entschuldigt!« Sie senkte die Lider. »Das war anmaßend von mir.«

»Nein, es war nur ehrlich. Und du hast recht: Es gibt nicht viele Frauen, die aufgrund ihrer Taten an unseren Lagerfeuern besungen werden.«

Sie nickte, noch ein wenig verschüchtert. »Manchmal, wenn die Nächte besonders lang und dunkel sind, liege ich wach und stelle mir vor, wie es wäre, eine jener Heldinnen aus den Geschichten meines Vaters zu sein.«

Sie sagte das mit einer solchen Hingabe, dass Mylo warm ums Herz wurde. Schon lange war er keinem Menschen mehr begegnet, der so voller Lebensfreude und Begeisterung war – und das, obgleich er kein Dasein in Reichtum und Überfluss führte, sondern tagein, tagaus in einer schäbigen Hütte am Meer hockte.

»Warum suchst du dir keinen netten Ehemann aus dem Dorf?«, fragte er unverblümt. »Mit etwas Glück und Fleiß könnt ihr dieses armselige Leben hinter euch lassen und auf dem Festland eure eigenen Abenteuer erleben.«

»Pah!« Sie zog die Lippen kraus. »Die Männer im Dorf – allen voran mein *Verlobter* – sind nur darauf aus, mich neben einem Herdfeuer anzuketten und meine Träume zu ersticken.«

»Du hast einen Verlobten?«

»Ja. Den Sohn des Schmieds. Er hat das hier für mich gemacht.« Sie streckte ihm den Anhänger ihrer Kette entgegen und verdrehte die Augen.

Mylo betrachtete den mehrfach gewundenen Knoten, der für hiesige Verhältnisse eine ausnehmend feine Handarbeit war. Ein Schmied, der nicht nur Nägel und Hufeisen schlagen konnte, sondern ein derartiges Werk zustande brachte, stellte als Bräutigam im Grunde genommen einen Hauptgewinn dar – ebenso wie die Tatsache, dass eine arme Fischerstochter überhaupt in eine solche Familie einheiraten durfte. »Er muss dich sehr gernhaben«, kommentierte er.

»Er hat sie alle gern – die Schusterstochter, die Magd vom alten Wallace und die dürre Lorna, die nur Stroh im Kopf hat. Sie tragen alle dasselbe Schmuckstück.«

Mylo pfiff durch die Zähne. »Dann muss er ein sehr dummer Schmied sein.«

Sie seufzte. »Wohl wahr. Aber reden wir nicht von mir. Ich will noch so vieles über Eure Monster wissen. Ist es wahr, dass die Redcaps ihre Mützen in das Blut ihrer Opfer tauchen?«

Ohne es zu ahnen, hatte sie mit diesem Kommentar direkt in die Wunde gestochen, die der Nuckelavee auf so schmerzhafte Weise aufgerissen hatte.

»Ja«, sagte Mylo deshalb nur schlicht und leitete auf die Vampirinnen über, die erst gestern versucht hatten, ihn zu verführen.

Fiona ließ sich auf den Themenwechsel ein und wurde nicht müde, eine Frage nach der anderen zu stellen, so lange, bis das Boot ihres Vaters mit einem leisen Aufprall gegen den Anleger stieß. Da brach sie mitten im Satz ab und rannte zum Steg, um ihn zu begrüßen.

Als Mylo aufstand, um ihr zu folgen, überkam ihn ein plötzlicher Schwindel. Für einen kurzen Moment drehte sich die ganze Welt ringsum, als wäre er ein Greis, der sich zu schnell von seinem Sessel erhoben hatte und gleich die Besinnung verlieren würde. Broc merkte es und griff nach seinem Arm, um ihn zu stützen. Fragend zog er die buschigen Augenbrauen hoch.

»Alles gut«, flüsterte Mylo, während er die Benommenheit erfolgreich wegblinzelte. »Nur ein kurzer Anfall von …«

… *Tod.*

Er sprach das Wort nicht aus. Doch die Vermutung lag nahe, dass das Gift des Banshee-Fluchs ihn trotz Adairs Schutzzeichen langsam durchdrang. Er durfte sich keine Fehler erlauben bei den Dingen, die er in den kommenden Tagen tun musste.

So erhaben wie möglich, die Hände in den Ärmeln seiner Kutte vergraben, wie es sich für einen Druiden geziemte, ging Mylo der Fischerstochter hinterher.

Ihr Vater war ein dürrer Greis mit sonnengebräunter Haut und so vielen Falten im Gesicht, dass er fast Ähnlichkeit mit einem Brownie aufwies. Er zurrte sein Boot fest, trat mit einem behände aussehenden Schritt auf den Steg und umarmte Fiona. Bei diesem Anblick der Innigkeit und völligen Vertrautheit fühlte Mylo Neid in sich aufsteigen. Schon lange hatte ihn niemand mehr so hingebungsvoll begrüßt.

Der Alte hatte inzwischen den Karren gesehen und sich zusammengereimt, dass ein Druide gekommen war, um Handel zu treiben. Er ließ seine Tochter los und verneigte sich vor Mylo.

»Seid willkommen in meinem bescheidenen Heim. Sea Mither meint es heute gut mit uns und hat einen ganzen Schwarm Dorsche in mein Netz getrieben.« Er deutete in sein Boot, auf dessen Planken sich kniehoch die Fische türmten. Die Spitze einer Harpune ragte zischen ihren Leibern hervor, und Mylo erkannte, dass ein Rest von Blut daran klebte, obwohl sich weder ein erlegter Narwal noch eine Robbe oder andere Meeressäuger im Boot befanden.

Als Nächstes tat der Fischer etwas Befremdliches: Vollkommen selbstverständlich beugte er sein Haupt erneut – und zwar vor Broc. »Und du, mein werter Brownie, sei mein Gast, solange du willst. Bring Glück und Wohlstand in mein Haus, auch wenn es kein vornehmes ist.«

Falls Broc irritiert davon war, nun schon zum zweiten Mal innerhalb kurzer Zeit erkannt worden zu sein, ließ er sich das nicht anmerken. Er erwiderte die Verbeugung des Alten und antwortete: »Das erste Glück habe ich doch schon gebracht. Deine Netze sind voll, und die schwarze Spinne habe ich verschluckt, bevor sie deine Tochter beißen konnte.«

»Was?«, platzte Fiona heraus. »Du … warst die ganze Zeit hier?« Dabei warf sie einen anklagenden Blick in Mylos Richtung, bevor sie abermals Broc anstarrte. »Von was für einer Spinne redest du überhaupt?«

»Na, von der schwarzen, die in deinem Milchkrug schwamm. Wir Brownies sind nicht so empfindlich wie ihr Menschen. Wir furzen davon höchstens ordentlich.« Er lachte, dann zwinkerte er seinem Begleiter zu. »Und außerdem muss ich doch auf den Herrn und zukünftigen Druiden aufpassen.«

Aller Augen wandten sich Mylo zu. Der dachte an die harmlose, aber unappetitliche Mückenlarve, die er aus seinem Getränk gefischt hatte, und war mit einem Mal dankbar dafür, dass es sich wenigstens nicht um eine dieser schwarzen Spinnen gehandelt hatte, die des Öfteren mit den Handelsschiffen vom Festland auf die Sterninsel kamen. Manch ein Fischer war deren Biss schon erlegen oder hatte sich danach zumindest tagelang im Fieberkrampf auf seinem Lager gewälzt. Ob dieser seltsame Zufall ein Werk des Fluchs war? Hätte er daran sterben sollen? Oder würde er langsam durch eine Krankheit zugrunde gehen?

Verwirrt wandte Mylo sich an den Fischer. »Wie hast du die Anwesenheit meines Brownies bemerkt?«

Der Alte zuckte mit den Schultern. »Das vermag ich Euch nicht zu sagen, Herr. Ich bemerke solche Dinge seit jeher.«

»Hast du Druidenblut in deinen Adern? Oder … stehst du mit Schattenkreaturen in Kontakt?« Er wollte den Namen des Nuckelavees nicht aussprechen, denn die einfachen Leute glaubten, bereits sein Klang würde den Lauf der Welt zum Schlechten verändern.

»Keines von beidem«, antwortete der Fischer kurz angebunden, aber dabei wirkte er seltsam angespannt. Überhaupt war er für einen Greis überraschend agil und kräftig.

Im Grunde interessierte sich Mylo nicht für die Geheimnisse anderer Leute, doch in diesem Fall hätte er eigentlich Adair in Kenntnis setzen müssen, denn es war höchst ungewöhnlich, dass ein gewöhnlicher Mensch den Zauber eines Licht- oder Schattenwesens erkennen konnte. In dem Moment ging ihm auf, wie hilfreich diese seltsame Veranlagung des alten Mannes für ihn sein konnte.

»Erkennst du auch einen Selkie, wenn er dir als Mensch oder Robbe gegenübersteht?«, erkundigte er sich.

Der Fischer nickte. »Gewiss. Sie kommen oft an diese Küsten. Bei Vollmond schwimmen sie ihre Kreise unter dem Bogen der *Mother's Crown*, und ein Stück weiter lebt eine Selkie-Frau, die sich in einen Menschenmann verliebt hat.«

»Kannst du mir den Weg zu dieser Frau weisen?«

»Es sind nur ein paar Meilen in östlicher Richtung. Wenn Ihr gleich aufbrecht, erreicht Ihr die Hütte noch vor dem Abend.« Mit einem Mal schien er es eilig zu haben, seine hochrangigen Gäste loszuwerden. Erneut fragte Mylo sich, welches Geheimnis dieser Mann hütete.

Fiona hingegen schien enttäuscht, obgleich sie keinen Einwand erhob. Gewiss tobten jetzt zahlreiche Fragen durch ihren Kopf, die sie dem Brownie gern gestellt hätte, so versessen, wie sie auf Monstergeschichten war. Ein wenig bereute Mylo es, dass er nicht hierbleiben und noch einige seiner Anekdoten aus dem Druidenwald zum Besten geben konnte, denn auf unbestimmbare Weise rührte die junge Frau sein Herz. Beinahe so, als kenne er sie seit vielen Jahren.

Stattdessen bezahlte er den Fischer und wies ihn an, den Fang auf den Wagen zu verladen. Er verabschiedete sich von Fiona, der er alles Gute für ihre Zukunft wünschte, obgleich es sich bei diesem Wunsch um eine leere Phrase handelte, denn der Weiberheld, der sie als seine künftige Gemahlin auserkoren hatte, würde sie ohnehin nur unglücklich machen.

Nachdem er wieder auf dem Kutschbock Platz genommen hatte, reichte sie ihm zwei Stockfische und drückte dabei zum Abschied seine Hände. »Euer Magen knurrt so laut, dass ich es nicht verantworten kann, Euch ohne ein Mahl ziehen zu lassen«, sagte sie. »Lebt wohl, grauer Druide. Möge Teran Euch bald in den Kreis seiner Diener berufen!«

Auch für Broc hatte sie ein paar freundliche Worte übrig und bedankte sich noch einmal überschwänglich für ihrer aller Rettung vor den Giftzähnen der schwarzen Spinne.

Dann zogen sie weiter, immer an der Küstenlinie entlang nach Osten. Sie passierten den Steinbogen der *Mother's Crown*, unter dem die Selkies dem alten Fischer zufolge bei Vollmond ihren Wasserreigen tanzten.

»Du bringst Glück?«, fragte Mylo den Brownie. »Davon habe ich bisher noch nicht viel gemerkt. Ich hätte sogar eher auf das Gegenteil getippt.«

Entrüstet stemmte Broc die Hände in die Hüften. »Natürlich bringen Brownies Glück! Was meinst du, weshalb jedermann uns in seinem Haus haben will? Der Fischer hätte mich mit Handkuss bei sich aufgenommen.«

»Der kann in seinem Alter auch wahrlich Glück brauchen, obwohl er recht drahtig wirkte«, meinte Mylo. »Aber ein wenig kurzsichtig, wie ich bemerkt habe. Er kneift immer die Augen zusammen, wenn er in die Ferne blickt.«

»Dafür hat er ja seine Tochter. Die sieht umso besser.«

»Schade, dass sie diesen Einfaltspinsel von einem Schmied heiraten soll.«

Broc lehnte sich zur Seite und ließ einen so gewaltigen Furz entweichen, dass die Luft zu flirren schien. Er stöhnte erleichtert und setzte ein verschmitztes Grinsen auf. »Du scheinst dir so einige Gedanken über dieses Menschenmädchen zu machen.«

»Das würde ich vielleicht«, erwiderte Mylo, darauf bedacht, nicht einzuatmen, »doch derzeit hängt mein eigenes Leben an der dünnsten Spinnwebe aller Zeiten.«

»Da hast du recht.« Broc seufzte. »Also finden wir diese Selkie-Frau und erleichtern sie um ihre Haut. Womöglich braucht sie sie ohnehin nicht mehr, nun, da sie ein menschliches Leben gewählt hat.«

Dieser Gedanke erleichterte Mylos Gewissen ein wenig. Da dieses Wesen aus eigenem Antrieb auf seine zweite Gestalt verzichtet hatte, würde es vermutlich nicht allzu sehr leiden, wenn es von jetzt an gänzlich ein Mensch bleiben musste.

Nicht viel später sahen sie die Hütte, die der Fischer erwähnt hatte, hinter einem Riff auftauchen. Auf den ersten Blick unterschied sie sich nicht von der Behausung, in der Fiona und ihr Vater lebten, doch dann erkannte Mylo, dass die kleine Ziegenherde, die eigentlich innerhalb der Zäune hätte grasen müssen, über die ganze Küste versprengt herumstand. Einige allzu vorwitzige Exemplare hatten sich sogar auf die Klippen und ins Landesinnere vorgewagt, wo besonders frische Kräuter sprossen.

Die Vordertür der Hütte stand sperrangelweit offen, weshalb es dem Nordwind ein Leichtes war, sie zu packen und in regelmäßigen Abständen gegen den Rahmen zu knallen. Das alles wirkte, als hätten die Bewohner ihr Haus überstürzt verlassen.

Dieser Eindruck setzte sich fort, als sie ihren Wagen hinter der Hütte zum Stehen brachten. Dort lag einiges Werkzeug wild auf dem Boden verteilt, als hätte jemand in der Eile etwas darin gesucht und sich nicht die Mühe gemacht, hinterher wieder aufzuräumen. Mylo stieg über die Sicheln, Rechen und Mistgabeln hinweg, duckte sich unter der leeren Wäscheleine hindurch und betrat die Hütte von der hinteren Seite.

»Hallo!«, rief er ins Innere. »Ist jemand hier?«

Niemand antwortete ihm. Er ging hinein und fand die Wohnstatt verlassen, aber nicht zerstört vor. Die beiden Strohsäcke auf dem Bett waren sorgfältig glatt gestrichen, am Fußende thronte eine dicke Webdecke. Tonkrüge und Holzteller stapelten sich auf einem Regalbrett an der Wand, und in der Ecke lag ein nicht fertig geflochtener Korb. Alles in allem wirkte das Haus klein, aber sauber und gemütlich. Nur die Bewohner fehlten.

Vielleicht, überlegte Mylo, war die Selkie mit ihrem Gemahl nur aufs Meer hinausgefahren, um eine Runde zu schwimmen, während er Fische fing. Dagegen sprach jedoch, dass die Ziegenherde ganz offensichtlich freigelassen worden war, denn das Gatter stand ebenso weit offen wie die Vordertür der Hütte.

Räuber konnten es nicht gewesen sein, denn sie hätten sämtliche Vorräte, Decken und das Vieh mitgenommen.

Er hielt eine Hand über die Feuerstelle in der Mitte des Raumes und fühlte eine leichte Wärme von der Glut ausgehen. Was auch immer hier passiert war, konnte allenfalls einen Tag her sein.

Während er noch dastand und überlegte, hörte er Broc von draußen seinen Namen rufen. Es klang, als hätte er eine Entdeckung gemacht, und zwar keine allzu erfreuliche. Hastig rannte Mylo aus der Hütte und fand den Brownie hinter dem Ziegenstall neben zwei frischen Erdhügeln, in deren Mitte eine Schaufel steckte. Mit hängenden Schultern stand er da und wischte sich voller Trauer über die Augen. »Ich glaube, die beiden sind tot.«

Mylo seufzte. Damit war jegliche Chance dahin, der Selkie ihre Haut zu stehlen. »Sieht ganz so aus, als müsste ich nun doch noch sieben Tränen ins Meer weinen«, murmelte er.

»Das dürfte nach diesem schrecklichen Anblick hier kein Problem mehr sein«, schluchzte Broc, dem bereits jetzt weitaus mehr als nur sieben Tropfen über die faltigen Wangen rannen.

»Das glaubst auch nur du«, brummte Mylo und wandte sich ab, um nach einem ruhigen Plätzchen zu suchen, wo er sich dieser ungeheuerlichen Aufgabe stellen konnte.

DONNERKIND

Sieben Tränen. Für die meisten Menschen keinerlei Herausforderung. Mylo aber hatte sich das Weinen nach Kilmartin Glen abgewöhnt. Ein Junge, der seine Mutter nie gekannt und seinen Vater auf grausame Weise verloren hatte, tat besser daran, das Leben mit klarem Blick zu betrachten, fand er. Und tatsächlich war dieser Vorsatz ihm in den darauffolgenden Jahren mehr als nützlich gewesen. Niemand hatte etwas für Heulsusen und Jammerlappen übriggehabt – weder der Burgherr, in dessen Küche er gearbeitet hatte, noch der Kürschner, der den Waisenknaben anschließend als Knecht bei sich aufgenommen hatte. Die Druiden schon gar nicht. Und nun sollte er auf Kommando Tränen hervorbringen – sogar sieben an der Zahl.

Er starrte auf den Ozean hinaus und versuchte, ein weiteres Mal die Bilder hochsteigen zu lassen, die der Nuckelavee in ihm hervorgerufen hatte. Doch jede Grausamkeit, jeder noch so furchtbare Anblick verlor an Schrecken, wenn man ihn so oft vor seinem inneren Auge wiederholt hatte, wie es Sterne am Firmament gab.

Eine Stunde später saß Mylo immer noch am Rand des Wassers, die Augen so trocken wie Fionas Stockfisch. Da kam Broc von der Hütte her. Er schniefte, und über seine Wangen zogen sich die Spuren jener Tränen, die sich der junge Druide so sehnlichst herbeiwünschte.

»Lock du den Selkie an!«, beschloss Mylo. »Das wird sehr viel schneller gehen.«

»Aber dann wird er mich sehen, und du verlierst den einzigen Helfer, der unbemerkt die Haut stehlen kann, während du den Selkie ans Ufer bittest und dafür sorgst, dass er sie auch wirklich ablegt«, gab Broc zu bedenken. »Wie willst du das eigentlich einfädeln?«

Mylo zuckte mit den Schultern. »Ich könnte ihn mit Eisenpulver bestäuben und dann mit meinem Dolch bedrohen.«

Der Brownie schüttelte den Kopf. »Lass dich nicht auf einen Kampf mit diesen Kreaturen ein. Sie sehen harmlos aus, sind aber stärker, als du denkst.«

»Dann vielleicht … eine Einladung zum Essen? Hinter der Hütte steht ein Fass mit Salzhering.«

»Wie wäre es damit: Du rufst den Selkie, weil du schon dein Leben lang davon träumst, einen der Ihren mit eigenen Augen zu sehen. Weil du fasziniert von ihrer Anmut im Wasser und zu Land bist. Und – falls es sich um eine Frau handeln sollte – weil man dir gesagt hat, sie wären in ihrer menschlichen Gestalt die schönsten Weiber der diesseitigen Welt. Dann hat sie einen Grund, um … aus der Haut zu fahren.« Broc kicherte.

»Stimmt das denn? Sind sie wirklich so schön?«

»Ja, das sagt man.«

Seufzend wandte Mylo den Blick wieder zum Wasser. Die Sonne neigte sich langsam dem Horizont entgegen und zauberte gleißende Lichtreflexe auf die Wellen. Je länger er dort hinstarrte, desto heftiger brannten seine Augen.

Broc erkannte diese Chance sofort. »Schau weiter dorthin!«, rief er aufgeregt.

Erst wollte Mylo ihm sagen, dass ein solcher Trick niemals funktionieren würde, aber dann spürte er eine Träne über sein Unterlid perlen und beschloss, dass es einen Versuch wert war.

Seine Augen schmerzten durch die ungewöhnliche Beanspruchung, doch er hielt stand.

»Ich könnte auch Salzwasser auf deine Lider träufeln!«, schlug Broc vor.

Mylo schüttelte den Kopf. Die nächste Träne tropfte ins Meer. Der Schmerz dehnte sich auf seine Wangen und seinen Hals aus. Ihm war, als bliebe ihm die Luft weg.

»Drei, vier, fünf!«, zählte Broc aufgeregt.

Mylo zwinkerte Nummer sechs heraus. Dann geschah nichts mehr. Ein erschreckendes Gefühl ergriff ihn – ein Schauder, der durch seinen gesamten Körper lief und sich in seinem Magen zu einem harten Wulst verknotete.

»Verflucht! Du griesgrämiger, kaltherziger Miesepeter! Warum kannst du nicht einfach weinen wie jeder andere Mensch auch?« Es war das erste Mal, dass der freundliche Brownie die Geduld mit ihm verlor.

Unter normalen Umständen hätte Mylo gelacht. Doch der seltsame Kampf, der in seinem Inneren tobte, hielt ihn davon ab. Stattdessen konzentrierte er sich weiter auf die spiegelnden Lichter der See und gebar unter Schmerzen die letzte Träne. Der Knoten in seinem Magen löste sich auf. Ein Gefühl des Triumphes erfüllte ihn, als der glitzernde Tropfen in die schäumenden Wellen perlte.

»Gut gemacht!«, lobte Broc.

Dann warteten sie. So lange, bis die Sonne am Horizont das Meer küsste und die Silhouetten der Möwen in tiefstes Schwarz kleidete. Mylo glaubte schon, die Legende von den sieben Tränen wäre eine reine Mär, da kräuselte sich das Wasser zu seiner Linken, und das Antlitz einer jungen Frau tauchte daraus hervor. Es war das beeindruckendste Gesicht, das Mylo in seinem ganzen Leben erblickt hatte – und er hatte vieles gesehen. Doch die Anmut, die dieses Wesen ausstrahlte, stellte sogar die Verführungskraft der Baobhan-Sith in den Hintergrund. Wie Seetang wogte das tiefschwarze Haar der Selkie im Meer. Gischtflocken kämpften um einen Platz auf ihren schmalen und zugleich kräftigen Schultern. Selbst die glitzernden Wassertropfen an ihren Wimpernkränzen schienen einen Augenblick länger als üblich zu verweilen, ehe sie zurück in den Ozean tropften.

»Wo ist ihre Haut?«, wisperte Broc in Mylos Ohr und riss ihn damit aus seiner Verzückung. Tatsächlich hatte auch er eine Robbe erwartet, doch dieses Wesen schien Menschen grundsätzlich zu misstrauen und hatte daher für alle Fälle das Seehundfell versteckt, ehe es sich ihnen zeigte.

»Was willst du, Druide?«, fragte die Frau, und ihre Stimme klang wilder als ein Sturm.

»Dich sehen!«, antwortete er, was nicht einmal gelogen war.

»Nun hast du mich gesehen. Also kann ich umkehren und diesen verfluchten Ort verlassen.«

»Weißt du, was hier geschehen ist?«, fragte Mylo, weniger aus echtem Interesse als vielmehr aus dem Wunsch heraus, dieses wundervolle Wesen noch länger betrachten zu können.

»Lügen, Dummheit und Ignoranz. Das, was überall geschieht, wo Menschen leben.« Bei diesen Worten senkten sich ihre Augenbrauen, und ein Gewitter zog über ihr Gesicht, so dunkel und tödlich, wie es nur die Hochsee hervorbringen konnte.

»Du hast eine sehr schlechte Meinung von uns. Erlaube, dass ich sie ändere«, brachte Mylo hervor. Aus den Augenwinkeln sah er, wie Broc die Stirn runzelte. Offenbar traute der Brownie ihm eine solche Leistung nicht zu. Aber das war egal, denn wenn sie es schafften, die Selkie lange genug am Strand oder in der Hütte aufzuhalten, dann fand Broc unterdessen vielleicht irgendwo zwischen den Klippen ihre Haut.

»Du willst mir weismachen, es gäbe Sanftheit und Feingefühl

in eurer Welt? Menschen mit Augen, die die Schönheit hinter den Dingen sehen, und Nasen, die den Duft der Freiheit riechen?«

»Das will ich!«

Sie blies Luft aus und kam ein Stück näher, wodurch ihr Oberkörper sich aus dem Wasser erhob und ein weiterer Teil ihrer Gestalt zu erkennen war. Mylo krallte die Hände in den Sand, um nicht vollständig den Kontakt zum Boden zu verlieren.

»Nun gut«, säuselte sie. »Dann beweise es mir. Aber wenn du es nicht schaffst, ziehe ich dich hinunter in mein Unterwasserhaus.«

Das war nicht nur eine einseitige, sondern auch eine sehr subjektive Abmachung, hing doch am Ende alles vom Wohlwollen eines Monsters ab, das offensichtlich nicht viel für die Menschen übrighatte. Ein wenig fühlte Mylo sich an seine letzte Begegnung mit den Vampirinnen erinnert, denen er ebenfalls um ein Haar verfallen wäre. Vielleicht war dies nun das Ende, das die Banshee für ihn ersonnen hatte. Doch falls es so sein sollte, wollte er lieber in den Armen dieses wundervollen Weibes ertrinken, als vom Nuckelavee verschlungen zu werden.

»Darauf lasse ich mich ein«, antwortete er, ungeachtet des entsetzten Furzes, der dem Brownie neben ihm entwich.

Die Selkie hatte es ebenfalls gehört. Suchend schweifte ihr Blick in alle Richtungen. »Ist noch jemand hier?«, fragte sie argwöhnisch.

»Nur mein Maultier, das zu viel Seetang gefressen hat und seither unter schrecklichen Blähungen leidet.«

Die schöne Frau rümpfte die Nase, doch sie stellte keine weiteren Fragen. Stattdessen entstieg sie dem Meer in ihrer ganzen Pracht, selbstbewusst und aufrecht, wie es kaum eine Menschenfrau vermochte.

Mylo nahm seinen Umhang ab und bedeckte damit ihre Blöße, obgleich sie sich ihrer Nacktheit nicht schämte. Der Blick ihrer fast schwarzen Augen drang wie ein Pfeil in sein Herz. Hastig zog er seine innere Mauer hoch, um sich zu schützen.

Da lächelte sie. »Noch vor dem Sonnenaufgang gehörst du mir.«

»Torvis.« Ihr Name schmeckte auf seiner Zunge wie salzige Gischt.

»Es bedeutet Donnerkind«, klärte sie ihn auf, während sie seinen Umhang zu Boden sinken ließ und nach einem braunen Kleid griff, das zusammengefaltet neben dem Bett gelegen hatte. Mit einer geschmeidigen Bewegung schlüpfte sie hinein.

»Du bist nicht zum ersten Mal in dieser Hütte, Donnerkind«, mutmaßte Mylo.

Sie schüttelte den Kopf. »Meine Schwester lebte hier – zusammen mit ihrem menschlichen Gemahl.«

»Dann musst du in Trauer sein. Ich habe die Gräber hinter dem Haus gesehen. Sie sind kaum einen Tag alt.«

Sie antwortete nichts darauf, sondern wandte sich ab und ging zur Feuerstelle, wo sie ein viel zu großes Stück Holz nahm und es auf die längst verglommene Glut legte. Ungeduldig starrte sie es an und wartete, dass es Feuer fing.

»Darf ich dir helfen?«, erbot sich Mylo.

Sie stieß ein abschätziges Zischen aus, das mehr nach Tier als nach Mensch klang, und trat einen Schritt zurück. Mit verschränkten Armen sah sie dabei zu, wie Mylo eine Handvoll Stroh und Reisig aufschichtete und Schlageisen und Feuerstein von einem Nagel an der Wand holte. Als er sie gegeneinanderschlug, um einen Funken zu entfachen, blitzten ihre Augen kurz auf, doch schon einen Wimpernschlag später verkroch sie sich wieder in ihrer Unnahbarkeit.

Mylo pustete in das Zundernest und brachte das Feuer in

Gang. »Wie sind sie gestorben?«, fragte er, obgleich ihm klar war, dass er sich mit dieser Frage weit vorwagte.

Unerwarteterweise beantwortete Torvis sie dennoch. »Sein Name war Connor. Sein Kopf war dumm und seine Sinne grob. Deshalb hat er nicht bemerkt, dass seine Frau eine Selkie war. Weder ihre Anmut noch ihre Stärke sind ihm aufgefallen. Gedankenlos hat er einfach hingenommen, dass sie mit den Ziegen sprach, die eisernen Werkzeuge nicht anfasste und ihm stets den Weg zu den besten Fischgründen weisen konnte. Und weil sie ihn zu sehr liebte, um seinen stumpfen Geist mit der Wahrheit zu überfordern, hat sie sich ihm nicht offenbart.« Sie stockte, und ein kaum wahrnehmbares Zittern durchlief ihren Leib. »Er hat einen Speer auf sie geschleudert, weil er sie für eine Robbe hielt.«

Mylo fühlte Mitleid für diesen armen Mann in sich aufsteigen, der unwissend sein eigenes Weib getötet hatte. Bestimmt hatte der Moment der Erkenntnis ihn tiefer getroffen, als eine Selkie zu verstehen imstande war.

»Hat er sich daraufhin das Leben genommen?«

Torvis presste die Lippen aufeinander, was ihrem Gesicht eine beängstigende Härte verlieh. »Nein. *Ich* habe es ihm genommen«, gab sie unumwunden zu.

Dieses Geständnis fachte Mylos Furcht vor ihr in derselben Weise an, wie sein Atem das Feuer aufflackern ließ. Innerhalb eines Herzschlags verwandelte sich das erste Glimmen in lodernde Flammen. Er legte ein weiteres Scheit auf.

»Du hast ihn für ein Vergehen getötet, das er aus Unwissenheit begangen hat.«

»Ja, weil er es nicht verdient hatte zu leben!«, zischte sie und ballte die Fäuste.

Wenn er so weitermachte, hauchte er sein eigenes Leben lange vor Sonnenaufgang aus, erkannte Mylo. Er richtete sich wieder auf und widerstand dem Impuls, nach seinem Dolch zu fassen, der ihm zumindest einen Hauch von Sicherheit verlieh.

»Ich gehe davon aus, dass er sich nicht gewehrt hat.«

Sie schwieg, was einem Ja gleichkam.

»Es gab nichts mehr, was du ihm noch nehmen konntest«, fuhr Mylo fort. »Weil er sie geliebt hat.«

Für einen Augenblick sah es so aus, als wollte sie etwas darauf antworten, doch sogleich schloss sie den Mund wieder und streckte Mylo stattdessen eine Hand entgegen. »Gib mir deinen Dolch und den Stab. Ich bin keines deiner gefangenen Monster, das du damit in Schach halten kannst.«

Zögernd nahm er die Waffen ab und reichte sie ihr. Zumindest wusste sie nichts von dem Eisenpulver, das er in seinem Beutel verwahrte. Falls sie ihn angreifen würde, hatte er damit vielleicht noch ein letztes Überraschungselement auf seiner Seite. Mit spitzen Fingern trug sie Dolch und Stab zu einem Korb neben dem Ofen, in dem das verblichene Ehepaar Brotschieber und Kochlöffel aufbewahrt hatte, und ließ sie so schnell zwischen den Holzgriffen niedersinken, als hätte sie sich daran verbrannt. Was vermutlich auch der Wahrheit entsprach – Wesen aus Licht und Schatten konnten die Berührung von Eisen nicht ertragen.

»Nun wirst du nach draußen gehen und eine Ziege für uns melken. Im Schuppen gibt es noch Butter und hartes Brot. Der Hering im Fass ist mir zu salzig.«

»Willst du uns nicht lieber einen frischen Fisch fangen?«, schlug Mylo in der Hoffnung vor, sie würde dadurch Broc den Weg zu ihrem versteckten Robbenfell zeigen.

Sie schüttelte den Kopf. »Wenn ich in diesem Menschenkörper stecke, dann will ich auch bewirtet werden wie eine von euch.«

Es sah nicht danach aus, als würde sie ihre Meinung noch

ändern, also machte Mylo sich auf den Weg nach draußen. In der Speisekammer fand er neben Butter und Brot auch einen stattlichen Schinken. Daneben stand ein Fass, dessen Inhalt den Geruch von Met verströmte. Wahrlich, dieser Connor hatte einiges an Köstlichkeiten angehäuft, deren Genuss ihm nun nicht mehr vergönnt war.

Mylo beschloss, dass der Honigwein seinen Absichten weitaus zuträglicher sein würde als jede Ziegenmilch – einmal davon abgesehen, dass ihm die Lust auf Milch in den letzten Tagen gehörig vergangen war. Dennoch gab er vor, eine Ziege zu suchen, und nahm sogar einen Krug mit zur Küste für den Fall, dass Torvis ihn durch eine Ritze in der Hüttenwand beobachtete.

Wie erwartet fand er Broc bei den Ziegen vor. Er lag auf dem Rücken unter dem dicksten Euter und spritzte sich gut gelaunt die Milch direkt in den Mund.

»Du bist ein selbstsüchtiger kleiner Widerling. Liegst da faul auf der Haut und frönst deiner Leidenschaft, während ich mich mit einem mörderischen Monster herumschlagen muss«, entrüstete sich Mylo.

Der Brownie zog ein beleidigtes Gesicht, doch dann bot er ihm großzügig eine Zitze an. »Willst du auch?«

»Nein, verflucht! Ich will die verdammte Haut finden und anschließend so schnell wie möglich aus der Hütte verschwinden, bevor diese Torvis ein drittes Grab schaufelt!«

»Torvis«, sinnierte Broc. »Das ist ein schöner Name für eine Selkie, findest du nicht?«

»Es fehlt mir die Muße, um über den Klang ihres Namens nachzudenken, nachdem ich nun weiß, dass sie den ehemaligen Eigentümer der Hütte auf dem Gewissen hat.«

»Oh!«, machte Broc. »Dann solltest du nicht allzu lange mit ihr allein bleiben.«

»Davon rede ich doch die ganze Zeit. Nun fang schon an zu suchen. Irgendwo zwischen den Felsspalten oder Höhlen der Klippen wirst du die Haut hoffentlich finden. Sobald du sie hast, stößt du dreimal hintereinander einen Möwenschrei aus. Dann weiß ich, dass ich fliehen kann.«

»Ich kann nicht wie eine Möwe rufen.« Broc überlegte. »Aber ich kann wie eine Wildkatze miauen!«

Mylo verdrehte die Augen. »Von mir aus. Sorg dafür, dass ich es auch höre. Und jetzt komm unter der Ziege hervor und mach dich an die Arbeit!«

Der Brownie gehorchte, wischte sich den Milchbart von der runzeligen Oberlippe und hüpfte davon.

Mit einem unguten Gefühl im Bauch ging Mylo zur Hütte zurück. Aus dem Schuppen nahm er alles mit, was eines guten Mahles würdig war, zuletzt füllte er einen Teil des Honigweins in seinen Krug.

Torvis stand neben dem Bett an die Wand gelehnt, den halb fertigen Flechtkorb in der Hand. Es war keine allzu geschickte Handarbeit, eher ein schlechter Versuch, der wie das Werk eines Kindes anmutete. Als sie Mylo eintreten hörte, wandte sie ihm schnell den Rücken zu, wischte sich über die Augen und warf den Korb achtlos wieder zu Boden.

»Hast du alles mitgebracht, was ich dir aufgetragen hatte?«, fragte sie ihn unwirsch.

»Alles bis auf die Milch, denn ich habe etwas Besseres gefunden.« Er stellte den Krug vor sie auf den Tisch.

Sie roch am Inhalt, zog kurz die Nase kraus und schnüffelte noch einmal. »Bienensaft?«

»Wir nennen es Honigwein oder auch Met.«

»So etwas habe ich noch nie getrunken.«

»Dann wird es höchste Zeit.« Er holte zwei Becher herbei und füllte sie bis zum Rand. Einen davon drückte er Torvis in die Hand und stieß seinen dagegen. »Auf Sea Mither und Teran. Und auf deine Schwester …«

»Illaria.« Ein Schatten huschte über ihr Gesicht.

»Und auf Illaria. Möge sie im Haus des großen Vaters Ruhe finden, ehe ihre Seele dereinst zurückkehrt.«

Offenbar nahm die Selkie keinen Anstoß an diesem Trinkspruch. Sie setzte den Becher an die Lippen und trank einen kleinen Schluck, woraufhin ihre Miene sofort heller wurde. »Gut!«, befand sie und leerte den Rest in einem Zug.

Mylo schenkte ihr grinsend nach. Es dauerte nicht lange, und sie hatte auch diesen Becher ausgetrunken, während er noch an seinem ersten nippte. Er gab dennoch vor, ihn ebenfalls aufzufüllen, und reichte ihr den dritten.

»Woher wusstest du, dass ich Druide bin?«, fragte er, um sie bei Laune zu halten.

Sie ließ sich auf das Bett sinken und fasste sich an den Kopf, als wollte sie ihn davon abhalten, sich im Kreis zu drehen. Offensichtlich hatte sie keinerlei Kenntnisse über Alkohol. »Ich höre deine Magie. Sie klingt wie das Grollen eines Vulkans, heiß und tief, verschüttet unter tausend Tonnen Gestein.«

»Aber …« Verwundert blickte er sie an. »… ich habe noch gar keine.«

Torvis lachte. »Genau das habe ich gemeint, als ich gesagt habe, ihr Menschen wäret allesamt unfassbar grobstofflich. Euch fehlt der Blick ins Innere der Dinge.«

Einen Moment lang überlegte Mylo, ob sie vielleicht recht hatte – ja, er hoffte es sogar, denn das würde bedeuten, dass Teran ihn bereits erwählt hatte und der erste Samen seiner zukünftigen Zauberkraft in seiner Seele keimte. Dann jedoch ging ihm auf, dass Broc während ihrer Begegnung am Strand neben ihm gestanden hatte. Also hatte Torvis vermutlich nur dessen spärlich ausgeprägte Magie gespürt.

»Kannst du es immer noch hören?«, hakte er nach.

Erst nickte sie eifrig, doch dann legte sie die Stirn in Falten und lauschte auf sonderbar tierische Weise in seine Richtung. »Hm … mir scheint … irgendetwas trübt meine Sinne.«

»Wie seltsam«, meinte er. »Nimm noch einen Schluck Met. Wir Menschen betrachten ihn als Heilung von allerlei Leiden.«

Torvis musterte ihn skeptisch, doch dann überwog die Lust auf das Getränk ihre Zweifel, und sie hielt ihm erneut ihren Becher entgegen.

Mylo legte ein weiteres Holzscheit aufs Feuer und setzte sich neben sie. Dabei konnte er nicht verhindern, dass sein Blick über ihren Körper glitt, obgleich dieser von dem sackartigen Kleid verhüllt war. Ein Anflug von schlechtem Gewissen überkam ihn, weil er dieses Wesen, das doch ohnehin von Kummer und Trauer geplagt wurde, so schmählich hinterging und dabei auch noch von jener Gier überwältigt wurde, die vermutlich alle Männer in ihrer Gegenwart überkam. Auf der anderen Seite: Sie war eine Mörderin, die einen unschuldigen Menschen getötet hatte, obgleich man ihm keine Schuld an dem tragischen Unglück mit ihrer Schwester anlasten konnte.

»Bereust du es in manchen Momenten?«, fragte er.

Sie nahm ihm den Krug aus der Hand und schenkte sich selbst nach. »Wovon sprichst du?«

»Von Connor.«

Sie trank, dann warf sie ihr schwarzes Haar in den Nacken und schickte ihm einen düsteren Blick. »Nein!«

»Wirklich nicht? Denkst du, er hat es mit Absicht getan?«

»Er hat es aus Dummheit getan, das ist ebenso schlimm. Illaria war wundervoll – rein wie das Wasser einer versteckten Lagune. Wer ein solches Wesen tötet, der muss bestraft werden.«

»Vielleicht hätte Illaria über Connor dasselbe gesagt: dass er gut und liebevoll war und es verdient hätte, als Greis in seinem Bett zu sterben.«

Dieser Einwand bewegte irgendetwas in der Selkie, denn sie hatte keine hasserfüllte Antwort darauf parat. Stattdessen trank sie in der Hoffnung auf jene Heilung, die der Met angeblich in sich barg. »Warum hast du mich nicht ziehen lassen?« Sie seufzte. »Ich war schon weit draußen auf dem Ozean, als ich den Sog deiner Tränen spürte. Sie waren so heiß und bitter, als läge der Schmerz eines ganzen Lebens darin. Und nun … sitze ich hier mit einem Mann aus Eisen, der sein Herz wie alle anderen verschließt. Kein Salz auf deiner Haut, kein Wind in deinem Bart.«

Obgleich er nicht wusste, was genau sie damit aussagen wollte, strich Mylo sich unbewusst über die kratzigen Wangen, was Torvis zum Lachen brachte. Viel zu ausgelassen fing sie an zu kichern.

Er trank ebenfalls seinen Becher aus – wenigstens das war er ihr schuldig.

»Manch einer versucht, uns anzulocken, indem er sich Zwiebelsaft in die Augen reibt«, erzählte Torvis fast schon im Plauderton. »Andere spritzen sich Salzwasser in die Augen, um zu weinen. Aber wir Selkies erkennen einen solchen Betrug. Nur Tränen, die aus den Tiefen einer Seele kommen, erreichen einen der Unseren.«

»Das … kann nicht sein«, entfuhr es Mylo.

Die junge Frau betrachtete ihn von der Seite, den Blick vernebelt vom Alkohol und doch voller Intensität. »Willst du damit sagen, du hättest ebenfalls einen Trick angewandt?«

»Nein, nur … ich habe bereits von Menschen gehört, die es erfolgreich versucht haben.«

»So?« Sie hob die Brauen. »Hast du schon einmal darüber nachgedacht, ob du dich vielleicht selbst betrügst?«

Er nahm ihr den Becher aus der Hand, stand auf und ging

zum Tisch hinüber, wo er ihn abstellte und je ein Stück von dem harten Brot und dem Schinken für sie beide abschnitt. Als er damit zum Bett zurückkam, sah sie ihn fragend an.

»Zu viel Met schadet mehr, als er heilt. Iss etwas, dann wirst du dich besser fühlen.«

Sie nahmen ihr Mahl schweigend ein, während die letzten Strahlen der Sonne, die durch die Ritzen der Hütte drangen, mehr und mehr an Intensität verloren. Weiterhin war kein Schrei einer Wildkatze zu hören, nur das Meckern der Ziegen und das stetige Rauschen der Wellen. Mylo fragte sich, ob Torvis ihre Haut überhaupt an der Küste verborgen hatte oder womöglich auf einem abgelegenen Riff im Meer, das Broc nicht zu erreichen vermochte. Darüber hinaus hatte er keine Ahnung, wie gut Brownies in der Dunkelheit sehen konnten.

»Wir spielen jetzt ein Menschenspiel«, beschloss er. »Es heißt Wahrheit oder Wagnis.«

Zu seiner Überraschung klatschte Torvis daraufhin in die Hände, und zwar unter Einsatz ihrer Ellbogen, als hätte sie immer noch Flossen. Er verkniff sich ein Grinsen, um sie nicht zu verärgern. Spiele schienen bei Selkies recht beliebt zu sein.

»Wie lauten die Regeln?«, fragte sie begierig.

»Sie sind ganz einfach: Du entscheidest dich für Wahrheit oder Wagnis. Wählst du die Wahrheit, musst du eine Frage ehrlich beantworten. Wählst du das Wagnis, musst du eine Aufgabe erfüllen. Anschließend tauschen wir die Rollen, und ich bin an der Reihe.«

»Also gut«, sagte sie. »Wagnis. Fang an!«

Er dachte kurz nach, dann entschied er sich für eine einfache Aufgabe zum Aufwärmen. »Flechte den Korb fertig, der dort in der Ecke liegt.«

Torvis' Miene verdüsterte sich. »Das kann und will ich nicht tun. Stell mir eine andere Aufgabe.«

»Die Regeln besagen, dass du nicht ablehnen darfst, sonst verlierst du.«

Sie stieß ein Zischen aus, holte aber den Korb herbei und stellte ihn auf ihrem Schoß ab. Mit ungelenken Handbewegungen begann sie, das viel zu trockene Reisig durch die Speichen zu weben. »Ich bin dran«, brummte sie dabei. »Was wählst du?«

»Wagnis.«

Das heimtückische Lächeln, das sich daraufhin auf ihr Gesicht schlich, versprach nichts Gutes. »Tanze auf einem Bein – und zwar so lange, wie ich flechte.«

Mylo prustete. »Das ist beschämend. Du kannst den Korb zur Seite stellen, und wir beginnen eine neue Runde.«

»Nein, ich glaube, ich entdecke gerade meine Leidenschaft fürs Flechten«, behauptete sie und sah schadenfroh dabei zu, wie er sich neben das Feuer stellte und unwillig ein Bein anwinkelte. Je länger er darauf herumhüpfte und sich vor ihr zum Esel machte, desto langsamer flocht sie, den Ausdruck unverhohlener Schadenfreude im Gesicht. Als sie ihn endlich entließ, nahm er sich vor, ihr nur noch ganz leichte Aufgaben zu stellen, die keine Racheakte nach sich zogen. Den restlichen Abend und die komplette Nacht verbrachten sie damit, zu singen, Tiere nachzuahmen, Grimassen zu schneiden und becherweise Honigwein in einem Zug zu trinken. Mylo jonglierte sogar mit drei Eiern, was er zuletzt vor vielen Jahren mit seinem Vater, dem Barden, getan hatte. Und Torvis hielt so lange die Luft an, dass ein Druide in der Zwischenzeit die gesamte *Philosophie der heiligen Bäume* hätte herunterbeten können. Um einander besser sehen zu können, zündete Mylo eine Tranlampe an und stellte sie auf die Kiste neben dem Bett. Die flackernde Flamme warf aufregende Schatten auf das Gesicht der jungen Frau, das nun entspannter aussah als noch vor wenigen Stunden. Ob die Veränderung durch das Spiel oder den vielen Met ausgelöst worden war, vermochte Mylo nicht zu sagen.

»Wahrheit«, antwortete er auf ihre nächste Frage, denn er war es leid, wie ein aufgescheuchter Gockel durch die Hütte zu springen und kindische Geräusche von sich zu geben.

»Oh!« Sie wirkte überrascht. »Dann verrate mir, Druide: Hast du echte Tränen ins Meer geweint, um mich zu rufen?«

Er schüttelte den Kopf. »Ich habe in die Sonne geblickt, um meine Augen zu reizen.«

Sie nickte, als hätte sie diese Antwort vorausgeahnt. »Dann lass dir gesagt sein: Damit hast du deiner Seele einen Dienst erwiesen, denn du hast ihr geholfen, einen Teil der Last loszuwerden, die sie trägt. Jeder einzelne dieser sieben Tropfen kam aus deinem Herzen, sonst hätte ich sie nicht gespürt. Du hast nur einen Grund gebraucht, um die Staumauer zu durchlöchern, hinter der du deinen Ozean verbirgst.«

Er fand keine Worte, um etwas darauf zu erwidern, und senkte nur den Blick. Als er sie wieder ansah, spiegelten sich die Flammen des Feuers in ihren Augen. »Wahrheit oder Wagnis?«

»Wahrheit.«

»Warum hast du Connor ein Grab ausgehoben, wenn er dir doch so gleichgültig war? Du hättest ihn auch den Haien zum Fraß vorwerfen können.«

Sie starrte auf ihre Hände. »Illaria wollte nicht, dass er stirbt«, murmelte sie nach einer Weile. »Aber ich war so voller Schmerz und Wut. Sein Tod sollte mir Erleichterung verschaffen, doch stattdessen fühlte ich mich noch schwerer, noch einsamer, noch schmutziger. Wer seine letzte Ruhestätte im Meer findet, der geht in das Haus der Mutter ein. Wer aber auf dem Land begraben wird, zieht in Terans Reich. Das Letzte, was ich zu Connor sagte, war, dass er Illaria in der nächsten Welt nicht wiederfinden würde. Doch nachdem er in meinen Armen sein Leben ausgehaucht hatte, bereute ich meine Tat. Deshalb habe ich ihnen zwei Gräber ausgehoben, um sie wieder zu vereinen.«

Es war ganz still in der Hütte, nachdem sie das ausgesprochen hatte. Durch die Ritzen in der Wand drangen bereits die ersten Schemen des Morgengrauens. Einem inneren Impuls folgend, legte Mylo seine Hand auf ihre. »Du hast richtig gehandelt. Mögen sie Frieden finden.«

Eine einzelne Träne floss über ihre Wange, schimmernd wie eine Perle, tropfte von ihrem Kinn und landete in der Kuhle über ihrem Schlüsselbein. Sanft wischte Mylo sie beiseite. Ihre Blicke trafen sich, und für einen Moment wünschte er sich, sie hätten einander unter anderen Umständen getroffen. Ungebunden und frei, ihre eigenen Entscheidungen zu treffen, in einer Welt ohne Tod und Verrat.

»Warum balzt du nicht?«, flüsterte sie.

»Warum ich nicht … *balze*?« Diese unverhohlene Frage brachte ihn derart aus dem Konzept, dass er zu stammeln begann. »Nun, wir … Menschenmänner haben eine … andere Art, uns einer Frau anzunähern.«

»Also balzt du doch?«

»Nein, ich …«

»Woraus besteht denn diese andere Art? Komplimente machst du mir schon mal nicht. Singst auch keine Liebeslieder. Spielst du vielleicht Flöte?«

Er antwortete nicht gleich, denn diese Frage rüttelte zu sehr an seinen inneren Ängsten.

»Also ja?«

»Ich glaube, wir sollten uns langsam zur Ruhe begeben. Draußen geht bald die Sonne auf. Ich sehe schon das Morgenlicht durch die …«

Mit einem Mal kam wieder Leben in Torvis. Schneller, als er es ihr zugetraut hätte, griff sie an seinen Beutel und löste den

Knoten, der ihn zusammenschnürte. »Ich möchte wetten, dass du eine Flöte da drin hast!«

Hastig packte Mylo ihre Hände, um sie davon abzuhalten, den Beutel zu öffnen, denn dann würde sie auch das Eisenpulver finden, das er darin verwahrte. Dabei musste er zu seinem Erschrecken feststellen, dass dieses grazile Wesen ihm mindestens ebenbürtig war, was körperliche Stärke anging. Hartnäckig entwand sie ihm ihre Handgelenke und versuchte erneut, in den Beutel zu fassen.

Er sprang auf. »Ist gut! Hör auf!«

Sie verschränkte die Arme vor der Brust und sah ihn erwartungsvoll an.

Unwillig zog er die Flöte hervor. Sie war aus dem Schienbein eines Schafes geschnitzt, hatte fünf Löcher und eingeritzte Tierfiguren als Verzierungen. Das Mundstück war durch eine kreisrunde Einlegearbeit aus Eisen mit dem unteren Teil verbunden. Sein Vater hatte dieses edle Instrument stets geschont, aber mit anderen Flöten viele fröhliche Weisen gespielt. Keine davon wollte Mylo mehr einfallen. Schlimmer noch: Ihm graute davor, auch nur einen Ton zu spielen, aus nackter Angst, was diese Klänge in ihm auslösen würden.

»Nun mach schon!«, forderte Torvis in süffisantem Tonfall. »Sei unbesorgt, ich höre das Gepfeife nicht zum ersten Mal.«

Aber ich! Zum ersten Mal seit damals.

Sie würde nicht lockerlassen, bis er ihrem Wunsch entsprach. Er konnte nun anmerken, dass diese Sache kein Teil ihres Spiels war und er lieber eine weitere Frage beantworten würde, aber das würde sie nur noch neugieriger machen. Diese Frau war wie der Ozean selbst: stürmisch, tödlich und unberechenbar. Voller unbekannter Geheimnisse, die ihn gleichzeitig magisch anzogen und mit Furcht erfüllten.

Er setzte die Flöte an die Lippen und schloss die Augen. Der erste Ton war verhalten, zaghaft wie der Flügelschlag eines frisch geschlüpften Schmetterlings. Er ließ ihn anschwellen, und mit einem Mal wollten seine Finger sich bewegen. Die Melodie kam nicht aus seinem Kopf, sondern aus einer anderen Welt, die für kurze Zeit seine eigene wurde. Langsam und getragen erzählte sie die Geschichte eines Jungen, der so viel Schreckliches gesehen hatte, dass sein Verstand sich in eine Wolke des Vergessens flüchtete. Er fühlte seinen kindlichen Schmerz durch den Knochenleib der Flöte vibrieren und seine Sehnsucht nach einem besseren Leben als klingende Luft unter seinen Fingern tanzen.

Diese traurige Melodie, die ihn so völlig ohne eigenes Zutun ergriff, schien eine Seele zu haben, ein lebendiges schlagendes Herz. Dies war das Lied eines Druiden, der keiner war. Das Lied der ewigen Suche zwischen Tag und Nacht. Das Lied der Dämmerung.

Als es zu Ende war, setzte Mylo die Flöte ab und öffnete die Augen. Zum ersten Mal seit ihrer Begegnung am Strand standen weder Abscheu noch Häme noch aufgesetzte Fröhlichkeit in Torvis' Gesicht, vielmehr war ihr Blick völlig unverschleiert. Mylo hatte den Eindruck, in einen Strudel hinabgerissen zu werden, der bis auf den Grund des Meeres führte.

»So schön hat noch keiner gebalzt. Nicht einmal ein Selkie«, wisperte sie. Dabei streckte sie eine Hand nach ihm aus.

Er ergriff sie und ergab sich in sein Schicksal, wie auch immer es aussehen würde.

Ihr Kuss schmeckte nach Salz und Feuer.

CAIT SITH

Es begann als leises Schnurren, das Mylo auf angenehme Weise aus seinem Traum rief. Dann steigerte sich das Geräusch in ein durchdringendes ungeduldiges Maunzen, und sofort war er hellwach. Er fuhr hoch und sah sich in der Hütte um. Der nächste Morgen musste bereits mehrere Stunden alt sein, denn das Sonnenlicht fiel als strahlender Schein durch die Ritzen der Wand. Zahlreiche Staubflocken tanzten darin.

Neben ihm lag Torvis in tiefem Schlaf. Strähnen ihres glänzenden Haars bedeckten ihr Gesicht, kräuselten sich über schmale Schultern und den oberen Teil ihres Rückens. Ihr Atem ging laut, wie bei den meisten Menschen, die am Abend zuvor einen Becher Met zu viel getrunken hatten. Beim Anblick ihrer samtweichen Haut prickelten tausend Gischtflocken in Mylos Bauch. Er wünschte sich, die Zeit zurückdrehen zu können, um diese Nacht noch einmal zu erleben. Nicht gehen zu müssen, kein Verräter zu sein. Wie sonderbar warm es bei ihrem Anblick in seinem Brustkorb wurde. Ein ähnliches Gefühl hatte er nie zuvor verspürt.

Erneut ertönte der Ruf der Katze von draußen.

»Verzeih mir!«, flüsterte er und hauchte einen Kuss auf den Arm, der ihn vor wenigen Stunden so atemraubend fest umschlungen hatte.

Dann stieg er aus dem Bett, und erneut überkam ihn der

Schwindel, diesmal heftiger und länger als am Tag zuvor. Schwarze Flecken tanzten vor seinen Augen, und durch seine Ohren wehte ein schrilles Pfeifen. Fahrig griff er nach einem Stützbalken der Hütte, um sich daran festzuhalten. Er atmete schwer, konzentrierte sich darauf, bei Bewusstsein zu bleiben, und schließlich kehrte die Sicherheit in seine zitternden Beine zurück. Verfluchte Banshee! Dies war der dritte Tag des Fluches. Hoffentlich hatte Adair genügend Zauberkraft in seine Heilung gelegt, um ihn weiter durchhalten zu lassen.

Immer noch schwankend, legte er seine Kleidung an, sammelte Flöte und Waffen ein. Dann warf er einen letzten sehnsüchtigen Blick auf Torvis und schlich sich durch die Hintertür hinaus. Draußen umfing ihn sofort das Gefühl der Verlorenheit. Diese Hütte war wie eine Blase, die nun schon zum zweiten Mal für kurze Zeit denjenigen eine Heimat geboten hatte, die niemals zueinanderkommen konnten. Verließ man sie, so spürte man den kalten Wind der Wirklichkeit im Gesicht.

»Broc?«, flüsterte Mylo und sah sich um. Doch von dem Brownie war weit und breit nichts zu sehen.

Dafür mauzte die Katze wieder.

»Wo bist du?« Er drehte sich einmal um die eigene Achse, dann ging er um den Schuppen zur Rückseite, von wo das Geräusch gekommen war.

Kurz vor den Gräbern blieb er wie angewurzelt stehen. Auf dem kleineren der beiden Hügel thronte eine echte Katze. Ihr Fell war pechschwarz mit einem weißen Fleck an der Brust. Sie starrte ihn aus großen gelben Augen an, öffnete ihr Maul und miaute wie zur Begrüßung. Dann fing sie an, in der Erde zu scharren.

»Weg mit dir!«, zischte Mylo, doch das Tier ließ sich nicht aufhalten. In einer Geschwindigkeit, die auf keinen Fall normal sein konnte, grub sie sich mindestens eine Handbreit nach unten. Ungläubig sah Mylo mit an, wie sie ein grau-weiß gesprenkeltes Fell freilegte.

Sie tat einen hoheitsvollen Schritt zurück und leckte ihre Pfoten sauber.

»Das ist Illarias Fell!«, wisperte Mylo. »Und du bist … eine Feenkatze, eine Cait Sith!«

Nach allem, was er in den letzten Stunden erlebt hatte, war er nicht allzu verwundert über den Umstand, dass die Katze daraufhin nickte.

»Wer hat dich geschickt?«

Das Tier antwortete nicht, vermutlich weil es keiner Sprache mächtig war.

Mylo trat einen Schritt näher und betrachtete das Grab. Illaria musste in ihrer Menschengestalt gestorben sein, weil sie die Robbenhaut kurz vor ihrem Tod abgelegt hatte. Torvis hatte diese wie einen Schutz über das Grab ihrer Schwester gelegt, aber nur wenig Erde darüber gehäuft. Es wäre ihm ein Leichtes, das magische Fell zu stehlen. Im besten Fall merkte Torvis nichts davon. Dann konnte sie ihre eigene Haut behalten und zu ihrer Familie zurückschwimmen. Dadurch blieb Mylo zwar ein Dieb, doch zumindest beraubte er nur eine Tote. Dieser Gedanke erleichterte sein Gewissen ein wenig. Gleichzeitig schmerzte ihn die Erkenntnis, dass sie ihn für diese Tat ebenso hassen würde.

Er setzte sich neben die Katze und beobachtete diese, während er das Loch vergrößerte und weitere Teile des Fells freilegte. Sand und Schmutz perlten davon ab, sogar ein Rest von Wärme schien darin zu stecken, denn es war immer noch lebendig.

Die Cait Sith sah ihm zu, ohne irgendein Anzeichen von Aggression zu zeigen. Als das Loch breit genug war, zog Mylo die Selkie-Haut hervor und betrachtete sie ehrfürchtig. Sie war klein wie die einer Robbe, und doch hatte ein menschliches

Wesen es vermocht, sie sich überzustülpen. Vielleicht würde also auch der riesenhafte Nuckelavee mit diesem wundersamen Fell verschmelzen.

Noch während er dastand und völlig versunken seine Beute betrachtete, ertönte ein neues Geräusch, das nicht ansatzweise nach einer echten Katze klang. Vielmehr war es ein kindisches »Miau!«, wie jeder Gossenjunge es hervorbrachte.

»Broc!«, raunte Mylo.

Schritte trappelten, und kurz darauf spähte der Brownie um die Ecke. Als er Mylo mit dem Fell erblickte, entglitten ihm sämtliche Gesichtszüge. »*Noch* so ein Ding?«

Er kam um die Hütte herum und offenbarte, was er auf dem Rücken trug: Es war Torvis' Haut. Sie sah fast genauso aus wie die ihrer Schwester nur mit weniger Sprenkeln. Erst beim zweiten Blick bemerkte er die Katze und vollführte einen Satz rückwärts, der ihn wegen der Last auf seinem Rücken ins Straucheln brachte. »Cait Sith!«, kreischte er.

»Schscht!«, machte Mylo.

Doch es war schon zu spät. In der Hütte regte sich etwas. Es klang wie ein Krug, der zu Boden fiel. Das Stroh der Matratze knisterte.

Hastig riss Mylo dem Brownie das Fell aus der Hand und warf es über das Grab. Dann packte er ihn am Arm und zog ihn hinter sich her zum Wagen.

Aus den Augenwinkeln bemerkte er, dass die Katze in die Hütte huschte. Doch um sich Gedanken darüber zu machen, blieb keine Zeit. Sie rannten, so schnell sie konnten, erreichten den Karren und schwangen sich auf den Kutschbock. Ein ganzer Möwenschwarm flog auf, der in der Zwischenzeit die Fische auf der Ladefläche verspeist hatte. Mylo riss den Kopf des Maultieres nach oben, das bis dato friedlich gegrast hatte, und klatschte ihm die Riemen auf die Kruppe. Mit rollenden

Augen und Grasbüscheln im Maul machte das treue Tier sich von dannen. Es galoppierte soeben auf die Ebene der Giant Bay hinaus, als die Geräusche in der Hütte lauter wurden. Schwere Gegenstände flogen gegen die Wände, und ein hochfrequentes Fauchen war zu hören. Keiner der beiden Diebe sagte ein Wort, bis auch das letzte Kreischen und Scheppern verklungen war. Erst sehr viel später, als der Druidenwald bereits in Sichtweite kam, gönnte Mylo seinem erschöpften Zugtier eine Pause und warf einen sehnsüchtigen Blick zurück zur Küste.

»Du scheinst diese Nacht recht unbeschadet überlebt zu haben«, bemerkte Broc.

»Und du scheinst eine ausgeprägte Abneigung gegen Katzen zu haben!«

»Nein, aber gegen *Feen*katzen! Sie hassen uns Brownies. Wann immer sie einen von uns erwischen, durchbohren sie ihn mit ihren scharfen Krallen und verspeisen ihn zum Frühstück.«

»Also noch ein Wesen, das dich jederzeit sehen kann. Ich muss sagen: Deine Unsichtbarkeit lässt wahrlich zu wünschen übrig.«

Broc verschränkte die Arme vor der Brust und schmollte. »Sei mir lieber dankbar dafür, dass ich die Haut gesucht habe. Die ganze Nacht über habe ich mich durch scharfzackige Felsen gekämpft und bin an feuchten Klippen hinabgeklettert, bis ich sie endlich in einer Höhle gefunden habe. Und du hast es dir währenddessen gut gehen lassen, wie ich dem Geruch nach Honigwein entnehme, den du verströmst.«

»Über diese Nacht wirst du kein Sterbenswort von mir erfahren.«

»Ach nein?« Broc zog eine Augenbraue hoch. »Sag bloß, das Selkie-Weibchen hat Mauern niedergerissen, die ich für undurchdringbar hielt?«

Mylo antwortete nichts darauf. Doch er konnte sich einen

letzten Blick in Richtung Meer nicht verkneifen, ehe die Küste am Horizont verschwand.

Schwimm hinaus auf den weiten Ozean, Donnerkind, dachte er. *Dorthin, wo die Gewässer klarer und die Menschen besser sind als hier. Vergiss, was geschehen ist, denn du hast es verdient, glücklich zu sein.*

HAUT

Der Anführer der Dorchas machte große Augen, als Mylo seinen grauen Umhang vor ihm ausrollte und die Selkie-Haut zum Vorschein kam.

»Bei Teran, du hast es wirklich geschafft!« Vorsichtig ergriff er das Fell und hob es hoch, um es genauer zu betrachten. »Ich spüre die Kraft, die davon ausgeht. Nie zuvor hielt ich ein so mächtiges Artefakt in den Händen.« Seine Augen leuchteten auf, während er zärtlich über die grauen wasser- und schmutzabweisenden Haare strich.

»Glaubt Ihr, es wird dem Nuckelavee helfen auszubrechen?«, fragte Mylo mit Unbehagen im Bauch.

Drostan nickte versonnen. »Das Wasser kann ihn offenbar nur bannen, weil er keine eigene Haut hat. So jedoch wird er den Bach überschreiten wie jedes andere Wesen auch.«

»Und dann?«

Diese Frage löschte die Verzückung aus dem Gesicht des Druiden. Er legte das Fell zurück in den Umhang und rollte ihn zusammen, ehe er Mylo in die Augen sah. »Dann werde ich ihn töten. Ich komme mit dir, warte aber im Verborgenen, bis dein Fluch aufgehoben ist. Teran wird mir zur Seite stehen.«

»Und die Magie des Monsters?«

»Kann von demjenigen absorbiert werden, der es tötet.«

Einen Augenblick zu lange fixierte Mylo seinen Meister. Da

war diese innere Stimme, die den jungen Anwärter nicht zum ersten Mal zaudern ließ.

»Misstraust du mir?«, fragte Drostan, und die Narbe auf seiner Wange schien zu pulsieren.

Mylo schüttelte schnell den Kopf. »Nein. Es ist nur … Mir wäre wohler bei der Sache, wenn auch Adair uns seinen Segen gegeben hätte. Wenn er mit uns käme.«

Väterlich legte Drostan eine Hand auf seine Schulter. »Du kannst auf mich zählen, junger Freund. Sobald ich die Magie des Nuckelavees aufgesogen habe, werde ich dir einen Teil davon übertragen, so dass du ein Diener des Mondes werden kannst. Adairs Tage sind gezählt. Er ist ein alter Mann, der in seiner Einkehr gefangen ist. Wie sollen wir die Feste verteidigen, wenn unser Oberhaupt tagelang in seinen Visionen versinkt, anstatt zum Schwert zu greifen? Mit der Zauberkraft dieses Monsters jedoch werden wir nicht nur König Aidans Armee zurückschlagen, sondern auch das ursprüngliche Gleichgewicht unserer Welt wiederherstellen. Und vor allem …«, er machte eine gewichtige Pause, in der er sich das blonde Haar aus der Stirn strich, ehe er fortfuhr, »… dein Leben retten.«

Unsicher, aber hoffnungsvoll verneigte Mylo sich vor dem Dorcha. Sie gingen zum Stall und nahmen sich zwei Pferde, mit denen sie schneller und unauffälliger durch den Wald kommen würden als mit dem Wagen.

Broc kletterte vor Mylo in den Sattel seines Braunen, wo er mit seinen kurzen Beinen sicherer saß als auf dem rutschigen Hinterteil. Weiterhin sprach er kein Wort, was nahelegte, dass er Drostan immer noch misstraute. Während des folgenden Ritts malte Mylo sich aus, was der Brownie wohl gesagt hätte, hätte er frei sprechen können: »Woher nimmst du die Gewissheit, dass er nicht die gesamte Magie für sich behält? Glaubst du, er wird auch Adair etwas davon abgeben oder sich selbst zum obersten Druiden ernennen? Und wird er einen Mitwisser überleben lassen, der ihm zwar überzeugend in die Hände gespielt hat, aber seine Autorität spürbar in Zweifel zieht?«

Mylo wollte diese Dinge nicht glauben, dennoch schlugen all die unausgesprochenen Fragen wie imaginäre Schmiedehämmer auf ihn ein. Dazu kam, dass ihn während des Ritts immer mehr die Schwäche heimsuchte. Er versuchte gar nicht erst, sich einzureden, dass lediglich die aufregende Nacht mit viel Alkohol und wenig Schlaf dahintersteckte. Nein, dieses Zittern in seinen Händen und das Kratzen in seinem Hals mussten einen anderen, wesentlich beunruhigenderen Auslöser haben: den Fluch der Banshee.

Am Rande des innersten Dickichts zügelte Drostan sein Pferd und wartete, bis Mylo zu ihm aufgeschlossen hatte. Von der Unpässlichkeit seines Schülers bemerkte er nichts, oder er ignorierte sie. »Hier trennen sich unsere Wege vorerst. Mach alles so, wie wir es besprochen haben. Und was immer auch geschieht, Mylo: Versuche nicht, die Magie des Nuckelavees an dich zu reißen. Du würdest an ihr zugrunde gehen.«

Er nickte ergeben, doch dabei fragte er sich, ob Drostan ihm gegenüber ebenfalls Zweifel hegte. Falls dem so sein sollte, waren sie unbegründet, denn Mylo dachte gar nicht daran, sich irgendwelche Vorteile zu verschaffen. Ihm ging es lediglich ums blanke Überleben.

Im dunklen Herz des Waldes hatte sich seit seinem letzten Besuch nichts verändert. Der Bach gluckerte, der Nebel waberte, das Dickicht schwieg. Die einzige Veränderung bestand darin, dass das Monster, das der Mittelpunkt der schaurigen Szenerie war, schon vorne am Bach stand und sie erwartete. Mylo stieg vom Pferd, doch als er Broc die Zügel in die Hand drücken wollte, schüttelte dieser nur warnend den Kopf und erinnerte ihn daran, dass Drostan ganz in der Nähe sein musste. Also band er das unruhige Tier am Geäst eines krummen Bäumchens an und schnürte den zusammengerollten Umhang vom Sattel los.

»Hast du mir eine Haut gebracht?«, zischelte der Nuckelavee begierig. Das Auge des Pferdes leuchtete auf, und es stampfte mit den Hufen. »Ahhhhh!«, stieß der Reiter hervor. »Du hattest Erfolg!«

»Den hatte ich«, bestätigte Mylo und rollte den Umhang aus. »Die lebende Haut einer Selkie. Doch um sie zu bekommen, musst du zuerst den Todesfluch der Banshee von mir nehmen.«

»Aber gerne doch«, schnarrte das Monster. »Tritt über den Bach, und du bist frei.«

»Du willst mich immer noch fressen?«

Der Nuckelavee lachte auf. »Ich kann die ganze Welt fressen, nachdem ich diesem schändlichen Gefängnis entronnen bin. Aber was ich nicht vermag, ist, dich zu heilen, solange du hinter dem Bach verharrst, denn meine Magie dringt nicht darüber hinweg. Oder was glaubst du, weshalb ich nicht längst euren ganzen Wald mitsamt allen Druiden in der Festung vergiftet habe?«

Das ergab Sinn, doch es beruhigte Mylo keineswegs. »Also gut«, beschloss er. »Ich komme zu dir, aber das Artefakt bleibt hier. Nachdem du mich geheilt hast, werde ich es dir zuwerfen.«

»Nein«, zischte das Monster mit der gespaltenen Zunge. »Ich kenne euch wankelmütige Menschen. Du würdest wegrennen und die Haut wieder mitnehmen. Bring sie sofort zu mir!«

Dieses Problem des gegenseitigen Misstrauens konnten sie nicht lösen, doch es gab immer noch Broc – von dessen Existenz der Nuckelavee wusste, Drostan jedoch nicht. Davon ausgehend, dass der oberste Dorcha sie zwar aus einiger Entfernung beobachtete, aber nicht jedes ihrer Worte hören konnte, schlug Mylo vor: »Du wirst zurücktreten bis zur ersten Nebelschwade, und ich lege die Haut hinter dem Bach ab. Wenn du mich dann heilst, ohne mich zu zerfleischen, wird mein kleiner Gehilfe darauf verzichten, über den Bach zu springen, um sie sich zurückzuholen. Du hast das Wort eines Brownies, eines der ehrlichsten Geschöpfe unter der Sonne.«

»Ja!«, piepste Broc.

Der Nuckelavee rümpfte die Nase, was in seinem hautlosen Gesicht wie eine gespenstische Grimasse aussah. »Abgemacht«, erklärte er überraschend schnell. Er schien die Charakterzüge der Lichtwesen gut zu kennen. Und im Gegensatz zu den Schattenkreaturen, zu denen auch der Nuckelavee zählte, hielten sie, was sie versprachen.

Mylo nahm einen tiefen Atemzug, bevor er den ersten Schritt in den Bach hineinwagte. Seine Hände zitterten immer noch, weshalb er die Selkie-Haut fest umklammerte. So watete er durch das Wasser, ignorierte sowohl die Eiseskälte, die ihn dabei überlief, als auch das begierige Funkeln im Blick des Monsters. Wie abgemacht stand es vollkommen still da, die dicken Muskelstränge bewegungslos, das Facettenauge starr auf das Fell gerichtet.

Mit klopfendem Herzen legte Mylo sein Bündel direkt hinter dem Bach ab und schritt auf die grausamste aller Bestien zu. Je näher er ihr kam, desto monströser und mächtiger erschien sie ihm. Er fühlte den heißen Atem aus den Nüstern des Pferdes über seine Wangen streichen, als er direkt vor dessen Brust stehen blieb und in die blanken Augäpfel des Reiters blickte.

»Nimm den Fluch von mir!«

Das Monster entblößte beim Lächeln seine Reißzähne. »Du bist ein tapferer junger Mann geworden, kleiner Mylo. Dein Körper ist bereits vom Gift des Todes durchdrungen, doch du lässt es dir nicht anmerken. Hast deine Emotionen stets im Griff. Beinahe so überzeugend wie deine Mutter.«

»Du kanntest meine Mutter?« Für einen Augenblick vergaß Mylo alle Furcht. »Wer war sie?«

Der Nuckelavee schien zu überlegen, doch es wirkte wie eine aufgesetzte Geste, die seine tatsächlichen Erinnerungen verbergen sollte. »Oh, eine recht machtvolle Druidin, will ich sagen. Doch sie hat ihr Herz dem falschen Mann geschenkt, und so verlor sie am Ende alles, was ihr lieb war. Hat der Spielmann dir nichts davon erzählt, ehe die Redcaps ihn ausgeweidet haben?«

Mylo hörte sein Blut in den Ohren rauschen, und als er den Nuckelavee betrachtete, der scheinbar ungerührt und höhnisch vor ihm stand, stellte er fest, dass es diesem nicht anders erging. Sein Herz hämmerte sichtbar gegen seine Brust.

»Woher kanntest du sie?«, wiederholte er seine Frage.

»Nicht von Bedeutung.«

»Ist sie noch am Leben?«

»Wohl kaum. Als ich sie das letzte Mal gesehen habe, war sie … sagen wir: auf dem absteigenden Ast.«

»Wieso hat sie mich verlassen?«

»Überschätze deine Bedeutung nicht, Graukutte. Ein magieloses Kind und ein abgebrannter Barde – das ist kein Leben für eine Druidin von Welt.«

Damit sprach der Nuckelavee genau die Befürchtung aus, die Mylo zeit seines Lebens zu verdrängen versucht hatte. Doch der Gedanke an seine Mutter war es gewesen, der ihn trotz der widrigen Umstände auf der Sterninsel gehalten hatte. Wenn er selbst ein Druide wurde, wenn er Magie verliehen bekam, dann würde er die ungelösten Rätsel seiner Vergangenheit begreifen, vielleicht sogar herausfinden, ob seine Mutter noch am Leben war und wie er sie stolz machen konnte. Das war der Antrieb, der ihn all die Strapazen mit den Monstern, all die langweiligen Philosophierereien der Geals hatte überstehen lassen. Und nun eröffnete ihm dieses Wesen, dass er die letzten sechs Jahre nur einem Traumgespinst hinterhergerannt war. Seine Mutter hatte niemals Interesse an ihm gezeigt und war überdies vermutlich tot.

Der Nuckelavee ließ seine Schlangenzunge in Mylos Richtung peitschen. »Ich rieche die Dunkelheit in dir«, zischte er, und es klang erfreut. »Du bist genau wie sie. Auch in ihren Adern pulsierte die Finsternis!« Unverhohlener Hass schwang in diesen Worten mit und löste jeden Zweifel auf, dass die beiden sich mehr als nur flüchtig gekannt hatten.

»Ich glaube dir nicht!«, brachte Mylo hervor.

»Doch, das tust du!« Das magische Pferdeauge senkte sich nieder, und Mylo kam es vor, als stürze er direkt in dessen rote Flammen. Wie von weit her griff der überlange Arm des Nuckelavees nach ihm. Fleischige Finger legten sich um seinen Hals, drei Augen starrten ihn an, zwei Mäuler mit spitzen Zähnen öffneten sich. Dann geschah das Seltsamste, was er in seinem ganzen Leben erlebt hatte: Der Reiter beugte sich zu ihm herab und küsste ihn auf den Mund. Es war ein Kuss wie ein Hammerschlag, hart und betäubend. War das die Art und Weise, wie er den Fluch aus ihm heraussaugte? Was auch immer der tiefere Sinn hinter dieser Handlung war – nun gab es kein Zurück mehr, und so ließ er es geschehen.

Ebenso schnell, wie der Nuckelavee ihn gepackt hatte, gab er ihn wieder frei. Mylo taumelte zurück und stürzte auf die Knie. Das Monster wandte sich ab, gänzlich auf die Haut fixiert, die immer noch am Rand des Baches lag. Mit wenigen Galoppsprüngen hatte es sie erreicht, griff danach und hielt sie über seinen Kopf wie eine Krone oder die Trophäe eines jahrhundertealten Kampfes. Mylo konnte nur hilflos dabei zusehen, wie der Nuckelavee sie um seine sehnigen Schultern schlang und darin verschwand. So klein das Fell auch war, so viel Macht barg es in sich: Entgegen jedem Naturgesetz verschmolz es nicht nur mit dem menschlichen Oberkörper des Reiters, sondern breitete sich aus und umschlang nach und nach auch die Kruppe, den Bauch, die Beine und den Hals des Pferdes, bis die gesamte Bestie von Haut und Fell bedeckt war. Mit einem Mal bekam auch sein Gesicht eine Kontur, und Mylo stellte fest, dass es feine, fast weibliche Züge hatte. Ein triumphierender Siegesschrei drang aus der Kehle des Wesens.

Mylo jedoch wurde von einem Hustenanfall geschüttelt. Er hievte sich auf die Beine und blickte an sich herab. Was er sah, hätte ihn um ein Haar erneut zusammenbrechen lassen: Kein Stäubchen Schmutz klebte an seiner Kutte, kein Spritzer Schlamm, nicht einmal das kleinste Sandkorn wollte darauf haften, denn es war immer noch ein Totenhemd.

»Der Fluch … du hast ihn nicht gebrochen!«, keuchte er außer sich vor Wut und Enttäuschung. Deshalb also hatte der Nuckelavee ihn so theatralisch geküsst – es war ein reines Theater für Broc gewesen, damit dieser die Haut dort ließ, wo sie war.

Das Monster drehte sich zu ihm um und bedachte ihn mit seinem hämischen Grinsen, doch es war das erste Mal, dass es wahrhaftig nach einem menschlichen Gesichtsausdruck aussah. Unverhohlene Bosheit stand darin. »Man weiß nie, wofür man dich noch brauchen kann«, zischelte es. »Für den Fall, dass du einen weiteren Sonnenaufgang siehst.«

Dann setzte er einen Huf in den Bach.

Und zuckte zurück.

Wie gebannt starrte Mylo auf das riesenhafte Wesen, dessen Körper nun zwar vor dem Süßwasser geschützt, aber dennoch offenbar nicht imstande war, sein Gefängnis zu verlassen. Es versuchte es erneut, und diesmal verharrte das Pferdebein länger im Wasser. Zitternd schob die Bestie sich vor, doch noch ehe sie den zweiten Huf hineinsetzen konnte, schlug die Selkie-Haut Blasen und platzte auf.

»Verflucht!«, brüllte der Nuckelavee. Er vollführte einen Sprung zurück, senkte sein Pferdehaupt und blies die kalte Luft aus seinen Nüstern über die Wunde. »Du mieser kleiner Verräter!«

Mylo schätzte seinen Fluchtweg ab und musste feststellen, dass der Nuckelavee ihm in jeder Richtung zuvorkommen würde, bevor er den Bach erreichte. »Wieso nennst du mich einen Verräter?«, rief er, um Zeit zu gewinnen.

Der Nuckelavee stampfte mit den Hufen und ballte die Fäuste. Wütend fuhr er auf den Hinterbeinen herum und galoppierte auf Mylo zu. Der versuchte, ihm auszuweichen, hatte aber nicht mit den langen Armen des Reiters gerechnet, und einen Augenblick später hing er zum zweiten Mal im stahlharten Griff der Bestie. Weiche Menschenlippen näherten sich ihm, doch dahinter blitzte das spitze Gebiss auf.

»Bereits bei unserer ersten Begegnung habe ich in deine Zukunft geblickt, du magieloser Taugenichts, daher wusste ich, dass ihr euch treffen würdet. Woher also hattest du diese verdammte zweite Haut?«

»Aus einem Grab«, röchelte Mylo.

»Es ist eine tote Haut.«

»Sie scheint mir sehr lebendig zu sein.«

Die würgende Hand gab ihn frei, und Mylo sank zu Boden. Offenbar unschlüssig stampfte das Monster um ihn herum.

»Ich kann es noch einmal versuchen. Es gibt weitere Selkies da draußen, ich muss sie nur finden!«

»Nein!«, donnerte der Nuckelavee. »Ich sehe schon, dass mein ursprünglicher Plan nicht aufgeht. Im Grunde hätte ich es wissen müssen, denn dein Herz schlägt im gleichen Rhythmus wie …« Er brach ab, als hätte er schon zu viel gesagt, dann beschloss er: »Du bekommst einen neuen Auftrag: Bring mir ein zweites Auge für mein Pferd.«

»Ein … ein Auge? Zu welchem Zweck?«

Mit einem unwilligen Schnauben deutete das Monster auf den Bach. »Das ist nicht nur bloßes Wasser. Ein besonderer Zauber liegt darauf. Ich kann ihn brechen, wenn ich ihn *sehe*.«

»Und dafür brauchst du ein …«

»Zweites Auge, genau. Eines, das besser sehen kann als andere. Und nun geh!«

»Ich … ich weiß nicht, wo …«

»Doch, das weißt du sehr wohl. Willst du dein Totenhemd ablegen? Wieder deine alte Stärke erlangen oder zitternd und hustend verfallen wie ein Greis? Dann bring mir ein wahrhaftiges *Möwenauge*, Mylo Graukutte, denn auch die Beschwörungen deiner Meister verschaffen dir nicht endlos Zeit.«

Der Nuckelavee schnaubte und bedachte ihn mit einem Blick, der die Abscheu eines ganzen Lebens in sich barg. Dann wandte er sich ab und schritt majestätisch zurück in den Nebel.

Auf dem Rückweg zitterte auch Broc, jedoch vor Anspannung. Er sah sich nach allen Seiten um und lauschte. Als keine Hufschläge von Drostans Pferd zu hören waren, wisperte er: »Das geht nicht mit rechten Dingen zu!«

»Sehe ich auch so«, brummte Mylo.

»Wieso hat es nicht funktioniert? Die Haut *war* lebendig, denn sie hat den Körper des Nuckelavees vollständig eingehüllt.«

Mylo zwang sich zum Nachdenken, doch sein Geist kehrte ständig zu den Dingen zurück, die er über seine Mutter erfahren hatte – und zu einer weiteren Frau, welche die Götter ihm geschickt und gleich wieder entrissen hatten. Er räusperte sich. »Vielleicht weil wir nicht die richtige Selkie bestohlen haben. Er sagte, er hätte gewusst, dass *wir uns treffen würden*. Damit kann nur Torvis gemeint gewesen sein.«

»Glaubst du, er hatte es auf sie abgesehen? Wer mag sie wohl sein?«

Mylo zuckte mit den Schultern. Auch sein Blick schweifte nun ständig ins Unterholz auf der Suche nach Drostan. »Ich weiß es nicht. Woher sollte er sie kennen? Sie muss noch ein Kind gewesen sein, als der Nuckelavee eingekerkert wurde. Ich kann mir nicht vorstellen, dass sie etwas damit zu tun hat.«

»Nein, aber vielleicht birgt sie eine besondere Macht in sich«, wisperte Broc.

Mylo dachte an die wundervolle Frau, deren Geruch nach Freiheit und Lebensmut immer noch in seiner Nase verharrte. Gewiss war sie etwas Besonderes, denn niemand vor ihr hatte sein Herz so sehr in Aufruhr versetzt, dass es gar nicht mehr aufhören wollte zu klopfen, sobald er sich an sie erinnerte. Aber davon abgesehen gab es keinerlei Anzeichen dafür, dass sie mächtiger wäre als andere Selkies.

»Das kann ich mir nicht vorstellen«, antwortete er.

Im selben Moment knackte abseits im Unterholz ein Zweig, und sie schwiegen beide.

Die nächste Weggabelung war jene, auf der sie sich von Drostan getrennt hatten. Sein Rappe stand wieder dort und begrüßte Mylos Braunen mit einem kameradschaftlichen Wiehern. Mit unbewegter Miene saß der oberste Dorcha auf seinem Rücken. Falls er über ihre misslungene Mission enttäuscht war, konnte man ihm das zumindest nicht ansehen. Er lenkte sein Pferd neben Mylos und nickte ihm zu. »Ich bin froh, dass dir nichts passiert ist, mein junger Freund. Aber du siehst nicht gut aus …«

»Was ist das für eine Magie, die auf dem Bach liegt? Habt Ihr gewusst, dass die Selkie-Haut nicht dagegen hilft?«

Drostan schüttelte den Kopf. »Hätte ich das geahnt, so hätte ich dich nicht ausgeschickt, um sie zu besorgen, oder?«

»Nein, wohl nicht«, murmelte Mylo, ohne ihn anzusehen.

»Doch wenn es keine normale druidische Magie ist, die auf dem Gefängnis liegt – was dann?«

»Das weiß wohl nur derjenige, der das Monster einst dort gefangen hat.«

»Und ein zweites Auge soll dem Nuckelavee dabei helfen, diesen Zauber zu durchdringen, woraus auch immer er besteht?«

Mylo beobachtete den Druiden genau, während dieser ihm antwortete, doch er konnte keinen Hinweis auf eine Lüge entdecken. »Das wird es wohl. Wir müssen darauf vertrauen, dass der Nuckelavee weiß, wovon er spricht. Vieles, was er gesagt hat, habe ich nicht deutlich genug verstanden. Wie hat er das Auge genannt, das du ihm bringen sollst?«

»Ich erinnere mich nicht«, behauptete Mylo und sah stur nach vorn.

Drostans argwöhnischer Blick schien ihn dennoch zu durchleuchten. »War es *Möwenauge*?«

»Also habt Ihr es doch gehört«, sagte Mylo, scheinbar auf den Weg vor ihm konzentriert. »Dann … muss ich wohl eine Möwe vom Himmel holen.«

»Das kann er nicht gemeint haben. Es muss sicher ein menschliches Auge sein.«

»Warum? Auch der Nuckelavee ist nicht menschlich. Die Selkie war es ebenfalls nicht.«

Erst jetzt blickte Mylo seinem Meister wieder in die Augen und musste feststellen, dass sich dessen Gesicht vor Zorn verzerrt hatte, was die Furchen seiner Narben noch deutlicher zutage treten ließ. »Ich habe vielleicht nicht jedes Wort verstanden, das du mit der Bestie getauscht hast, aber eines drang sehr deutlich durch: Ihr beide, sowohl du als auch der Nuckelavee selbst, wisst ganz genau, von wem hier die Rede ist. Sag es mir, Mylo, ich bin nicht dumm!«

Mylo zügelte sein Pferd. »Ihr wart mir stets ein guter Lehrer.

Doch im Moment habe ich das Gefühl, nichts weiter als Euer Werkzeug zu sein.«

»Mein Werkzeug?« Auch der oberste Dorcha brachte sein Pferd zum Stehen, und für einen Augenblick funkelten sie einander an wie zwei konkurrierende Raubtiere.

»Ihr seid ein schlauer Mann, Meister Drostan«, sagte Mylo. »Habt Ihr wirklich vor, den Nuckelavee zu töten?«

Es war ganz still, nachdem er die Worte ausgesprochen hatte. So still, dass Mylo fürchtete, zu weit gegangen zu sein. Am Ende würde es Drostan höchstpersönlich sein, der den Fluch der Banshee besiegelte. Noch vor der Krankheit, die sich unaufhörlich durch seinen Körper zu fressen schien, denn ein neuerlicher Hustenanfall schüttelte ihn. Mit starrer Miene sah Drostan dabei zu, wie er sich röchelnd im Sattel zusammenkrümmte.

Als es vorbei war, nahm Mylo es wieder mit dem Blick des Dorchas auf und wartete. Auf eine Antwort, eine Rechtfertigung oder irgendetwas, was das Schicksalsrad erneut in Bewegung setzte. Nichts dergleichen geschah. Stattdessen hieb Drostan seinem Pferd die Absätze in die Flanken und trabte davon. »Sieh zu, wie weit du alleine kommst«, rief er ihm über die Schulter hinweg zu. »Deine Stunden sind gezählt.«

Erst nachdem das Unterholz die letzten Hufschläge verschluckt hatte, nahm Mylo seine Umgebung wieder umfassend wahr.

Das laute Reißen von Stoff ließ ihn zusammenfahren. Er blickte nach unten und sah, dass Broc den Zipfel seines Umhangs vom Sattel heruntergezogen hatte. Mit geübt aussehenden Bewegungen riss er einen Teil des Kleidungsstückes ab.

»Was soll das denn jetzt?« Mylo stöhnte auf.

Broc antwortete nicht gleich. Aus dem abgetrennten Saum entstanden insgesamt vier quadratische Lappen, die man nun allenfalls noch einem Brownie-Gefährten zum Putzen überlassen konnte.

»Ich tarne uns!«, verkündete er mit einem koboldhaften Grinsen im Gesicht, hob ein Vorderbein des Pferdes an und wickelte den Stoff um den Huf. Mit einem weiteren Fetzen band er ihn fest.

»Willst du zum Nuckelavee zurück oder Drostan verfolgen?«

»Letzteres!«, keuchte Broc, während er die anderen Pferdebeine präparierte. Als er fertig war, hob er wie gewohnt die Arme an und ließ sich in den Sattel helfen.

»Er wird zur Dämmerfeste reiten und Stimmung gegen mich machen«, vermutete Mylo.

»Das werden wir dann sehen«, gab der Brownie zurück. »Hinterher!«

Sie hatten nichts mehr zu verlieren. Also trieb Mylo seinen Braunen voran. Weit vor der Feste, an einem Hohlweg, der fast unsichtbar von ihrem bisherigen Pfad abzweigte, war ein Ast abgeknickt, und frische Hufspuren führten ins Innere des Dickichts. Sie folgten ihnen, vorbei an den finsteren Gerippen abgestorbener Fichten und durch kratzende Brombeerhecken hindurch. Offenbar wurde dieser Weg nicht allzu oft benutzt, selbst die Tiere des Waldes schienen ihn zu meiden. Erst nach einer ganzen Weile, als Mylo den Eindruck hatte, einmal um die komplette Sterninsel herumgeritten zu sein, drang ein sachter Lichtschein durch das tunnelartig verschlungene Geäst. Sie banden den Braunen an einen Baumstamm, damit er nicht auf die Idee kam, nach Drostans Pferd zu wiehern, und schlichen zu Fuß weiter.

Die Baumkronen über ihnen öffneten sich, um ein fahles Abendrot hindurchzulassen, und der Hohlweg mündete in eine Lichtung, die von einem Meer aus violetten Blüten überwuchert war. In der Mitte des kreisrunden Platzes stand eine Eiche von so überwältigender Größe, dass Mylo sich fragte, ob es sich dabei um den Lebensbaum selbst handelte, der die hiesige Welt mit der Anderwelt verband. Erst auf den zweiten Blick erkannte er, dass die gesamte Lichtung von heiligen Bäumen gesäumt war: Direkt neben ihm reckte eine Esche ihre vielblätterigen Zweige zum Himmel, ein Stück weiter ragte eine Kiefer empor, dann eine Stechpalme, eine immergrüne Eibe und zuletzt – nah beieinander wie Geschwister im Geiste – eine Haselnuss und ein Apfelbaum, deren Äste schwer von ihren überreifen Früchten waren.

Drostan kniete in der Mitte der Wiese vor der Eiche, die Hände in deren Wurzelwerk verkrallt. Er schien in eine Beschwörung versunken zu sein, denn er blickte nicht auf, obgleich sein Pferd den Kopf hob und unruhig in Richtung der beiden Besucher starrte.

»Was tut er da?«, flüsterte Broc.

»Ich bin mir nicht sicher«, gab Mylo leise zurück. »Aber ich denke, er sendet eine Nachricht. Alle Bäume auf der Insel sind durch ein natürliches Geflecht feinster Wurzelstränge und Pilzfäden miteinander verbunden. Ein mächtiger Druide vermag damit Botschaften über weite Strecken zu versenden.«

»Aber mit wem spricht er? Den Nuckelavee könnte er auf anderem Wege besser erreichen.«

Das war das Letzte, was Broc von sich gab, ehe ihm die Lider zuklappten und er wie ein Brett vornüber zu Boden fiel.

Mylo fuhr herum, doch bevor er einen Angreifer ausmachen konnte, wurde ihm selbst schwarz vor Augen, und er stürzte in eine bodenlose Finsternis.

ELYA
ADAIR

HOCHZEITSGLOCKEN

Fiona war auf die höchste Klippe der Umgebung geklettert. Dort hatte sie einige Stücke Trockenfisch für die Feenkatzen zwischen die Felsspalten gesteckt und sich dann am äußersten Rand niedergelassen, um aufs Meer hinauszublicken. Je länger sie in dieser Position verharrte, desto stärker kaute sie auf der Unterlippe herum. Selbst ihre Knie wollten nicht mehr aufhören zu wippen, und ihre Brust schien von Stunde zu Stunde enger zu werden. Die Sonne hatte längst ihren Zenit überschritten. Nun senkte sie sich immer tiefer dem Meeresspiegel entgegen, der an diesem Tag so glatt und wellenlos wie ein Tümpel war. Kein gutes Omen!

An normalen Tagen tauchte das Fischerboot ihres Vaters schon zur Mittagsstunde weit draußen auf dem Ozean auf. Manchmal dauerte es auch länger, aber nur zweimal hatte er es nicht geschafft, vor der Abenddämmerung zu Hause zu sein. Beide Male war er in einen Sturm geraten, der ihn vom Kurs abgebracht und in die unendlichen Weiten des Meeres hinausgetragen hatte. Doch bislang hatten die Götter stets ein Einsehen gehabt und günstige Winde aufziehen lassen, die das Boot zurück zur Insel lenkten. Heute wehte nicht die kleinste Brise. Wo immer ihr Vater war – die Flaute hielt ihn dort, die Götter schwiegen.

Fionas Familie glaubte an Sea Mither und Teran, die das große Gleichgewicht des Lebens in ihren Händen hielten.

Deshalb hatte Logan, ihr Vater, die Insel auch nicht wie so viele andere verlassen. Diejenigen Bewohner, die mittlerweile der christlichen Religion anhingen, waren zu einem Großteil aufs Festland ausgewandert, weil sie nicht an einem »Ort der Sünde« leben wollten, der ihrer Meinung nach die »Pforte zur Hölle« darstellte. Geblieben waren lediglich die Mönche, welche es sich zur Lebensaufgabe gemacht hatten, die verlorenen Seelen der Bauern zu erretten, sowie einige Hungerleider, die nur durch die Zusammenarbeit mit den Druiden leidlich überlebten. Fisch gab es in Hülle und Fülle, doch alles andere, was man zum Leben brauchte – Getreide, Salz und Tuch –, mussten sie zu überteuerten Preisen den Händlern abkaufen, die regelmäßig mit ihren Schiffen an der Küste anlegten.

Fiona verehrte die Druiden. Menschliche Wesen wie dieser Mylo, die von den Göttern wie Gefäße randvoll mit Magie gefüllt wurden. Sie waren faszinierende Philosophen, tadellose Kämpfer und unübertroffen in der Kunst des Heilens. So viele Krankheiten hatten sie den Menschen auf der Insel ausgetrieben, so viele Vorhersagen gemacht, die ihnen das Leben erleichtert hatten. Und doch schien die Kraft der Magier zu schwinden, wie Logan und Fiona vor einigen Monden leidvoll hatten erfahren müssen: Damals, in einer stürmischen Nacht, hatten sie ihre Mutter zur Dämmerfeste gebracht. Noch am Morgen war sie kerngesund gewesen, mittags hatte sie dann über Bauchschmerzen geklagt, und abends lag sie schreiend auf ihrem Lager, beide Hände gegen die rechte Körperseite gepresst. Die Druiden hatten alles getan, was in ihrer Macht stand, um ihr zu helfen, doch sie hatten es nicht vermocht, den Dämon auszutreiben, der von ihrem Körper Besitz ergriffen hatte – in derselben Nacht war sie ihren Schmerzen erlegen.

Fünf Jahre zuvor hatte Fionas ältere Schwester aufs Festland geheiratet, und einige Monate später war ihr Bruder auf hoher

See verschollen. Nun, da ihr auf dieser Welt nur der Vater blieb, sorgte sie sich umso mehr um ihn. Morgens, wenn er zum Fischen hinausfuhr, warf sie eine Distel ins Meer, um damit Sea Mither gnädig zu stimmen. Mittags, wenn er zurückzukehren pflegte, hatte sie alle Arbeit in der Hütte geschafft und stand bereit, um ihn zu empfangen. Sie war froh, ihre scharfen Möwenaugen zu haben, denn damit erkannte sie sein Segel, schon Stunden bevor er die Küste erreichte. Logans Sehkraft hingegen wurde zunehmend schlechter. Auf dem linken Auge war er fast blind, das rechte jedoch sah noch gut genug, um sein Boot täglich auf See und wieder zurück zu schicken.

Heute war einer jener Tage, an denen die Erlösung einfach nicht kommen wollte. Nachdem der Horizont auch nach Stunden des Wartens keine anderen Silhouetten gezeigt hatte als springende Delfine und segelnde Kormorane, war Fiona auf die Klippe geklettert, um weiter hinaussehen zu können. Doch je länger sie dort saß und auf den Ozean starrte, desto enger wurde ihr ums Herz.

»Mir scheint, du gibst dich dem Müßiggang hin, meine Zukünftige!«, riss sie eine Stimme aus ihren Gedanken, deren Klang jedes Mal von Neuem dafür sorgte, dass ihr das Blut in den Adern stockte.

»Das Gleiche könnte ich von dir behaupten, Gair.« Sie drehte sich zu ihrem Verlobten um, darauf bedacht, sich ihren Unmut über sein Erscheinen nicht anmerken zu lassen. Ob ihr das gelang oder nicht, war schwer zu sagen, denn der Sohn des Schmieds zeigte niemals eine sichtbare Regung von Zuneigung oder Unsicherheit. Sein Gefühlsleben war annähernd so stumpf wie die Schwerter, die er schmiedete, fand Fiona, doch ihr Vater hielt ihn für eine gute Partie.

Das war er vielleicht einmal gewesen – vor einigen Jahren, als die Druiden noch Unmengen von Eisen aus dem kargen Boden beschworen hatten. Mittlerweile war die Quelle des Reichtums, den Gairs Familie einst besessen hatte, ebenso versiegt wie alle anderen Materialien magischen Ursprungs, und der Schmied hatte sich tatsächlich bereit erklärt, seinen erstgeborenen Sohn mit der Tochter eines armen Fischers zu verheiraten.

Gair zeigte sich von diesem Vorsatz durchaus begeistert, was daran liegen konnte, dass die Auswahl an Frauen im heiratsfähigen Alter auf der Insel begrenzt war und Fiona zu den wenigen gehörte, die er bislang nicht verführt hatte. Anders als die meisten Mädchen ließ sie sich nämlich weder von seinen gewaltigen Muskelbergen noch von seinen immer wieder gern verschenkten Knoten-Anhängern beeindrucken. Obgleich sie zugeben musste, dass sie früher einmal von ihm angetan gewesen war. Vor der Sache mit dem Schmuck.

»Nun, ich habe den weiten Weg vom Dorf hierher auf mich genommen, um dir eine frohe Botschaft zu überbringen«, verkündete der Schmied. »Mein alter Herr hat endlich einen Termin bekanntgegeben. In einem Monat, an Vollmond, können wir heiraten. Freust du dich?« Seine Augen funkelten vor Stolz. Vermutlich erwartete er jetzt einen weibischen Ausbruch von ihr. Freudentränen oder zumindest ein beglücktes Schluchzen.

Fiona rang sich ein gequältes Lächeln ab. »Also … ist es nun so weit.«

»Endlich!«, fügte er hinzu, offenbar gekränkt von der Tatsache, dass sie vergessen hatte, dieses Wort in ihre Aussage einzubauen.

Sie nickte.

»Mir scheint, dir fehlt es an der notwendigen Begeisterung«, stellte er fest.

Und das fällt dir erst jetzt auf?, schoss es Fiona durch den Kopf, doch sie sprach es nicht aus. Ihr Vater war so glücklich gewesen, als der Schmied dem Heiratsangebot zugestimmt hatte. Zwölf

Silberlinge hatte Logan als Mitgift aufgeboten, wofür ein armer Fischer fast ein Jahr lang arbeiten musste. »Du wirst immer gut versorgt sein, wenn ich eines Tages nicht mehr bin«, hatte er gesagt. »Denn du, meine Tochter, hast Besseres verdient als das Leben, das ich dir bieten kann.«

Fiona war mit ihrem Dasein niemals unglücklich gewesen. Ihre Hütte, so klein und baufällig sie war, spendete mehr Geborgenheit als jede Königsburg. Morgens, wenn sie erwachten, hörten sie das Plätschern der Wellen gegen den Strand, und abends, wenn sie schlafen gingen, prasselte ein wärmendes Feuer in der Mitte des einzigen Raumes. Annähernd jeder Tag war gleich. Sie reparierten ihre Netze, nahmen den Fisch aus, und an einigen Tagen im Jahr, wenn die Männer von der gemeinsamen Waljagd zurückkamen, kochten die Frauen aus ihrer Beute Tran. Fiona vermisste nichts – erst recht keinen Ehemann, der von einem Bett ins andere sprang.

Nur manchmal, wenn die Nächte besonders lang und dunkel waren, lag sie wach und stellte sich vor, wie es wäre, eine jener Heldinnen aus den Geschichten ihres Vaters zu sein. All diese Legenden begleiteten sie seit ihrer Kindheit, und sie wurde niemals müde, den Erzählungen am abendlichen Feuer zu lauschen.

Durch ein deutliches Räuspern riss Gair sie aus ihren Gedanken. »In vier Wochen werden wir Mann und Weib sein«, verkündete er, und es klang wie eine Drohung. »Du tust gut daran, dich gegenüber deinem zukünftigen Gemahl etwas aufmerksamer zu verhalten.«

»Entschuldige, Gair«, antwortete sie. »Aber heute ist kein guter Tag. Ich mache mir Sorgen um meinen Vater, denn er ist immer noch nicht vom Fischen zurück. Ich habe Angst, dass ihm etwas passiert ist.« Sie stand auf, klopfte sich den Schmutz vom Kleid.

Begehrlich wanderten Gairs Blicke über ihren Körper. »Ach, Logan ist nicht totzukriegen. Er wird schon wiederkommen.«

Fiona presste die Lippen aufeinander, damit keine respektlose Bemerkung darüber huschte.

»Und überdies …« Er näherte sich ihr mit dem üblichen Verführerlächeln im Gesicht, das so viele andere Frauen verzückte, in Fiona aber lediglich Widerwillen hervorrief. »… siehst du umwerfend aus, wenn du dir Sorgen machst.«

Ehe sie einen klaren Gedanken fassen konnte, hatte er die muskulösen Arme um sie gelegt und sie an sich gezogen. Sein Mund presste sich auf ihren, und sie spürte das Kitzeln seiner Zunge an ihren Lippen. Davon überkam sie eine solche Abscheu, dass sie sich nicht anders zu helfen wusste, als zuzubeißen wie ein Tier. Sie bemerkte einen metallischen Geschmack im Mund, der ebenso widerwärtig war, doch die Bedrängung hörte augenblicklich auf.

»Bist du irre?«, schrie Gair und machte einen Satz zurück. Fassungslos griff er sich an die Unterlippe. Als er seine Finger zurückzog, klebte Blut daran. »Ich bin dein zukünftiger Ehemann! Erweise mir gefälligst Respekt!« Seine Hände ballten sich zu Fäusten.

Im ersten Moment wich Fiona zurück, dann erinnerte sie sich daran, dass sie auf einer Klippe stand, die gut hundert Fuß weit hinabführte, bis sie auf eine Küste voller zerklüfteter Felsen traf.

Sich seiner überlegenen Position bewusst, machte Gair einen Schritt auf sie zu. Seine schwielige Linke streckte sich nach ihr aus, und ein neues Lächeln erschien auf seinen Lippen. »Ich glaube, ich muss dir eine Lehre erteilen. Vielleicht verdoppele ich deine Mitgift. Oder … du kommst brav her und bittest mich um Verzeihung, dann sehe ich von der verdienten Tracht Prügel ab.«

»Niemals!«, stieß sie hervor. »Ehe ich mich selbst verrate und reumütig in deine Hände begebe, kratze ich dir die Augen aus!«

Er gab ein abschätziges Lachen von sich, doch für einen winzigen Moment glaubte Fiona, so etwas wie Trauer in seiner Miene zu sehen. Bestimmt täuschte sie sich, denn Gair hatte noch nie Gefühle gezeigt, sondern polterte ohne Rücksicht auf Verluste durch die Welt. Er überwand den kurzen Abstand zwischen ihnen und wollte nach ihrem Arm greifen. Doch bevor er zupacken konnte, schoss mit einem Mal eine schwarze Katze aus den Felsspalten hervor. Die Krallen weit ausgefahren, die kleinen Ohren eng an den Kopf gelegt, flog sie wie ein Dämon aus der Finsternis durch die Luft. Ein schrilles Kreischen drang aus ihrem aufgerissenen Maul, doch es erstarb augenblicklich, als sie ihre Zähne in Gairs Hals versenkte und eine ihrer Tatzen über seine Wange zog. Der Schmied brüllte vor Schmerz und ließ von Fiona ab, um die Katze loszuwerden. Doch je mehr er an dem schwarzen Knäuel zerrte, das sich auf seiner Schulter festgekrallt hatte, desto tiefer grub dieses die Klauen in seine Haut.

Fiona reagierte sofort. Mochte die Feenkatze ihrem künftigen Gemahl doch das Gesicht zerkratzen! Für sie war dieser Moment die Gelegenheit zur Flucht. Hastig raffte sie ihr Kleid und rannte in die Gegenrichtung davon. Hinter ihr wurden die Schreie von Mensch und Tier leiser, doch erst als sie den Felsenpfad zum Strand hinunter erreicht hatte, wagte sie es aufzuatmen.

Falls Gair seine wütende Angreiferin loswurde, bestand die Möglichkeit, dass er ihr hinterherkam. Dennoch beschloss Fiona, nicht am Strand entlang zu fliehen, denn sie wollte die Hütte nicht aus den Augen lassen. Falls ihr Vater verletzt zurückkehren sollte, würde er ihre Hilfe benötigen.

Also schlug sie den Weg nach Hause ein, tauchte unter den

klappernden Leibern der Stockfische auf der Dörre hinweg und wollte soeben ins Innere der Hütte verschwinden, wo sie zumindest den Riegel vorlegen konnte. Da spürte sie es: Ganz sachte kitzelten die Strähnen ihres Haars sie am Hals. Hinter ihr schlugen erneut die trockenen Fischleiber gegeneinander, und auf der Wäscheleine flatterte ein Hemd. Wind war aufgekommen! Das Herz bis zum Anschlag mit Hoffnung gefüllt, wandte sie den Blick Richtung Meer. Die Götter waren gnädig: Ein winziger Punkt tanzte auf den weit entfernten Wellen. Sie wartete, und mit jedem Atemzug nahm er mehr Form an, bis er als ein Fischerboot mit geblähtem Segel zu erkennen war, das in gerader Linie auf die Hütte zusteuerte.

Von Gair und der Katze hörte sie nichts mehr. Weder näherten sich aufgebrachte Schritte, noch drang ein Schnurren oder Kreischen durch die Luft. Dennoch biss Fiona sich die Finger wund, bis es endlich so weit war, dass sie ihren Vater erkennen konnte. Er stand aufrecht an Deck, eine Hand am Steuer, die andere schützend über die Augen gelegt. Als er ihre kauernde Gestalt auf dem Steg erkannte, winkte er, und Fiona weinte vor Glück.

»Bist du sicher, dass es eine Feenkatze war?«, fragte Logan, nachdem sie wenig später vor der Hütte standen und angespannt ihre Blicke hinauf zur Klippe schweifen ließen. Nichts regte sich dort oben, kein Laut außer dem Krächzen der Möwen durchdrang die Stille. Logan trug einen blutigen Verband um die Hand, doch bislang hatte er nicht erzählt, woher die Verletzung rührte.

Fiona schüttelte den Kopf. »Nein. Aber wenn es ein normales Tier war, dann hatte es sicher die Tollwut. Es war beängstigend, wie aggressiv es angegriffen hat.«

Der Fischer blies hörbar den Atem aus. Wie immer, wenn er

versuchte, etwas in weiter Ferne zu betrachten, kniff er stark die Augen zusammen. Sollte auch sein gutes Auge an Sehkraft verlieren, so konnte er eines Tages überhaupt nicht mehr zur See fahren.

Fiona fasste nach seiner Hand und wickelte den notdürftigen Verband ab. Zum Vorschein kam eine fleischige Wunde, die wie ein Biss aussah, der aber glücklicherweise weder Sehnen noch Knochen verletzt hatte. »Was ist passiert?«, fragte sie besorgt.

Logan winkte ab. »Ein Hai. Ich wollte das Netz einziehen, bevor er mir alle Fische wegfängt.«

»Ein Hai? Aber ... du hast großes Glück gehabt! Er hätte den ganzen Arm abbeißen können!«

Offensichtlich wollte ihr Vater nicht über den Vorfall sprechen, denn er antwortete nichts mehr, sondern ging zum Boot und zog die Netze heraus, um sie aufzuhängen. Die überschaubare Menge an Heringen, die im Bauch des Kahns lag, deutete darauf hin, dass der Hai wirklich den Großteil des Fangs weggefressen hatte. Seltsam war allerdings, dass er dabei keines der Netze zerrissen hatte. Nicht zum ersten Mal fielen Fiona solche Ungereimtheiten in den Geschichten ihres Vaters auf. Sie half ihm, das erste Netz auszubreiten.

»Nimm mich morgen mit«, schlug sie vor, während sie die Maschen enthedderte. »Ich will lernen, uns zu ernähren.«

»Du wirst die wohlhabende Gattin eines dummen Schmieds werden, keine armselige Fischerin«, stellte Logan klar.

Fiona konnte nicht glauben, was er da sagte. »Ich soll immer noch diesen aufgeblasenen Schläger heiraten? Und wohlhabend ... Das war er vielleicht einmal.«

»Mein liebes Kind ...« Logan fasste nach ihren Schultern und sah ihr tief in die Augen. »Ich kenne deine Träume. Doch Ritter und Helden gibt es nicht mehr. Das, was sie einst ausmachte, haben sie mit in ihre Gräber genommen. Großmut und

Gerechtigkeit sind Tugenden, die ebenso aus unserer Welt verschwunden sind wie Drachen und magische Schwerter.« Zärtlich legte er seine verletzte Hand auf ihren Arm. »Du musst den Tatsachen ins Auge sehen: Besser ein Leben an der Seite eines Esels, als deine Tage als Bettlerin zu beschließen.«

»Du hast recht.« Fiona hob ihr Kinn. Der Frost des Nordens legte sich über ihre Stimme. »Einen Esel würde ich nehmen. Nicht aber diesen aufgeblasenen, selbstgefälligen Widerling von einem Schmied. Du kannst sagen, was du willst, Vater – ich werde niemals seine Frau!«

Logan seufzte. Er antwortete nichts darauf, aber sein Kopfschütteln ließ erkennen, dass das Thema für ihn noch nicht ausgestanden war. »Vielleicht sollten wir doch nachsehen, ob er Hilfe benötigt. Falls es sich bei der Angreiferin wirklich um eine Feenkatze gehandelt hat, könnte sie ihn übel zugerichtet haben.«

Dagegen wusste Fiona nichts einzuwenden. Immerhin: An der Seite ihres Vaters fühlte sie sich sicher genug, um es noch einmal mit ihrem Verlobten aufzunehmen. Logan keuchte, während sie die Klippe erklommen. Beim Klang seines japsenden Atems kam erneut Sorge um seine Gesundheit in Fiona hoch. Mittlerweile musste er fast siebzig Lebensjahre zählen – so genau hatte sich das niemand gemerkt. In seinem Alter saß manch anderer Mann als klapperiger Greis vor seiner Hütte oder weilte gar nicht mehr unter den Lebenden. Er aber fuhr noch immer täglich aufs Meer hinaus, einzig aus dem Grund, weil er seiner Tochter eine strahlende Zukunft ermöglichen wollte.

Endlich erklommen sie das Plateau des Felsens, doch von Gair war weit und breit nichts zu sehen. Einzig ein paar Spritzer Blut glitzerten am Rande der Klippe auf dem felsigen Boden.

»Hier war es! Hier hat sie ihn angegriffen!« Fiona deutete auf die kaum sichtbaren Spuren des Kampfes.

Logans Gelenke knacksten, als er in die Knie ging, um die Blutstropfen besser sehen zu können. Er fasste hinein und zerrieb gedankenverloren einen davon zwischen den Fingern seiner unverletzten Hand. »Das ist außergewöhnlich. Feenkatzen greifen normalerweise keine Menschen an, ohne selbst bedroht zu werden.«

»Vielleicht hat sie sich ja bedroht gefühlt?«

Der alte Fischer schüttelte den Kopf. »Nein. Das war etwas anderes.« Er seufzte wie jemand, der eine schwere Last auf seinen Schultern trug. Nachdenklich stand er auf und blickte aufs Meer hinaus, als wolle er sich das Glitzern jeder Welle genau einprägen.

»Was verschweigst du mir, Vater?«, hakte Fiona nach.

»Nichts, mein Kind.« Ein trauriges Lächeln schlich sich auf seine Lippen. Wenn er sie so ansah, hatte Fiona stets das Gefühl, mit einer Decke aus weichen Daunen umschlungen zu werden. So trüb seine Augen auch waren – sie blickten immer noch tief in die Seele seiner Tochter.

Schweigsam machten sie sich auf den Weg zurück zur Hütte. Sie hängten die übrigen Netze auf, dann schickte Logan Fiona aus, um die Ziege zu melken.

Sie umrundete die Hütte, überquerte eine Düne und wäre beinahe hingefallen, weil sie über etwas stolperte, das dort auf dem Boden lag, halb verdeckt von Sand und Seegras. Ein mitleiderregendes Stöhnen drang aus dem grauen Bündel, gefolgt von rasselndem Husten. Erschrocken wich sie zurück.

»Vater!«

Doch schon im nächsten Augenblick erkannte sie, wer da zu ihren Füßen im Sand lag. Kein Druide, der jemals zu ihrer armseligen Hütte gekommen war, hatte eine so saubere Kutte getragen wie jener, an den sie seither mehr als einmal gedacht hatte.

»Mylo?« Sie bückte sich, schlug eine Lage Stoff beiseite und enthüllte wie erwartet dunkles Haar, das über ein kantiges Gesicht fiel. Schweißperlen standen auf seiner Stirn, und seine Haut wirkte unnatürlich grau. »Bei den Göttern, was ist mit Euch geschehen?«

Der junge Druide reagierte nicht auf die Ansprache, sondern stieß nur ein erneutes Stöhnen aus, verzog schmerzerfüllt den Mund und stürzte dann wieder in die Tiefen seiner Ohnmacht.

Im selben Moment kam Logan angerannt, alle Muskeln angespannt und die Harpune wurfbereit über dem Kopf erhoben. Nur selten zuvor hatte Fiona ihren Vater so kriegerisch erlebt, und erneut wunderte sie sich darüber, zu welchen körperlichen Leistungen er in seinem hohen Alter imstande war. Als er erkannte, dass keine unmittelbare Gefahr bestand, ließ er seine Waffe sinken.

»Es ist der junge Druide von neulich, Vater. Wir müssen ihn in die Hütte schaffen! Was mag ihm nur zugestoßen sein?«

Überraschenderweise regte der Alte keinen Finger. Er stand nur da, einen düsteren Zug auf seiner Miene, und blickte auf den offensichtlich verletzten jungen Mann hinab, der da vor ihm im Sand lag.

»Vater! Er braucht unsere Hilfe!«, erinnerte Fiona ihn.

Erst antwortete Logan nicht, doch dann schien er sich zu besinnen und nickte langsam. Gemeinsam trugen sie Mylos schlaffen Körper zur Hütte und betteten ihn auf Fionas Lager, das der Tür am nächsten lag. Schwer atmend blieben sie beide neben ihm stehen und sahen auf ihn hinab.

»Ist der Brownie auch dabei?«, fragte Fiona.

Logan schüttelte den Kopf.

Sie betrachtete das unversehrte Gesicht des jungen Mannes auf ihrem Bett und schloss eine Begegnung mit der Feenkatze aus. Womöglich hatte Mylo aber einen Unfall mit einem anderen Wesen aus Licht und Schatten gehabt. Den Geschichten nach zu urteilen, die er ihr über die Monsterpflege erzählt hatte, war er dort im Druidenwald mit gefährlichen Aufgaben betraut. Dann hatte er sich mit letzter Kraft bis zu ihrer Hütte geschleppt und war kurz vor seinem Ziel zusammengebrochen. Das erklärte aber nicht, wieso er hierhergekommen war, anstatt sich Hilfe in der Dämmerfeste zu suchen.

»Wir sollten nachsehen, ob er verletzt ist«, schlug sie vor.

Logan nickte zögerlich. »Das werde *ich* tun, denn dazu muss ich ihn entkleiden. Du hingegen wirst hinausgehen, die Ziege melken und meinen heutigen Fang ausladen. Er wird nicht verkauft, wir legen ihn für den Winter ein. Nimm zwei der Fische für unser Nachtmahl aus.«

Fiona verstand nicht, weshalb ihr Vater dem jungen Druiden gegenüber so misstrauisch reagierte. Vielleicht war es einfach das Alter, das ihn langsam eigenartig werden ließ. Oder die Vorfälle mit dem Hai und der Feenkatze hatten ihn mehr mitgenommen, als er zugeben wollte.

Sie ließ die beiden Männer allein und machte sich erneut auf den Weg zur Ziege. Beim Umrunden der Hütte hütete sie sich, einen Blick durch die Ritzen der baufälligen Wände zu werfen, um zu sehen, was drinnen geschah. Zu gerne hätte sie gewusst, wie der junge Druide ausgerechnet bei ihnen gelandet war.

HALBBLIND

Zuerst sah Mylo das Gesicht, das sich über ihn gebeugt hatte, nur verschwommen. Ein Mann mit spärlichem Bart und hellem Haar. Zahlreiche kleine Krater zogen sich durch seine Haut, weshalb er zunächst glaubte, in Drostans narbige Miene zu blicken. Dann aber erkannte er, dass es die Falten des Alters waren.

»Merkt Euch gut, wie Ihr in diesem Moment die Welt seht, Druide«, sagte eine Stimme, die Mylo bekannt vorkam. »Es ist die Sicht eines halbblinden Greises wie mir.«

»Wer bist du?«, krächzte er und versuchte, sich aufzusetzen, woraufhin ein heftiger Schwindel ihn zurück in die waagrechte Position zwang. Sein Kopf schmerzte, als hätte er die gesamten Met-Vorräte der Dämmerfeste allein getrunken. Zudem rasselte seine Lunge beim Atmen.

»Logan«, antwortete der Alte. »Fionas Vater … der Fischer.«

»Der Fischer?« Er blickte an dem immer noch verschwommenen Gesicht vorbei nach oben und erkannte, dass er in einer Treibholz-Hütte lag, in deren Gebälk ein Sammelsurium aus baumelnden Dingen hing, vermutlich Heilpflanzen, Räucherfische und Muschelschalen. Genau konnte er es nicht erkennen. »Wie bin ich hierhergekommen?«

Der Alte – Logan – zuckte mit den Schultern. »Wenn Ihr es nicht wisst, woher soll ich es dann wissen?«

Für einen Moment war Mylo sich nicht sicher, ob er vielleicht neben seiner Sehkraft auch noch sein Gedächtnis eingebüßt hatte. Das Letzte, woran er sich erinnern konnte, war der Anblick Drostans, kniend vor einer riesigen Eiche. Danach versagte sein Erinnerungsvermögen. Erneut versuchte er, sich aufzusetzen, und diesmal klappte es. Der Schwindel verzog sich, und gleichzeitig gewann auch das Gesicht des Fischers an Kontur. Seine Miene war unbewegt, doch hinter dieser Maske aus Gleichgültigkeit verbarg er ein wild klopfendes Herz – man merkte es am Zucken seines Augenlids.

»Ich weiß, weshalb Ihr gekommen seid«, sagte Logan. »Ihr wollt meiner Tochter schaden.«

Vor Überraschung verschlug es Mylo die Sprache. Der Moment, in dem der Alte sich ganz selbstverständlich vor Broc verbeugt hatte, kam ihm in den Sinn. Schon damals hatte er erkannt, dass dieser Fischer ein Geheimnis hütete, denn er blickte tiefer in andere Wesen hinein als so mancher Druide. Gleichzeitig fiel ihm auf, dass der Brownie fehlte. In seiner letzten Erinnerung an ihn war er ebenfalls zu Boden gegangen.

»Weißt du etwas über den Verbleib des Kobolds, der mich neulich begleitet hat?«, fragte er, anstatt Logans Frage zu beantworten.

Der schüttelte den Kopf.

»Wieso konntest du ihn sehen?«

»Das habe ich Euch bereits gesagt: Ich sehe vieles. Das war schon immer so.«

Sie taxierten einander mit abschätzigem Blick. Dieser alte Mann schien ein harter Knochen zu sein. Einer der Menschen, die ihre Geheimnisse nicht einmal unter der Folter preisgaben. Mylo zählte sich selbst zur gleichen Sorte, daher wusste er, wie man solchen Leuten begegnen musste: mit Ehrlichkeit.

Er nahm einen tiefen Atemzug. »Nein, ich bin nicht gekommen, um deiner Tochter ein Leid anzutun. Aber jemand will mich wohl genau dazu zwingen, deshalb hat man mich niedergeschlagen und vor eurer Hütte abgelegt. Und ich vermute, mein Freund, der Brownie, wird so lange festgehalten, bis ich diesen Auftrag erfüllt habe.«

Logan hob seine fast weißen Augenbrauen. »Es besteht kein Grund zu heucheln. Auch wenn Ihr nicht auf der Höhe Eurer Kraft zu sein scheint – ich bin ein alter Mann. Solltet Ihr mich und meine Tochter überwältigen, werde ich Euch nicht aufhalten können.«

»Das mag sein. Doch so weit wird es nicht kommen.«

»Warum nicht?«

Mylo musste selbst kurz überlegen, ehe er eine Antwort geben konnte. »Mein Meister hat einmal gesagt, allein die Größe einer Tat rechtfertige die Höhe des Opfers, das dafür erbracht werden darf. Nun … wenn ich beides gegeneinander abwäge, komme ich zu dem Entschluss, dass ich mich verweigern muss.«

»Weil die Tat so gering ist oder das Opfer so groß?«

»Beides.«

Nun endlich trat eine erkennbare Emotion auf das Gesicht des Fischers. Er wirkte erstaunt. »Ihr mögt meine Tochter«, stellte er fest.

»Ja.«

»So sehr, dass Ihr Euer Leben für sie opfern wollt?«

Erst jetzt bemerkte Mylo, dass der Alte seine rechte Hand hinter dem Rücken verbarg. »Woher weißt du so viel über mich?«, fragte er, ohne den Blick von seinem abgewinkelten Arm zu lassen.

Logan schüttelte den Kopf. »Ich weiß gar nichts, junger Druide. Aber wenn Ihr mir erzählt, was Euch zugestoßen ist, dann werde ich erkennen, was zu tun ist.«

Das war eine seltsame Aussage, doch auf unbestimmte Weise bestärkte sie Mylo in dem aufkeimenden Vertrauen, das er dem Fischer entgegenbrachte. Die Weisheit des Alters sprach aus seinem trüben Blick, zugleich mit der Tapferkeit eines liebenden Vaters. Beides waren Eigenschaften, nach denen Mylo seit jenem schrecklichen Tag bei Kilmartin Glen verzweifelt suchte. Er schlug die Decke zurück und setzte sich aufrecht hin, dann berichtete er Logan von dem Vorfall mit der Banshee und all den Verstrickungen, die sich anschließend daraus ergeben hatten. Auch seine Zweifel, was Drostan und den Nuckelavee anging, verschwieg er nicht. Es fühlte sich befreiend an, diese Dinge einem menschlichen Wesen anvertrauen zu können, selbst wenn es sich dabei nur um einen fremden Fischer handelte.

Nachdem er geendet hatte, beugte Logan sich vor und ließ seinen Blick über Mylos saubere Kutte gleiten, die weiterhin jeden Schmutz abstieß. Seufzend lehnte er sich wieder zurück. »Ich habe keine Ahnung, wie ich Euer Leben retten kann. Aber ich danke Euch dafür, dass Ihr beschlossen habt, meine Tochter zu verschonen.«

Mylo fühlte einen Anflug von Enttäuschung in sich aufsteigen. Ein wenig hatte er gehofft, der Alte würde ihm mit einem Ratschlag von besonderer Weisheit aus der Patsche helfen. »Was glaubst du – sollte der Nuckelavee befreit werden oder nicht?«, fragte er.

»Das werden die Götter entscheiden. Oder diejenigen, die in ihrem Auftrag handeln.«

»Sprichst du von Drostan und Adair?«

Logan schüttelte den Kopf. »Nein.« Er blickte seufzend zu Boden. Ein wehmütiger Ausdruck legte sich auf sein Gesicht. »Vor zwanzig Jahren brachte meine Frau ein Kind zur Welt. Das Mädchen war ein Nachzügler – seine Geschwister waren schon fast erwachsen. Wir nannten es Fiona, aber schon nach wenigen Tagen starb es den plötzlichen Tod vieler Säuglinge. Ich trauerte um unsere Tochter, meine Frau jedoch war untröstlich. Es schien, als wäre all ihre Lebensfreude mit dem Kind gestorben. Sie aß und trank nicht mehr, lag nächtelang wach. Als ich schon glaubte, sie würde an ihrem Gram zugrunde gehen, tauchte plötzlich eine Druidin in unserer Hütte auf. Sie hatte ein neugeborenes Baby bei sich, das sie meiner Frau in die Arme drückte. *Pass gut auf sie auf!*, sagte sie. *Sorge für sie, als wäre sie dein eigen Fleisch und Blut. Und niemals, nicht einmal unter Lebensgefahr, verrate jemandem, dass sie nicht deine wahre Tochter ist.*« Der Fischer machte eine kurze Pause und sah Mylo ernst an, bevor er fortfuhr. »Anschließend kam sie zu mir und legte eine Hand auf meine Brust. Sie schloss ihre Lider, und ich hatte das Gefühl, als dringe ihr Blick dennoch bis in mein Innerstes vor. Dann sprach sie eine Prophezeiung aus: *Du wirst das Schicksal tragen können, welches ich dir auferlege. Mit dem Auge, das ich dir schenke, kannst du zwanzig Jahre lang mehr sehen als jeder andere Mensch. Damit wirst du meine Tochter vor allen magischen und nichtmagischen Gefahren beschützen. Hüte dich besonders vor den Schattenwesen, denn sie werden nach ihr suchen. Nimmt ihre Zahl überhand, so verlasse die Insel. Eines fernen Tages wird derjenige dich finden, der das Auge dringender braucht als du. Du erkennst ihn daran, dass er lieber sterben will, als es zu rauben.*«

Mylos Herz krampfte sich zusammen. Eine Druidin! Vor zwanzig Jahren! Genauso lange war es her, dass auch er von einer Zauberin zur Welt gebracht worden war. Er und Fiona hatten das gleiche Alter. Beide waren sie magielose Kinder, beide hatten mit einer Druidin zu tun gehabt. Konnte es möglich sein … dass sie Geschwister waren? Zwillinge sogar, die sich den Mutterleib geteilt hatten? Das würde die seltsame Verbundenheit erklären, die er Fiona gegenüber vom ersten Moment an gefühlt hatte. Es war ein gänzlich anderes Gefühl als jenes, das wenig später in den Armen der Selkie in ihm aufgekeimt war. Torvis hatte ihn auf stürmische Weise berührt, Fiona auf angenehm warme.

»Worüber grübelt Ihr?«, unterbrach Logan seine Überlegungen.

»Nichts, ich … denke nur darüber nach, wie seltsam verschlungen die Wege der Götter zuweilen sind.«

Der Fischer zeigte ein sachtes Nicken, als wäre er nicht ganz bei der Sache. Dann zog er die Hand hinter seinem Rücken hervor, und ein blitzendes Messer kam zum Vorschein.

Damit hatte Mylo nicht mehr gerechnet. »Was hast du vor? Ich dachte …«

»Seid unbesorgt. Ihr habt mir bereits bewiesen, dass Ihr der Richtige seid. Ich gebe Euch mein magisches Auge.«

Er hatte kaum ausgesprochen, da schoss Mylos Hand vor und ergriff den Arm des Fischers. »Bist du sicher? Wenn du es hergibst, wirst du noch schlechter sehen. Der magische Schutz, der auf dir liegt, wird schwinden. Und womöglich … befreist du damit den Nuckelavee.«

»Wenn dem so ist, dann haben die Götter es seit vielen Jahren geplant.«

»Und du fügst dich diesen Plänen so einfach?«

Ein winziges Lächeln schlich sich auf Logans wettergegerbtes Gesicht. »All die Jahre hielt Sea Mither ihre schützende Hand über mich. Sie hätte ihre Kraft vergeudet, wenn ich am Ende vor meiner Bestimmung fliehe. Auch die Druidin wusste es: Ich kann mein Schicksal tragen.«

Nur widerstrebend gab Mylo den Arm des Alten wieder frei. In Momenten wie diesen fühlte er sich wie ein Blatt im Wind, hin und her getrieben von den wankelmütigen Böen des Lebens. Schließlich nickte er. »Ich hoffe, ich bin dieses Opfer wert.«

Er verließ die Hütte als Erster, weshalb Fiona zuerst nur Mylo ansah. In diesem kurzen Moment zwischen Bangen und Hoffen spürte er ihre Wärme und fragte sich, ob es wirklich sein konnte, dass ihr Gesicht das erste gewesen war, in das er je geblickt hatte. Sie schien so anders zu sein als er – so hell und rein. Ihre Lippen öffneten sich zu einem Lächeln und brachten strahlend weiße Zähne zum Vorschein. Wie gerne hätte er noch einen freundlichen Satz aus ihrem Mund gehört.

Dann aber trat Logan hinter seinem Rücken hervor, und Fiona sah seine Augenbinde. Einen Moment lang schien sie nicht zu verstehen, was das bedeutete, doch dann raste ihr Blick zwischen ihm und Mylo hin und her, und ihr Lächeln wich einer abgrundtiefen Verzweiflung. »Vater!«, rief sie aus, warf sich in seine Arme und vergrub ihr Gesicht an seiner Brust. Logan umschlang sie tröstend. Eine ganze Weile verharrten sie in dieser Position, während Mylo nur steif danebenstand. Bis Fiona sich plötzlich losriss und auf ihn zugepoltert kam. Ihr sonst so sanftmütiges Gesicht war zu einer hasserfüllten Fratze verzogen. »Was hast du getan, du grausamer, ehrloser Zauberer?«

Logan stolperte hinter ihr her und versuchte, sie festzuhalten, aber sie entwand sich ihm und ging mit erhobenen Fäusten auf Mylo los. Ihre Hiebe trafen lediglich seine Brust, doch es fühlte sich an, als schlage sie sein Herz entzwei. Dieses freundliche, stille Wesen, das bislang stets zurückhaltend gewesen war, verwandelte sich im Moment ihrer tiefsten Not in eine wahrhaftige Bestie. »Er konnte schon vorher kaum noch sehen! Wie soll er so aufs Meer hinausfahren? Wie sollen wir überleben?«

»Ich werde mich um euch kümmern«, versprach Mylo mit einer Stimme wie ein Flüstern gegen den Wind.

»Wir brauchen deine Hilfe nicht!«

Ein neuer Schlag traf ihn am Kinn, dann endlich hatte Logan seine Tochter gepackt und hielt ihre Handgelenke fest.

»Fiona … Er kann nichts dafür. Es war lange vorherbestimmt.«

Die hellblauen Augen der jungen Frau funkelten weiterhin heller als der Nordstern in einer klaren Nacht. »Ich weiß nicht, wovon du sprichst, Vater!«

»Ich habe dieses Opfer freiwillig gebracht.«

Anstatt sie zu besänftigen, wühlte diese Aussage Fiona nur noch mehr auf. »Warum?« Ihr Zeigefinger richtete sich auf Mylo. »Und warum hat er es angenommen?«

»Das musste er tun. Neue Gezeiten brechen an, meine Tochter. Wenn ich eines immer noch sehe, dann dies. Mehr kann ich dir nicht sagen. Es würde dich nur belasten.«

Fiona versuchte, sich dem Griff ihres Vaters zu entwinden, aber es gelang ihr nicht. Als sie das schließlich einsah, spuckte sie Mylo vor die Füße. »Ich dachte, du bist ein netter Mensch. Doch wie so oft habe ich mich getäuscht. Verkriech dich in deinem Monsterwald und halte dich von uns fern!«, zischte sie. Dabei stand ihr ein Ausdruck tiefster Enttäuschung ins Gesicht geschrieben, der Mylo mehr schmerzte als jeder ihrer vorherigen Schläge.

»Es tut mir leid …«, sagte er. Dann wandte er sich ab und stapfte durch die Dünen davon. Erst nachdem er außer Hörweite war, fügte er hinzu: »… dass ich dich verloren habe, bevor ich dich in die Arme schließen durfte … Schwester.«

Es gab genau einen Menschen auf dieser Welt, den Mylo um Hilfe bitten konnte, ehe ihm nichts anderes mehr übrigblieb, als aufzugeben und auf den Tod zu warten. Denn dieses Auge – was immer es zu tun vermochte – schien nur ein weiterer Meilenstein auf seinem Weg ins Unglück zu sein. Er würde zu Adair gehen und es ihm übergeben. Womöglich konnte der oberste Druide damit etwas Gutes bewirken. Wenn nicht er, wer dann?

Immer noch schwankend, mit zerrissenem Umhang und sauberer Kutte, überquerte er die windige Grasebene der Giant Bay. Der Weg zur Dämmerfeste war ein Fußmarsch von einigen Meilen, und schon bald fühlte Mylo die Schwäche in seine Glieder kriechen. Keuchend blieb er stehen und versuchte, mehr Luft in seine protestierende Lunge zu saugen. Er durfte jetzt nicht aufgeben!

Vielleicht hatte seine Mutter jene schrecklichen Dinge, die ihm in den letzten Tagen widerfahren waren, vorausgeahnt. Nach allem, was er seither über sie erfahren hatte, musste sie eine mächtige Druidin gewesen sein, die nicht nur ihn, sondern ihre *beiden* Kinder verlassen hatte – doch aus welchem Grund? Glaubte man dem Nuckelavee und dem allseits nagenden Gefühl in Mylos Bauch, so hatte sie ihrem Drang nach Freiheit nachgegeben und die Lust an ihrer magielosen Familie verloren. Doch Logans Begegnung mit ihr erzählte eine andere Geschichte: die einer sorgenden Mutter, welche ihre Tochter aus unbekannten Gründen auf einer Insel am Ende der Welt versteckt hatte. Dabei hatte sie Fiona nicht nur an liebevolle Menschen übergeben, sondern zudem Vorkehrungen getroffen, damit niemand sie finden würde. Aber weshalb hatte sie ihre Tochter weggebracht und ihren Sohn zurückgelassen? Soweit er wusste, war Kinnon, sein Vater, niemals über die Grenzen Dalriadas hinausgekommen. Oder war es ganz anders gewesen, und seine Eltern hatten sich hier auf der Sterninsel kennengelernt? Wie er es auch drehte und wendete – die Geschehnisse der Vergangenheit erschlossen sich ihm nicht.

Widerstrebend griff Mylo in seinen Beutel und holte das Auge hervor, das der Fischer ihm überlassen hatte. Seit es nicht mehr in der Höhle saß, wirkte es keineswegs wie ein menschliches Auge, sondern eher wie ein gläsernes Kunstwerk, das von einer bläulich strahlenden Aura umgeben war. Weder klebte Blut daran, noch hatte es sich in irgendeiner Weise getrübt. Im Gegenteil: Es wirkte wie ein lebendiges Wesen, das seine Umwelt genau beobachtete. Hastig steckte Mylo es wieder weg. Ein Satz, den die Druidin zu Logan gesagt hatte, kam ihm in den Sinn: *Damit wirst du meine Tochter vor allen magischen und nichtmagischen Gefahren beschützen.* Welcher Zauber vermochte so etwas? Mylo hatte in seinen zahlreichen Lehrstunden bei den Druiden vieles über die Beeinflussung der Elemente, die Deutung der Himmelsgestirne und den Blick in zukünftige Sphären gelernt, doch von einem Artefakt mit einer solchen Macht war nie die Rede gewesen. Sonne und Mond beeinflussten die Energie der Druiden und brachten Licht- oder Schattenmagie hervor. Aber nun begegnete er schon zum zweiten Mal innerhalb weniger Stunden einer Form von Magie, die sich von den üblichen Zaubern abhob. Ob sie aus dem versunkenen Avalon stammte? Die Legenden der Druiden berichteten von einem klaren blauen See, der die Insel umgeben hatte. Wer die Macht besaß, den Nebel zu teilen, der das heilige Eiland zwischen der dies- und der jenseitigen Welt umgab, konnte über den See in das geheimnisvolle Reich Nimues fahren. Alle anderen gelangten stattdessen zu einer Abtei am gegenüberliegenden Ufer. So besagte es die Legende.

Vielleicht ist noch nicht alles verloren, wagte er zu wünschen. Doch gleichzeitig zog sich jene schützende Mauer in seinem Inneren hoch, die ihn stets davor bewahrte, zu große Hoffnung zu hegen. Denn Hoffnung, die sich nicht erfüllte, war wie ein schmerzhafter Stachel, der sich mit jedem Herzschlag tiefer ins Fleisch grub. Adair hatte recht gehabt, als er gesagt hatte, ein Todgeweihter solle besser die Stunden nutzen, die ihm noch bleiben, da Teran die Schuld und Torheit einer jeden Seele aufwog. Unter Umständen hatte er durch das Chaos, das er in den vergangenen zwei Tagen angerichtet hatte, auch gleich sein nächstes Leben verwirkt, und Teran schickte ihn als verkrüppelten Bettler aus der Anderwelt zurück.

Entsprechend mutlos und erschöpft erreichte er zur Mittagsstunde das Tor der Dämmerfeste mit dem düsteren Wald im Hintergrund. Einige Bittsteller aus dem Dorf standen davor – größtenteils ausgemergelte Greise, die sich eine Linderung ihrer Gebrechen erhofften. Ein hünenhafter Mann mittleren Alters hatte sich mit einem jüngeren, aber ebenso breit gebauten Kerl in den Vordergrund gedrängt und diskutierte soeben lautstark mit dem Dorcha auf dem Wachturm.

»… aber Ihr *müsst* uns anhören!«, wehte seine Bassstimme zu Mylo herüber. »Noch gestern war mein Sohn völlig normal. Heute ist er davon überzeugt, er sei ein Kelpie.«

Passend dazu scharrte der Jüngere mit einem Fuß auf dem Boden und stieß ein lautes Wiehern aus.

»Ich sage es dir jetzt ein letztes Mal!«, knurrte der Dorcha vom Turm herab. »Dein Sohn ist verrückt geworden. Dafür sind wir Druiden nicht zuständig. Geh zu den Mönchen, vielleicht können sie etwas für ihn tun.«

»Ihr schickt uns zu den Mönchen?«, echauffierte sich der Hüne. »Sie beten den Christengott an. Wenn ich ihn dort hinbringe, werden Sea Mither und Teran uns nur noch mehr zürnen.«

Der Sohn stieß ein aufgebrachtes Schnauben aus und fletschte die Zähne, ganz wie Kelpies es zu tun pflegten. So lächerlich sein Auftritt auch wirkte – er konnte einem wahrhaftig leidtun.

Der Dorcha redete sich heraus. »Die Götter zürnen keinem Vater, der sein Kind retten will.«

»Aber genau deshalb sind wir hierhergekommen!«, polterte der Dörfler. »Damit *Ihr* ihn rettet!«

Den Rest der Diskussion bekam Mylo nicht mehr mit, denn ein anderer Wächter hatte ihn erkannt und ließ ihn durch eine Tür im großen Tor eintreten. Es war tagtäglich dasselbe Schauspiel: zu viele Bittsteller für zu wenig magische Kraft. Und ein Fall wie dieser verrückte Kerl kostete eine Menge Energie, wenn man ihn heilen wollte. An seiner Stelle konnte man mindestens drei Schwindsüchtige von ihrem Leiden befreien. Der Dorcha versuchte natürlich, diesen Umstand zu vertuschen, und hatte deshalb die Mönche ins Spiel gebracht. Weshalb allerdings ein so kräftiger junger Mann von einem Tag auf den anderen derartige Wahnvorstellungen entwickelte, konnte Mylo sich beim besten Willen nicht erklären.

Doch er vergaß den Vorfall schnell wieder, als er sich der *Halle des Zwielichts* näherte. Jetzt, zur Mittagsstunde, konnte man besonders gut erkennen, warum Adairs Wirkungsstätte diesen Namen erhalten hatte: Genau die Hälfte des Strohdaches lag im Schatten der Bäume, die andere Hälfte erstrahlte im Sonnenschein. Das Gebäude war ein Sinnbild für die vereinigte Kraft der Dorchas und Geals sowie der Götter selbst. Dummerweise ragte aber seit einiger Zeit der Ast einer turmhohen Fichte über das Dach hinweg, während auf der gegenüberliegenden Seite ein anderer abgebrochen war. Das hatte die ehemals perfekte Zweiteilung der Dachstruktur zerstört. *Irgendwie passend*, fand Mylo.

Genau wie bei seinem letzten Besuch befand sich der Großmeister auch heute wieder in innerer Einkehr, bewacht von zwei jungen Druiden. Wollte man Drostan Glauben schenken, so verbrachte Adair die meiste Zeit des Tages in Meditation, um so viel Magie wie möglich in sich zu bündeln, was aber keinerlei nennenswerte Auswirkungen auf ihrer aller Zusammenleben hatte. Diesmal schlug er im selben Moment die Augen auf, in dem Mylo vor seinem Sitzsockel stehen blieb, beinahe so, als hätte er ihn erwartet.

»Du hast Schuld auf dich geladen, junger Freund«, sagte er anstelle einer Begrüßung. Die dünne Haut auf seinen Händen spannte sich an wie brüchiges Pergament, während er seinen Stab umklammerte und sich daran hochzog. Anklagend blickte er auf seinen ungehorsamen Schüler herab. »Und es hat dir nicht geholfen. Dein Sterben schreitet voran.«

»Ihr wisst von … dem Nuckelavee?«, hakte Mylo nach. Wenn es stimmte, was Drostan gesagt hatte, dann konnte man niemals sicher sein, was genau ein Druide in seinen Visionen sah. Manchmal sandten die Götter ihm nur wenige verschwommene Bilder, an anderen Tagen wurden ganze Geschichten daraus. Doch derjenige, dem sie zuteilwurden, musste eine weise Seele sein, um Vergangenheit, Gegenwart und Zukunft zu unterscheiden und die Visionen richtig zu interpretieren. Mylo machte sich nicht viel Hoffnung, dass Adair dabei etwas übersehen haben könnte.

»Um dein eigenes Leben zu retten, hast du unsere ganze Welt in Gefahr gebracht«, sagte der Großmeister. »Du hast dich mit dem Bösen verbündet und unschuldige Geschöpfe in deine Machenschaften hineingezogen.«

Mylo senkte den Blick. »Ihr habt recht, doch diese Dinge habe ich nicht allein getan. Meister Drostan will den Nuckelavee befreien und hat mich als seinen Gehilfen ausgesandt, um die nötigen Artefakte zu besorgen. Bestraft mich, wenn Ihr wollt, doch Drostan müsst Ihr ebenso richten. Er will die Magie des Ungeheuers für sich und hat nichts anderes im Sinne, als Euch zu stürzen und sich selbst zum Anführer zu erheben.«

Wortlos schritt Adair die wenigen Stufen von seinem Podest herab, während Mylo weiterhin demütig auf seine Füße starrte. Welches Urteil der oberste Druide auch über ihn fällen mochte – er war bereit, es zu akzeptieren. Sein einstiger Meister jedoch, der seine Notlage ausgenutzt und ihn anschließend überwältigt hatte, um seine Kooperation zu erzwingen, musste ebenfalls für seine Taten zur Rechenschaft gezwungen werden.

Reglos verharrte Adair in leicht gekrümmter Haltung neben ihm. »Drostan war bereits bei mir, Mylo«, sagte er schließlich. »Ich weiß, weshalb er den Nuckelavee befreien wollte. Ein Dorcha wird in einer schwierigen Situation immer zu kriegerischen Mitteln greifen. Dieser Umstand rechtfertigt sein Handeln nicht, doch er liefert eine Erklärung.«

Verständnislos hob Mylo seinen Blick wieder und sah Adair in die Augen. »Ihr kennt seine Gründe und verzeiht ihm dennoch?«

Der Druide schüttelte den Kopf. »Du gehst von den falschen Gründen aus, Junge. Drostan hat nicht vor, mich zu stürzen. Alles, wonach er strebt, ist eine Waffe, die er gegen die christliche Armee einsetzen kann, welche sich zu genau dieser Stunde auf dem Festland gefechtsbereit macht. Ebenso wie ich hat er in seinen Visionen gesehen, dass uns ein Angriff von Aidan Mac Gabhran droht, den wir nicht abwehren können. Unsere Magie ist zu schwach, die Quelle unserer Macht versiegt.«

Also geschah es nun wirklich – das, was sämtliche geflohenen Anwärter die ganze Zeit über befürchtet hatten: Die feindliche Übermacht war sich ihrer Stärke endgültig bewusst. Womöglich hatten sich Spione auf der Sterninsel umgehört. Fahrende Händler, die die Erzählungen der geschwätzigen Dorfbewohner weitergegeben hatten. Wie auch immer es geschehen war – der erste der zahlreichen christlichen Könige Britanniens hatte endgültig den Respekt vor den Druiden verloren und machte in genau diesem Augenblick irgendwo an der Küste Dalriadas seine Kriegsschiffe flott. Andere würden seinem Beispiel folgen und sich mit ihm verbünden. Sie würden jeden töten, der das Zeichen von Sonne und Mond auf seiner Stirn trug. Es sei denn … es gab Nachschub an Magie.

»Glaubt Ihr wirklich, Ihr könntet ein so mächtiges Wesen wie den Nuckelavee töten und seine Zauberkraft an Euch reißen?«, presste Mylo hervor.

»Drostan glaubt es.«

»Und Ihr?« Mylo bebte. »Wenn Ihr Eure Hoffnungen in einen Verräter und ein Monster setzt, so seid Ihr nicht besser als ich.«

Diese unüberhörbare Beleidigung veranlasste die beiden Wachen, ihre Eisenspeere auf ihn zu richten, doch Adair gab ihnen durch eine beschwichtigende Geste zu verstehen, dass sie sich zurückhalten sollten. Mit einer Mischung aus Herablassung und Nachsichtigkeit in der Miene wandte er sich wieder Mylo zu. »Drostan ließ mich in seinen Geist blicken, um mich von der Wahrhaftigkeit seiner Aussagen zu überzeugen. Mehr Beweise brauche ich nicht. Woher nimmst du deine Vorbehalte gegen ihn?«

Das war der erste Moment, in dem Mylo zögerte. Natürlich hatte Drostan mehrfach erwähnt, dass er Adair für einen schwachen Greis hielt, der die Druiden in den sicheren Untergang führte. Aber von diesen respektlosen Äußerungen einmal abgesehen hatte er keinerlei handfeste Aussagen gemacht, die seinen Verrat untermauerten. Mylos Verdacht gründete einzig und allein auf seinem Bauchgefühl.

»Jemand hat den Brownie und mich niedergeschlagen, als wir Drostan beobachten wollten!«, gab er zu bedenken.

»Nun …« Adair lächelte, was man hinter seinem ausladenden Bart kaum erkennen konnte. »Wer auch immer das gewesen ist – der oberste Dorcha war es sicher nicht. Denn den habt ihr zu diesem Zeitpunkt ja beobachtet.«

Dieses Argument war nicht von der Hand zu weisen. »Trotzdem frage ich mich, warum er sich nicht einfach gleich an Euch gewandt hat. Wieso der Umweg über mich?«

»Weil du ein so williges Werkzeug warst. Ein Wildhüter, der unauffällig durch den Wald streifen und Proviant an der Küste besorgen kann. Einer, dessen Abwesenheit erst dann auffällt, wenn der erste Redcap mit grauer Mütze umkippt. Ich hatte sein Vorhaben schon vor Wochen abgelehnt. Irgendjemand hat den Nuckelavee einst eingesperrt. Und bevor ich die Gründe dafür nicht kenne, will ich ihn weder töten noch befreien. Deshalb suche ich in meinen Visionen nach Antworten.«

»Fragt doch den Nuckelavee selbst!«

Ein nachsichtiges Lächeln erschien auf Adairs Gesicht. »Glaubst du, ich hätte das nicht schon vor Jahren getan? Die Bestie spricht nicht mit ihrem Kerkermeister. Welches Geheimnis sie auch immer hütet – mir vertraut sie es nicht an.«

»Ein Kerkermeister hat für gewöhnlich einen Schlüssel. Ist das bei Euch der Fall?«, wollte Mylo wissen.

Er erntete nur ein Kopfschütteln als Antwort, das ebenso eine Verneinung wie eine Aufforderung zum Schweigen sein konnte. Prüfend ruhte der Blick des Druiden auf ihm.

Mylo zwang sich zum Durchatmen. So viele Jahre der Großmeister auf seinem gekrümmten Rücken hatte, so weise waren seine Entscheidungen bislang gewesen. Wie konnte ein Anwärter wie er sich anmaßen, seine eigenen Zweifel über die Visionen und Wahrnehmungen des obersten Druiden zu stellen? Vielleicht hatte er sich vom Verhalten seines Meisters und den ständigen Verdächtigungen durch Broc wirklich beeinflussen lassen.

Er hatte den Gedanken an den Brownie kaum zu Ende gedacht, da fasste Adair sich an die Stirn. »Um ein Haar hätte ich den kleinen Hauskobold vergessen, der dir so sehr am Herzen liegt. Es geht ihm gut. Er befindet sich hier in meiner Obhut.«

Diese Nachricht erleichterte und beunruhigte Mylo gleichermaßen. »Wie ist er hierhergelangt?«

»Drostan fand ihn ohnmächtig am Rande der heiligen Lichtung und brachte ihn mit.«

Mylo stieß einen abschätzigen Laut aus. »Und mir hat er vorgemacht, er würde ihn nicht sehen! Also hat er Broc als Geisel genommen und mich direkt am Ort meines nächsten Einsatzes ausgesetzt.«

»Er fand nur den Brownie. Von dir gab es keine Spur.«

»Was hat er dort eigentlich getan? Was für ein Platz ist diese Lichtung?«

»Es handelt sich um unser größtes Heiligtum, die direkte Verbindung zu unseren Göttern. Von dort aus kommunizieren wir mit Teran und Sea Mither. Nur ausgebildeten Druiden ist es erlaubt, diesen Hain zu betreten.«

»Also hat er nichts weiter getan, als den großen Vater anzurufen und um Rat zu bitten?«

Adair nickte.

Erneut fühlte Mylo den Anflug eines schlechten Gewissens in sich aufsteigen. Selten war er so zerrissen gewesen, was er glauben sollte und was nicht, was richtig war und was falsch.

Der Großmeister schien ihm seinen inneren Zwiespalt anzusehen. »Du hast Schuld auf dich geladen und meine Anweisungen missachtet, ebenso wie Drostan«, sagte er. »Doch wir haben nicht mehr viel Zeit. Deshalb werde ich dir ebenso vergeben wie ihm. Hast du das Auge mitgebracht, von dem dein Meister gesprochen hat?«

Mylo kniff die Lippen aufeinander. Mit einem nagenden Gefühl im Bauch griff er in seinen Beutel und zog das gläserne Artefakt hervor. Bei dessen Anblick schreckte Adair erkennbar zurück. Die beiden Wachen sogen scharf die Luft ein. Den Grund für diese Reaktion konnte Mylo sich nicht erklären, denn das magische Auge strahlte unverändert sauber und ansehnlich.

Adair räusperte sich. »Ein schreckliches Verbrechen … doch ich habe dir vergeben und werde meine Entscheidung nicht zurücknehmen. Für diese Nacht sollst du dich in Einkehr begeben und darüber nachdenken, was du getan hast. Das Auge verwahre ich.«

Mit spitzen Fingern griff er nach dem Artefakt und legte es in eine hölzerne Schale am Fuße seines Podests. Dann gab er dem Dorcha zu seiner Rechten einen Wink, Mylo in die Kammer zu bringen, welche die Druiden als »Zelle der Einkehr« bezeichneten, die aber im Grunde nichts anderes als ein Verlies war. Schon mehrfach hatte Mylo in der Vergangenheit eine Nacht darin verbracht, weil er bei den Lehrstunden seiner Meister eingeschlafen war oder während der Monsterpflege absichtlich das Redcap-Gehege ausgelassen hatte. Es handelte sich um einen von der Halle abgetrennten Raum ohne jegliche Einrichtung. Nicht einmal ein Bett stand darin, um den Delinquenten vom Schlafen abzuhalten. Stattdessen sollte dieser durch das vergitterte Guckloch auf Adairs Andachtssockel blicken und die würdevolle Ruhe in sich aufsaugen, die von den Feuerschalen und heiligen Symbolen ringsum ausging.

Widerstandslos ließ Mylo sich den Gürtel mit seinen Waffen und dem Beutel abnehmen und von dem Dorcha in die Zelle geleiten. Dieser schloss die Tür hinter ihm ab und schob den Riegel vor, ehe er sich als Wache davor positionierte. Durch das Fenster konnte Mylo ihn sehen, ebenso wie den Großmeister in der Raummitte. Was diese Gefangennahme zu bedeuten hatte, vermochte er sich nicht zu erklären. Womöglich glaubte Adair wirklich daran, dass er in dieser Zelle Läuterung erfahren würde. Vielleicht wollte er aber auch verhindern, dass ihm sein letzter Anwärter davonlief – immerhin war Drostan davon überzeugt, dass Mylo dabei helfen würde, den Nuckelavee zu töten.

Adair ließ sich wieder auf seinem Sockel nieder, hob beide Handflächen über das Auge in der Schale und schloss die Lider. Vermutlich versuchte er herauszufinden, welche Geheimnisse das Artefakt barg.

»Dass du zu so etwas imstande warst!«, klagte eine wohlbekannte Stimme hinter Mylo.

Er drehte sich um und sah Broc in der hintersten Ecke sitzen. Es tat gut, den Brownie gesund und lebendig wiederzutreffen, auch wenn dieser offensichtlich weniger erfreut über die Wiedervereinigung war.

»Wozu imstande?«, fragte er ihn eine Spur zu laut, was ihm ein warnendes Zischen der wachhabenden Druiden einbrachte. In der Zelle der Einkehr galt das Schweigegebot.

»Wozu imstande?«, wiederholte er flüsternd und ließ sich neben Broc zu Boden gleiten. Dankbar gaben seine überanstrengten Muskeln nach.

»Dem armen Mädchen das Auge aus dem Gesicht zu reißen!«

»Aber das habe ich nicht getan!«

Bei diesen Worten löste der Kobold seine vor der Brust verschränkten Arme, und in seine Miene trat eine Spur von Hoffnung, die jedoch gleich wieder erlosch. »Dann hast du eben ein anderes unschuldiges Geschöpf bestohlen und gequält!«, wisperte er mit so viel Nachdruck wie möglich.

Mylo schüttelte den Kopf, dann beugte er sich weit genug zu Broc hinab, damit seine Antwort wirklich nur von ihm verstanden wurde. »Es ist kein echtes Auge, sondern ein magisches Artefakt. Der Fischer hat es mir gegeben. Er erhielt es zu genau diesem Zweck von einer Druidin.« Flüsternd erzählte er ihm die ganze Geschichte von Logan und Fiona, auch den Teil, der ihm selbst noch Kopfzerbrechen bereitete.

Der Brownie hörte mit offenem Mund zu. Je mehr er erfuhr, desto weiter sackte seine Kinnlade nach unten. »Aber es schaut überhaupt nicht aus wie ein verzaubertes Objekt. Es ist grauenvoll!«

Mylo hustete unterdrückt. »Wie genau?«

»Na eben wie ein Auge, das frisch aus seiner Höhle entfernt wurde! Blutunterlaufen und stumpf.«

»Tatsächlich? So müssen es Adair und die Wachen auch gesehen haben.«

Der Brownie runzelte die Stirn. »Was siehst *du* denn?«

»Eine glänzende Kugel mit blauem Schein, wie von einem talentierten Glasbläser gemacht.«

Verwundert blies Broc die Backen auf, was dazu führte, dass all seine Falten rund um den Mund verschwanden. »Sagtest du *blauer Schein*?«

»Ja. Was weißt du darüber?«

Der Brownie rückte so nahe heran, dass Mylo seinen Geruch nach Lehm und Fichtennadeln riechen konnte. »Das muss etwas Besonderes sein. Vor einigen Wochen habe ich Adairs Schlafgemach geputzt, und neben seinem Bett lag eine Steintafel. Die Zeichen, die darauf eingeritzt waren, konnte ich nicht lesen, doch es schienen Hinweise zu sein, die zu irgendeinem Ziel führen. Darunter zeichnete sich ein blauer See ab, von dem ein ebensolches Leuchten ausging. Und in dessen Mitte prangte ein Symbol, das aussah wie zwei ineinandergreifende Kreise.«

»Das Vesica Piscis«, entfuhr es Mylo.

»Vesi… was?«

»Vesica Piscis – Fischblase. So nannten es die Römer. Es ist das Zeichen Avalons.«

»Du meinst die versunkene Insel, zu der seit Jahrzehnten niemand mehr Zugang hat?«

Mylo nickte. »Die Quelle all unserer Magie.«

Abgrundtief

Die Stille der Unterwasserwelt beruhigte Torvis' aufgewühltes Gemüt. Je schneller sie schwamm, desto weiter ließ sie das verfluchte Eiland hinter sich, das ihr und Illaria nur Unglück gebracht hatte. Ihre Schwester lag dort in einem dunklen Grab – ohne Leben in ihrem Körper, ohne die Geborgenheit spendende Haut, die stets ein Teil von ihr gewesen war. Würde sie sich nun nackt und einsam fühlen, wenn sie vor Teran trat, um ihre Seele wiegen zu lassen? War Connor bei ihr und hielt ihre Hand? Torvis würde es nie erfahren.

Die verfluchte Feenkatze musste direkt aus der Anderwelt gekommen sein, denn ohne Zweifel hatte es sich dabei um ein besonders kratzbürstiges Exemplar gehandelt, dessen Magie wie ein flackernder, ungleichmäßiger Herzschlag klang. Obgleich Torvis nicht viel Erfahrung mit diesen Wesen hatte, so würde sie niemals den Moment vergessen, in dem das schwarze Biest seine Krallen ausgefahren und ihr damit den Oberarm aufgeschlitzt hatte. Menschliche Haut war so unerträglich verletzbar – dünn wie die Bauchschuppen einer Scholle. Entsprechend waren sofort einige Blutstropfen zu Boden gefallen, an denen die Katze erst interessiert geschnüffelt hatte, bevor sie sich fauchend vor ihr aufbaute und so verhinderte, dass sie den Diebstahl von Illarias Haut rechtzeitig bemerkte, um Mylo zu verfolgen.

Dieser verfluchte Druidenschüler! Für die Dauer einer einzigen denkwürdigen Nacht hatte sie geglaubt, es stecke mehr in ihm als Verrat und Oberflächlichkeit. Doch rückblickend betrachtet, unterschied er sich in nichts von anderen Menschen. Er hatte ihr diesen Met mit voller Absicht gegeben, um ihr Denken zu verlangsamen und sie gefügig zu machen. Mochte er anschließend seiner Flöte noch so zauberhafte Töne entlockt haben – die Echtheit seiner Melodie musste dem Honigwein entsprungen sein, ebenso wie der Klang seiner Magie. Manchmal geschah es, dass die Schwingungen der Erde sich zufällig an derselben Stelle überlagerten und dadurch den Anschein erweckten, man stehe etwas Wundervollem gegenüber. Doch dann drehte die Welt sich weiter, und man musste erkennen, dass es nur eine Luftspiegelung gewesen war, ein Trugbild der Sphäre, bedeutungslos und falsch.

Nachdem die Feenkatze ohne jeden weiteren Angriff davongesprungen war, hatte Torvis draußen das offene Grab gefunden. Hass und Trauer fluteten über sie herein, zugleich mit dem Wunsch, den verräterischen Druiden zur Strecke zu bringen. Doch erneut hatte die Cait Sith verhindert, dass sie ihn verfolgte. Mit krummem Buckel und gesträubten Nackenhaaren stand das schwarze Monster auf einer Düne und fauchte ihr entgegen. Die Sehnsucht nach dem Meer und ihrer Familie hatte Torvis schließlich in die Gegenrichtung davongerissen, doch tief in ihrem Inneren schwelte der Wunsch nach Vergeltung.

Noch während sie so durchs Wasser glitt, registrierten ihre feinen Tasthaare zahlreiche kleine Erschütterungen ganz in der Nähe. Die See war zu trüb, um die Ursache dafür erkennen zu können, also tauchte sie auf und ließ den Blick über die Wellen schweifen. Ein gutes Stück vor ihr war das Meer von Hunderten Flossenschlägen aufgewühlt, darüber kreisten aufgeregt schreiende Möwen, die von Zeit zu Zeit herabstießen, um einen Brocken Futter zu erhaschen. Und dann sah Torvis das, wovor sie sich am meisten fürchtete: Drohend schnitten Haifischflossen durchs Wasser.

Sie nahm einen tiefen Atemzug und tauchte wieder ab. Noch waren die grausamen Jäger mit einem Schwarm Thunfischen oder Heringen beschäftigt, doch schon bald würde ihr Blutdurst nachlassen, und sie würden wieder in der Lage sein, andere Bewegungen ringsum wahrzunehmen. Sie musste ein unterirdisches Riff oder eine Korallenbank finden, wo sie sich so lange verstecken konnte, bis die Haie davongezogen waren. Zügig, aber ohne überhastete Flossenschläge schraubte Torvis sich nach unten. Schon bald hatte sie die trübe Strömung hinter sich gelassen und konnte dadurch besser sehen. Doch so weit ihre Augen blickten – nirgendwo gab es ein Versteck, nicht einmal wogendes Seegras, das ihren Körper notdürftig verborgen hätte. Stattdessen schien der Meeresgrund vor ihr in unendliche Tiefen abzusinken, die kein Hai, aber leider auch kein Selkie zu erreichen vermochte. Direkt über dem schwarzen Abgrund schwebte ein einsamer Mondfisch und starrte ihr entgegen. Was für ein merkwürdiger Anblick das doch war! Nur ganz selten gelangten einige dieser weißen Riesen in die kühlen nordischen Gewässer. Angst schien er nicht zu haben, denn er war beinah doppelt so groß wie sie. Die tiefschwarzen Augen saßen auf Maulhöhe, was seinem Gesicht ein schildkrötenähnliches Aussehen verlieh. Sein plumper Körperbau mit der wellenförmigen Schwanzflosse glich einem aufgehenden Vollmond. Und ebenso silbern glänzte seine fahle Haut. Dieser Umstand hatte der Art auch ihren Namen eingebracht. Weshalb der Fisch trotz des tobenden Haikampfes über ihm so stoisch am Rand des Meereskraters verharrte, war Torvis ein Rätsel.

Irgendetwas an diesem glitzernden Gesellen zog sie unwiderstehlich an. Sie schwamm näher heran, woraufhin er sich in aller Ruhe umdrehte und langsam zum Abgrund glitt. Zögernd folgte Torvis ihm. Normalerweise mied sie derlei Untiefen, denn die Legenden der Selkies erzählten von schauderhaften Kreaturen, die dort unten in der Tiefsee lebten. Monströse Muränen und furchterregende Fische, die leuchtende Laternen auf dem Kopf trugen. Bleiche Riesenkalmare, knochenfressende Würmer und Wesen mit gallertartigem Körper und menschenähnlichem Gesicht. Im Grunde verhielt es sich mit dem Meer nicht anders als mit dem Land: Es bestand aus einer dunklen und einer hellen Seite. Für gewöhnlich wussten die Selkies, wohin sie gehörten.

Doch der gigantische Mondfisch schien keinerlei Berührungsängste mit dem Abgrund zu haben. Ganz selbstverständlich schwamm er hinab. Einen Moment lang zögerte Torvis, aber dann wandte sie den Blick nach oben und entdeckte die Silhouette des ersten Hais in geringer Entfernung. Jetzt aufzutauchen, wäre ihr sicherer Tod. Und außer dem schwarzen Krater, der selbst den schneeweißen Mondfisch innerhalb weniger Flossenschläge unsichtbar werden ließ, gab es keine weiteren Versteckmöglichkeiten. Also überwand sie ihre Furcht und folgte ihrem seltsamen neuen Freund in die Tiefe. Mit jedem Schwimmzug fühlte sie die Last des Meeres stärker auf ihre Lunge drücken. Ganz automatisch passte ihr Puls sich ihrer Umgebung an und verlangsamte sich. Weit unter sich sah sie leuchtende Punkte aufflackern. In direkter Nähe schwebte eine glühende Qualle vorbei, die die Form eines pulsierenden Herzens hatte, und kurz darauf blickte sie in die kreisrunden Augen eines Gespensterfisches. Falls es noch Drachen gab, dachte Torvis, so versteckten sie sich gewiss in dieser ewigen Finsternis.

Kälte kroch ihr in die Knochen, und gleichzeitig überkam sie leichter Schwindel. Sie hielt inne, um sich nach dem Mondfisch umzusehen, doch er war verschwunden. Auch die Luft wurde ihr langsam knapp. Wenn sie keines schrecklichen Todes sterben wollte, so musste sie dringend zur Wasseroberfläche zurück, ganz gleich, ob die Haie inzwischen weitergezogen waren oder nicht. Sie hatte eben den Entschluss zum Kehrtmachen gefasst, da erstarben wie auf ein geheimes Zeichen hin alle Lichter unter ihr, und totale Finsternis brach über sie herein.

Beim schuppigen Oktopus, was geht hier vor?

Nie zuvor war sie von einer solchen Orientierungslosigkeit übermannt worden! Ein Selkie wusste *immer*, wo oben und unten war. Ihr tierischer Körper war dazu gemacht, mit allen Herausforderungen der See zurechtzukommen. Sie hörte, spürte und sah kleinste Hinweise, die ihr stets die passenden Impulse lieferten. Doch mit einem Mal waren sie allesamt verschwunden. Panisch paddelte Torvis in die Richtung, die sie für die richtige hielt, aber dabei hatte sie das Gefühl, als verstärke sich der Druck auf ihre Lunge nur noch mehr.

Schwimm niemals in die Schwärze. Und wenn du es doch tust, lass Luftblasen aufsteigen, um wieder ans Licht zu kommen!, hörte sie die Stimme ihrer Mutter in ihrer Erinnerung ganz nah an ihrem Ohr.

Torvis versuchte es mit den Luftblasen, und sie schwebten nach rechts. Es war ein schauderhaftes Gefühl, sie dabei zu beobachten. Als hätte die Natur, wie Torvis sie kannte, all ihre Gesetze verändert. Stechende Kopfschmerzen suchten sie heim. Und dann, ebenso plötzlich, wie sie ausgegangen waren, erstrahlten die Lichter wieder, doch diesmal waren sie überall: glühende Fische, Quallen, Plankton und Krebse. Sie waren so zahlreich, und ihr Fluoreszieren leuchtete so gleißend hell, dass Torvis die Augen schloss. Dies musste ihr Ende sein. Niemals hätte sie gedacht, dass es so unvermittelt und wenig ruhmreich über sie hereinbrechen könnte.

Als sie die Augen wieder öffnete, erblickte sie einen großen, aber schlanken Fischschwanz. Sanft umspielte die Strömung seine zart gefächerte Flosse, die wie feinstes Algengewebe im Wasser wogte. Der obere Teil des Wesens verschwand hinter einem silbernen Widerschein. Mit wild klopfendem Herzen begriff Torvis, dass es sich dabei um den Wasserspiegel handelte. Sie schnellte nach oben und durchbrach ihn. Herrliche Luft füllte ihre Lunge. Gleichzeitig registrierte sie, dass ein Teil ihres Körpers – nämlich der, der aufgetaucht war – ihre Menschengestalt angenommen hatte, während der Rest von ihr noch immer wie eine Robbe aussah. Fassungslos blickte sie an sich hinab.

»Denk nicht darüber nach, es ist nicht real«, sagte eine Stimme wie Meeresrauschen. Sie kam von einer Frau mittleren Alters, die in aufrechter Haltung am Rand eines Felsens saß. Ihre Beine hingen allerdings ins Wasser, und Torvis begriff, dass es gar keine Beine waren, sondern der Fischschwanz, den sie gesehen hatte. Über ihr zeichnete sich das Gewölbe einer unbekannten Höhle ab.

»Wer bist du?«, brachte Torvis hervor.

»Die, an die niemand mehr glaubt.«

»Sea Mither!«, flüsterte sie.

Also war sie wahrhaftig tot. Dies war das Reich der großen Mutter, und ebenso wie Teran an Land empfing Sea Mither die Seelen der auf See Verstorbenen, um zu entscheiden, wohin sie sie im nächsten Leben schickte, welche Lektionen sie zu lernen und welche Aufgaben sie zu bewältigen hatten. Die Göttin trug eine Krone aus Muscheln auf ihrem Haupt. Ihr Haar war grün, und ihre Augen funkelten wie feuchter Bernstein. In der Hand hielt sie ein Korallen-Zepter mit einem leuchtenden Edelstein auf der Spitze, dessen Pulsieren Torvis entfernt an die Lichter der Tiefsee erinnerte.

»Ich wäre gern noch dortgeblieben«, murmelte sie enttäuscht.

»Wo? In der Schlucht der tausend Seelen? Das ist kein Ort für eine Selkie.« Obgleich ihre Gesichtszüge sich kaum bewegten, sprach Wärme aus Sea Mithers Mimik, fast so, als wäre sie tatsächlich eine Mutter, die sich um die Belange ihrer Kinder sorgte.

Torvis räusperte sich. »Nein, ich meinte: dort draußen in der Welt. In meinem Leben.«

»Das ist ein schöner Wunsch, denn er bedeutet, dass dein irdisches Dasein dich nicht gebrochen hat.« Sanft ruhten ihre Bernsteinaugen auf Torvis, und es fühlte sich an, als dringe der Blick der Göttin bis tief in ihr Herz. »Weißt du, weshalb das Meerwasser salzig ist?«

Torvis schüttelte den Kopf. Sie spürte einen Kloß in ihrem Hals, denn langsam drang die Erkenntnis in ihr Bewusstsein, dass sie ihre Familie niemals wiedersehen würde.

»Weil es aus meinen Tränen besteht«, erklärte Sea Mither. »Ich habe tausend Jahre um meinen Liebsten geweint, nachdem ich ihn verloren hatte.«

»Das tut mir leid. Ist er gestorben?«, fragte Torvis zaghaft.

Eine weitere Träne stahl sich aus den Augen der Göttin, bahnte sich ihren Weg über deren Wange und tropfte ins Meer. »Nein, doch es liegt nicht in unserer Natur, zusammen zu sein. Herrsche ich, so will er mich stürzen. Herrscht er, so stürze ich ihn. Unser Schicksal ist es, voneinander getrennt zu sein, denn daraus entspringt alles Leben. Im Frühling stoße ich ihn von seinem Thron, und im Herbst holt er ihn sich zurück. Hören wir auf zu kämpfen, so hört die Welt auf, sich zu drehen. Wir sind dazu verdammt, miteinander zu ringen – bis zu dem Tag, an dem alle Magie versiegt.«

»Ihr sprecht von Teran, dem großen Vater«, erkannte Torvis.

Sea Mither nickte. »Er ist der Vater aller Seelen, so wie

ich ihre Mutter bin. Jedes Wesen trägt mein Licht und seine Dunkelheit in sich – und einige auch unsere Magie. Doch das Gleichgewicht ist gestört. Viele Seelen haben sich dazu entschlossen, nicht mehr wiederzukehren. Hast du sie gesehen?«

Überrascht riss Torvis die Augen auf. »Die Lichter auf dem Meeresgrund?«

Ein Seufzen drang aus der Kehle der Göttin. Es war so voller Leid und Trauer, dass sogar das Tränenwasser ringsum kälter zu werden schien. »Sie wurden gejagt und verdammt, eingesperrt und gefoltert. All die wundervollen Wesen, die wir einst erschufen – Drachen und Riesen, Lindwürmer und Trolle. So viele wollten nicht zurück. Aber du … du musst es tun.«

Torvis fühlte einen Anflug von Schwäche über sich hereinbrechen. »Weshalb?«

»Weil deine Aufgabe in dieser grausamen Welt noch nicht erledigt ist.«

»Welche … Aufgabe?«

Die Göttin zog ihren Fischschwanz aus dem Wasser, der daraufhin sogleich die Form zweier Beine annahm. Andächtig erhob sie sich, wobei ihr netzartiges Kleid aus Seetang in sanften Wellen über ihre nackten Füße fiel. Der Stein in ihrem Korallen-Zepter begann zu pulsieren, während sie ihn auf Torvis' Brust richtete.

»Hör mir gut zu, liebes Kind, denn die folgenden Worte darfst du nicht vergessen.« Helle Lichtpunkte wie zwei kleine strahlende Sonnen erschienen in ihren Augen, und gleichzeitig glomm die Spitze ihres Zepters auf. »Bring das Wasser zum Land und dem Nackten Gewand. Find das fehlende Stück, und Magie kehrt zurück. Hast du das verstanden?«

Fieberhaft prägte Torvis sich die Worte ein, obgleich sie nicht begriff, was sie bedeuteten. Sie nickte, woraufhin ein sanftes Lächeln im Gesicht der Göttin erschien. Das Licht wurde heller, bis es die ganze Höhle erfüllte. Nicht nur der strahlende Stein, auch Sea Mithers Augen leuchteten immer heller.

»Nun wirst du kämpfen, tapfere Selkie«, wehte ihre Stimme an Torvis' Ohr. »Der Meermond hat dich hergeführt. Um zurückzukehren, folge dem Sonnenfisch.«

Eine Druckwelle schoss aus dem Zepter, traf Torvis an der Brust und warf sie zurück ins Wasser. Kaum waren die Wellen über ihr zusammengeschlagen, wurde es dunkel, und der Schmerz in ihrer Lunge kehrte wieder. Sie öffnete die Lider und sah die bunten Fische der Tiefsee vor sich – keine Höhle und keine Göttin mehr weit und breit. Dafür tauchte erneut der Mondfisch in knapper Entfernung auf. Er schien völlig verkehrt herum im Wasser zu stehen, mit dem Kopf nach oben, und diesmal wandte er ihr seine andere Körperseite zu, die keineswegs wie silbernes Mondlicht glänzte, sondern goldgelb wie die aufgehende Sonne. *Der Sonnenfisch!* Unter Aufbietung all ihrer Konzentration drängte Torvis ihren Schwindel beiseite und schwamm ihm hinterher – in eine Richtung, die ihr völlig falsch vorkam. Doch schon nach kurzer Zeit spürte sie den Ozean weniger schwer auf ihren Schultern lasten. Das Wasser wurde heller, und das obere Ende des Abgrunds tauchte vor ihr auf. Erst in diesem Moment nordete sich ihr innerer Kompass wieder ein, und Erleichterung breitete sich in ihr aus.

Dafür fingen ihre Flossen an zu zittern. Unendliche Müdigkeit suchte sie heim. Wie gerne hätte sie dem Drang nachgegeben, ihre Nasenlöcher zu öffnen und einzuatmen, ganz gleich, welcher Schmerz darauf folgen würde. Ihre Seele schrie danach, es zu tun! Sie blendete alles aus, was in ihr und um sie herum vorging; nur die hellgelbe Scheibe vor ihren Augen, die unablässig nach oben stieg, war jetzt noch von Bedeutung. Jede Bewegung schmerzte, jeder Muskel krampfte, doch Torvis gab nicht auf.

Nun wirst du kämpfen, tapfere Selkie!

Und das tat sie. Der Moment, in dem sie die Oberfläche erreichte und ihre Nase in die feuchte Seeluft hielt, war von unermesslicher Tiefe. So musste es sein, geboren zu werden. Atemzug für Atemzug verharrte sie bewegungslos im Wasser und spürte dem kühlen Lebensodem nach, der durch ihren Körper strömte. Nie wieder würde sie in einen Abgrund tauchen – vorher nahm sie es mit einem ganzen Schwarm von Haien auf!

Erst als ihr rasendes Herz sich beruhigt hatte, war sie wieder in der Lage, klar zu denken. Diese Begegnung mit der Muttergöttin konnte eine Wahnvorstellung gewesen sein – ein Streich, den ihr sterbendes Gehirn ihr in einem Moment tiefster Not vorgespielt hatte. So zumindest hätte ein Mensch an ihrer Stelle argumentiert. Torvis aber war eine Selkie, deshalb ließ sie den Gedanken fallen, gleich nachdem er in ihr aufgekeimt war. Allein der Umstand, dass Mond und Sonne sie in den Tod und zurück ins Leben geführt hatten, genügte ihr, um keinerlei Zweifel an dem Erlebten aufkommen zu lassen.

Nur – was genau war der Auftrag, mit dem Sea Mither sie bedacht hatte? Sie rief sich ihre Worte in Erinnerung, die sie nicht vergessen sollte:

Bring das Wasser zum Land
und dem Nackten Gewand.
Find das fehlende Stück,
und Magie kehrt zurück.

Doch selbst jetzt, da ihre Lunge wieder mit Luft gefüllt und die Panik aus ihren Gedanken getilgt war, verstand sie sie nicht. Stand Illaria sinnbildlich für das Wasser und Connor für das Land? In gewisser Weise hatte sie ihre Schwester nackt vor den großen Vater ziehen lassen, denn sie war ihrer Selkie-Haut beraubt. Doch von welchem *fehlenden Stück* hatte die Göttin gesprochen?

Sosehr sie auch darüber nachdachte, sie konnte das Rätsel nicht lösen.

Lange lag sie auf dem Rücken im Wasser und ließ sich von den Wellen dahintreiben, bis sie merkte, dass das Meer sie sanft, aber bestimmt zur Küste der Sterninsel trug. Was für Pläne Sea Mither auch immer mit ihr hatte – alles sprach dafür, dass sie diese nicht in der fernen Selkie-Kolonie ihrer Familie erfüllen konnte.

Sie musste zurück zu diesem verfluchten Eiland und herausfinden, welches Schicksal das Leben für sie bereithielt.

KNOCHENINSEL

Adair verweilte viele Stunden in seiner Einkehr, was Mylos aufgewühlten Geist jedoch in keiner Weise beruhigte. Stattdessen starrte er den Großmeister durch die Gitterstäbe seiner Zelle an und musste sich beherrschen, um nicht mit den Zähnen zu knirschen. Auf dem Festland rüstete sich eine Armee zum Krieg, der Nuckelavee stand kurz vor einem Ausbruch, und Drostan hatte sich irgendwie aus der Affäre gezogen. Aber was tat der oberste Druide dagegen? Er tauchte in dieselben Visionen ab, die schon seit Monaten keinerlei Hilfe waren.

Irgendwann mitten in der Nacht schlug Adair die Augen auf und hievte sich an seinem Stab hoch. In gebeugter Haltung schlurfte er zu seiner Schlafkammer, begleitet von dem Geal, der neben ihm Wache gestanden hatte. Der Dorcha hingegen blieb wie eine Statue bewegungslos vor Mylos Zelle stehen.

Das Auge lag immer noch auf dem Podest, umgeben von vier prasselnden Feuerschalen. Der Widerschein der Flammen flackerte darüber hinweg, so dass es aussah, als blinzele das Artefakt Mylo zu. Er kniff die Lider zusammen, um das seltsame Bild loszuwerden, und als er wieder hinsah, war das Blinzeln verschwunden. Stattdessen suchte ihn der wohlbekannte Schwindel heim.

Ich werde hier noch verrückt, dachte er bei sich, während er sich am Boden neben Broc zusammenrollte und darauf wartete, dass die Welt ringsum aufhörte, sich zu drehen.

Schlaflose Stunden zogen über sie hinweg, ohne dass etwas geschah. Auch der Zellenwächter schien müde zu werden, denn er gähnte mehrfach, bevor er den Entschluss fasste, sich durch stupides Umhergehen vor der Zelle wach zu halten. Nach einigen Runden blieb er stehen und durchwühlte Mylos Beutel, den er bei seiner Festnahme achtlos in eine Ecke geworfen hatte. Grinsend zog er die Flöte hervor. »Was haben wir denn hier? Ein Pfeifchen?«

Mylo sprang auf, ungeachtet der Konsequenzen, die sich sofort als flackernde Lichtblitze vor seinen Augen bemerkbar machten. Mit wackeligen Schritten taumelte er zur Tür. »Lass das! Steck sie zurück!«

Anstelle einer Antwort setzte der Dorcha das Instrument an die Lippen und zog hämisch die Augenbrauen hoch. Er blies hinein, doch alles, was er hervorbrachte, waren drei schief klingende Töne. Hastig warf er einen Blick auf Adairs Schlafgemach und steckte die Flöte wieder zurück.

Mylo ballte die Hände zu Fäusten. Diese Flöte war das Letzte, was ihm von seinem Vater geblieben war. Niemand durfte auf so entwürdigende Weise damit umgehen!

Der Druide setzte seine Kreise durch den Raum fort, wobei sein Gang zunehmend schlurfender wurde. Urplötzlich gab er auf, lehnte sich mit dem Rücken an die Wand und gähnte aus tiefstem Herzen. Die schweren Lider fielen ihm zu, nur mit Mühe schaffte er es, sie wieder zu öffnen. Kurz darauf rutschte sein Oberkörper abwärts, die Knie knickten ein, und er landete unsanft auf dem Hosenboden. Irritiert sah Mylo mit an, wie der Speer aus der Hand des Wächters fiel. Sein Kopf sackte zur Seite, und ein leises Schnarchen drang aus seinem Mund.

Selbst Broc hatte begriffen, dass etwas nicht stimmte. Er stellte sich neben Mylo, wo er wie ein Kind auf und ab hüpfte, um ebenfalls einen Blick durch das vergitterte Fenster zu erhaschen.

»Was ist passiert?«, raunte er, nachdem er endlich akzeptiert hatte, dass er zu klein war.

»Er ist eingeschlafen – aber viel zu schnell!«

»Ein Zauber?«

Mylo kramte in seinem Kopf nach den Dingen, die er über druidische Magie gelernt hatte. Grundsätzlich basierte ihre Zauberkraft auf natürlichen Gesetzmäßigkeiten, die sie mit Hilfe ihrer Licht- oder Schattenmagie beeinflussten. Auf diese Weise konnten sie die Elemente beherrschen, die Heilkraft von Pflanzen vervielfältigen und so tief in sich selbst versinken, dass ihr Geist offen für die Botschaften der Götter war. Einen müden Menschen, der kaum noch Gegenwehr aufbrachte, in Tiefschlaf zu versetzen, durfte für einen ausgebildeten Druiden kein Problem sein. Doch normalerweise war es nötig, die entsprechende Person dafür anzufassen oder ihr zumindest sehr nahe zu kommen.

»Ich weiß es nicht!«, flüsterte er zurück. »Dann müsste ein weiterer Druide im Raum sein.«

»Vielleicht jemand, der seine Gestalt gewechselt hat?«

Mylo stieß ein ungläubiges Grunzen aus. »Hast du je einen von uns gesehen, der *das* vermag?«

»Nein, aber ich habe Geschichten darüber gehört.«

»Legenden. Erzählungen vergangener Zeiten, als die Magie noch mächtig war.«

»Sieh trotzdem nach, ob du etwas Verdächtiges bemerkst!«

Mehr aus Frust denn aus Überzeugung ließ Mylo den Blick durch den Raum gleiten. Und tatsächlich fiel ihm, nicht weit vom schlafenden Wachmann entfernt, ein schwarzer Schatten in einer Ecke auf. Er sah genauer hin und erkannte den Umriss einer Katze, die dort saß und sich seelenruhig die Vorderpfoten putzte. Das wäre keine allzu aufregende Entdeckung gewesen, hätte das Tier ihn nicht sofort an die Feenkatze erinnert, die ihm bei der Flucht vor Torvis geholfen hatte. Die Dunkelheit in der Halle verhinderte jedoch, dass er erkennen konnte, ob dieses Exemplar ebenfalls einen weißen Fleck auf der Brust trug.

»Ich bin mir nicht sicher, aber ich glaube …« Weiter kam er nicht, denn soeben ging die Tür der Hütte auf, und eine dunkle Gestalt trat herein. Sie wisperte einen Zauber, und Mylo spürte einen leichten Druck auf den Ohren. Ohne weiteres Zögern huschte die vermummte Person zum Podest in der Mitte der Halle und schnappte sich das Auge aus der Schale. Erst als sie sich wieder zum Gehen wandte, rutschte ihre Kapuze ein Stück zurück, und Mylo sah die Narben auf der Wange des Mannes.

»Drostan!«, rief er und schlug so heftig mit den Fäusten gegen die Gitterstäbe, dass ihn erneut die Schwäche des Todes übermannte. »Das dürft Ihr nicht tun! Der Großmeister hat es verboten!«

Anstelle einer Antwort stieß sein ehemaliger Meister nur ein abschätziges Zischen aus. Dann verschwand er so lautlos und plötzlich, wie er gekommen war.

»Verflucht!« Mylo rüttelte an der Tür. »Hört mich denn niemand? Adair!«

Ein heftiger Hustenreiz verhinderte, dass weitere Worte über seine Lippen drangen. Röchelnd lehnte er sich gegen die Tür und rang nach Atem. Sowohl in der Halle als auch im angrenzenden Schlafgemach blieb alles ruhig. Einzig der Dorcha schmatzte im Schlaf. Mylo dämmerte, wozu die Zauberformel gedacht gewesen war, die Drostan beim Eintreten gemurmelt hatte.

»Wofür hat man ein ganzes Dorf voller Druiden, wenn sie allesamt schwerhörig sind?«, jammerte Broc. Kopfschüttelnd stand er da und raufte sich die Haare.

»Sie können mich nicht hören. Drostan hat einen Abschottungszauber über die Zelle gelegt«, erklärte Mylo. »Daher auch der Druck auf deinen Ohren.«

Der Brownie legte den Kopf schief. »Von einem Druck merke ich nichts, aber ich habe gerade ein seltsames Geräusch gehört: das Schaben eines Riegels.«

Er legte eine Hand auf den Türknauf, und gleich beim ersten Drücken sprang die Zelle auf, so dass Mylo fast hinausgestürzt wäre. Gerade noch rechtzeitig fand er sein Gleichgewicht wieder. Als er über die Schwelle trat, sah er die schwarze Katze erneut. Dieses Mal huschte sie quer durch den Raum, sprang auf einen Stützbalken und hangelte sich ins Dach der Hütte hinauf, wo sie in der Dunkelheit der anderen Schatten verschwand.

»Wer bist du?«, rief er ihr hinterher, doch wie erwartet blieb die Antwort aus.

»Sollen wir Adair wecken?«, fragte Broc. Unsicherheit schwang in seiner Stimme mit.

»Damit er uns wieder einsperrt und sich für den Rest der Nacht in Einkehr begibt? Nein danke. Wir verfolgen Drostan selbst!«, knurrte Mylo. Entschlossen hob er seinen Gürtel mit dem Beutel und seinen Waffen auf und band ihn sich um. Dabei wusste er genau: Weder der eiserne Dolch noch der Stock oder das Pulver würden ihm helfen, wenn er seinem Meister im Kampf gegenübertreten musste. Zudem verschlechterte sich sein körperlicher Zustand mit jeder Stunde mehr. Doch falls es sich nicht vermeiden ließ, dem Tod ins Auge zu blicken, dann wollte er dies nicht eingesperrt in der Kammer eines entrückten Geals tun, sondern in dem Versuch, wieder geradezubiegen, was er angerichtet hatte. Logans Opfer durfte nicht umsonst gewesen sein.

Sie schlichen sich zu den Ställen, wo sie in aller Eile ein Pferd sattelten und es dann leise in den Wald führten, um keine Aufmerksamkeit zu erregen. Dabei fragte Mylo sich, wieso es so leicht war, dem Großmeister der Druiden ein wertvolles Artefakt zu stehlen und damit aus einer Festung voller Zauberer zu fliehen. Irgendetwas an dieser ganzen Sache stank gewaltig. Oder Drostan stand mit Mächten im Bunde, die um vieles stärker waren als Adair. Trotzdem blieb Mylo nichts anderes übrig, als seinem Meister zu folgen.

Während des gesamten Weges zur Mitte des Waldes lauschte er aufmerksam ins Gebüsch, denn er rechnete mit einer Falle am Wegesrand. Lange fiel ihm nichts Besorgniserregendes auf, doch nach einer Weile erspähte er ein Paar leuchtende Augen im Dickicht. Er zügelte sein Pferd und stupste Broc an, aber noch ehe dieser seinem Wink folgen konnte, war das Unterholz wieder in Finsternis getaucht.

»Hast du das gesehen?«

»Nein, was?«

»Leuchtende Augen, ohne jegliche Kontur eines Gesichts. Aber vielleicht sehe ich auch langsam Gespenster. Dieser ständige Schwindel …«

»Es könnte der Brollachan gewesen sein«, warf Broc ein.

Mylo überlegte. Seit seiner ersten Begegnung mit dem Dämon in Gestalt einer Krähe hatte er nichts mehr von dem Brollachan gehört. Adair hatte seinen Kriegern befohlen, ihn einzufangen, doch ob dies wirklich geschehen war, wusste er nicht. Er starrte noch eine Weile in die Dunkelheit, aber als die Augen weiterhin nicht auftauchten, trieb er sein Pferd wieder voran.

»Auf wessen Seite spielt diese Kreatur?«, piepste Broc.

»Müsste ich eine Vermutung abgeben, so würde ich mich für Drostan entscheiden. Keiner von uns weiß, ob er den Nuckelavee wirklich töten will. Sicher ist nur, dass er vorhat, ihn zu befreien.«

Dieses Mal versuchte Mylo erst gar nicht, sich an das Gefängnis des Nuckelavees anzuschleichen, sondern preschte in vollem Galopp heran, in der Hoffnung, seinen Meister rechtzeitig zu erwischen, bevor er das Auge übergab. Dass er zu spät kam, erkannte er bereits beim ersten Blick über den magischen Bachlauf. Direkt dahinter, im Schein des frühen Tageslichts, stand der Nuckelavee. Weshalb er die Selkie-Haut wieder abgelegt hatte, wusste Mylo nicht – vielleicht war sie doch etwas zu eng um die Brust gewesen. Die fleischigen Hände des Reiters umklammerten das Artefakt, während das Pferd unruhig mit den Flossenhufen scharrte.

»Mylo!« Drostan seufzte vor Erleichterung, als hätte er sehnlichst auf ihn gewartet. Auch er stand direkt am Ufer des Baches. Alles sah danach aus, als hätte er das Auge soeben übergeben. »Ich weiß nicht, wie du entkommen konntest, aber es geschah genau zur richtigen Zeit. Nun bist du hier – so wie Teran es mir prophezeit hat.«

Diese Aussage legte nahe, dass er zumindest nichts mit der seltsamen schwarzen Katze zu tun hatte. Aber woher rührte seine Wiedersehensfreude? Gerade eben hatte er ihn einfach in der Zelle zurückgelassen!

»Du solltest mich nicht davon abhalten, das Auge zu stehlen«, erklärte Drostan, als hätte er seine Gedanken gelesen. »Aber es ist von immenser Bedeutung, dass du jetzt, im entscheidenden Moment, an meiner Seite bist.«

Wut und Verzagtheit machte sich in Mylo breit. »Was habt Ihr getan? Uns bleibt nichts anderes mehr übrig, als zuzusehen, wie der Nuckelavee sein Gefängnis verlässt. Weder Ihr noch ich werden ihn aufhalten können!«

»Ich glaube an die Visionen, die der große Vater mir schickt!«

»Aber dieses Monster wird ...«

»Ich werde mich auf die Seite der Druiden stellen, wenn die Christen angreifen!«, warf die hautlose Bestie auf der anderen

Seite des Baches ein, ohne den Blick vom magischen Auge zu nehmen. Dann drehte sie das Handgelenk, und der Nebel auf ihrer Insel lichtete sich. Je weiter er sich zurückzog, desto mehr Knochen kamen zum Vorschein. Erst glaubte Mylo, es handele sich um die Überreste von Ziegen oder Schafen, doch dann entdeckte er, halb verschüttet unter grauem Geröll, einen menschlichen Schädel und gleich dahinter ein fast vollständiges Skelett. Weitere Überreste eindeutig menschlichen Ursprungs folgten.

»Bei den Göttern … wer waren diese Leute?«, krächzte er.

Der Nuckelavee stieß ein heiseres Lachen aus. »Hast du wirklich geglaubt, all diese jungen Männer in ihren grauen Kutten hätten ihr Heil in der Flucht gesucht?«

»Die Anwärter? Aber sie haben …«

»… allesamt verkündet, dass sie die Insel verlassen wollen?« Erneut gluckste es in der Kehle des Monsters. »Du hast recht! Und sobald sie etwas Derartiges erwähnt haben, hat dein Meister sie auserwählt: *Füttere den Nuckelavee!* Niemand hat je nach ihnen gesucht, denn sie hatten ja bereits von ihrer Flucht gesprochen. Doch in Wahrheit waren sie allesamt ausgezogen, um den Nuckelavee zu speisen – mit ihrem eigenen Fleisch und Blut! So blieb ich stets bei Kräften.«

Wie betäubt wandte Mylo sich zu Drostan um. »Ihr habt sie alle geopfert, um Euch ein Monster zum Freund zu machen. Auch mich wolltet Ihr ihm zum Fraß vorwerfen, habe ich recht?«

Das Entsetzen in der Miene des Dorchas sah so echt aus, als wäre er tatsächlich überrascht. »Ich wusste nichts davon«, stammelte er. »Glaube mir, Mylo, der Nuckelavee lügt! Er will uns entzweien.«

»Wir sind bereits entzweit!« Mylo ballte die Fäuste.

Das Monster auf der anderen Seite des Baches stieß ein triumphierendes Lachen aus. »Von Anfang an habe ich deinem Meister gesagt, dass er meine Unterstützung erst bekommt, wenn ich den *richtigen* Anwärter gefunden habe! Ich wusste, dass du auf die Insel zurückgekehrt bist, denn die Kreaturen der Finsternis, die dich dein Leben lang in meinem Auftrag gesucht haben, hatten deine Witterung längst aufgenommen. Was glaubst du, weshalb die Redcaps bei deinem Anblick so außer sich geraten? Sie jagen dich seit Jahren. Aber dein Lehrherr … Er ist wahrhaftig ein Meister im Spinnen von Intrigen. Denn obwohl du stur auf der Insel bleiben wolltest, hat er es geschafft, dich hierherzulocken. Du bist freiwillig zu mir gekommen.«

»Es ist wegen meiner Mutter, nicht wahr?« Mylo schluckte, doch seine Kehle fühlte sich wie ausgetrocknet an. »Wer war sie?«

Das Monster blieb ihm die Antwort schuldig. Stattdessen strich der Reiter mit einer Hand über den sehnigen Hals des Pferdes, woraufhin es den Kopf nach hinten wandte und aufgeregt schnaubte. Hellrot funkelte das magische Auge auf seiner Stirn. Mylo erwartete, dass der Nuckelavee einen Zauber wirken würde, um dem Pferd das zweite Auge einzusetzen, doch stattdessen hielt er es ihm nur hin und zischte: »Friss dich satt, und wir werden frei sein!«

Unfähig, sich zu regen, starrte Mylo auf das Artefakt. Über ihnen brach das Mondlicht durch die Wolken und warf diffuse Lichtstrahlen auf das Auge des Fischers, wodurch es erneut den Anschein erweckte, als würde es zwinkern. Das monströse Pferd merkte nichts davon. Es stieß ein zufrieden blubberndes Geräusch aus, dann bleckte es seine Reißzähne und grub sie in das dargebotene Futter. Schmatzend und mit würgenden Bewegungen wie eine Schlange schluckte es das Auge hinunter.

Keiner gab einen Ton von sich, auch Drostan war bleich und still geworden. Wie gebannt beobachteten sie den Nuckelavee, dessen Reiter die lidlosen Lider geschlossen hielt und auf etwas zu warten schien. Dann, ganz plötzlich, krampfte das Pferd, stieß ein ohrenbetäubendes Kreischen aus und sackte mit allen vier Beinen gleichzeitig weg. In seiner Brust pochte sein Herz wie verrückt, brachte das Blut in seinen gelben Adern zum Rasen, und zwischen seinen Muskelsträngen stieg schwarzer Rauch empor.

»Neiiiiin!« Rudernd schlingerten die überlangen Arme des Reiters nach vorn zum Kopf des Pferdes und hoben ihn an. Gelber Schaum lief aus den Nüstern, die krampfhaft nach Luft rangen. »Verfluchte Hexe, was hast du getan?«

Mylo empfand tiefe Befriedigung. Obgleich er nicht verstand, von wem der Nuckelavee sprach, so spürte er doch ganz deutlich: Zwischen all den Intrigen, in die er verwickelt worden war, gab es etwas oder jemanden, der auf seiner Seite stand. Jemanden, der ihm Feenkatzen zu Hilfe schickte und der vor vielen Jahren einem Fischer ein Auge gegeben hatte, das dereinst den Nuckelavee vernichten würde.

Mutter! Wo bist du? Wer bist du?

Wie aus dem Nichts begann es plötzlich zu regnen, und tiefschwarze Wolken zogen auf. Lautes Krachen ließ Mylo zusammenzucken. Gleichzeitig mit Drostan und Broc duckte er sich instinktiv weg, als ein Blitz vom Himmel schoss, der nur wenige Meter entfernt in einen Baum einschlug. Neben ihm riss sich sein Pferd los und galoppierte mit weit aufgerissenen Augen in den Wald zurück. Drostans Reittier folgte seinem Beispiel.

Der Baum ging in Flammen auf, und aus den weißen Rauchschwaden trat eine Gestalt heraus – ein alter Mann mit schlohweißem Bart und leicht gekrümmtem Rücken. Adair!

Im ersten Moment schöpfte Mylo Hoffnung. Doch dann musste er mit ansehen, wie der Großmeister der Druiden einen blau leuchtenden Stein unter seinem Mantel hervorzog und ihn in den Bachlauf warf, der daraufhin augenblicklich vertrocknete, als wäre er nie da gewesen. Der Stein zischte und verging, doch seinen Zweck hatte er erfüllt: Der Nuckelavee war nicht länger gebannt.

Adair schritt über den Graben hinweg zu dem sterbenden Monster. Dort ging er in die Knie und berührte die Stirn des Pferdes mit einer Hand. Die Worte, die dabei aus seinem Mund drangen, ließen Mylo das Blut in den Adern gefrieren: »An Nox – ich treibe das Gift aus deinem Leib! … Steh auf und lebe, Nimue!«

Allein

Die beiden Fische, die Fiona fürs Essen vorbereitet hatte, lagen ungekocht auf einem Brett vor der Hütte. Fliegen landeten darauf, doch sie scheuchte sie nicht weg, als sie daran vorbei zum Meer eilte, um ihre Tücher ins kalte Wasser zu tauchen. Mit den triefenden Lappen im Arm hastete sie zurück zum Bett ihres Vaters. Sie ließ sich auf die Knie nieder, hob die Decke an und wickelte die kühlen Stoffstreifen um seine Waden.

Zitternd legte sich Logans Hand auf ihre Schulter. »Es hat keinen Zweck, Fiona. Meine Zeit ist gekommen«, ächzte er. Seine Stimme knisterte wie brennende Kohlen, auch der Rest seines Körpers glühte im Fieber, doch seine Hände waren kühl. Dünne ausgetrocknete Haut zog sich darüber.

»Nein!«, schluchzte sie. »Ich lasse dich nicht gehen!«

»Aber das musst du. Ein Teil von mir wird immer bei dir sein.«

Fiona wischte ihre Tränen beiseite, doch es kamen unaufhaltsam neue hinterher. Endlose Wut stieg in ihr empor. »Aber ein Teil, mit dem ich nicht sprechen kann. Wer wird mich dann noch halten und trösten? Wäre dieser Mylo nicht gewesen, so hätten wir noch viele Jahre miteinander gehabt. Ich hasse diesen Druiden aus ganzem Herzen!«

»Schsch …«, versuchte Logan, sie zu beruhigen. Er zog sie an seine Brust und streichelte mit seinen kalten Händen über ihren

Kopf. Hilflos klammerte sie sich an die schwindende Hülle des Mannes, der ihr ganzes Leben lang ihr Fels in der Brandung gewesen war. Was sollte sie nur ohne ihn tun?

»Ich werde dir nun etwas erzählen, meine Tochter. Etwas, das ich all die Jahre vor dir geheim gehalten habe – vor dir und jedem anderen Menschen: Die Frau, die du für deine Mutter gehalten hast, war in Wahrheit nur deine Amme und der Vater, den du nicht loslassen willst, nur dein Wächter.«

»Was redest du da?« Fiona entwand sich seinem Griff und legte eine Hand auf seine Stirn. Tatsächlich schien das Fieber sogar zu schwinden, doch sie wusste nicht, ob dies ein gutes oder ein schlechtes Zeichen war.

»Hör mir zu!«, wisperte Logan, und der Klang seiner Stimme machte Fiona klar, warum seine Körpertemperatur sank: Die Wärme des Lebens verließ ihn. Abermals kamen ihr die Tränen.

»Die Frau, die dich als Neugeborenes zu uns brachte, war eine Druidin. Sie sagte, die Dunkelheit sei hinter dir her, und ich müsse dich zwanzig Jahre lang vor ihr beschützen. *Hab ein Auge auf jeden Zauberer, der sich ihr nähert* – das waren ihre Worte. *Und hüte dich vor den Schattenwesen, denn sie sind auf der Jagd nach ihr.* Und so gab sie mir das magische Artefakt, das jeden Feind rechtzeitig bemerken sollte.« Er deutete auf die Binde, die seine nun leere Augenhöhle bedeckte.

Fionas Herz krampfte sich zusammen, denn sie begriff, dass er die Wahrheit sprach.

»All die Jahre hindurch bin ich nicht zum Fischen hinausgefahren, sondern habe meine Harpune auf Shellycoats und Each Uisges geschleudert, die unserer Hütte zu nahe kamen. Tag für Tag habe ich die Welt nach einer Kreatur durchsucht, die dir gefährlich werden könnte, und niemals wurde ich ernsthaft dabei verletzt. Selbst vor Krankheiten blieb ich verschont, denn das magische Auge schützte mich. Doch nun ist meine

Zeit vorbei, der Schild, der meinen Körper schützte, zersprungen. Jetzt bin ich nur noch ein alter Mann, dessen Lebensuhr längst von Schatten überzogen ist.«

»Nein, das … Ich will das nicht glauben!«, stieß Fiona hervor, blind vor Wut und Verzweiflung über das eben Gehörte. »Wer auch immer meine leiblichen Eltern sind – du bist der einzige Vater, den ich jemals hatte. Und dieser graue Druide hat dich hingerichtet!«

»So versteh doch, Fiona: Es war von Anbeginn der Zeiten bestimmt, dass er kommen würde, um das Auge zu holen.«

»Ich spucke auf das Schicksal! Er hätte es dir lassen müssen!«

Logan schüttelte schwach den Kopf. »Ich hätte dir das alles früher sagen müssen. Aber ich wusste nicht, dass meine Zeit auf dieser Welt abgelaufen ist – vermutlich schon seit Jahren. Ohne das Artefakt der Druidin wäre ich längst Gast an Terans Tafel. Und genau dorthin mache ich mich nun auf.«

Seine kalten Finger strichen über ihre Wange, wischten die Tränen fort.

Fionas Lippen bebten. So viele Worte hätte sie ihrem Vater gern noch gesagt, doch keines erschien ihr angemessen für diesen Moment der Sprachlosigkeit.

Flatternd bewegten sich seine Lider. »Da ist noch ein letzter Rat, den dein alter Vater dir geben will: Zürne dem Druiden nicht zu sehr. Ich glaube sogar, du solltest nach ihm suchen, denn ihm haftet der Odem des Schicksals an.«

Fiona biss sich auf die Unterlippe, um die Antwort einzusperren, die um ein Haar darüber geschlüpft wäre: *Ich suche ihn gerne, Vater. Um ihm ein Messer ins Herz zu stoßen!*

Logan starb friedlich, so wie jeder Mensch es sich gewünscht hätte. Lange stand Fiona neben seiner Lagerstatt und betrachtete seine entspannten Gesichtszüge, das schüttere Haar, die bleichen Lippen. Sie faltete seine Hände auf seiner Brust und streichelte ihm ein letztes Mal über das Gesicht. Nie wieder würde sie sein Lächeln sehen, nie wieder am Feuer seinen Geschichten lauschen. Jetzt war sie völlig allein – auf einer Insel am Ende der Welt, wo sich niemand außer einem grobschlächtigen Schmied für sie interessierte. All die Ängste, die sie tagtäglich um ihren Vater ausgestanden hatte, holten sie in diesem Moment in ihrer ganzen Grausamkeit ein. Und dabei war es nicht die See gewesen, die ihn ihr geraubt hatte, sondern ein selbstsüchtiger Druide, der sich nur für seine eigenen Belange interessierte. Fiona wusste nicht, wie sie all die Gefühle bewältigen sollte, die in ihrem Herzen tobten – Hass, Trauer, Verzweiflung und Furcht. Sie verstrickten sich zu einem schmerzhaften Knoten, der ihr den Atem raubte und kein klares Denken mehr zuließ.

Was würde Vater jetzt tun?, fragte sie sich, um nicht dem Wahnsinn zu verfallen.

Beweg dich, denn wer nicht handelt, wird behandelt, hörte sie seine Stimme in ihrem Kopf.

Mühsam zwang sie sich auf die Beine. Was auch immer sie ab sofort mit ihrem Leben anfangen würde – zuerst musste sie Logan ein würdiges Begräbnis zuteilwerden lassen, und dazu benötigte sie Männer aus dem Dorf, die ihr dabei halfen, seinen Leichnam über die Dünen zu tragen und ein Grab auszuheben. In gebeugter Haltung, fast wie eine alte Frau, machte sie sich auf den Weg zur Siedlung.

Fiona war seit vielen Wochen nicht mehr im Dorf gewesen, denn für gewöhnlich versuchte sie, Gair und seiner Familie so gut wie möglich aus dem Weg zu gehen. Früher, als sie noch jung und naiv gewesen war, hatte sie oft in der Nähe der Schmiede herumgelungert, in der Hoffnung, ein Lächeln von Gair zu erhaschen. Aus genau diesem Grund hatte Logan die Hochzeit eingefädelt. Doch wenig später waren die ersten Schmuckstücke an anderen Hälsen aufgetaucht, und jeder weitere Besuch im Dorf hatte Fiona an ihre Austauschbarkeit erinnert.

Seither verließ sie ihre Hütte am Meer nur noch ungern. Doch heute blieb ihr nichts anderes übrig, denn allein konnte sie ihren verstorbenen Vater nicht auf den Handkarren legen und über Sand und schroffe Felsen zu einem Platz ziehen, der es verdient hatte, seine letzte Ruhestätte zu werden.

Die Ansammlung von rund dreißig Hütten, einigen Ställen und Scheunen lag nur wenige Meilen von der Küste entfernt mitten auf der Grasebene der südlichen Giant Bay. In Sichtweite zum Druidenwald, aber auch nah genug an den Fischern der Küste hatten sich hier einige Bauern und Handwerker niedergelassen, die vorwiegend von der Schafzucht und ihren selbst hergestellten Waren lebten. Es handelte sich um eine eingeschworene Gemeinschaft von Menschen, die seit Generationen unter sich blieben und ihre Kinder miteinander verheirateten. Jeder erstgeborene Sohn übernahm den Beruf und die Werkstatt seines Vaters. Entsprechend hatten sich die Einwohner von *Bhaile* – was nichts anderes als »Dorf« bedeutete – zu einem recht eigenbrötlerischen Völkchen entwickelt. Besucher wurden grundsätzlich mit scheelen Blicken und gerunzelter Stirn empfangen, selbst wenn es sich dabei um bekannte Gesichter wie Fiona handelte, denn sie stellten einen Bruch im allzeit gleichen Tagesablauf der Bewohner dar.

Schon auf halbem Weg nach Bhaile hatte es zu regnen begonnen, was nur zu gut zu dem Gefühl in Fionas Brust passte. Selbst der Himmel weinte an diesem Tag. Entsprechend waren auf den schlammigen Straßen kaum Menschen unterwegs. Einzig ein altes Mütterchen, das ihren Stand auf dem Marktplatz nicht rechtzeitig abgebrochen hatte und nun all ihre Wollknäuel zum

Schutz vor dem Regen unter ihren Mantel stopfen musste, kam ihr entgegengeeilt. Ohne ein Wort des Grußes verschwand sie in einer kleinen Hütte am Dorfrand.

Fiona lief weiter bis zum Marktplatz, an den das Haus des Dorfältesten angrenzte. Dieser würde hoffentlich ein paar Männer zusammentrommeln, um ihr bei der Beerdigung behilflich zu sein. Wegen des Regens ging sie mit gesenktem Kopf, die Kapuze ihres Mantels tief in die Stirn gezogen. So entdeckte sie den Mann am Pranger erst, als sie schon fast vor ihm stand. Zunächst hielt sie ihn seiner schmutzigen Kleider wegen für einen fremden Bettler, der es gewagt hatte, den Alltag der Dorfbewohner zu stören oder gar einen Ranken Brot zu stehlen. Dann erkannte sie durch die wirren Strähnen seines nassen Haars hindurch ein äußerst vertrautes Gesicht.

»Gair!«, entfuhr es ihr verblüfft.

Ihr erster Reflex war, ihm zu helfen, doch schnell erinnerte sie sich an ihre letzte Begegnung und blieb im Abstand einer Armlänge vor ihm stehen. Verwirrt blickte sie auf ihn hinab.

Der Pranger war bewusst tief angebracht worden, um den Delinquenten auf die Knie zu zwingen und dadurch seine unwürdige Pose zu verstärken. Kopf und Hände klemmten zwischen zwei Holzpflöcken, so dass er keinerlei Möglichkeit hatte, sich gegen Übergriffe zu wehren, die zumeist aus Anspucken und Bewerfen mit Küchenabfällen und Hühnerdreck bestanden. Auch Gair war eindeutig eine solche Behandlung widerfahren, denn er starrte vor Schmutz und roch schlimmer als ein Schwein in seiner Suhle. Dazu kamen die Striemen im Gesicht, die die Feenkatze ihm zugefügt hatte.

Erst nachdem sie ihn eine ganze Weile lang angestarrt hatte, hob ihr Verlobter den Kopf und sah zu ihr auf. Sein Blick war der eines geschlagenen Hundes. »Es ist nicht rechtens, wie ihr mit mir umgeht. Immerhin bin ich euer aller Vater!«, jammerte er.

»Bitte?« Verwirrt schüttelte Fiona den Kopf.

»Was ist in euch gefahren, dass ihr einen leibhaftigen Gott mit faulen Eiern bewerft? Sieh nur, wie ich jetzt aussehe! Und erst der Geruch!«

»Du bist allenfalls der Gott der tausend Knoten, Gair.«

Sie wandte sich ab und wollte zum Haus des Ältesten weitergehen, denn ihr stand nicht der Sinn nach den Possen des Schmieds, ganz gleich, was ihm widerfahren war. Doch sie hatte kaum den ersten Schritt getan, da stimmte Gair ein erbärmliches Gezeter an.

»Neiiiin! Verlass mich nicht, holde Maid! Du musst mir helfen, denn ich sehe, du hast ein gutes Herz. Löse meine Fesseln, bitte! Ich selbst bin zu schwach, um es zu tun. Schwach und dem Tode nah – weil keiner mehr an mich glaubt.« Er fing an zu schluchzen und warf sich im Pranger vor und zurück.

Fiona kehrte noch einmal um. »Ich habe keine Ahnung, was dir geschehen ist, aber du solltest dich nicht so gehenlassen. Mein Vater ist tot. Ich habe jetzt andere Sorgen!«

»Dein Vater ist gestorben?« Gairs Augen schimmerten feucht, und für einen Moment sah es so aus, als empfinde er wahrhaftige Trauer. Dann aber fügte er hinzu: »Es ist immer wieder bitter zu erfahren, dass eines meiner Kinder seinen irdischen Körper verlassen hat.«

Wütend über diese theatralische Missachtung ihrer Gefühle kehrte Fiona ihm den Rücken zu und stampfte davon. Sie drehte sich nicht mehr um, wie jämmerlich der Schmied auch hinter ihr herschrie. Kurz darauf klopfte sie an die regennasse Tür des Ältesten, woraufhin eine befehlsgewohnte Stimme sie zum Eintreten aufforderte.

Owen, der Vorsteher des Dorfes, war ein massiger Kerl mittleren Alters mit grau meliertem Bart und stechenden blauen Augen. In Bhaile fungierte er als Wahrer von Recht und Ordnung und somit auch als oberster Richter. Was er entschied, wurde allgemein befolgt. Vermutlich war er es gewesen, der verfügt hatte, Gair an den Pranger zu stellen. Doch dieser Umstand interessierte Fiona jetzt nicht.

»Den Göttern zum Gruße, Owen«, sagte sie und nahm ihre Kapuze herunter.

Der Dorfälteste saß soeben bei einem späten Frühstück, das wie so meist auf der Sterninsel aus einem undefinierbaren Brei aus Fisch, Rüben und Getreide bestand. Im Hintergrund schrubbte seine verhärmte Frau an einem schmutzigen Kochtopf herum.

Owen deutete auf den kleinen See, der aus Fionas Kleidung auf den Boden getropft war. »Du magst die Tochter eines Fischers sein, aber das ist noch lange kein Grund, mein Haus in einen Ozean zu verwandeln«, knurrte er.

»Entschuldige«, stammelte Fiona. »Ich bin gekommen, weil ich deine Unterstützung benötige. Mein Vater ist von uns gegangen, und ich brauche Männer, die mir dabei helfen, ihn zu begraben.«

Owen verdrehte die Augen. »Da hat dein alter Herr sich aber einen feinen Zeitpunkt zum Sterben ausgesucht. Heute war die Rückzahlung der fünf Silberlinge fällig, die er sich von mir geliehen hat.«

»Ich weiß nichts von einer Geldschuld«, beteuerte Fiona.

»Nicht?« Der Älteste nahm einen riesigen Löffel Brei. Mit vollem Mund redete er weiter. »Hatte wohl mit deiner Mitgift zu tun. Wolltest du nicht den durchgedrehten Schmied heiraten, der da draußen am Pranger hängt?«

Fiona presste die Lippen aufeinander.

»Wie dem auch sei: Ich teile dir Männer für die Beerdigung zu, nachdem du mir mein Geld gebracht hast. Sollte Logan bis dahin verfault sein, ist das nicht mein Problem.«

Verzweiflung suchte Fiona heim. Am liebsten wäre sie weinend zusammengebrochen. Selbst der Impuls, sich vor dem kaltherzigen Dorfobersten zu Boden zu werfen und ihn um Hilfe anzuflehen, überkam sie. Doch dann riss sie sich zusammen und hob ihr Kinn an.

»Eines Tages wirst auch du vor den großen Vater treten, Owen. Dann wird er deine Seele wiegen und dich im Körper eines Regenwurmes zurück in die diesseitige Welt schicken.«

Selbst diese Drohung schien den Ältesten nicht zu beeindrucken. »Dieses Schicksal steht wohl eher denjenigen Schuldnern bevor, die sich aus dem Staub machen, ohne ihre Rückstände zu begleichen. Falls du dazu die Meinung Terans einholen willst, empfehle ich dir einen erneuten Gang zum Pranger!« Amüsiert über seinen eigenen Witz prustete er so sehr, dass zahlreiche Breiflocken aus seinem Mund spritzten.

»Wie meinst du das?« Fiona ballte ihre Hände zu Fäusten.

»Na, dein Liebster ist verrückt geworden, hast du das denn nicht gemerkt? Du wirst doch wohl mit ihm gesprochen haben, bevor du an meine Tür geklopft hast!« Er fuhr sich kichernd mit einem Ärmel über den verschmierten Mund. »Noch gestern hat er behauptet, ein Kelpie zu sein. Lief wiehernd durchs Dorf und biss unschuldige Weiber in den Hals. Aber dem nicht genug: Heute besitzt er die Unverfrorenheit, sich als unser Vatergott auszugeben. Ein solcher Frevel durfte nicht ungestraft bleiben!«

Fiona hatte in letzter Zeit nicht mehr viel für Gair übrig, doch in diesem Moment tat er ihr leid. Was war nur geschehen, das ihn so aus der Fassung gebracht hatte? Ob die Feenkatze dahintersteckte?

Von Owen jedenfalls hatte sie weder für ihn noch für sich selbst Gnade zu erwarten. Kein Flehen und kein Anfall von Zorn würde ihr helfen, denn er allein bestimmte über den Lauf der Dinge in seinem Dorf. Dennoch würde sie sich nicht geschlagen geben – nicht einem schmierigen Drecksack wie diesem Ältesten! Ohne ein weiteres Wort zu verlieren, drehte sie sich um und verließ die Hütte.

»Ich will meine fünf Silberstücke zurück! Spätestens in einem Monat!«, hörte sie Owen schreien, bevor die Tür hinter ihr zufiel. Dann stand sie wieder draußen im Regen, durchnässt bis auf die Knochen und von aller Welt verlassen. Sie ließ den Blick über den Marktplatz schweifen, sah die schlammigen Pfützen, die leeren Stände aus verrottetem Treibholz und inmitten all der Trübsal Gair, der schlaff wie ein nasser Sack im Schandblock hing. Je länger sie ihn anstarrte, desto weiter reifte ein Entschluss in ihr. Sie würde nicht aufgeben. Und von allen Menschen in ihrem Leben gab es im Moment nur einen, der bereit sein würde, sich mit ihr zu verbünden.

Entschlossen griff sie nach dem Hackbeil, das auf einem Holzstapel neben Owens Hütte lag, und ging damit zum Pranger.

»Da bist du ja wieder, holde Maid«, begrüßte Gair sie mit einem schiefen Lächeln. »Wie heißt du eigentlich?«

»Mein Name ist Sea Mither«, antwortete Fiona. »Und du bist mein Gemahl.«

Gairs Augen leuchteten auf.

Sie hob das Beil mit beiden Händen über den Kopf und ließ es auf das rostige Scharnier niederfahren, das die Holzpflöcke des Prangers miteinander verband.

OFFENBARUNG

Nimue?«, schrie Drostan durch den Vorhang aus Regentropfen. »Willst du damit sagen, diese verfluchte Fee wohnt im Körper des Nuckelavees? Adair … Lass sie sterben!« Sein ohnehin schon bleiches Gesicht hatte alle Farbe verloren. Er machte einen Schritt auf den ausgetrockneten Bachlauf zu, der ihn und Mylo von ihrem Großmeister trennte, doch Letzterer erhob sich und richtete seinen Zauberstab auf Drostan.

»Wir werden sie jetzt aus diesem Körper befreien! Und du, Dorcha, hilfst mir dabei!«, verkündete Adair.

Erst da begriff Mylo, was wirklich vor seinen Augen geschah. Der Meister, von dem der Nuckelavee gesprochen hatte, war nicht Drostan, sondern der Großmeister selbst – Adair. Er hatte die anderen Anwärter geopfert. Er hatte Mylo durch die Augen des Brollachans beobachtet und zum Nuckelavee gelotst. Und das Schlimmste daran: Er hatte immer gewusst, dass es sich dabei nicht um ein gewöhnliches Monster, sondern um die mächtigste Zauberin aller Zeiten handelte, die aus irgendeinem Grund in diesen schauderhaften Leib gebannt worden war.

So viele Stunden hatte Mylo während seiner Ausbildung den Legenden der Druiden gelauscht, doch stets waren sie ihm wie bloße Geschichten vorgekommen. Geschehnisse vergangener Tage, die verändert, verklärt und verfälscht worden waren. Jeder

Anwärter der Dämmerfeste kannte die Saga von Avalons selbstsüchtiger Herrin Nimue. Sie hatte über das Zwischenreich im Nebel des blauen Sees geherrscht, und obgleich sie selbst eine Fee war, bildete sie in friedlicher Zusammenarbeit menschliche Druidinnen aus. Ihre beste Schülerin war Morgan le Fay, eine ungewöhnlich begabte Magierin, um die Nimue sich wie eine Mutter sorgte. Doch Morgan liebte denselben Mann wie ihre Meisterin: Merlin, den mächtigsten der Geals, der regelmäßig die heilige Insel besuchte. Über lange Jahre, so hieß es, seien sie alle drei Freunde gewesen – ein Geal, eine Dorcha und eine Fee. Nimue jedoch verlor den Kampf um Merlins Gunst, und von dem Tag an, als sie ihre beiden einstigen Freunde in inniger Umarmung miteinander sah, verfiel ihr Herz mit jedem Schlag mehr der Dunkelheit. Sie sann auf Rache: Nacheinander suchte sie die Liebenden heim, besiegte Morgan im Duell und bannte Merlin in den Stamm einer Eiche, wo er für alle Zeiten gefangen war. Von Gram und Hass durchdrungen zog sie sich anschließend nach Avalon zurück und schloss das Portal, das die diesseitige Welt mit der Insel verband. Und seither schwand die Magie.

So zumindest hatte man es Mylo erzählt. Doch an dieser Geschichte konnte irgendetwas nicht stimmen, denn ganz offensichtlich befand sich Nimue nicht auf Avalon. Das wahre Gefängnis der Bestie war niemals der magische Bach gewesen – sondern der Körper des Nuckelavees.

»Komm her, Drostan!«, befahl Adair, die Spitze des Zauberstabs auf die Brust seines Untergebenen gerichtet.

Der schüttelte den Kopf. »Sie ist böse! Sie war es, die unsere beiden mächtigsten Druiden vernichtet und uns vom Nachschub magischer Energie abgetrennt hat. Wie kannst du nur von mir fordern, sie zu befreien?«

»Mit ihrer Hilfe sind wir unbesiegbar, wenn die Armee …«,

begann Adair, wurde aber sogleich von einem wütenden Schrei des Nuckelavees unterbrochen: »Nicht *ich* habe das Tor geschlossen, sondern Merlin und diese Hexe Morgan!«

Der Zauber, den der Großmeister der Druiden angewandt hatte, um das Monster aus seinem Todeskampf zu reißen, zeigte Wirkung. Zitternd kam das Pferd wieder auf die Beine. Der Reiter fixierte Mylo mit stechendem Blick. Regentropfen perlten über seine Muskeln und funkelten juwelengleich im Gegenlicht des Sonnenaufgangs. »Woher hattest du dieses Auge?«, zischte er.

»Von genau dem Platz, an den Adair mich auf deinen Wunsch hin gebracht hat!«, knurrte Mylo. Anklagend richtete er einen Zeigefinger auf seinen Großmeister. »Denn so war es doch, oder? *Ihr* habt mich niedergeschlagen, mich an der Fischerhütte abgelegt und den Brownie in Gewahrsam genommen!«

»Was für einen Brownie?«, schaltete Drostan sich ein, womit schon einmal klar war, dass er nicht hinter dem Überfall stecken konnte. Adair hatte also gelogen, als er behauptet hatte, Broc wäre ihm von Drostan übergeben worden.

»Ähm … er meint mich«, piepste der Kobold.

Ungläubig legte der Dorcha die Stirn in Falten, dann herrschte er ihn an: »Wie lange bist du schon Teil dieses Spiels?«

Broc schien unter der Schärfe dieser Worte noch ein Stück zu schrumpfen. »Eine Weile«, nuschelte er.

Drostan warf einen wütenden Blick in Mylos Richtung, entschied dann aber wohl, dass das Verschweigen eines Brownies momentan sein kleinstes Problem war. Stattdessen wandte er sich wieder an Adair. »Ist es wahr, was Mylo sagt? Habt Ihr ihn niedergeschlagen?«

Der Großmeister knirschte mit den Zähnen. »Hätte ich gewusst, was es mit diesem Artefakt auf sich hat, hätte ich ihn nicht dort hingebracht.«

Bei diesen Worten stampfte der Nuckelavee mit dem Huf in eine Pfütze, so dass brauner Schlamm über seine blanken Beine spritzte. »Diese widerwärtige Schlampe Morgan le Fay hatte das seit Jahren geplant!«, keifte er, und zum ersten Mal lag dabei ein Unterton in seiner Stimme, der etwas Weibisches an sich hatte.

»Morgan …«, flüsterte Mylo, »… war sie … meine Mutter?«

»Jaaaa«, fistelte das Monster und züngelte zu ihm herüber. »Du hast genau die gleiche dunkle Seele wie sie, die gleiche Niedertracht, den gleichen Hang zum Verrat.«

»Also war sie gar nicht mit Merlin …«

»Glaubst du, ich hätte dich bei unserer ersten Begegnung auch nur eine Sekunde am Leben gelassen, wenn dein Vater wirklich ein gewöhnlicher Spielmann gewesen wäre?« Der Nuckelavee trabte einige Schritte auf Mylo zu. Jegliches Schwanken und Zittern seiner Muskeln war verschwunden, dafür schien sein Blut zu kochen, denn jeder Regentropfen verdampfte augenblicklich auf seinem Fleisch. »Mein Sog hätte dich erfasst und über den Bachlauf treten lassen. Deine Knochen würden längst zwischen den Überresten der anderen Anwärter verrotten, hätte ich inmitten all deines menschlichen Gestanks nach Furcht und Verzweiflung nicht den überirdischen Duft des größten Druiden aller Zeiten wahrgenommen: Merlin!«

Mylo hätte nicht mehr sagen können, wie oft sein Schicksalsrad sich in den letzten Tagen gedreht hatte, doch in diesem Moment wurde ihm schwindelig davon. Der Mann, den er sein ganzes Leben lang als seinen Vater betrachtet hatte, war in Wahrheit ein Fremder gewesen. Mit einem Mal verlor alles an Bedeutung: die zahlreichen Stunden im Schatten des Gauklerwagens, in denen sie gemeinsam musiziert, jongliert und gelacht hatten. Die Fiebernächte, in denen der Spielmann seine Stirn mit einem Lappen gekühlt hatte. Sein Lächeln. Seine Berührungen. Nichts davon war mehr von Belang, denn es gründete auf einer Lüge.

»Schauderhaft, nicht wahr?«, lispelte der Nuckelavee. Er kam noch näher, setzte einen Fuß in den Graben und überschritt ihn. Im Abstand von einer Armlänge blieb er vor Mylo stehen, so dass dieser das Beben seiner Nüstern sehen konnte. Das Monster musste jetzt nur einmal tief Luft holen und seinen giftigen Atem auf ihn niederfahren lassen, um ihn zu töten.

»Wieso die Selkie-Haut? Weshalb das ganze Spiel mit dem unüberwindbaren Bach, wo du doch längst den Großmeister der Druiden auf deine Seite gezogen hattest, der ihn ganz einfach mit einem Zauberstein austrocknen lassen kann?«

Der Nuckelavee lachte auf. Er warf einen hämischen Blick hinüber zu Drostan, der immer noch wie versteinert im Regen stand und offenbar nicht begreifen konnte, welche Abgründe sich vor seinen Augen und Ohren auftaten. »Ich will es dir verraten, kleiner Mylo«, zischelte er dann. »In seinem Drang, eure lächerliche Insel vor der christlichen Invasion zu schützen, hat dieser Druide, den du deinen Großmeister nennst, mir alles geliefert, was ich brauchte: frisches Menschenfleisch, um bei Kräften zu bleiben. Morgans Sohn, nach dem ich die ganze Zeit über gesucht habe. Und somit auch jene Gegenstände, von denen ich gehofft hatte, dass sie endlich den Fluch von mir nehmen würden, mit dem deine Mutter mich geschlagen hat. Dafür habe ich Adair verraten, wo er den *An*-Stein der Feen findet – ein Artefakt, das jeden Zauber, der mit Hilfe der blauen Flamme Avalons gewoben wurde, vernichtet. Denn der Bach, den deine verfluchte Mutter mit letzter Kraft erschaffen hat, war nie mein größtes Problem. Um ihn zu überschreiten, brauchte es nur einen willigen Helfer.«

»Aber dein Plan ist nicht aufgegangen«, stellte Mylo befriedigt fest.

Das Pferd ließ einen Vorderhuf auf die Erde niedersausen, was die Pfützen ringsum zum Vibrieren brachte. »Nein! Denn du hast mir die *falschen* Gegenstände gebracht!«

»Was soll das heißen?«, schaltete Drostan sich ein. »Er hat dir genau das gebracht, was du verlangt hast: eine lebendige Haut und ein sehendes Auge.«

»Aber von den falschen Personen!«, brüllte das Monster. Gelbe Äderchen pulsierten in seinen Augen. »Nur derjenige, der vom Blute des Verfluchenden ist, kann eine so mächtige Magie rückgängig machen. Und zwar dadurch, dass er Verrat begeht – an einer geliebten Person, seinem eigenen Fleisch und Blut … oder an sich selbst. Der Beweis dieses Verrats löst den Fluch.«

Torvis. Seit ihrer wundersamen gemeinsamen Nacht war keine Stunde vergangen, in der Mylo nicht an die mutige Selkie gedacht hatte. Doch anstatt ihre Haut zu stehlen, hatte er die ihrer Schwester genommen. *Und Fiona.* Er war hingeschickt worden, um ihr Auge zu rauben, aber stattdessen hatte er das ihres Vaters bekommen. Beide Male hatte eine schicksalhafte Macht verhindert, dass er Nimue tatsächlich jenes Artefakt zuspielte, welches sie benötigte, um aus dem Körper des Nuckelavees auszubrechen. Steckte seine Mutter – Morgan le Fay – sowohl hinter der Druidin, die Logan vor vielen Jahren das magische Auge gegeben hatte, als auch hinter der Feenkatze, die ihm das Seehundfell auf Illarias Grab gezeigt hatte? War dieses Tier am Ende eine Art Wächter aus der Anderwelt, das gekommen war, um die Befehle seiner Mutter auszuführen?

»An sich selbst …«, wiederholte Drostan die Worte des Nuckelavees.

Im gleichen Moment trat Adair aus dem Schatten des Untiers hervor. »Und welcher Verrat könnte größer sein als der am eigenen Gewissen – an dem Meister, dem man die Treue geschworen hat?«, raunte er. »Ich habe doch gesagt, du wirst dabei helfen, Nimue zu befreien.«

Damit ließ er die Spitze seines Zauberstabs vorschnellen, und ein Lichtstrahl schoss daraus hervor. Drostan hatte ebenfalls seinen Stab gezogen, der bei den Dorchas traditionell kleiner war und wie ein Schwert am Gürtel getragen wurde. Dunkelheit floss aus der Spitze und bildete einen Schild aus reiner Nacht, an dem Adairs Zauber abprallte. Doch Drostan hatte nicht mit dem Nuckelavee gerechnet, der nun herumschnellte und seine langen Arme wie zwei tödliche Angelruten nach ihm auswarf. Die sehnigen Finger schlossen sich um den Hals des Druiden und hoben ihn hoch, als wäre er eine Strohpuppe. Drostans Wirbel knackten, der Zauberstab glitt aus seiner Hand. Panisch traten seine Beine auf der sinnlosen Suche nach festem Untergrund um sich.

»Lass ihn herunter, bevor sein Genick bricht!«, verlangte Adair.

Unsanft landete Drostan wieder auf dem Boden, wo er röchelnd liegen blieb.

Adair nahm den Zauberstab an sich und ließ eine Weißdornranke aus dem Buschwerk wachsen, die sich um die Handgelenke des besiegten Dorchas wand und zuzog. Dann sah er Mylo an.

»Du hast gehört, was Nimue gesagt hat: Löse ihren Fluch, und sie wird den deinen von dir nehmen. Eure Schicksalsfäden sind untrennbar miteinander verknüpft!«

»Wollt Ihr damit sagen, ich soll …?«

»Den Nuckelavee verlangt es nach einem neuen Artefakt!« Mit einem Mal klang Adairs sonst so wohltönende Stimme wie ein Gewitter. Er kam näher, den Blick seiner wässerigen Augen fest auf den jungen Anwärter gerichtet. Dann fügte er hinzu: »Dem Herz eines Druiden!«

Schaudernd wich Mylo zurück. Nun also offenbarte der Großmeister sein wahres Gesicht. Der stets so beherrschte und entrückte Adair war bereit, das Leben seines Stellvertreters zu opfern, ohne auch nur mit der Wimper zu zucken. In seiner wahnhaften Vorstellung, Nimue würde die Sterninsel vor dem Untergang bewahren, stellte er sich offen auf die Seite der Magierin, die gegen Mylos Eltern gekämpft hatte. Was immer damals geschehen war – es hatte dazu geführt, dass Morgan ihre beiden Kinder aufgegeben und zu Zieheltern gebracht hatte. All die Trübsal, die Mylo in seinem Leben widerfahren war, hatte einen einzigen Auslöser – und der stand nun hufstampfend und Giftwolken spuckend vor ihm.

Erneut suchte der Schwindel ihn heim, drohte gar, ihn in eine Ohnmacht fortzureißen. Er spürte das Rasseln in seiner Brust und die Schweißperlen auf seiner Stirn. Der Todesfluch der Banshee war kurz davor, ihn gänzlich zu umfangen. Schon bald würde er nicht mehr stark genug sein, um sich zu widersetzen. Aber noch war er es! Die Hände zu Fäusten geballt, wandte er sich zum Nuckelavee um. »Ich werde niemals tun, was du von mir verlangst. Seit Tagen blicke ich dem Tod ins Auge, und wenn es sein muss, bin ich auch bereit, ihn in meine Arme zu schließen. Ich werde als freier Mann sterben, aber dein Gefängnis wird ewig währen, Nimue. Verrotte in diesem Körper!«

Er rechnete mit einem Wutausbruch des Nuckelavees oder einem Schwall giftigen Atems, der auf ihn niederfuhr, doch nichts davon geschah. Stattdessen verzog das Monster seine frei liegenden Gesichtsmuskeln zu einem schauderhaften Lächeln. »Allerliebst!«, säuselte es. »Wie tapfer er sich wehrt – unser guter, gewissenhafter Junge.« Doch sogleich erstarb das Lächeln, und seine Stimme wurde dunkler. »Aber deine Vorstellungen von Stolz und Ehre werden dir nicht helfen. Wenn du den Dorcha nicht töten willst, so geh zurück ans Meer und bring mir die richtige Haut. Oder das richtige Auge. Doch innerhalb der nächsten drei Tage musst du einen von ihnen verraten – deinen Meister, deine Liebste oder deine Schwester.«

»Und wenn ich mich verweigere?«

»Das ist ja gerade das Schöne an der Sache: Du kannst dich nicht verweigern. In drei Tagen wird der Fluch der Banshee dich in die Knie zwingen. Und genau so lange brauchen diese Schlingen, um sich um Drostans Hals zu winden und erbarmungslos zuzuziehen. Drei Tage, Mylo, dann ist dein tapferer Meister, dem du Loyalität und Gefolgschaft geschworen hast, erstickt. Kommst du also nicht zurück, so sterbt ihr beide zur selben Zeit. Auch dafür trägst du die Verantwortung, und dementsprechend wird euer Tod mich befreien!« Der Nuckelavee lachte dröhnend, entzückt von der ausweglosen Falle, die er gesponnen hatte.

Drei Tage. Wie um alles in der Welt sollte Mylo in dieser Zeit eine Lösung finden, die nicht in Verrat endete?

Während er noch dastand, unfähig, sich zu rühren oder einen klaren Gedanken zu fassen, spürte er das Rütteln einer kleinen Hand an seinem Ärmel. Es war Broc. »Lass uns schnell gehen, bevor die beiden es sich anders überlegen!«, wisperte er.

Ein letztes Mal nahm Mylo es mit dem Blick des Nuckelavees auf, der nun beinahe vergnügt wirkte. »Du hast gesagt, meine Eltern hätten das Tor nach Avalon geschlossen. Warum?«

Das Lächeln gefror im Gesicht der Bestie. »Nun, womöglich waren sie nicht ganz so rein und gut, wie du sie dir vorstellst. Vielleicht …« Eine unheilvolle Pause entstand, in der die Luft ringsum noch dünner zu werden schien. »Vielleicht sind die Rollen von Gut und Böse in diesem Spiel ganz anders verteilt, als du denkst, kleiner Dorcha.«

Mylo spürte, dass er nicht mehr darüber erfahren würde, und wünschte sich, er hätte nicht gefragt. Denn diese Antwort, so verlogen sie auch sein mochte, hatte die Wunde in seiner Seele nur weiter aufgerissen. Vermutlich würde er sich bis in alle Ewigkeit fragen, wer Merlin und Morgan wirklich gewesen waren und aus welchem Antrieb heraus sie gehandelt hatten.

Er wandte sich zum Gehen. In der Tat erweckten weder der Nuckelavee noch Adair den Anschein, als wollten sie ihn aufhalten. Einzig Drostan, der weiterhin am Boden lag, die narbige Gesichtshälfte in den feuchten Waldboden gedrückt, röchelte ihm zu: »Teran wird dir helfen!« Dabei schlang sich eine dornenbewehrte Ranke um seinen Hals, genau wie der Nuckelavee angekündigt hatte, und begann ihr grausames Werk.

Sein Meister war in diesem Spiel nicht länger ein Drahtzieher, sondern ebenso wie Mylo nur noch eine Figur, die von den wahrhaft Mächtigen über das Brett des Lebens geschubst wurde. Vielleicht war er nie etwas anderes gewesen als das.

Er gab dem Rucken des Brownies an seinem Ärmel nach und verschwand mit dem Kobold im Unterholz. Fast im selben Moment setzten die Kopfschmerzen ein.

Bis sie außer Hörweite waren, sprach keiner von ihnen ein Wort, dann, am Rande des Fichtendickichts, blieb Mylo stehen und wandte den Blick zurück zum dunklen Herz des Waldes.

»Es gibt nichts, was ich tun könnte«, wisperte er und rieb sich die pochenden Schläfen.

»Doch!«, widersprach Broc. Mittlerweile hatte der Regen ihn bis auf die Knochen durchnässt. Die dunklen Locken klebten an seinem runden Schädel, und an seiner Nase klammerte sich ein einzelner Wassertropfen fest, als hätte er Angst loszulassen. »Du kannst dieser Selkie das Fell über die Ohren ziehen. Es war nur eine Nacht, Mylo. Keine unendliche Liebe, keine Treueschwüre für den Rest eurer Tage. Und besser dieses Wesen verliert sein Fell, als dass jemand stirbt oder geblendet wird. Wie hast du immer gesagt? Die Größe einer Tat rechtfertigt die Höhe des Opfers, das dafür erbracht werden darf.«

»Aber das tut sie nicht!«, fuhr Mylo ihn an.

Der Brownie stemmte die Hände in die Hüften. »Warum nicht? Schlimmer kann es nicht werden. Eine Armee hält auf uns zu! Du solltest deine eigene Haut retten.«

»Weil Nimue dann gewinnt. Meine Eltern haben sich selbst und ihre Kinder geopfert, um sie zu besiegen. Alles, was mir in den letzten Tagen passiert ist, hat verhindert, dass ich diesen Fluch aufhebe. Die Feenkatze hat mich zu der falschen Haut geführt. Und Morgan hat schon vor Jahrzehnten dafür gesorgt, dass ich im richtigen Moment das Auge bekomme.«

»Schon wieder bist du ein Werkzeug in den Händen einer höheren Macht. Aber bist du auch sicher, dass es diesmal die richtigen Hände sind? Gute Hände, die auf der Seite des Lebens stehen?«

Mylo senkte den Blick. Die Zweifel, die der Nuckelavee in ihm gesät hatte, saßen tief. »Ich weiß es nicht«, gab er leise zu.

»Wenn das stimmt – und wenn Morgan etwas mit der Katze zu tun hat –, weshalb hat sie uns dann heute nicht früher befreit?«, fragte Broc.

Er bekam keine Antwort, und so standen sie lange im Regen, ohne zu wissen, in welche Richtung sie sich nun wenden sollten. Die Kälte griff mit eisigen Fingern nach Mylo, und er spürte, wie sein Körper darauf reagierte, indem er ein Fieber aufsteigen ließ.

»Ich vermute, weil sie weder mit Drostan noch mit Adairs Eingreifen gerechnet hat. Keine Vision beinhaltet alle möglichen Unwägbarkeiten. Sie hat darauf vertraut, dass das Auge Nimue auslöscht. Und bei dieser Gelegenheit sollte ich erfahren, wer meine Eltern sind.«

»Möglich«, grübelte Broc. »Aber sicher können wir nicht sein.«

Mylo drehte sich einmal um die eigene Achse und versuchte, durch den Vorhang aus Regen zu erkennen, ob sich eine schwarze Katze im Zwielicht des Waldes verbarg. Nichts rührte sich. Für einen Moment glaubte er, erneut das körperlose Augenpaar durch die Sträucher blinzeln zu sehen, doch schon kurz darauf war es wieder verschwunden. Ein eisiger Schauder jagte über seinen Rücken.

»Gehen wir!«, beschloss er, um gleichzeitig dem Regen und der Beobachtung durch den Brollachan zu entkommen – falls er es überhaupt gewesen war.

Er schlurfte voran, und Broc sprang hinter ihm drein. »Wohin?«

Erst wusste Mylo die Antwort selbst nicht, doch mit jedem Schritt, den er zwischen sich und den Nuckelavee brachte, gewann sein Entschluss an Festigkeit. »Raus aus diesem Wald. An einen Ort, an dem das Atmen leichter fällt.«

VERBÜNDETE

Nie wieder würde Torvis ihre Haut an einem scheinbar sicheren Ort zurücklassen. Wenn sie eines aus ihrem letzten Besuch an Land gelernt hatte, dann das. Denn im Gegensatz zu Connor, der niemals aktiv nach Illarias magischem Artefakt gesucht hatte, war dieser verfluchte Mylo ganz offenbar auf der Jagd danach. Keine Höhle, keine Felsspalte und nicht einmal ein Grab gaben mehr ein sicheres Versteck ab. In diesen Zeiten musste eine Selkie ihre Haut stets am Leib tragen – selbst in ihrer Menschengestalt. Entsprechend band sie sich das Seehundfell wie einen Rock um die Hüften und zurrte es mit Connors Gürtel fest. In seiner Truhe hatte sie praktische Hosen und ein zerschlissenes Obergewand gefunden, das zwar um ihre Taille herum schlackerte, aber ihr zumindest mehr Bewegungsfreiheit ermöglichte als eines von Illarias Kleidern. Sie fand noch ein handliches Knochenmesser mit einer Lederscheide, die sie an ihrem Gürtel befestigte, und ein Trinkhorn, das sie nach kurzem Überlegen in die Ecke schleuderte. Dieses Gefäß erinnerte sie zu sehr an den Met, den sie mit Mylo getrunken hatte. Die magischen Klänge, die er seiner Flöte zu entlocken vermochte, das Tanzen seiner Finger auf dem Instrument und anschließend auf ihrer nackten Menschenhaut. Wenn sie daran dachte, spürte sie ein Prickeln von ihrem Nacken abwärtsfließen, das sie jedoch schnell abschüttelte, um sich wieder ihrer Aufgabe zuzuwenden.

Bring das Wasser zum Land!

Was hatte Sea Mither ihr damit sagen wollen?

Lange saß sie draußen vor den Gräbern und starrte auf die vom Wind verwehten Hügel und das Loch, das Mylo in einen davon hineingegraben hatte, um ihre tote Schwester zu bestehlen. Wie hatte er nur herausgefunden, dass das Fell dort versteckt gewesen war? Ob die Feenkatze etwas damit zu tun hatte?

Während sie noch grübelnd am Boden kauerte, hörte sie auf einmal Stimmen auf der Vorderseite der Hütte. Es waren ein Mann und eine Frau, die sich aufgeregt unterhielten, vermutlich weil sie den verlassenen Zustand des Hauses bemerkt hatten oder das Fehlen der Ziegen, die sich mittlerweile wohl ins Landesinnere aufgemacht hatten. Die Frau rief Connors Namen. Als niemand antwortete, kamen die Schritte näher, und eine Tür schwang quietschend auf.

Torvis beschloss, diese Menschen zu vertreiben. Sie wollte in Ruhe nachdenken, und Besucher waren ihr lästig.

Im Inneren der Hütte fand sie wie erwartet ein junges Pärchen vor. Der Mann war groß und breit gebaut wie Connor – einer dieser ungehobelten Kerle, die vielerorts auf der Insel anzutreffen waren. Die Frau jedoch … Torvis stockte bei ihrem Anblick der Atem. Nicht nur weil sie mit ihrem blonden Haar und den meerblauen Augen für eine Menschenfrau außergewöhnlich schön war, sondern wegen der gedämpften Melodie, die aus ihrer Seele drang: ein sanftes Rauschen, angefüllt vom Rhythmus tobender Wellen. Dunkle Stimmen quollen aus der Tiefe, um sich mit jedem weiteren Herzschlag mehr im Licht der Oberfläche zu verlieren und als tausend Gischtflocken zum Himmel zu schweben. Dumpfes Dröhnen, zitterndes Zappeln, schäumendes Schlagen – es war der Gesang des Ozeans.

Sie hatte den Gedanken kaum zu Ende gedacht, da brach die Melodie ab.

»Du … bist das Wasser!«, stammelte Torvis. Und im selben Moment wusste sie, wer das Land war. Denn auch dessen Magie hatte sie bereits vernommen – verborgen hinter einem Schleier aus Taubheit, ganz ähnlich wie bei dieser jungen Frau. Es war gerade einmal zwei Tage her, als sie sich über die erdigen Töne und das warme Prasseln in Mylos Brust gewundert hatte. *Das Grollen eines Vulkans, verschüttet unter tausend Tonnen Gestein* – so hatte sie es selbst genannt. Wieso hatte sie das nicht sofort begriffen? Augenblicklich stieg Widerwillen in ihr auf. Dieser Auftrag, mit dem die Muttergöttin sie geschlagen hatte, behagte ihr ganz und gar nicht. Sie wollte diesen verräterischen Druiden nicht mit einer anderen Menschenfrau zusammenführen, sondern ihm eher die lügnerische Zunge herausreißen.

»Nein, ich … Mein Name ist Fiona«, sagte die junge Frau.

»Unbedeutend«, knurrte Torvis.

Das schöne Mädchen senkte kurz die Lider, als hätte diese Entgegnung sie gekränkt, doch sogleich hob sie den Blick wieder und holte tief Luft. »Wo ist Connor? Und wer bist du überhaupt?«

»Unbedeutend.«

»Kannst du auch etwas anderes sagen?«, murrte Fiona, doch als Torvis daraufhin nur die Arme vor der Brust verschränkte, schüttelte sie den Kopf und kam auf den Grund für ihren Besuch zu sprechen. »Wir brauchen eine Schaufel. Unsere war alt und ist gebrochen.«

»Wobei?«

»Beim Schaufeln eines Grabes. Mein Vater …« Tränen traten in ihre Augen. Sie wischte sie schnell weg und winkte ab. »Ach, *unbedeutend*!«

Entgegen ihrer Annahme weckte ihre letzte Aussage reges Interesse in Torvis, denn sie fühlte sich an ihre eigene Situation erinnert. Auch sie hatte vor kurzem ein Grab geschaufelt. Ähnlichkeiten wie diese waren nur selten Zufall, schon gar nicht, wenn man von einer Göttin ausgesandt worden war, um sein Schicksal zu finden. »Dein Vater ist gestorben? Weshalb?«, hakte sie nach.

»Ich habe ihn zu mir gerufen!«, mischte sich der bullige Kerl ein, ehe Fiona etwas erwidern konnte. »Lange habe ich ihn verschont, denn er war durch einen Zauber geschützt.«

Irritiert musterte Torvis den Mann genauer. Er hatte traurige Augen wie jemand, der die ganze Welt gesehen und tausend Leben gelebt hatte. Sein Aussehen passte überhaupt nicht dazu, denn es war das eines gewöhnlichen Menschen. Auch drang kein einziger Ton aus seiner Brust, der einen Anhaltspunkt auf magische Fähigkeiten gegeben hätte, so wie es bei Mylo und Fiona der Fall war.

»Wer ist das?«, fragte sie die junge Frau, die ihr eine weitaus zuverlässigere Quelle zu sein schien.

»Sein Name ist Gair«, antwortete diese flüsternd, als wolle sie vermeiden, dass ihr Begleiter es hörte. Was nicht funktionierte.

Gair warf sich in die Brust. »Das ist eine Lüge! Seit Anbeginn der Zeiten nennt man mich Teran. Ich bin der Vater aller Seelen und die letzte Zuversicht in euren Herzen.«

Ein winziges Kichern huschte über Torvis' Lippen, bevor ihre innere Trübsal es wieder erstickte. Dieser Mensch musste ein Verrückter sein. Vermutlich hatte das Leben an Land im Laufe der Jahre sein Gehirn matschig gemacht, was naheliegend war, wenn man bedachte, wie eintönig das Dasein auf der Sterninsel sein musste.

Sie wandte sich wieder an Fiona. »Wer war dein Vater?«

»Ein Fischer. Unser Heim liegt unweit von hier an der Küste. Connor ist unser Nachbar.« Erneut blickte sie sich im Innenraum der Hütte um, vermutlich um einen Hinweis auf den Verbleib der Bewohner zu finden.

Doch bevor sie Nachfragen stellen konnte, drang Torvis weiter in sie: »Nur ein Fischer? Wieso wohnt dann dieser seltsame zerrissene Rest von Magie in dir?«

»Magie?«

»Auch auf deinem Vater lag ein Zauber, hat der Irre gesagt!«

»Ja, aber …« Fiona wich einen Schritt zurück, denn auf einmal schien Torvis ihr unheimlich zu sein. »Wer bist du? Wieso glaubst du, Magie erkennen zu können? Und sag mir endlich, wo Connor und seine Frau sind?«

»Sobald du mir verraten hast, was für ein Zauber auf diesem angeblichen Fischer lag!«

Das schöne Mädchen presste die Lippen aufeinander. Sie schien tapferer zu sein, als Torvis angenommen hatte. Die meisten Menschenfrauen ließen sich leicht einschüchtern, weil sie von Geburt an schikaniert wurden – erst von ihren Eltern, später von ihren Ehemännern. Fiona hingegen verbarg hinter ihrem zerbrechlich wirkenden Äußeren ein starkes Herz. Das gefiel Torvis, obwohl sie es sich nicht anmerken ließ.

»Nun gut, ich helfe euch mit dem Grab«, beschloss sie. »Den Rest der Geschichte könnt ihr mir unterwegs erzählen. Connor und Illaria sind zu einer Reise aufgebrochen. Es wird lange dauern, bis sie zurückkehren.«

Sie holte die Schaufel aus dem Schuppen und drückte sie Gair zusammen mit zwei Wolldecken und einem Kochtopf in die Hand. Letzteren füllte sie mit brauchbaren Gegenständen aus der Hütte, mit welchen die Menschen hoffentlich umzugehen wussten: Feuerstein und Schlageisen, eine rußgeschwärzte Kanne, ein Fläschchen Tran, Angelhaken, Lederschnüre. Zuletzt packte sie ein Säckchen Salz, einige Äpfel und den angeschnittenen Schinken obendrauf, der immer noch neben dem Bett lag. Sollte der angebliche Vatergott wenigstens ihre Ausrüstung schleppen, wenn er schon sonst zu nichts zu gebrauchen war.

»Wir wohnen nur ein paar Meilen entfernt von hier«, warf Fiona ein. »Du musst nicht so viele Dinge mitnehmen.«

»Ich bin gern auf alles vorbereitet«, erwiderte Torvis ausweichend. Tatsächlich stellte sie sich auf eine Reise von mehreren Tagen ein, denn sie mussten Mylo finden, der sich vermutlich irgendwo im Wald verkrochen hatte. Was dann geschehen sollte, wusste sie nicht. Einem Teil ihrer wilden Seele dürstete es danach, dem verräterischen Druiden den Hals umzudrehen, der andere war willens, sich dem Auftrag ihrer Göttin zu fügen. Sicher war sie sich eigentlich nur in einer Sache: Sie wollte Illarias Haut zurück! Vielleicht war das ja die zweite Aufgabe, die es zu erfüllen galt: *dem »Nackten« ein Gewand bringen.*

Gair starrte auf das immer schwerer werdende Bündel auf seinen Armen. »Ich bin ein Gott, kein Lastesel!«, beschwerte er sich.

Dies war der erste Moment, in dem die beiden Frauen einen kurzen verschwörerischen Blick tauschten.

»Teran trägt die Last all seiner Kinder«, behauptete Torvis. »Brechen wir auf.«

Sie verließen die Hütte und gingen zunächst an der Küste entlang. Unterwegs stellte Fiona weitere Fragen über den Verbleib von Connor und seiner Frau, die Torvis allesamt einsilbig beantwortete. Sie gab sich als eine entfernte Verwandte aus, die das Haus in Abwesenheit seiner Besitzer hütete. Mehrmals schweifte Fionas Blick zu dem Robbenfell um ihre Hüften, doch sie war offensichtlich zu sehr in Trauer um ihren Vater, um sich eindringlicher mit den seltsamen Zuständen auf dem Nachbarhof zu befassen.

Schon bald ließ der Regen nach, der den ganzen Vormittag über unablässig vom Himmel gefallen war. Kalter Wind blies die schwarzen Wolken weg, und kaum wärmende Sonnenstrahlen drangen hindurch. Fiona zitterte am ganzen Körper. Wäre

Torvis davon überzeugt gewesen, dass es sich bei der jungen Frau um eine normale Fischerstochter handelte, so hätte sie ihr das Fell als Umhang über die Schultern gehängt. Aber falls sie tatsächlich Magie in sich trug – selbst wenn es nur zerrissene Reste waren –, so bestand die Gefahr, dass die Selkie-Haut sich mit ihr verband, und ein solches Risiko wollte sie nicht eingehen. Stattdessen wies sie Gair an, ihr eine der Decken zu geben, was Fiona dankend annahm.

Wenig später erreichten sie einen Platz unweit der Küste, an dem das Grab des Fischers entstehen sollte. Es war ein grasbewachsener Hügel, von dessen Spitze man weit über das Meer und ebenso ins Landesinnere blicken konnte. Ein einsamer Ort, der jedoch den Geist der Freiheit in sich barg. Winde aus allen vier Himmelsrichtungen kämpften hier um den Gipfelthron, doch Torvis war nicht sicher, ob die Menschen so etwas bemerkten. Auf jeden Fall besaß Fiona einen guten Instinkt für Kraftplätze.

»Es wird nicht leicht sein, hier ein Grab zu schaufeln«, sagte sie nach einem Blick auf den steinigen Boden. Neben dem bisherigen Aushub von gerade einmal einem Fuß Tiefe lag eine zerbrochene Schaufel. Sie schob sie mit dem Fuß beiseite und nahm Gair die neue aus den Armen.

»*Du* willst graben?«, fragte Fiona mit großen Augen. »Aber du bist nur eine Frau!«

»*Nur?*« Torvis zog die Nase kraus. »So etwas kann auch bloß von einem Menschen kommen. Macht Platz!« Mit einem gezielten Hieb stieß sie das Schaufelblatt in den harten Boden, trat es mit dem Fuß tiefer und ruckelte ein wenig am Stiel. Im Handumdrehen beförderte sie einen ansehnlichen Berg steinige Erde zur Seite.

»Bist du denn kein Mensch?«, wollte die Fischerstochter wissen.

Torvis schaufelte weiter.

»Dieses Fell, das du da trägst – woher stammt es?«

Sie antwortete nicht.

»Mit wem bist du verwandt, mit Connor oder Illaria?«

»Connor.«

»Ach ja? Welche Farbe haben seine Augen?«

Torvis fühlte Wut in sich aufkeimen. Diese verfluchte Menschenfrau stellte zu viele Fragen. Wenn sie ihr jetzt verriet, dass sie ein Lichtwesen war, dann würde sie vermutlich schreiend davonlaufen. Alle Küstenmenschen taten das, denn sie hatten in ihrem Leben jede Menge Schauergeschichten über die unbekannten Kreaturen der See gehört. Manch einer erzählte gar, Selkies würden kleine Kinder fressen, die unbeobachtet am Meer spielten.

Sie setzte die Schaufel ab und strich sich eine schwarze Haarsträhne hinters Ohr. »Hör gut zu, Fischerin: Ich muss dieses Grab nicht schaufeln, doch ich habe beschlossen, dir zu helfen. Aus welchem Grund misstraust du mir, anstatt dich zu bedanken?«

Diese deutlichen Worte zeigten Wirkung. Fiona atmete einmal tief durch, dann wies sie Gair an, den Proviant abzulegen und mit ihr Steine zu sammeln. Die Menschen bedeckten ihre Gräber zumeist mit grauen Feldsteinen, um zu verhindern, dass Tiere nach den Toten gruben oder zerstörungswütige Windböen den Hügel abtrugen, wie Torvis wusste. Hätte sie nur das Gleiche bei Illarias Grab getan – vielleicht wäre die Haut dann unentdeckt geblieben.

Eine Weile funktionierte die Arbeitsteilung gut. Doch jedes Mal wenn Fiona wieder mit zwei Steinen unter den Armen den Hügel emporkam, schwitzend und nach Luft ringend, vertieften sich die Furchen auf ihrer Stirn, denn die Grube wuchs in einer Geschwindigkeit, mit der sie offenbar nicht gerechnet hatte. Das lag nicht nur an der körperlichen Kraft der Selkies, sondern vor allem an ihrer Verbindung zur Natur. Wer die Melodien der Magie hören konnte, der vernahm auch das Flüstern der Steine, das Raunen der Erde und das Wispern der Gräser. Deshalb wusste Torvis instinktiv, an welcher Stelle sie das Schaufelblatt einstechen musste, um eine natürliche Bruchkante zu erhalten, welches Gestein nachgeben würde und welches nicht. So wurde das Grab schnell tiefer, und ihr Werkzeug blieb unverbeult.

Sie stand schon bis zur Brust in der Grube, als Fiona erneut den Hügel heraufkam, gefolgt von Gair. Mittlerweile trug sie nur noch einen einzigen Feldstein mit beiden Händen, den sie schwer atmend fallen ließ, bevor sie an die Kante der Grube trat. Das blonde Haar klebte an ihren Schläfen.

»Du bist eine Selkie«, sagte sie unvermittelt. »Mein Vater wusste, dass Illaria eine war, doch er hat es Connor nie erzählt. Hat sie ihren eigenen Mann getötet, weil er herausgefunden hat, wer sie ist?«

Torvis fiel keine Erwiderung ein. Nur ihr Herzschlag beschleunigte sich.

Fiona schwieg kurz, dann spann sie ihre Mutmaßungen weiter. »Nachdem sie ihn getötet hat, ist sie zu ihrer Familie geschwommen und hat dich hergeholt, um die Spuren zu verwischen. Du hast die Ziegen freigelassen und das Gerücht in die Welt gesetzt, die beiden wären zu einer Reise aufgebrochen. So ist es doch gewesen, nicht wahr?«

Nun endlich schüttelte Torvis den Kopf. »Nein.« Es klang schwach.

Die Fischerstochter ignorierte die Antwort. »Ich frage mich allerdings: Was willst du von uns? Denn Selkies helfen Menschen niemals ohne Grund.«

Das wiederum war eine Schlussfolgerung, die man nicht ganz

von der Hand weisen konnte, auch wenn die Vorgeschichte falsch kombiniert war.

»Sie hat ihn nicht getötet«, wisperte Torvis.

»Nicht? Wie erklärst du dann …?«

»Sie ist tot, genau wie er«, unterbrach Gair seine Begleiterin mit brüchiger Stimme. Er hatte die Augen starr ins Nichts gerichtet, die Pupillen waren so groß, dass man keine Iriden mehr erkennen konnte. »Ich habe ihrer beider Seelen gewogen und berge sie nun in der Anderwelt, bis sie stark genug sind, um gemeinsam ein neues Leben zu beginnen.«

»Du … Was? Was redest du da, Gair?«, fragte Fiona kopfschüttelnd.

Torvis jedoch setzte mit einem katzengleichen Sprung aus der Grube und sank vor dem seltsamen jungen Mann auf die Knie. Tränen sammelten sich unter ihren Lidern, während sie nach seinen Händen griff und sie an ihre bebenden Lippen drückte.

»Vater! Geht es ihnen gut? Haben sie mir verziehen?«

»Ja«, antwortete die heisere Stimme aus Gairs Hals. »Ihre Seelen sind rein, doch sie sind nicht bereit weiterzuziehen. Etwas fehlt.«

»Illarias Haut! Der Druide hat sie gestohlen!«

»Bring sie zurück!«

Die Lider des Menschenmannes flackerten. Ein Zittern lief durch seinen Körper, als wäre er kurz davor zu erfrieren. Dann war plötzlich alles vorbei, und in seinen Augen stand wieder der törichte Blick des Wahnsinnigen. Verwirrt sah er auf Torvis herab. »Du musst nicht vor mir knien, holde Maid. Obgleich ich es begrüße, wenn meine Kinder mir die Ehre erweisen.«

Sie ließ seine Hände los. Zu einem klaren Gedanken war sie nicht fähig.

Neben ihr sank Fiona zu Boden und berührte sie zögerlich am Oberarm, als ahne sie, was am Tag des Schicksalsmeeres wirklich vorgefallen war. Es fühlte sich tröstend an, obwohl ihnen beiden die Worte fehlten. Torvis fand sie als Erste wieder. »Ist das immer so?«, fragte sie mit einem Wink zu Gair. »Spricht Teran durch seinen Mund?«

»Ich weiß es nicht. Die meiste Zeit faselt er nur wirres Zeug. Aber manchmal … manchmal habe ich den Eindruck, als bemächtige sich wirklich der Vatergott seiner Zunge. Dann sagt er Dinge, von denen er eigentlich nichts wissen kann. Die Leute im Dorf glauben, er sei verrückt geworden. Ich jedoch denke, dass er verzaubert worden ist.« Sie zögerte kurz, dann fügte sie hinzu: »Der Druide, von dem du gesprochen hast – wie lautet sein Name?«

»Mylo.«

Fiona presste die Lippen aufeinander. »Auch mir hat er etwas geraubt: das magische Auge meines Vaters. Deshalb bin ich nun ganz allein auf dieser Welt.«

Sie sahen einander an, und Torvis konnte das Band fühlen, das sich um ihrer beider Herzen schloss. Sie waren von derselben Person verraten worden, hatten dieselbe Rechnung zu begleichen. Ganz gleich, welche Pläne die Götter mit ihnen verfolgten – nichts im Leben wurde einzig und allein vom Schicksal gesteuert.

»Zahlen wir es ihm heim!«, wisperte sie.

UNGLÜCKSKOBOLD

»Wo willst du hin?«, fragte Broc gewiss zum zehnten Mal, nachdem sie den Wald außer Sichtweite der Dämmerfeste verlassen hatten und auf die Giant Bay hinausliefen. »Wenn du es mir nicht endlich sagst, setzte ich keinen Fuß mehr vor den anderen.«

»Dann leb wohl, schlechtester Glücksbringer der Welt«, knurrte Mylo kurz angebunden. Jeder Schritt, den er tat, vibrierte wie ein Paukenschlag durch seinen Kopf, jeder Atemzug, den er einsog, stach in seiner Lunge. Was er in dieser Situation am allerwenigsten gebrauchen konnte, war das Gequengel eines Kobolds in seinen Ohren.

Broc ließ sich leider nicht abwimmeln. »Du tust mir unrecht. Ich weiß auch nicht, woher diese Pechsträhne rührt, aber eigentlich kann jeder Mensch froh sein, wenn er einen Brownie zum Freund hat.«

»Ich wünschte, du hättest jemand anderen glücklich gemacht.« Mylo blieb stehen und sah auf seinen Begleiter hinab. »Seit ich dich kenne, ist mein Leben in tausend Scherben zerbrochen. Nun muss ich entweder Unschuldige opfern oder das Vermächtnis meiner Eltern verraten. Damit könnte ich unsere Welt ebenso retten, wie sie zugrunde richten. Wofür auch immer ich mich entscheide – es wird unehrenhaft und feige sein!«

Broc zog den Kopf ein wie eine Schildkröte. »In einem solchen Fall wählt man am besten das geringste Übel«, piepste er. »Du gehst zur Küste, also nehme ich an, du willst diese Torvis finden.«

»Nein.«

Ohne weitere Erklärung schleppte Mylo sich voran. Natürlich trippelte Broc ihm auch dieses Mal wieder hinterher. In Gedanken schnürte Mylo seinen Beutel auf und bestäubte den lästigen Brownie von oben bis unten mit Eisenpulver. Das Fieber, das sich langsam in seinen Geist fraß, setzte diesen Einfall in seinem Kopf zu beeindruckend intensiven Bildern zusammen.

Als der Brownie wenig später bemerkte, welche Richtung sie tatsächlich eingeschlagen hatten, wurde er noch aufdringlicher. »Das kannst du nicht machen! Dieses arme Mädchen!«

»Sie ist meine Schwester, Unglückskobold! Und ich habe nicht vor, ihr Auge zu rauben.«

»Was dann?«

Mylo atmete tief durch. »Sie wegbringen. Drei Tage sind genug Zeit, um sie und ihren Vater von der Insel zu schaffen. Dann sind sie außerhalb der Reichweite Nimues.«

Ein erleichtertes Lächeln zog sich über Brocs Gesicht. »Und Torvis?«

»Sie wird längst auf dem Weg zurück zu ihrer Familie sein. Aber wir überzeugen uns davon, nachdem wir Fiona weggeschafft haben.«

»Das ist ein wundervoller Plan!«, trällerte der Brownie. »Und dann … ähm …« Er hob einen dicken Zeigefinger an, ließ ihn aber schnell wieder sinken, weil ihm nichts einfiel.

»… bin ich entweder tot oder krieche auf allen vieren zurück zum Nuckelavee und biete ihm den Rest meines erbärmlichen Daseins für das Leben meines Meisters, den ich zu Unrecht verdächtigt habe.«

Diese Ankündigung sorgte dafür, dass jede Menge neuer Falten in Brocs Gesicht erschienen. Für einen Moment verschlug es ihm die Sprache, dann stammelte er: »Aber somit … wirst du auf jeden Fall sterben!«

Erst bei diesen Worten nahm Mylo wieder Blickkontakt mit ihm auf. Was er sah, war ein reichlich zerknirschter Brownie, der nicht fassen konnte, in welch unrühmliche Lage man sich selbst und andere durch einen zu großen Schluck Milch bringen konnte. Fast war Mylo geneigt, ihm zu verzeihen.

»Vermutlich werde ich das«, sagte er in versöhnlicherem Tonfall. »Aber ich werde diese Welt nicht als Niemand verlassen, sondern als der Sohn von Merlin und Morgan. Und ohne dich, mein runzeliger Freund, hätte ich diese Erkenntnis nie gewonnen.«

Sie fanden die Hütte leer vor. Weder Fiona noch Logan waren irgendwo zu sehen, obgleich das Fischerboot am Anleger vor Anker lag. Während sie warteten, machte Broc sich im Haus nützlich, wie Brownies das zu tun pflegen. Er schüttelte die Betten auf, fegte den Boden und klaubte einige nasse Lumpen zusammen, die er sorgfältig einseifte, über ein Waschbrett zog und schließlich zu den Stockfischen auf die Dörre hängte. Mylo hingegen war von Unruhe erfüllt, denn die Zeit, die ihm noch blieb, verstrich von Stunde zu Stunde, ohne dass er etwas Sinnvolles tun konnte. Mit fieberndem Blick starrte er auf die beiden ausgenommenen Fische, die verwaist auf einem Holzbrett vor der Tür lagen. Sie waren zubereitet, aber nicht gekocht worden. Auch Logans restlicher Fang befand sich immer noch im Boot.

Vielleicht waren Fiona und ihr Vater in das nahe liegende Dorf gegangen, um jemanden zu finden, der ihnen bei der Arbeit half, nun, da Logan beinahe erblindet war. Oder sie hatten die Hütte aufgegeben und beim Schmied Unterschlupf gesucht.

Dagegen sprach aber die Tatsache, dass sie all ihr Hab und Gut zurückgelassen hatten.

Ebenfalls nach Bhaile aufzubrechen und sie zu suchen, kam nicht in Frage, dafür war Mylo zu schwach. Irgendwann ließ er sich auf Logans Bett nieder, und als sein Kopf schwer in die Kissen sank, fühlte er sich, als könne er nie mehr aufstehen.

Kurz vor Sonnenuntergang vernahm er leise Stimmen vom Küstenweg her und bat Broc, ihm hochzuhelfen, was dieser mit besorgter Miene tat. Gemeinsam gingen sie nach draußen und sahen sich um. Mylo erkannte die Silhouetten dreier Personen, die sich im Abendlicht schwarz von der Steilwand der Klippen abhoben. Eine davon war die schlanke Gestalt Fionas. Ihr langes Haar wehte im Wind, und das Kleid umspielte ihre schmalen Hüften. Neben ihr lief jemand, der einen Handkarren zog, vermutlich ein Mann aus dem Dorf. Die dritte Person jedoch – konnte das Logan sein? Sie bewegte sich nicht wie ein blinder Greis, sondern vielmehr geschmeidig und katzengleich.

Auf etwa einer Pfeillänge Abstand von der Hütte blieben alle drei Ankömmlinge wie vom Blitz getroffen stehen. Sie hatten die Sonne im Rücken und wurden daher nicht wie Mylo geblendet, sondern konnten ihn klar erkennen. Erst wirkten sie wie versteinert. Dann beschleunigten sie ihre Schritte und kamen geradewegs auf ihn zu.

»Fiona«, krächzte Mylo, obgleich die Miene seiner Schwester immer noch in tiefstes Schwarz getaucht war. »Hör mich an, ich habe dir viel zu sagen.« Seine Stimme klang brüchig wie altes Pergament.

Doch an ihrer statt löste sich die dritte Person aus der Gruppe, die Mylo weiterhin nicht zuordnen konnte. Die Schultern hochgezogen, die Hände zu Fäusten geballt, rannte sie auf ihn zu. Er wollte ausweichen, war jedoch so benebelt vom Fieber, dass es ihm nicht gelang. Sie schnellte ebenfalls herum und sprang ihn von der Seite an wie ein Raubtier seine Beute. Gemeinsam gingen sie zu Boden, und erst in diesem Moment erkannte Mylo, um wen es sich bei der Angreiferin handelte. Ihr betörender Duft nach Salz und Freiheit umfing ihn.

»Du hast die Haut meiner Schwester gestohlen!«, zischte Torvis.

»Nie habe ich etwas mehr bereut als das!«, flüsterte er.

Die untergehende Sonne tauchte ihre erhobene Faust in glühend rote Farben, ehe sie auf Mylos Schläfe niederfuhr und jedes weitere Wort von seinen Lippen riss.

Jemand überschüttete ihn mit eiskaltem Salzwasser. Es drang ihm in Mund und Nase, brachte ihn zum Husten und holte seinen Geist zurück in die diesseitige Welt.

»Wir spielen jetzt ein Spiel. Es heißt Wahrheit oder Backpfeife!«

Noch ehe Mylo etwas darauf antworten konnte, traf ihn bereits die erste Ohrfeige.

»Das ist gemein von dir! Du hast nicht mal eine Frage gestellt, und er ist krank!«, drang Brocs quengelnde Stimme an sein Ohr.

Mylo blinzelte und fand sich Auge in Auge mit Torvis wieder. Die Selkie hatte ihn an einen Stuhl gefesselt, stand breitbeinig über ihm und holte bereits zum nächsten Schlag aus. Wahrlich, nie zuvor hatte er eine Frau getroffen, die so hart zuschlagen konnte. Aus irgendeinem Grund – vermutlich um ihn mit dem kalten Wasser besser quälen zu können – hatte sie ihm die Kutte ausgezogen und achtlos in eine Ecke gepfeffert, so dass er nur noch seine Hose am Leib trug. Der kalte Abendwind, der durch alle Ritzen der Hütte drang, brachte ihn zum Zittern. Nie zuvor im Leben hatte er so gefroren.

»Halt den Mund, Brownie, und räum weiter auf, wie sich das für einen gehorsamen Diener gehört!«

Nur kurz wunderte Mylo sich über den Umstand, dass Torvis Broc sehen konnte, denn bei ihrer letzten Begegnung hatte er sich ihr nicht zu erkennen gegeben. Dann lenkte ihn ein weiterer Eiswasserguss von seinen Gedanken ab.

»Warum machst du das?«, bibberte er, während das Salz seine Augen zum Tränen brachte. Seine Lippen wollten sich kaum mehr bewegen.

»Damit du ansatzweise nachfühlen kannst, wie es meiner Schwester in der Anderwelt ergeht – ohne die Wärme ihrer Haut. Ich könnte dir auch die deine abziehen. Stück für Stück, mit deinem eigenen Dolch, was hältst du davon?« Sie hielt ihm die Spitze seiner Waffe vor die Nase, wobei sie penibel darauf achtete, diese nur am Griff anzufassen, um sich nicht an der eisernen Klinge zu verbrennen. Dann führte sie sie ein Stück weit nach oben. »Oder wie wäre es damit: Wir legen Logan ein frisches Auge ins Grab, damit er nicht halbblind vor Teran treten muss!«

Mylo hielt den Atem an. Er wagte kaum, sich zu rühren. Von Fiona konnte er offensichtlich keine Hilfe erwarten, denn weder sie noch der Mann mit dem Handkarren waren irgendwo zu sehen.

»Logan … ist tot?«, keuchte er.

»Ja. Hingerichtet von einem selbstsüchtigen Druiden, der auf der Jagd nach magischen Artefakten ist. Warum, Mylo? Welcher unheilvolle Zauber ist es wert, dafür solche Opfer zu bringen?«

»Hätte ich gewusst, dass er daran zugrunde geht …«

Ein neuer Schlag mit dem Handrücken auf die Wange ließ ihn verstummen. Doch er spürte den äußerlichen Schmerz kaum. Vielmehr krampfte sich sein Herz aufgrund der Erkenntnis zusammen, dass er den Tod des Fischers verschuldet hatte.

Ob bewusst oder unbewusst – er war derjenige gewesen, der seinen Lebensfaden durchtrennt hatte. Wie sehr musste Fiona ihn deswegen hassen!

Kaum hatte er den Gedanken an seine Schwester zu Ende gedacht, da öffnete sich die Tür der Hütte, und sie trat hindurch, eine eisige Windböe im Gepäck. Für die Dauer eines Wimpernschlags stand Mitleid in ihren Augen, als sie Mylo gefesselt und halbnackt auf dem Stuhl erblickte, doch sogleich schob sich wieder die Feindseligkeit darüber, mit der sie ihn zuletzt angesehen hatte.

»Fiona«, ächzte er. »Ich bin hergekommen, um dir zu sagen, dass du die Insel verlassen musst. Ihr beide!« Er sah Torvis an. »Ich habe euch in Schwierigkeiten gebracht, und das tut mir leid.«

»Schwierigkeiten?« Mit hassverzerrter Miene, die Hände in die Seiten gestemmt, baute Fiona sich vor ihm auf. Zumindest schlug sie ihn nicht. »Deinetwegen ist mein Vater gestorben. Das nennst du *Schwierigkeiten*?«

Niedergeschlagen schüttelte er den Kopf. »Er war nicht dein richtiger Vater.«

»Woher weißt du davon?«

»Er hat es dir also noch erzählt, bevor er gestorben ist?«

Fiona nickte.

»Hat er dir auch gesagt, wer deine echten Eltern sind?«, brachte Mylo unter Husten hervor.

»Nein. Aber er sprach von einer Druidin, die mich kurz nach meiner Geburt zu ihm gebracht hätte. Und von Schattenwesen, die auf der Jagd nach mir seien. Er bekam das Auge, um mich zu beschützen – doch es schützte auch ihn. Bis zu dem Tag, an dem du es ihm genommen hast.« Mit dem letzten Satz kehrte die Kälte wieder in ihre Stimme zurück. Mylo hoffte, dass sie zumindest noch den Hauch jener Verbundenheit spürte, die bei ihrer ersten Begegnung zwischen ihnen entstanden war. Denn Torvis würde ihn nicht lange genug verschonen, um die ganze Geschichte in Ruhe zu erzählen.

»Dein Vater war Merlin, der mächtigste Geal aller Zeiten. Und deine Mutter … war Morgan le Fay.«

Bei diesen Worten öffnete Fiona den Mund, aber es kam kein Ton heraus. Sie stolperte einen Schritt rückwärts, ihre Hand griff nach einer Stuhllehne und krallte sich hinein. Langsam ließ sie sich auf den Stuhl niedersinken. Dann schluckte sie sichtbar und richtete den Blick wieder auf Mylo. »Und wer bist du?«

»Dein Bruder«, flüsterte er.

Sie stellte es nicht in Frage. Weder Trauer noch Freude überkam sie, sondern vielmehr eine innere und äußere Starre, die sie vollständig zu lähmen schien. In die unangenehme Stille hinein wurde Mylo erneut von einem Hustenanfall geschüttelt, diesmal so heftig, dass er nur mit Mühe Luft holen konnte. Torvis bewies ihm ihr Mitleid durch einen weiteren Eimer Wasser über den Kopf. Eisige Schauder hüllten ihn ein.

Wie durch einen dichten Nebel hindurch hörte er Brocs Stimme fetzenhaft durch den Raum flattern. »Hör auf … hat nicht so ein dickes Fell wie du … wird sein Tod sein!«

Irgendwann kehrten Mylos Sinne zurück, doch er fühlte sich so erschöpft wie nie zuvor. Das Gesicht der Selkie tauchte direkt vor seinem auf. Tiefe Befriedigung stand darin. Falls sie Skrupel ihm gegenüber empfand, merkte man es ihr nicht an.

»Du bist gut im Herausreden, Druide!«, zischte sie und richtete erneut den Dolch auf seinen Hals. »Im Angesicht eures bevorstehenden Todes werdet ihr Menschen alle sehr einfallsreich.«

Im Hintergrund ertönte ein Hicksen. Broc trat neben sie, einen Stapel Wäsche auf dem Arm. »Lass ihn bitte in Ruhe erzählen!«, flehte er. »Es geht auch um dich!«

»Um *mich*? Was für eine Rolle spiele ich denn in seiner Lügengeschichte? Die der entfernten Base aus dem Reich der Lichtwesen?«

Broc senkte den Blick. »Nicht ganz … Nun ja …«

»Geh Wäsche waschen! Verschwinde aus meinen Augen, einfältiger Kobold!«

Mit einem letzten, vermutlich aufmunternd gemeinten Blick zu Mylo trollte Broc sich nach draußen.

Der Druck des Dolchs verstärkte sich. »Und jetzt raus mit der Sprache: Wo ist die Haut meiner Schwester?«

Er sah in ihre dunklen, fast schwarzen Augen, und die Erinnerung an ihre gemeinsame Nacht in Connors Hütte kehrte zurück. *Wären wir nur dortgeblieben. Wir beide allein in einer Blase fernab von Raum und Zeit.*

»In der Mitte des Waldes. Beim Nuckelavee.«

Torvis fuhr zurück. »Ihr haltet einen *Nuckelavee* dort fest? Seid ihr wahnsinnig?«

»Schlimmer als das«, krächzte Mylo. »In ihm ist der Geist einer mächtigen Fee gefangen. Vor vielen Jahren haben meine Eltern sie in diesen Körper gebannt, und nun versucht sie, mit meiner Hilfe den Fluch zu lösen.«

Zum ersten Mal verschlug es sogar Torvis die Sprache. Sie nahm den Dolch von Mylos Kehle, und er atmete erleichtert auf.

Dafür erhob sich Fiona wieder von ihrem Stuhl. »Welche Fee?«

Mylo erinnerte sich nur zu gut an das Gespräch, das sie vor wenigen Tagen an genau diesem Ort geführt hatten. »Die, die du immer am meisten von allen Sagengestalten mochtest«, antwortete er unter weiterem Husten.

»Nimue?«

Er nickte, zitterte, seine Zähne schlugen aufeinander.

Fiona schien nicht überzeugt zu sein. »Was hat es mit diesem Fluch auf sich?«, wollte sie wissen.

»Nur jemand, der in direkter Linie mit dem Verfluchenden verwandt ist, kann ihn aufheben. Zum Beispiel dadurch, dass er sein eigen Fleisch und Blut verrät.« Bibbernd erzählte er in so kurzen Worten wie möglich die ganze Geschichte vom Nuckelavee, der ihn ausgesandt hatte, um ihr Auge zu stehlen. Als er damit fertig war, klang seine Stimme wie das Knarren einer rostigen Verliestür. »Tatsächlich wollte er nur erreichen, dass ich Verrat an meiner eigenen Schwester übe. Aber Logan hat das verhindert und Nimue mit seinem magischen Artefakt beinahe getötet«, schloss er.

»Nur beinahe?«

Mylo nickte. »Adair, unser Großmeister, kam zu seiner Rettung herbei. Er hat sich mit Nimue verbündet.«

»Moment mal!«, schaltete sich Torvis wieder ein, die offenbar immer noch Zweifel an der Sache hegte. »In meinem Fall kannst du kaum behaupten, ich sei mit dir verwandt. Und dennoch hast du auch mich bestohlen!«

Das war der Moment, vor dem es Mylo die ganze Zeit gegraut hatte, mehr noch als vor einem weiteren Wasserguss.

»Nein, aber … eine andere Möglichkeit, den Fluch zu lösen, ist …«

Er stockte. Beide Frauen sahen ihn gespannt an.

»… jemanden zu verraten, der …«

Torvis zog die Augenbrauen hoch.

»… es nicht verdient hat. Einen Unbeteiligten.«

»Einen Unbeteiligten?« Dieses Wort schien Torvis enorm zu stören, fast so, als hätte sie selbst etwas zu verbergen.

Doch bevor sie mehr dazu sagen konnte, öffnete sich die Tür der Hütte erneut. Auf der Schwelle stand ein Mann, den Mylo von irgendwoher kannte. Es musste derjenige sein, der vorhin den Handkarren geschoben hatte. Nun allerdings war er klatschnass und splitterfasernackt. Die schwieligen Hände hielt er sich schützend vors Gemächt. »Dieser Kobold … Wo ist er hin?«, bibberte er.

»Gair!«, rief Fiona aufgebracht. »Was soll das? Zieh dir gefälligst was an!«

»Er klaubt alle Kleidungsstücke zusammen und wäscht sie. Meine hat er auch mitgenommen. Ich wollte nur kurz ein Bad in den Tränen meiner Geliebten nehmen, um den Schmutz des Prangers abzuwaschen, aber als ich zurückkam, waren sie weg!«

Nun endlich erinnerte sich Mylo an ihn. Er hatte ihn vor der Dämmerfeste getroffen, wo er mit seinem Vater unter den Bittstellern gewesen war: der verrückte Kerl, der sich für ein Kelpie hielt! Heute schien er einer anderen Wahnvorstellung anzuhängen.

In Ermangelung eines Umhangs oder einer Hose – Broc hatte wirklich alles eingesammelt, womit man sich hätte bedecken können – griff Fiona nach Mylos Kutte. »Hier, zieh das an! Vorher rede ich kein weiteres Wort mit dir!«

»Nein … warte!«, rief Torvis. Wie von einer Sprungfeder getrieben, schnellte sie vor und riss das Kleidungsstück an sich. Fahrig schweifte ihr Blick zwischen Mylo, Fiona und diesem Gair hin und her. Irgendetwas sehr Wichtiges schien ihr durch den Kopf zu gehen, aber Mylo konnte sich nicht erklären, was es war. Schließlich blies sie die Luft aus und reckte dem nackten Schmied die Kutte entgegen. »Hier! Wir werden sehen, was dann passiert.«

Offenbar erleichtert nahm Gair das Gewand an und schlüpfte hinein.

Der Stoff war kaum über dessen Hüften geglitten, als seine Pupillen zu tanzen begannen. Sein Kopf sackte in den Nacken, und ein wohliges Stöhnen drang aus seinem Hals. »Gerade noch rechtzeitig!«, stieß er hervor. »Nicht mehr lange, und ein neuer Tag bricht an. Dann werde ich diesen Körper verlassen!«

Mylo verstand nicht, was hier geschah, wohl aber, dass der sonderbare Irre ihm direkt in die Augen sah, als würde er nur mit ihm sprechen.

»Weißt du noch, was Adair gesagt hat? *Kein Zauber dieser Welt kann den Tod zurückrufen, wenn er sich erst einmal auf den Weg zu seinem Opfer gemacht hat.* Nun … meine Magie ist nicht von dieser Welt. Und draußen leuchtet der volle Mond.«

»Wer bist du?«, fragte Mylo verdutzt.

»Derjenige, der dir helfen wird. Das zumindest war das Letzte, was dein armer Meister dir prophezeit hat, nicht wahr?«

»Teran …«, stammelte Mylo. Die Erkenntnis traf ihn wie ein Schlag. Er wäre auf die Knie niedergesunken, wäre er nicht an einen Stuhl gefesselt gewesen.

Der verrückte Mann lächelte, dann bückte er sich, griff in die Asche der kalten Feuerstelle und schmierte den Ruß über seine Kutte, wodurch sich ein schwarzer Streifen auf dem Gewand bildete. »Oh, jetzt habe ich es ganz dreckig gemacht!« Er lachte dröhnend. »Aber ich denke, das war in deinem Sinne, Mylo, nicht wahr? Gib es bloß keiner Banshee mehr zum Waschen!« Er zwinkerte ihm zu und sah dabei regelrecht vergnügt aus.

Mylo starrte auf seine verfluchte graue Kutte und wartete, dass sie den Schmutz des Lebens abstieß, wie stets in den vergangenen Tagen. Doch nichts dergleichen geschah.

Dafür verzog sich der Nebel des Fiebers, der in den letzten Stunden seinen Kopf durchdrungen hatte. Der Schwindel verging, und mit einem Mal hörte sogar das Kratzen in seinem Hals auf. So tief wie selten zuvor atmete Mylo ein, lechzend wie ein Verdurstender, der auf einen Brunnen gestoßen war. Und von einer Sekunde auf die andere war die Vorstellung, eine ganze Nacht hindurch mit kaltem Wasser übergossen zu werden, gar nicht mehr so quälend wie zuvor.

Das Totenhemd war nur noch eine Kutte! Teran höchstpersönlich hatte den Fluch von ihm genommen. Vor Erleichterung entwich Mylo das tiefste Seufzen seines Lebens.

»Danke!«, stieß er hervor.

»Es war mir eine Freude«, antwortete Teran, der auf einmal unruhig blinzelte.

Da erst wurde Mylo bewusst, dass dies die vermutlich erste und letzte Gelegenheit für ihn war, dem Vatergott seinen größten Wunsch vorzutragen. Den Grund, weshalb er überhaupt auf die Sterninsel gekommen war. Jetzt bestand wieder Hoffnung, alles zum Guten zu wenden. »Mondvater«, rief er mit wild klopfendem Herzen. »Gib mir Magie! Erwähle mich als deinen Diener!«

Teran ließ die rußige Hand sinken. Ein Zittern durchlief seinen massigen Körper. »Das habe ich längst getan«, sprach er, doch auf einmal klang seine Stimme, als würde sie von weit her kommen. »Nun ist sie zerrissen. Angekettet in den Wassern des blauen Sees. Willst du sie heben, so folge der Selkie! Ich jedoch muss gehen. Ich fühle mich schwach. So furchtbar schwach …«

Damit ließ er sich auf das Bett neben der Tür fallen, zog die Beine an und begann zu schnarchen, als wäre er wirklich nur ein stumpfsinniger Muskelprotz. Alle im Raum starrten ihn entgeistert an.

»Kann mir jemand erklären, wer dieser Kerl ist?«, fragte Mylo in die Stille hinein.

»Mein Verlobter«, murmelte Fiona.

»Der untreue Schmied? Und warum in aller Welt spricht Teran durch seinen Mund?«

Sie zuckte mit den Schultern. »Es ist passiert, nachdem eine Feenkatze ihn überwältigt hat.«

»Feenkatze?«, fragten Torvis und Mylo wie aus einem Munde.

»Ja.« Fiona schien irritiert. »Was wisst ihr über sie?«

Mylo sah die Selkie an, doch sie presste die Lippen aufeinander und schwieg. Also erzählte er, wie eine schwarze Katze ihn auf Illarias Haut aufmerksam gemacht und so verhindert hatte, dass er Torvis' Fell raubte. Wie der Nuckelavee anschließend getobt und behauptet hatte, er hätte ihm nicht das *richtige* Artefakt gebracht.

»Diese Katze … Sie hat dafür gesorgt, dass ich keine von euch beiden bestehlen konnte. Es könnte sein, dass Morgan durch sie mit uns kommuniziert.«

Die Stimmung in der Hütte hatte sich durch den Vorfall mit Gair gewandelt. Torvis lief nun unruhig auf und ab. Man konnte die Gedanken hinter ihrer Stirn rasen sehen. Fiona hingegen verharrte weiterhin starr auf ihrem Stuhl.

»Noch vorhin hast du gehustet, als wärst du von der Schwindsucht befallen. Jetzt bist du wieder stark. Was war das für ein Fluch, den Teran von dir genommen hat?«, fragte die Selkie.

»Der Todesfluch einer Banshee. Er hat überhaupt erst dafür gesorgt, dass ich losgezogen bin, um deine Haut und Fionas Auge zu stehlen.«

»Das heißt, du bist nun frei«, schlussfolgerte Torvis. »Du kannst gehen, wohin du willst. Wenn du die Sterninsel verlässt und dein Heil am anderen Ende der Welt suchst, bist du aus der Sache raus.«

Mylo nickte.

»Einer wie du, der Unschuldige ausnutzt und beraubt, wird vermutlich genau das tun.« Ihre feingliederigen und doch so starken Hände schlossen sich erneut um den Dolch. »Trotzdem hat Sea Mither mir aufgetragen, dich zu retten.«

Erst bei diesen Worten schien auch Fiona wieder zu sich zu kommen. Sie sprang so unvermittelt auf, dass ihr Stuhl nach hinten kippte. »Drehst du jetzt genauso durch wie Gair? Er verbündet sich mit Teran, du mit Sea Mither? Und das alles, um meinen selbstsüchtigen …«, sie zögerte kurz, dann spuckte sie das Wort beinahe angewidert aus, »… *Bruder* vor dem Tod zu bewahren?«

Für einen winzigen Moment funkelte Wut in Torvis' Augen, doch sie kämpfte sie schnell nieder. »Es mag dir seltsam vorkommen, Menschenfrau. Aber in einer tieferen Sphäre des Lebens verschwimmen die Grenzen zwischen der diesseitigen Welt und der jenseitigen. Du glaubst, das Dasein bestünde nur aus Licht und Schatten. Tauchst du aber tiefer, so findest du das Zwielicht … die Dämmerung.« Kurz ruhte ihr Blick auf Mylo. Vielleicht dachte sie gerade ebenso wie er an den Moment, als er ihr sein Lied auf der Flöte vorgespielt hatte. An den Klang jener Melodie, die in all ihrer Zerrissenheit dennoch vollkommen gewesen war. Seither mussten hundert Jahre vergangen sein.

»Bring das Wasser zum Land und dem Nackten Gewand«, sagte Torvis. »Das war der Auftrag, mit dem Sea Mither mich hierher zurückgeschickt hat. Sie hat genau diese Situation vorhergesehen. Als ich dem Druiden sein Gewand ausgezogen habe, hatte ich nichts weiter im Sinn, als ihn zu quälen. Stattdessen hat Teran ihn befreit. Die Götter mögen schwach sein, aber sie finden immer noch Wege, um unser Schicksal zu lenken.«

Damit beugte sie sich vor und durchschnitt Mylos Fesseln. Seine Hände schmerzten, als das Blut zurück in seine Adern floss. Er warf ihr einen dankbaren Blick zu, doch sie erwiderte ihn nicht.

»Nun habe ich euch zueinander gebracht. Das Wasser und das Land. Terans und Sea Mithers Auserwählte. Seht zu, wie ihr mit den Gezeiten fertigwerdet, die nun über euch kommen. Ich gehe zurück zu meiner Familie, denn Illarias Haut ist verloren.

Gegen die Herrin vom See im Körper eines Nuckelavees trete ich nicht an.«

Achtlos ließ sie den Dolch zu Boden fallen und schritt mit unbewegtem Gesicht zur Tür.

Mylo sprang auf. Im Grunde wusste er nicht, was er sagen sollte. Durch seinen Kopf schossen Hunderte von Gedanken. Einer beherrschte sie allesamt: der Wunsch, sie aufzuhalten! Wenigstens einen letzten Blick von ihr wollte er erhaschen. Einen, an den er sich erinnern konnte, wenn die Tage besonders dunkel wurden.

»Donnerkind!«, rief er hinter ihr her.

Sie verharrte an der Tür, eine Hand am Knauf.

»War das alles, was Sea Mither dir aufgetragen hat?«

Erst schien es, als bliebe Torvis ihm die Antwort schuldig, dann aber drehte sie sich um und sog ihn in ihre abgrundtiefen Augen. »Nein.«

»Was noch?«

»Etwas, das ich nicht verstehe. Und was ich nicht begreife, kann ich auch nicht erfüllen. Sie sagte: *Find das fehlende Stück, und Magie kehrt zurück.*«

Mylo verstand es ebenso wenig, doch ihm kam der Rat in den Sinn, den Gairs Lippen überbracht hatten. »Teran riet mir, dir zu folgen, wenn ich meine Magie finden will. Vielleicht hat das etwas damit zu tun.«

Sie prustete. »Du kannst mir nicht folgen, Druide, denn dafür fehlt es dir auch jetzt noch an Luft.«

Seine Schultern sackten nach unten. »Geh nicht!«, bat er leise.

Lange hielt sie seinen Blick. Was sie darin zu lesen vermochte, wusste er nicht, doch sie zeigte keinerlei Emotion. Schließlich kehrte sie ihm wortlos den Rücken zu und öffnete die Tür. Diese war kaum aufgeschwungen, als Torvis einen Schritt zurückwich und verwirrt auf den mannshohen Berg aus klatschnassen Kleidern starrte, der auf der Schwelle hin und her schwankte.

»Auf der Wäscheleine ist kein Platz mehr«, drang eine gedämpfte Stimme daraus hervor. »Deshalb dachte ich, ich zünde hier ein Feuer an und hänge sie daneben auf. Soll ich deine Haut auch waschen, Selkie? Danke, dass du mir die Tür geöffnet hast!«

Ohne ein Wort an den Brownie zu verlieren, drängte Torvis sich an ihm vorbei und verschwand nach draußen in die Dunkelheit. Mylo spürte einen Stich im Herzen.

Der Berg aus Decken, Kleidung und Lumpen setzte sich Richtung Feuerstelle in Bewegung, wo er erst gewaltig ins Wanken geriet, bevor er ein sicheres Plätzchen auf dem Boden fand. Brocs Gesicht tauchte daraus hervor. Als er Mylo ohne Fesseln sah, entknitterte sich seine Miene augenblicklich.

»Oh! Dann ist sie wohl nicht gegangen, um neues Eiswasser zu holen? Die Folter ist vorbei?« Begeistert klatschte er in die Hände. »Und ich habe extra viel Wäsche gewaschen, damit ich ein Feuer für dich anzünden darf.«

Sein Blick fiel erst auf Mylos wehmütige Miene, dann auf die versteinerte Fiona und schließlich auf Gair, der in der rußverschmierten Kutte auf dem Bett lag und schlief. »Da … da ist Dreck auf deinem Totenhemd!«, krähte er.

Mylo lächelte. »Was für ein traumhafter Anblick, nicht wahr?«

Fiona taute an diesem Abend nicht mehr auf. Mehrmals versuchte Mylo, ein Gespräch mit ihr anzufangen, doch sie presste stur die Lippen aufeinander und tat so, als wäre er gar nicht da. Vermutlich hoffte sie, dass er am nächsten Tag weiterzog, um sich dem Nuckelavee in den Rachen zu werfen. Aber diesen Gefallen würde er ihr nicht tun. Torvis hatte die Sterninsel verlassen, und Fiona musste er ebenfalls von hier fortschaffen. Auch wenn es nicht leicht war, sie zum Aufbruch zu überreden. Als er Logan ins Spiel brachte und sagte, ihr Vater hätte es sich gewünscht, sie in Sicherheit zu wissen, rannte sie weinend aus der Hütte. Broc holte sie zurück, indem er ihr versprach, sie von Mylos Gegenwart zu erlösen.

Also verbrachten die beiden Gefährten die Nacht draußen vor der Hütte, wo Fiona sie nicht sehen musste.

Von drinnen hörten sie Gairs regelmäßiges Schnarchen und das Prasseln des mittlerweile entzündeten Feuers. Fiona ging noch eine Weile auf und ab – vermutlich hängte sie die Wäsche auf –, bevor es endgültig still wurde. Und kalt. Mylo war zumindest sein zerrissener Umhang geblieben, den er nun enger um seine Schultern wickelte. In Ermangelung einer trockenen Decke warfen sie einige Fischernetze über sich.

»Du kannst dir nicht vorstellen, wie gut es ist, wenn man einfach nur tief ein- und ausatmen kann«, bemerkte Mylo, der sich in seinem ganzen Leben nie so gesund und stark wie in diesem Moment gefühlt hatte. »Was für ein Geschenk, wenn dir kein Schweiß auf der Stirn steht, kein Schmerz durch deinen Kopf pocht, keine Schwäche deine Knie beugt.«

»Teran hat dich gerettet«, sagte der Brownie ehrfürchtig.

»Torvis war der Meinung, *sie* hätte mich gerettet«, antwortete Mylo, während er aufs Meer hinausstarrte, das still wie ein Waschzuber dalag. Irgendwo da draußen schwamm eine Selkie ihrer Freiheit entgegen, und gleichzeitig näherte sich von Süden eine Streitmacht blutrünstiger Christen. Dennoch plätscherten nur wenige sanfte Wellen gegen den Strand, als wäre all der Aufruhr unter den Menschen der Sea Mither keinerlei Aufregung wert.

»Nun ja«, meinte Broc. »Immerhin war sie diejenige, die dem Nackten das Gewand verschafft hat.«

Mylo nickte versonnen. »Weißt du, was ich denke? Hättest du nicht so fleißig Wäsche gewaschen, wäre Gair erst gar nicht in diese Verlegenheit gekommen.«

Der Brownie schmunzelte. »Vielleicht bringe ich ja doch Glück.«

»Na, nun übertreib mal nicht!«

Sie lachten beide, dann lehnten sie sich mit dem Rücken an das ältere Fischerboot, das kieloben im Sand lag, und blickten hinauf in die Sterne. Das Leben fühlte sich mit einem Mal recht lohnenswert an.

»Wie hat Torvis dich eigentlich erkannt?«, fragte Mylo nach einer Weile.

»Gar nicht. Sie hat mich übersehen, so wie immer. Aber ich habe mich zu erkennen gegeben, als ich sie von dir heruntergezogen habe. Ehrlich, diese Frau hat einen überaus effektiven rechten Haken.«

»Wohl wahr«, murmelte Mylo. Er rieb sich die immer noch schmerzende Schläfe, dann wischte er die allzu aufwühlenden Gedanken an Torvis beiseite und sah wieder Broc an. »Eines muss man dir lassen: Du löffelst die Suppen aus, die du dir und anderen einbrockst. Danke dafür!«

Der Brownie grinste breit. »Gern geschehen.« Er zog die Netze höher und drehte sich zur Seite, um zu schlafen.

Mylo blieb lange wach. Erst als die dunklen Wolken sich verzogen und einen hell leuchtenden Vollmond offenbarten, wurde ihm bewusst, dass heute wahrhaftig der einzige Tag im Monat war, an dem Teran nach der Lehre der Druiden die Pforten der Anderwelt durchschreiten konnte. Aus diesem Grund verbrachten Drostan und seine Dorchas die Vollmondnächte oft betend unter freiem Himmel. Hätte ein anderer Geist Besitz von Gairs Seele ergriffen, so trüge Mylo jetzt immer noch ein Totenhemd.

Nun aber war eine neue Zeit angebrochen. Eine, in der wieder alles möglich war – wenn er nicht bald dem wahrhaftigen Tod in die überlangen Arme fiel. Der erste Tag seiner Bedenkzeit war vorbei. Zwei weitere würden folgen.

LEGENDE

Am liebsten hätte Fiona sich für immer unter ihrer Bettdecke verkrochen. Innerhalb eines einzigen Tages hatte man ihr Leben so auf den Kopf gestellt, dass alle Gedanken darin durcheinandergeraten waren. Logan – der Mensch, der ihr seit jeher am nächsten stand – war niemals ihr Vater gewesen. Nun hatte er sich in Terans Reich aufgemacht und ihr dafür einen Bruder dagelassen, der ihr vollkommen fremd war. Einen Druiden, den sie vor kurzem bewundert hatte, bis er ihr das Liebste im Leben nahm, und der jetzt der Meinung war, sie solle seinem Befehl gehorchen und die Insel verlassen.

Was war ihr geblieben? Ein hirnloser Verlobter, der seinen Leib täglich neuen Dämonen zur Verfügung stellte.

Mit vom Weinen verquollenen Augen blickte sie an diesem Morgen in die letzte Glut der Feuerstelle und dachte an die zahlreichen Geschichten, die Logan ihr früher im Schein der Flammen erzählt hatte. Wie oft hatte sie sich dabei gewünscht, ein Teil jener Legenden zu sein! Tausendmal hatte sie sich vorgestellt, ihre Gestalt zu wechseln wie Morgan le Fay und die Nebel von Avalon zu teilen wie Nimue. Töricht und naiv war sie gewesen! Denn die Wahrheit sah anders aus. In ihrer Welt, die nur noch aus Tod und Chaos zu bestehen schien, trachtete Nimue ihr nach dem Leben, und Morgan war eine fremde Mutter, an deren Küsse sie sich nicht erinnern konnte.

Mitten in ihre Gedanken hinein setzte sich Gair plötzlich ruckartig in seinem Bett auf. Bis gerade eben hatte er tief und fest geschlafen, was an dem durchdringenden Schnarchen zu hören gewesen war. Nun aber sah er sich hektisch in der Hütte um, ehe sein fahriger Blick auf ihr haften blieb.

»Geliebte! Was ist geschehen? Gerade eben habe ich noch gekämpft!«, stammelte er.

Seufzend schlug Fiona ihre Bettdecke zurück, stand auf und gesellte sich zu ihm. »Ich weiß«, sagte sie in beruhigendem Tonfall. »Die Feenkatze, nicht wahr? Wir vermuten, dass eine mächtige Druidin dahintersteckt. Sie hat dich ziemlich verwirrt.«

Gair schüttelte heftig den Kopf. »Ich weiß nichts von einer Feenkatze. Aber Mordred … Er stieß sein Schwert in mich. Und ich meines in ihn …«

Er zog den Kragen von Mylos Kutte nach vorn und blickte auf seine Brust. »Kein Blut! Wer hat mich geheilt? Wo bin ich?« Völlige Hilflosigkeit stand in seinen Augen.

»Gair, du …«

»Warum nennst du mich so?« Sein Atem ging heftig, er sah an sich hinab, tastete über sein Gesicht und zog scharf die Luft ein. »Wo ist mein Schwert?«

»Du hast überhaupt kein Schwert. Wenn überhaupt, dann schmiedest du welche.« Beruhigend legte Fiona eine Hand auf seinen Arm »Gair … was glaubst du, wer du bist?«

»Du fragst mich, wer ich bin?«, stieß er hervor. »Hältst du mich für übergeschnappt?«

»Nein, aber für besessen. Wer auch immer du bist: Dein Geist steckt im Körper eines Schmieds von den Orkney-Inseln.«

»Waaaaaas?« Mit einem einzigen Satz sprang er aus dem Bett. Panisch huschte sein Blick durch den Raum, dann fasste er sich an den Kopf und schüttelte ihn, als könne er nicht fassen, was ihm widerfahren war.

In dem Moment ging die Tür auf, und Mylo kam herein, gefolgt von seinem Brownie. Im Gegensatz zu gestern wirkte er heute erholt und stark. Rein äußerlich hatte er jedoch nichts mehr mit dem überlegenen Druidenanwärter zu tun, der vor drei Tagen in Fionas Leben aufgetaucht war. Sein Umhang war zerrissen wie der eines Bettlers, sein Haar zerwühlt und sein Blick konfus. Ein wenig befriedigte sie dieser Umstand.

»Merlin!«, rief Gair bei seinem Anblick. »Bei Teran, was bin ich froh, dich zu sehen!« Mit ausgebreiteten Armen stolperte der Schmied auf Mylo zu und drückte den widerstrebenden Druiden an seine Brust.

»Wer ist er denn heute?«, fragte Broc mitleidsvoll.

»Das habe ich noch nicht herausgefunden«, antwortete Fiona. »Aber es muss sich um einen Krieger handeln. Er sucht nach seinem Schwert.«

Mit dieser Aussage schien sie Gair ein Stichwort zu liefern, denn nun packte er Mylo an den Schultern und rüttelte ihn. »Da hast du mich aber gewaltig an der Nase herumgeführt, alter Freund. Guinevere hat gerade behauptet, ich sei ein Schmied. Und nun sag mir: Wo ist Excalibur?«

Mylo stieß einen langen Seufzer aus. Er entfernte Gairs Pranken von seinen Schultern und schüttelte den Kopf. »Es tut mir leid, Euch enttäuschen zu müssen, *Mylord Arthur*. Aber ich bin nicht Merlin, sondern sein Sohn. Und bei der werten Dame hinter Euch handelt es sich nicht um Eure Gemahlin Guinevere, sondern um meine Schwester Fiona.«

Gair schien ihm nicht folgen zu können. Er klopfte sich gegen den Kopf und brummte: »Mordred muss mir einen gewaltigen Schlag verpasst haben.« Verständnislos blickte er von einem zum anderen. »Ihr seid verwandt?«

Fiona wich Mylos Blick aus. Noch immer wollte sie den Umstand nicht akzeptieren, dass er ihr Bruder war. Zudem raste ihr

Herz mit einem Mal so heftig, dass ihr ganz schwindelig davon wurde. War das wirklich der Geist von Arthur Pendragon, der aus Gairs Mund sprach? Nicht einmal die Stimme des Vatergottes gestern Nacht hatte sie derart aufgewühlt. Wie viele Stunden ihres Lebens hatte sie den Sagen über diesen König und seine Tafelrunde nachgespürt, hatte sich den Kopf über ihn zerbrochen und sich vorgestellt, Teil seiner Geschichte zu sein? Und nun – von einer Sekunde auf die andere – war sie es.

Sie trat vor ihn und vollführte einen kleinen Knicks, der reichlich steif ausfiel, denn es war ihr erster.

»Mylord … Ihr seid in der Schlacht von Camlann gefallen. Euer Neffe Mordred verletzte Euch tödlich, woraufhin Morgan le Fay Euch nach Avalon brachte. Doch das Tor dorthin wurde wenig später verschlossen, also … weilt Euer Geist wahrscheinlich in der Zwischenwelt – oder ist weitergezogen ins Haus des Vaters. So genau weiß das keiner.«

Einen Moment lang starrte der König im Körper eines Schmieds sie an, dann taumelte er rückwärts und ließ sich auf das Bett niedersinken. Er barg das Gesicht in seinen Händen und schüttelte verzweifelt den Kopf. Als er sie wieder ansah, war das wache Glitzern aus seinen Augen verschwunden. Nun wirkte er nur noch wie ein Schmied, der seinen Kopf als Amboss missbraucht hatte.

»Hat jemand mein Schwert gesehen?«

In Ermangelung anderer Gesprächspartner musste Fiona ihre Gedanken doch mit Mylo und dem Brownie teilen. »Ich vermute, die Präsenz in seinem Kopf ist nicht immer gleich stark. Gestern hat er zwar ständig behauptet, Teran zu sein, aber nur zweimal war er offen genug, dass die Gottheit klar durch seinen Mund sprechen konnte. Es ist, als hätte jemand einen Weg aus anderen Sphären in seinen Körper geebnet, aber die Geister dringen nur selten ungefiltert hindurch.«

»Was die Sache für uns nicht leichter macht. Wir wissen nie, ob er gerade Unsinn faselt oder nicht«, stellte Mylo seufzend fest.

Beide starrten Gair an, der sich gerade am Kopf kratzte und die getrockneten Kräuterbüschel im Dachgebälk betrachtete.

»Du hast gesagt, er ist verrückt geworden, nachdem ihn die Feenkatze angegriffen hat?«, hakte Mylo nach.

Fiona nickte.

»Dann will unsere Mutter uns dadurch etwas mitteilen.«

»Aber was?«

»Nun …« Mylo deutete auf die rußverschmierte Kutte, die Gair immer noch trug. »Gestern hat sie dafür gesorgt, dass ich meinen Fluch losgeworden bin. Und heute …« Er überlegte, schien aber zu keinem Schluss zu kommen.

Gair unterbrach ihrer beider Gedanken, indem er aufstand und zur Tür ging.

»Wo wollt Ihr hin?«, rief Fiona hinter ihm her.

»Mein Schwert holen. Es muss irgendwo in Avalon sein.«

»Aber wir sind hier auf den Orkneyinseln! Avalon liegt weit weg in Wessex. Erinnert Ihr Euch nicht?«

Gair schenkte ihr ein entrücktes Grinsen. Dann machte er kehrt, kam zu ihr und legte ihr unvermittelt eine Hand in den Nacken. Noch ehe Fiona einen Ansatz von Gegenwehr aufbringen konnte, zog er sie heran und küsste sie auf den Mund. Es war ein tiefer Kuss, ganz anders als sein letzter dort oben auf der Klippe – heiß und prickelnd, so wie sie es sich früher immer vorgestellt hatte. Wie versteinert stand sie da und ließ es geschehen, unfähig, auch nur einen Muskel zu rühren. Als er sie wieder losließ, funkelten seine Augen. »Du weißt doch, was Morgan gesagt hat, Liebste: *Es gibt immer einen Weg nach Avalon. Folge deinem Herzen, und du findest ihn!*«

Fiona durchlief ein Schaudern vom Haaransatz bis in den kleinen Zeh. »Aber … Gair!«

Er drehte sich nicht mehr zu ihr um. Stattdessen klopfte er Mylo auf die Schulter wie einem langjährigen Freund, tätschelte dem Brownie den Kopf und verließ die Hütte.

Mylo hatte eine Augenbraue hochgezogen und betrachtete sie verwirrt. Welche Fragen auch immer durch seinen Kopf schwirrten – er stellte sie nicht.

Mit einem Mal kam Fiona sich vor wie ein Kind, das um eine Erklärung verlegen war. »Normalerweise ist er anders … weniger … sinnlich.«

»Du musst dich vor mir nicht rechtfertigen.«

Sie starrte Gair hinterher, der vor der Hütte kurz in alle Richtungen blickte, bevor er sich zu den Klippen aufmachte und aus ihrem Blickfeld verschwand. Ihr Entschluss kam aus dem Bauch heraus. »Ich werde ihm hinterhergehen!«

»Mir wäre lieber, du würdest …«, begann Mylo, doch sie schnitt ihm sogleich das Wort ab.

»Es ist mir egal, was dir lieber wäre, *Bruder*! Ich bin eine freie Frau und kann tun und lassen, was ich will. Dieser Verrückte, der sich da gerade in Richtung Druidenwald aufmacht, ist im schlimmsten Fall mein zukünftiger Gemahl und im besten Fall der Großkönig Britanniens, den unsere Mutter uns geschickt hat, um uns den Weg nach Avalon zu zeigen. Warum auch immer.«

»Ich kenne den Grund«, sagte Mylo. »Oder vielmehr: Ich ahne ihn.«

»Und der wäre?«

Er atme einmal tief durch. »Nimue hat gesagt, sie hätte das Tor nach Avalon nie geschlossen, sondern es wären unsere Eltern gewesen. Ich glaube dieser Hexe von einer Fee, denn sie hätte sich niemals selbst aus ihrem Reich ausgesperrt. Doch vielleicht hatten Merlin und Morgan einen guten Grund, das zu tun. Und womöglich haben sie eine Hintertür für uns offen gelassen. Avalon ist das Zentrum aller magischen Kraft. Genau die fehlt uns. Unserer Welt, den Druiden … dir und mir. Wenn wir tatsächlich ein Tor zur magischen Zwischenwelt öffnen könnten, dann würde das alles ändern: Ich hätte die Chance, Nimue zu besiegen ebenso wie die christliche Armee.«

»Wir«, korrigierte ihn Fiona, auch wenn das Wort bitter schmeckte. »*Wir* könnten sie besiegen. Denn auch ich trage Magiereste in mir, auf die ich nicht zugreifen kann. Und ich will dabei helfen, die Welt aus Licht und Schatten zu retten.«

Mylo nickte, obgleich ihm anzusehen war, dass er sie weiterhin lieber verstecken wollte. Ein klein wenig rührte sie seine Sorge um sie.

Er hat deinen Vater auf dem Gewissen!, schrie eine Stimme in ihrem Innerem. *Er ist ein Fremder, dem du nicht trauen kannst!*

Dies war der Moment, in dem sie sich entscheiden musste, in welche Richtung sie das Steuer ihres Lebensbootes einschlagen wollte. Flucht oder Kampf? Sicherheit oder Abenteuer? Fischerin oder Legende?

Entschlossen nickte sie ebenfalls, dann schulterte sie ihren Proviantsack, stopfte noch Gairs mittlerweile getrocknete Kleidung hinein und rannte ihm hinterher.

Mylo und Broc ließen nicht lange auf sich warten.

Wie sie bereits geahnt hatte, lief ihr Verlobter in direkter Linie auf den Druidenwald zu. Nach wie vor gab er sich dabei als König Arthur aus, doch die Tiefe der Präsenz kehrte nicht zurück. Stattdessen faselte er ununterbrochen wirres Zeug von Ungeheuern, die er erlegen, und Feinden, die er besiegen wollte. Er verfluchte gleichermaßen alle Sachsen, Pikten und Römer und gab ihnen die Schuld am Verlust seines Schwertes. Kurz vor dem Druidenwald schien er nicht mehr zu wissen, wieso er überhaupt hergekommen war. Er blieb stehen und kratzte sich am Kopf. Eine Weile blickte er in die Richtung, in der sein Dorf lag. »Was wollen wir hier noch mal?«, fragte er verwirrt.

»Wir suchen einen Weg nach Avalon. Ihr sagtet, man müsse seinem Herzen folgen, um ihn zu finden, Mylord«, erinnerte Mylo ihn.

»Mylord?«

»Ihr seid König Arthur Pendragon.«

Gair guckte verwirrt. »Hm … Meinst du wirklich? Du jedenfalls siehst aus wie …« Er überlegte.

»Merlin.«

»Ah, genau der! Ein ernster Mann, aber nach einigen Schlucken Met durchaus unterhaltsam. Meine Kindheit mit ihm war jedoch … nun ja … hin und wieder recht eintönig.«

»Darf ich raten? Stundenlanges Philosophieren über die Gestirne. Endlose Einkehr und Besinnung auf die Götter.«

»Woher weißt du das?«

Mylo winkte ab. »Mit der Ausbildung bei den Dienern der Sonne habe ich so meine Erfahrungen. Wohin zieht Euch Euer Herz nun, Mylord?«

»Nenn mich Arthur, wie früher auch.« Er drehte sich einmal um die eigene Achse, dann deutete er in den Wald hinein. »Immer geradeaus.«

Fiona verstand nicht, warum sie nicht längst auf ein Boot gestiegen und gen Festland losgesegelt waren. Hier auf der Sterninsel würden sie das Tor nach Avalon gewiss nicht finden. Doch Gair – beziehungsweise der König – schien sich gänzlich sicher zu sein, dass er in die richtige Richtung ging.

Nie zuvor war Fiona im Druidenwald gewesen, denn Logan hatte stets darauf geachtet, dass sie keinen Fuß hineinsetzte. Nur ein Mal, an dem Tag, als ihre Ziehmutter krank geworden war, hatten sie die Dämmerfeste betreten. Der Wald dahinter war jedoch tabu gewesen. Nun atmete sie zum allerersten Mal den schweren Duft der Fichtennadeln ein und spürte den Tanz der Sonnenflecken auf ihrer Haut. Ringsum hatten die Laubgeister schon ihre bunten Herbstkleider angelegt, und von oben segelte allenthalben ein neues rotes oder gelbes Blatt auf sie nieder.

Anfangs tauschten sie noch das eine oder andere Wort miteinander. Je weiter sie aber in den Wald vordrangen, desto angespannter schien Mylo zu werden. Fiona betrachtete sein besorgtes Gesicht. Es war ein ausnehmend schönes Antlitz für einen Mann, wie sie nicht zum ersten Mal feststellte. Kantig und ebenmäßig, mit ausgeprägten Wangenknochen und fast schon sinnlichen Lippen. Aber nicht nur die dunklen Bartstoppeln und der Schlafmangel, der sich als Schatten unter seinen Augen abzeichnete, verliehen ihm sichtbare Düsternis. Er hatte etwas an sich, das sicher viele Menschen abschreckte – wie ein Knurren aus der Tiefe, eine Warnung, niemals einen Schritt zu nah an ihn heranzutreten. Warum hatte Logan das nicht bemerkt? Er wäre noch am Leben, hätte er genügend Abstand zu diesem nachtschwarzen Druiden eingehalten.

»Was beunruhigt dich?«, fragte sie geradeheraus.

Er musterte sie überrascht, als hätte er nicht damit gerechnet, dass sie seine Beklommenheit bemerken würde. »Die Monster. Seit fast einer Woche hat niemand sie mehr gefüttert. Die schlimmsten von ihnen sind hinter Gittern eingesperrt, doch einige laufen frei herum.«

»Aber du hast doch Waffen, um dich gegen sie zu verteidigen.« Sie wies auf den Dolch und den Eisenstock an seinem Gürtel.

Mylo seufzte. »Ja. Ich bin nur nicht sicher, ob das ausreicht, um eine ausgehungerte Horde Baobhan-Siths fernzuhalten.«

»Diese Frage hat durchaus ihre Berechtigung«, mischte sich Broc ein, und sein Augenrollen deutete an, dass er noch mehr zu diesem Thema hätte berichten können.

Ein klein wenig überkam Fiona die Angst. »Wurdest du nicht ausgebildet, um mit diesen Kreaturen umzugehen?«

»Meine Ausbildung bestand darin, einen Wagen mit Futter zu ihnen zu lenken. Sind sie satt, so komme ich mit ihnen zurecht. Aber ich glaube kaum, dass mein Großmeister daran gedacht hat, einen echten Druiden als Ersatzwildhüter zu den Monstern zu schicken. Jeder Tag, der nun vergeht, wird sie aggressiver machen.«

»Und dabei sind die Vampirinnen bei weitem nicht die Schlimmsten«, fügte der Brownie hinzu.

Fiona sog tief die Luft ein. Furcht und prickelnde Aufregung strömten gleichermaßen durch ihre Adern, gespickt mit der Trauer um ihren Vater und der Beklommenheit gegenüber ihrem Bruder. Nie zuvor hatte sie so viele Dinge gleichzeitig gefühlt.

Gair führte sie zielsicher durch das Unterholz, vorbei an kleinen, aber wütenden Kobolden, die mit Tannenzapfen nach ihnen warfen, und einer blaugesichtigen Hexe mit messerscharfen Klauen, die vor einer Eichenlaube kniete und einem offenbar selbst erlegten Rehkitz das Fell abzog.

»Sieh ihr nicht in die Augen!«, wisperte Mylo Fiona zu, während sie wortlos an ihr vorbeigingen. »Die Black Annis hat selbst für ihr Futter gesorgt. Wenn wir sie in Ruhe lassen, wird sie uns nichts tun.«

Eine Black Annis! Das Herz der Fischerstochter wollte bersten vor Angst, doch die Abenteurerin in ihr machte eine interessante Entdeckung: Sie hätte diesen Hinweis von Mylo nicht gebraucht, um sich korrekt zu verhalten, denn auf unbestimmbare Weise strahlte die Hexe genau das aus: *Bleibt mir vom Leib, und ich mache dasselbe!* Man konnte es von ihrer Stirn ablesen, wenn man aufmerksam hinsah.

Gair verhielt sich zufällig ebenfalls richtig. Wie von einer unsichtbaren Macht gesteuert, schritt er weiter mit starrem Blick voran, ohne auch nur im Geringsten auf das Schmatzen der Hexenkrallen im Fleisch ihres Opfers zu achten. Am besten hatte es der Brownie. Er gab sich einfach nicht zu erkennen.

Schon bald erreichten sie einen kleinen See mit blau schimmerndem Wasser. Am Ufer blieb Gair stehen und starrte eine Weile darauf, bevor er sich abwandte und weitergehen wollte. Im selben Moment tauchte ein tiefschwarzes Paar spitzer Ohren aus dem Spiegel des Teichs hervor. Es kam näher, und mit jedem Schwimmzug gab es mehr vom dazugehörigen Wesen preis: eine Mähne, die wie Seegras im Wasser wogte, geblähte Nüstern, auf denen Feuchtigkeit schimmerte. Gierig huschte der Blick des Kelpies zwischen ihnen hin und her, bevor er etwas länger auf Mylo haften blieb. Eine Sekunde später war es wieder abgetaucht.

»Da haben wir noch einmal Glück gehabt«, stieß Mylo erleichtert hervor, dann wandte er sich an Gair: »Mylord … Arthur … Bist du sicher, dass wir uns auf dem richtigen Weg befinden?«

»Aber gewiss!«, antwortete Gair in einem so hochnäsigen Tonfall, dass niemand die adelige Herkunft seiner Stimme verleugnen konnte. »Dieses blaue Wasser hat mich irritiert. Nun werden wir weitergehen.«

Mylo wirkte skeptisch, doch ihnen blieb nichts anderes übrig, als dem Verrückten zu folgen und dabei zu hoffen, dass seine Verbindung zu Avalon immer noch stark genug war, um sie zu führen.

Sie hatten dem See eben den Rücken zugekehrt, da plätscherte etwas hinter ihnen. Fiona fuhr herum und traute ihren Augen nicht: Am Ufer stand – mit klatschnassem Haar und herausforderndem Blick – Torvis. Mylo, der sie ebenfalls entdeckt hatte, verschlug es bei ihrem Anblick die Sprache, denn die Selkie trug nicht ein einziges Kleidungsstück am Leib. Selbst Gair, der bislang völlig entrückt gewirkt hatte, blinzelte den Edelmut aus seinen Augen und stieß ein raunendes »Ich glaub, mich tritt ein Pferd!« aus.

Da bin ich sogar ziemlich sicher!, rief die Stimme der Abenteurerin in Fionas Kopf. Sie hatte keine Ahnung, woher diese Gewissheit rührte, doch aus irgendeinem Grund wusste sie genau, dass es sich bei diesem Wesen nicht um Torvis handelte, sondern um das Wasserpferd, das Mylo gerade eben noch so gierig angestarrt hatte. Diese Kreaturen konnten ihre Gestalt nach Belieben wechseln und damit jedes Opfer auf genau die Art und Weise einlullen, die es am tiefsten traf – Logan war niemals müde geworden, das zu betonen.

»Geh nicht zu ihr!« Sie packte den Druiden am Arm, doch er schien sie gar nicht wahrzunehmen. Wie verzaubert von der Anziehungskraft dieses Wesens machte er sich los und stolperte darauf zu.

»Mylo!«, schrie Fiona, selbst überrascht davon, wie schrill ihre Stimme klang, doch er hörte nicht auf sie.

Mit einer anmutigen Geste breitete das Kelpie die Arme aus. Es sagte kein Wort, vermutlich weil es der menschlichen Sprache nicht mächtig war, doch das begierige Funkeln in seinen Augen reichte als Lockruf völlig aus.

»Gair … Arthur! So tu doch etwas!«, rief Fiona ihrem Begleiter zu. Vergebens – er schien wie erstarrt.

Einzig Broc wagte einen Vorstoß, indem er sich an Mylos Bein hängte und ihn laut quietschend zum Stehenbleiben aufforderte. Doch der junge Druide schien völlig von Sinnen zu sein. Grob schüttelte er den Brownie ab, so dass dieser einen Purzelbaum vollführte und gefährlich nah an den trügerischen See heranrollte, wo er ächzend liegen blieb.

Nun hielt Fiona nichts mehr zurück. Bruder hin oder her –

dieser angebliche Wildhüter, der ihr weisgemacht hatte, er könne einen ganzen Wald voller Ungeheuer bändigen, war drauf und dran, sich einem von ihnen aus freiem Willen in den Rachen zu stürzen. Sie musste irgendetwas tun! In Ermangelung einer besseren Idee setzte sie hinter Mylo her und bekam seinen rechten Arm zu fassen.

Gleichzeitig griff das Kelpie nach seinem linken. Ein zischendes Fauchen drang über die sinnlichen Lippen des Wesens, als es feststellte, dass es bei seiner Jagd gestört wurde. Es drehte den Kopf, und seine Blicke verschmolzen mit Fionas. Für die Dauer eines Wimpernschlags fühlte sie den Hunger des Kelpies, konnte die unendliche Gier erahnen, von der es durchdrungen war. Warnend bleckte es seine Reißzähne.

»Lass ihn los!«, forderte Fiona.

Das Ungeheuer verengte die Augen zu schmalen Schlitzen.

»Der Beutel an Mylos Gürtel!«, schrie Broc von der Seite. »Wirf das Eisenpulver auf das Vieh!«

Das konnte ihrer beider Rettung sein! Blitzschnell fuhr Fionas Hand zu dem Beutel, um ihn zu öffnen, doch das Kelpie schien genau zu wissen, was sie vorhatte. Noch ehe sie die Lederschnüre lösen konnte, hatte es Mylo an sich gezogen und versetzte ihr einen Stoß.

Fiona taumelte zurück. Hilflos musste sie mit ansehen, wie das Wasserpferd sich in den See gleiten ließ und den Druiden mit sich fortriss.

Sie hatte einen Bruder gehabt.

Genau einen Tag lang.

KELPIE

Hätte sie nur auf die warnende Stimme in ihrem Inneren gehört! Wäre sie doch hinausgeschwommen zu den Liegeplätzen ihrer Familie! Stattdessen hatte Torvis sich zwischen den dunklen Felsspalten der Steilküste verborgen und beobachtet, was weiter in der Hütte geschah. Was sie davon abhielt, die beiden Geschwister samt Brownie und Schmied ihrem Schicksal zu überlassen, hätte sie selbst nicht sagen können. Vielleicht hatten die Götter ihre Lebensfäden miteinander verknüpft, was es gemeinhin schwer machte, sich voneinander zu lösen. Womöglich lag es aber auch an etwas ganz anderem. Der Gedanke, ihre Angelegenheiten an Land nicht abgeschlossen zu haben, nagte an ihr. Weder hatte sie Illaria ihre Haut zurückgebracht noch den letzten Teil von Sea Mithers Auftrag erfüllt. Doch gegen Nimue anzutreten, die gleichermaßen eine übermächtige Fee wie ein giftspeiender Nuckelavee war, wäre einem Selbstmord gleichgekommen.

Dennoch konnte oder wollte sie sich nicht von den Menschen lösen, die dort in einer schäbigen Fischerhütte auf einer abgelegenen Insel hockten und sich einbildeten, sie verfügten über genügend Macht, um ihre Welt vor dem Untergang zu bewahren. Im Grunde hatte sie damit gerechnet, dass Mylo davonlaufen würde, sobald er vom Fluch der Banshee befreit war. Dass er es nicht getan hatte, zeugte entweder von Mut oder von

Dummheit, da war sie sich nicht ganz sicher. In Fionas Fall war es eindeutig der Durst nach Leben, der sie antrieb. Ein wenig kam sie Torvis vor wie ein Schwamm, der niemals Wasser gesehen hatte und nun ins Meer geworfen wurde, wo er sich bis zum Bersten damit vollsog.

Die ganze Nacht über verharrten die Geschwister mit ihren Begleitern in der Nähe der Hütte. Am nächsten Morgen dauerte es nicht lange, bis es im Inneren der Behausung zu einem kleinen Tumult kam. Nicht viel später stapfte der Schmied über die Dünen, fast genau auf Torvis zu. Er bewegte sich anders als am Tag zuvor – aufrecht und elegant wie ein Edelmann. Kurz vor der Nische, in der sie sich versteckte, bog er nach rechts ab und nahm den Küstenweg ins Landesinnere. Was hatte das zu bedeuten?

Kurz darauf hasteten die Geschwister sowie der lästige Kobold hinter ihm her. Torvis folgte Mylo mit dem Blick und seufzte innerlich. Hätte er doch niemals dieses Lied für sie gespielt, niemals seine Tränen in den Ozean tropfen lassen, die in Wahrheit so viel mehr als eine Täuschung gewesen waren. Denn wer seinen Augen das Weinen verboten hatte, dessen Seele suchte beständig nach einer Gelegenheit, es dennoch zu tun. Man musste wohl eines von Sea Mithers Lichtwesen sein, um diese Dinge zu verstehen.

Als die Geschwister hinter einer Klippe verschwanden, verflog auch Torvis' Unentschlossenheit. Auf leisen Sohlen schlich sie der Gruppe hinterher. Noch hatte sie nicht entschieden, sich ihnen anzuschließen. Aber sie würde aufmerksam verfolgen, was geschah. Vielleicht ergab sich dann eine Gelegenheit, in einem unbeobachteten Moment die Haut ihrer Schwester zurückzuerlangen oder jenes »fehlende Stück« zu finden, das sie ihrer Göttin zufolge suchen sollte.

Den ganzen Tag über hielt Torvis sich im Verborgenen. Auf der weiten Grasfläche der Giant Bay blieb sie so weit zurück, dass sie schließlich der Fährte der Menschen folgen musste, doch im Wald entdeckte sie sie schnell wieder. Versteckt hinter dichtem Gebüsch und geschützt von ihrer Fähigkeit, sich geräuschlos auf dem feuchten Boden zu bewegen, beobachtete sie das seltsame Miteinander der vier Wanderer. Der tumbe Schmied, der nun wieder seine normale Kleidung trug, der piepsige Brownie, der sich stets so sehr im Hintergrund hielt, dass er dazu neigte, übersehen zu werden. Und das Geschwisterpaar, das tuschelnd einen Weg um die vielen Ungeheuer herum suchte, die in diesem Wald eine Heimat gefunden hatten. Torvis wunderte sich über den Umstand, dass die Monster allesamt entfesselt zu sein schienen. Sie waren eindeutig hungrig, aber auch unzufrieden und aufgewühlt – genau wie sie selbst. Es machte fast den Anschein, als merkten die Licht- und Schattenwesen tief in ihrem Inneren, dass etwas Großes bevorstand. Ein letztes Aufbäumen vor ihrem endgültigen Untergang.

Gair führte seine Begleiter zu einem See, ohne zu bemerken, welche Unersättlichkeit auf dessen Untergrund lauerte. Torvis hätte es ihnen sagen können, denn sie spürte die Flossenschläge der Kelpies und Shellycoats bis in das Schlehendickicht vibrieren, hinter dem sie sich versteckte. Doch um sie zu warnen, hätte sie sich ihnen zeigen müssen, und das wollte sie nicht.

Etwa einen Herzschlag lang sorgte sie sich ausgerechnet um Mylo, und genau in diesem Moment fühlte sie den Blick eines Kelpies auf sich ruhen, der aus dem Wasserspiegel am Rande des Sees hervorblinzelte.

Verflucht!, dachte sie bei sich und huschte tiefer hinter die Hecke.

Wasserkreaturen hatten eine eigene Art, sich untereinander zu verständigen, da die meisten von ihnen keiner Sprache mächtig waren. Stattdessen lasen sie alles Wissenswerte aus dem Gesicht ihres Gegenübers, witterten es aus seinem Geruch oder hörten es an der Geschwindigkeit seines Herzschlags. Innerhalb weniger Augenblicke konnten sie nicht nur den Gefühlszustand eines anderen Wesens erkennen, sondern tief in dessen Seele blicken. Es verstand sich von selbst, dass Schattenwesen dabei eher die Abgründe und Klüfte einer Persönlichkeit wahrnahmen und Lichtwesen vorwiegend die positiven Seiten. So hatte Torvis bei ihrer ersten Begegnung mit Mylo und Fiona deren versteckten magischen Klang bemerkt. Was das Kelpie in diesem kurzen Augenblick in ihrer Miene las, hätte sie nicht sagen können.

Bis es diese Information einsetzte, um an Futter zu gelangen.

Aufgewühlt sah Torvis mit an, wie das Monster die Gestalt wechselte und aus dem Wasser stieg. Das Herz schlug ihr bis zum Hals, denn sie erkannte, dass es ein Abbild *ihres* Körper war, mit dem das Wasserpferd Mylo umgarnte. Weder Broc noch Fiona vermochten etwas dagegen zu tun, und der törichte Schmied stand nur da und gaffte. Das Kelpie schlang die Arme um den Druiden und stürzte sich zusammen mit ihm ins Wasser. Lautes Platschen, Wellen schwappten über das Ufer – dann war alles still. Auch die drei Zurückgelassenen verharrten wie stumme Statuen am Rand des Sees, unfähig, ihre Blicke von den letzten Luftblasen abzuwenden, die im Wasser aufstiegen.

Es war kein bewusster Entschluss, der Torvis zum Eingreifen trieb, eher eine unwillkürliche Reaktion ihres Körpers, so wie man die Wimpern niederschlug, um einem Staubsturm zu begegnen. In Windeseile schlüpfte sie aus ihren Menschenkleidern, legte die Robbenhaut an und glitt in den See.

Sie hatte Glück, denn das Wasser war klar, deshalb fand sie das Kelpie sofort. Sein Körper war wieder der eines Pferdes, doch anstelle von Hinterbeinen wuchs ein Fischschwanz aus seinem Rumpf. Da es nun keine Arme mehr besaß, um Mylo festzuhalten, hatte es kurzerhand in dessen Gürtel gebissen und schleppte ihn so zum Grund des Sees.

Kelpies waren grausame Kreaturen, die ihre Opfer nicht durch einen gezielten Biss in die Kehle töteten, sondern sie in ihre Unterwassernester zogen und dort festhielten, bis sie erstickt waren – was bei einem Menschen nicht lange dauern würde.

Durch den Gestaltwechsel seines Gegners hatte Mylo offensichtlich begriffen, dass es mit ihm zu Ende ging. Er strampelte, schlug und trat nach dem Wasserpferd, doch diese Art der Gegenwehr beeindruckte das Kelpie nur mäßig. Erst als er seinen eisernen Dolch zog und ihn bis aufs Heft in den Hals der Kreatur stieß, drang ein wütendes Kreischen durchs Wasser an Torvis' Ohr. Blut strömte aus der Wunde – eine purpurfarbene Wolke am Grunde des Sees, die sich schnell wie ein Gewitter ausbreitete.

Innerhalb weniger Herzschläge überwand Torvis den kurzen Abstand zwischen ihr und den beiden Kämpfenden, schoss auf den Kopf des Kelpies zu und rammte ihn. Das Untier hatte sie nicht kommen sehen. Vor Überraschung ließ es seine Beute los und fuhr mit gebleckten Zähnen zu ihr herum.

Ihr Blick traf Mylos. Wie alle Menschen konnte er im Wasser nur verschwommen sehen, doch in seinen Augen stand etwas, das über bloße Erleichterung hinausging.

Schwimm nach oben, rette dich!, hätte sie ihm gern gesagt, denn ihm war anzumerken, dass ihn die Luftnot quälte.

Stattdessen holte er erneut mit dem Dolch aus und griff das Kelpie an. Dieses wich zur Seite aus und tauchte in seinem eigenen Blutschleier ab, wodurch es für den Druiden unsichtbar wurde.

Torvis nutzte die Chance, die sich ihr bot. Noch ehe das Wasserpferd einen erneuten Angriff starten konnte, schwamm sie zu Mylo, der sie geistesgegenwärtig umklammerte. Sie legte all ihre Kraft in ihre Schwanzflosse und tauchte nach oben. Das zusätzliche Gewicht hinderte sie daran, ihre eigentliche Spitzengeschwindigkeit zu erreichen, doch die Zähne des Kelpies hinter ihr schnappen trotzdem ins Leere.

Von weiter unten wehte das Klappern von Muscheln durch den See, was darauf hindeutete, dass ihr Kampf die Shellycoats angelockt hatte. Sollten sie das rettende Ufer nicht erreichen, ehe auch diese Schattenwesen auf sie aufmerksam wurden, so war das ihrer beider Ende. Glücklicherweise schien das Kelpie sie nicht zu verfolgen, vermutlich aufgrund seiner Verletzung. Hoffentlich hetzte es nicht stattdessen seine Monsterfreunde auf sie.

Tapfer kämpfte Torvis sich voran und durchbrach kurz darauf den Wasserspiegel.

Mylo schnappte nach Luft, als wäre es sein erster Atemzug. Das nasse Haar hing ihm in die Augen, und die Erschöpfung hatte tiefe Falten in seine Stirn gegraben. Hätte Torvis in diesem Moment Hände gehabt, so hätte sie damit sein aufgewühltes Gesicht gestreichelt. Wie gut, dass ihre Gestalt es verhinderte!

»Donnerkind!«, japste er.

Jetzt bloß nicht sentimental werden, Aushilfszauberer. Tief unter uns sind immer noch jede Menge unersättlicher Mäuler, die nach deinen saftigen Beinen gieren!, dachte sie und warf einen Blick ins Wasser. Keine Bewegungen erkennbar, zumindest nicht in direkter Nähe.

Einige beschleunigte Herzschläge später erklommen sie beide schwer atmend einen flachen Stein am westlichen Ufer des Sees. Mylo ließ sich stöhnend auf den Rücken fallen. »Danke, dass du zurückgekommen bist.«

Mit zitternden Händen schnürte er seinen patschnassen Beutel auf, zog seine Flöte hervor und leerte das Wasser aus. Dann steckte er einen Finger in den Aufschnitt und pustete hinein, um den Rest von Feuchtigkeit zu verbannen. Er schien sehr besorgt um das kleine Instrument zu sein, obwohl er nur selten darauf spielte.

Kaum dass er fertig war, galt seine ganze Aufmerksamkeit wieder Torvis. Andächtig verfolgte er jede ihrer Bewegungen, während sie sich die Robbenhaut abstreifte und in ihrem Menschenkörper daraus hervorstieg.

»Ohne mich kommt ihr offensichtlich nicht weit«, stellte sie fest – zänkischer als beabsichtigt. Sie setzte sich neben ihn und bedeckte sich mit dem Seehundfell.

»Ich hätte nicht gedacht, dass ein Wasserpferd eine solche Aggression entwickeln könnte!«, gab Mylo zu.

»Hunger ist stärker als jeder gute Vorsatz, vor allem bei einem Schattenwesen. Wieso füttern die Druiden ihre Monster nicht?«

»Weil es niemanden außer mir gibt, der mit dieser Aufgabe vertraut ist. Adair hat derzeit anderes im Sinn, als neue Wildhüter einzuteilen. Und ohne ihn und Drostan entscheiden die übrigen Druiden gar nichts.«

Er sah zum gegenüberliegenden Ufer hinüber, an dem er seine Gefährten zurückgelassen hatte, doch sie standen nicht mehr dort. Vermutlich hatten sie mitbekommen, was passiert war, und kamen ihnen um den See herum entgegen. Die zahlreichen Büsche am Ufer ließen nicht erkennen, wie bald sie hier auftauchen würden. Mylo schien sich dieses Umstands bewusst zu sein, denn er nutzte den Moment, um an dem Wall aus Vorbehalten zu rütteln, der zwischen ihm und Torvis entstanden war.

»Ich möchte dir etwas gestehen«, sagte er leise.

»Und was?«

Er blickte sie so unverwandt an, dass sie ihre schützende Haut enger um sich zog.

»Ich habe gelogen, als ich dir von der dritten Möglichkeit erzählt habe, wie man den Fluch des Nuckelavees lösen kann.«

»Ach, bin ich doch mit dir verwandt?« Sie verdrehte die Augen, schon allein, um seinem Blick auszuweichen. Was auch immer er gleich sagen würde – es konnte nichts Gutes sein.

Mylo schüttelte den Kopf. »Nimue wollte erreichen, dass ich diejenige verrate, der meine größte Zuneigung gilt.«

Torvis hielt den Atem an. Wieso, verdammt, sprach er so etwas aus? Und warum nährte diese aus Oberflächlichkeit geborene Lüge das unangenehme Pochen in ihrer Brust? Sie wollte aus seinem Mund keine Menschenschwüre mehr hören, denn ihre Entscheidung in Bezug auf diesen grauen Druiden war längst gefallen: Der einzige Grund, warum er noch atmete, war der, dass die Götter auf seiner Seite standen. Wäre es nach Torvis gegangen, so hätte er sein Leben gerne unter der Eiswasserfolter aushauchen dürfen. Er war ein Dieb und Verräter, der ihr nichts bedeutete. Zumindest fühlte es sich gut an, sich das einzureden.

»Von allen Wesen, die mir in meinem Leben begegnet sind, bist du das faszinierendste«, legte Mylo nach.

Torvis stieß ein abfälliges Grunzen aus. »Dieses Kompliment kann ich leider nicht zurückgeben.«

Er lachte, doch seine von Luftnot gequälte Kehle war noch nicht wieder bereit für einen solchen Kraftakt, weshalb sie ihn mit einem Hustenanfall strafte. Das gab Torvis die Gelegenheit, sich zu sammeln.

Sie musste hier weg! Genügend Abstand zwischen sich und diesen Mann bringen. Nachher, wenn sie zurückkam, trug er sein Herz hoffentlich wieder verschlossen hinter eisernen Türen und nicht wie jetzt derart offen auf der Zunge.

»Ich werde zum anderen Ufer laufen und meine Kleider holen«, teilte sie ihm mit. »Du hingegen solltest liegen bleiben, um wieder zu Kräften zu kommen. Nicht dass dich wieder die Schwindsucht packt.«

»Wie du wünschst, Donnerkind.«

Die Art und Weise, wie er diesen Namen aussprach, hatte etwas Vertrautes an sich, was Torvis ebenso wenig gefiel wie der beschleunigte Puls, den der Klang seiner Stimme trotz aller Gegenwehr in ihr hervorrief.

Aufgewühlt rannte sie durch den Wald zum Schlehendickicht. Dort angekommen, schlüpfte sie in ihre Menschenkleider und atmete mehrmals tief durch, bevor sie sich auf den Weg zurück machte. Hoffentlich hatten die anderen Mylo in der Zwischenzeit gefunden. Es war ihr lieber, wenn er so schnell keine Gelegenheit mehr bekam, um ihr Herz mit Worten aus dem Takt zu bringen. Keine metgeschwängerten Nächte, keine Lieder der Dämmerung, keine Blicke, die auf der Haut brannten. Denn genau so hatte es auch bei Illaria und Connor angefangen.

Torvis sollte recht behalten: Als sie Mylo wieder erreichte, standen seine Gefährten bereits um ihn herum versammelt. Sie wirkten recht erleichtert für eine Zweckgemeinschaft, stellte Torvis fest.

Fiona bemerkte sie als Erste. Die Arme vor der Brust verschränkt, trat die Fischerstochter ihr in den Weg und fragte in schnippischem Tonfall: »Wolltest du nicht zu deiner Familie?«

»Ich habe mich umentschieden«, antwortete Torvis kühl.

»Und aus welchem Grund?«

Sie zuckte mit den Schultern, denn die Antwort auf diese Frage war ihr selbst nicht ganz klar. »Um die Haut meiner Schwester zurückzubekommen.«

»Und um dieses Ziel zu erreichen, würdest du alles tun, nicht wahr?«, schlussfolgerte Fiona. »Einen von uns retten – oder ihn töten. Je nachdem, was die Umstände erfordern. Man kann dir nicht trauen.«

Torvis erwiderte nichts, was die Fischerstochter offenbar als Bestätigung auffasste.

»Ich will dich nicht dabeihaben«, erklärte Fiona.

»Nicht?« Der Schmied machte große Augen. »Aber sie kann kämpfen und ist überdies sehr … stattlich.«

»Stattlich?« Mit unübersehbarer Missgunst funkelte Fiona ihren Verlobten an. »Du kannst mit ihr gehen, wenn du willst. Vielleicht gefallen ihr deine Schmuckstücke! Wir finden den Eingang nach Avalon ohnehin schneller ohne dich.«

»Avalon? Hier?« Torvis lachte auf. »Wahrlich, ihr müsst sehr verzweifelt sein, wenn ihr das Tor zu einer verschwundenen Zwischenwelt auf einer abgelegenen Insel des Nordens sucht.«

»Vieles, was im Leben wie Zufall erscheint, ist von langer Hand geplant«, philosophierte Gair. »Hast du je darüber nachgedacht, weshalb die Druiden sich ausgerechnet auf der Sterninsel verschanzt haben?«

»Auch Mäuse retten sich in die entfernteste Ecke, wenn die Katze den Raum betritt«, mutmaßte Torvis.

»Vielleicht ist dem so.« Gair zuckte mit den Schultern. »Aber mein Gefühl sagt mir, dass sie nicht hergekommen sind, um sich zu verstecken.«

»Sondern?«

Einen Moment lang starrte der bullige Schmied ins Leere, dann schüttelte er den Kopf, betrachtete sie verwirrt und murmelte: »Warum sind wir doch gleich in diesem düsteren Wald?«

Mylo packte ihn an den Schultern und rüttelte ihn. »Mylord Arthur! Es ist von unbedingter Wichtigkeit, dass Ihr hier bei uns bleibt! Was genau sagt Euch Euer Gefühl? Konzentriert Euch!«

Daraufhin blinzelte Gair mehrfach. Sein Kopf ruckte zur Seite, als fochten zwei Seelen in seiner Brust einen unsichtbaren Kampf aus. »Es sagt, dass Merlin und Morgan klug genug waren, um das letzte Tor nach Avalon an einem abgelegenen Ort zu verstecken und es bewachen zu lassen«, stieß er hervor. »Von kampfbereiten Dorchas, hellsichtigen Geals und einer ganzen Armee aus Monstern.«

Er hatte kaum ausgesprochen, da verdrehten sich seine Augen, er schloss die Lider und sackte in sich zusammen. Behutsam ließ Mylo ihn zu Boden gleiten. Broc beugte sich über ihn, um ihm mit seinen runzeligen Tellerhänden Luft zuzufächern. Glücklicherweise hatte er recht schnell Erfolg: Mit einem entrückten Lächeln im Gesicht wachte der Schmied wieder auf und strahlte in die Runde. »Geht's weiter?«

Mylo seufzte. »Ja, Mylord. Ihr führt uns an.«

Sie setzten ihren Weg durch den Wald fort, wobei Torvis gewissenhaft darauf achtete, den anderen in ausreichendem Abstand hinterherzugehen. Immer noch war sie unsicher, ob es richtig gewesen war, sich diesem Himmelfahrtskommando aus Versagern anzuschließen. Vielleicht sollte sie die nächste Gelegenheit nutzen, um sich klammheimlich aus dem Staub zu machen. Solange sie aber bei der Gruppe weilte, hörte sie zumindest die Mutmaßungen mit an, die Mylo und Fiona unterwegs teilten. Für die Dauer ihrer gemeinsamen Mission schienen die beiden eine Art Waffenstillstand geschlossen zu haben, auch wenn sie recht kühl miteinander umgingen. Die Herzlichkeit, die man normalerweise von Brüdern und Schwestern kannte, fehlte. Dennoch schafften sie es, sich ohne jegliches Gezeter über Gairs Theorie zu unterhalten.

»Wenn das stimmt, dann wurde die Dämmerfeste nur deshalb auf der Sterninsel errichtet, weil sie das letzte Tor nach Avalon hütet«, sagte Mylo eben. »All die Monster wurden nicht herbeigeschafft, um sie zu bewahren, sondern als zusätzlicher

Schutz vor einer Invasion. Und Adair muss diese Dinge wissen! Ich frage mich, weshalb er nie versucht hat, das Tor selbst zu öffnen. Das wäre einfacher gewesen, als sich mit Nimue zu verbünden.«

»Vielleicht hat er es versucht, konnte es aber nicht«, meinte Fiona.

Mylo wog abschätzig den Kopf hin und her. Weiterhin tropfte dabei das Seewasser aus seinen Haaren. »Womöglich fehlt es ihm an der richtigen Magie – oder an einer Art Schlüssel. Etwas wie dieser *An*-Stein, mit dem er den Bach ausgetrocknet hat.«

Fiona schüttelte sich. »Ohne ihn je gesehen zu haben, graut mir vor ihm. Wie sollen wir jemals gegen ihn und Nimue ankommen?«

Gar nicht. Ihr werdet euren Göttern begegnen, noch bevor die Sonne zweimal untergegangen ist, dachte Torvis bei sich.

Mit einem Mal tauchte der lockige Haarschopf des Brownies neben ihr auf. Ihr war gar nicht aufgefallen, dass er sich hatte zurückfallen lassen. Wenn dieses Wesen eines im Leben beherrschte, dann Unauffälligkeit.

»Egal, wie Fiona es sieht – *ich* bin froh, dass du bei uns bist!«, sagte er und setzte einen dusseligen Karpfenblick obendrauf.

»Ich nicht!«, antwortete sie.

Er seufzte theatralisch. »Wie schade! Ich bin nämlich überzeugt davon, dass du es finden wirst.«

»Was?«

»Das fehlende Stück!«

Sie stieß ein abschätziges Knurren aus. »Wir wissen nicht einmal, was für ein Stück das sein soll.«

Ungeachtet ihrer Ablehnung strahlte der Brownie sie weiter an. »Aber das werden wir herausfinden.«

»Und wie? Indem wir einem Irren durch einen Wald voller Monster hinterherrennen?«

»Mit Glück!«, trällerte Broc. »Und mit den Göttern auf unserer Seite.«

Torvis kam zu keiner Antwort mehr, denn auf einmal blieben die anderen vor ihr ruckartig stehen.

»Verflucht!«, zischte Mylo durch die Zähne.

Sie schloss zu ihm auf und richtete ihren Blick auf den unappetitlichen Haufen aus Knochen, Haut und Gedärmen, den Gair soeben umrundete.

»Was ist das?«, fragte Fiona angewidert.

Mylo beugte sich hinab und zog eine graue Filzmütze aus dem von Fliegen überzogenen Überrest eines Wesens hervor. »Ein Redcap.«

»M-m-müssten die n-nicht eigentlich in ihrem Gehege hocken?«, stammelte Broc.

Alarmiert wandte Mylo den Blick nach vorn. »Ja. Aber wenn sie zu hungrig werden, überkommt sie die Raserei. Dann töten sie sich gegenseitig, und vielleicht …«

»… weckt der Hunger ungeahnte Kräfte in ihnen«, vollendete Torvis seinen Satz.

Einen Moment lang trafen sich ihre Blicke, dann wandte sie den ihren ab.

»Wir müssen vorsichtig sein«, raunte Mylo. »Verlassen wir besser den Weg und gehen im großen Bogen um das Gehege herum. Selbst wenn die Redcaps es geschafft haben, Teile davon niederzureißen, treiben sie sich vermutlich noch in dessen Nähe herum, denn dort sind ihre sicheren Schlafhöhlen.«

Selbst Gair verstand diesen Einwand, und so schlugen sie sich ins Unterholz, wo sie auf möglichst leisen Sohlen versuchten, den gefräßigen Gnomen aus dem Wege zu gehen. Schnell stellte sich allerdings heraus, dass Gair mit der Lautstärke eines wilden Stiers durch das Gebüsch trampelte. Sooft sie ihn auch ermahnten, knackendes Reisig und trockenes Laub zu meiden, so häufig setzte er seine klobigen Füße auf genau diese Stellen anstatt auf feuchten Boden.

Sie waren noch nicht weit gekommen, als in einiger Entfernung das erste Fauchen erklang. Ein zweites gesellte sich hinzu, und schon bald drang ein vielstimmiges Grollen und Zischen aus dem Gebüsch vor ihnen. Mylo schob Fiona hinter sich, dann drückte er Gair seinen Eisenstab in die Hand, während er selbst zum Dolch griff.

Torvis zog das Knochenmesser hervor, das sie aus Connors Hütte mitgenommen hatte.

Neben ihr gab Broc ein überlautes Hicksen von sich.

Sie trat an Mylos Seite. »Was muss ich über diese Kreaturen wissen?«, flüsterte sie.

Er sah sie unentschlossen an, wagte aber nicht, sie wie Fiona in die zweite Reihe zu verbannen. Stirnrunzelnd blickte er auf die kleine Waffe, die sie umklammert hielt. »Nimm besser meinen Dolch!«, bot er an und streckte ihr die Klinge entgegen. Seine Hände zitterten, was so gar nicht zu dem selbstgefälligen Mann passte, der er sonst zu sein vorgab. Die Gefahr, die von den Redcaps ausging, musste immens sein. Oder er hatte ein anderes Problem mit den Gnomen. Irgendetwas stimmte jedenfalls nicht mit ihm, denn weder ihre Behandlung mit dem Eiswasser noch der Vorfall mit dem Kelpie hatte ihn derart aus dem inneren Gleichgewicht gebracht.

Torvis schüttelte den Kopf. Sie hasste Waffen aus Eisen. Sollte der Druide seinen Dolch behalten, vermutlich benötigte er ihn dringender als sie.

»Sie zerreißen ihre Opfer bei lebendigem Leibe«, wisperte Mylo. Seine Stimme klang ungewöhnlich dünn. »Versuche vor allem, deine Kehle zu schützen!«

Das Fauchen im Gebüsch schwoll an. Dann schob sich der erste Kopf zwischen den Zweigen hindurch. Das dazugehörige Gesicht war breit, mit einem spitzen Kinn und knochigen Wangen. Faltige Ränder zeichneten sich unter den Augen des Redcaps ab. Sein Blick war hungrig und seine Mütze lechzend grau.

DUUUUURST!

Aufgestützt auf seine sehnigen Unterarme kroch der Redcap aus dem Gebüsch, drückte die dürren Knie durch und erhob sich mit der Überheblichkeit eines Riesen, obwohl er Mylo allenfalls bis zur Brust reichte. Geifer tropfte aus seinem Maul. Sein ohnehin ausgemergelter Körper war von frischen Kratz- und Bisswunden gezeichnet, was darauf schließen ließ, dass er schon die ersten Kämpfe hinter sich gebracht, aber offenbar nicht gewonnen hatte, wie man der Farbe seiner Mütze ansehen konnte. Er setzte zum Sprung an und stürzte sich auf Gair, der ihm am nächsten stand.

Mylo hatte damit gerechnet, dass der Schmied nun entweder panisch die Flucht ergreifen oder auf die ungelenke Art der Dörfler zuschlagen würde. Männer, die keinerlei Kampfausbildung erhalten hatten, prügelten meist blindwütig drauflos, wurden dann schnell müde und ließen sich durch eine flinke Attacke ihres Gegners überwältigen. Gair jedoch schwang den Eisenstab ebenso behände wie die Dorchas in der Dämmerfeste bei ihren frühmorgendlichen Übungskämpfen. Er machte einen gezielten Ausfallschritt zur Seite, drehte sich einmal um die eigene Achse und donnerte die Waffe derart geschickt gegen den Kehlkopf des Angreifers, dass diesem keine Gelegenheit mehr für einen weiteren Vorstoß blieb. Wie ein nasser Sack kippte der Redcap zur Seite, röchelte und zuckte ein paarmal, ehe seine Muskeln erschlafften und ihm die Mütze vom Kopf rutschte.

»Woher …?«, stammelte Fiona.

Gair schürzte die Lippen. »Diese Waffe ist eines Königs nicht würdig. Sie ist unausgewogen und liegt schlecht in der Hand. Excalibur hingegen …«

Weiter kam er nicht, denn das Gebüsch vor ihnen hatte neue Redcaps ausgespuckt. Mylo zählte vier zähnefletschende Gnome, die mit blutunterlaufenen Augen auf ihren toten Artgenossen am Boden starrten.

»Hungeeeeer!«, krächzte einer davon. Die Stimme war misstönend wie eine geborstene Glocke und erinnerte Mylo viel zu sehr an jene bei Kilmartin Glen. Ihr Klang sprengte die Mauer des Vergessens in seiner Erinnerung und hallte wie ein immerwährendes Echo durch seinen Kopf: »Duuuuuurst!«

Bebend schloss er die Hände um den Dolch, während die Phalanx aus blutgierigen Schattenwesen eng nebeneinander auf ihre Gegner zupolterte. Geifernde Mäuler, ausgestreckte Krallen, angespannte Muskeln, bereit zu töten und zu zerfleischen. Wie Blitze schossen einzelne Bilder durch Mylos Kopf: sehnige Klauen, deren schwarze Fingernägel sich in den Hals seines Vaters gruben, die Haut aufschlitzten und den Kehlkopf freilegten. Hellrotes Blut, das in das Gesicht eines hilflosen Jungen spritzte und dessen Blick vernebelte.

Denk daran, was Drostan dich gelehrt hat! Finde deine Mitte!, ermahnte Mylo sich. Doch ehe er dazu kam, sich zu sammeln, hatte ihn bereits der erste Redcap erreicht. In den schwarzen Augen der Kreatur erkannte er sein eigenes Spiegelbild. Und was er dort sah, war kein kampferprobter Anwärter der sagenumwobenen Dorchas, sondern noch immer der kleine Junge, der sich auf dem Kutschbock bei Kilmartin Glen zusammenrollte, um das unsägliche Grauen ertragen zu können, dessen Zeuge er wurde.

Ein stechender Schmerz riss ihn zurück in die Gegenwart. Sein Dolch hatte die Kehle des Redcaps verfehlt, woraufhin dieser blitzschnell erst zur Seite und dann in seinen Nacken gesprungen war. Dort saß er nun wie ein Raubtier auf dem Rücken eines Pferdes und krallte die Finger in Mylos Hals. Panisch versuchte Mylo, den Gnom von sich herunterzuziehen, hieb blindlings mit dem Dolch nach ihm, verfehlte ihn jedoch ein ums andere Mal.

Er würde dasselbe Schicksal wie Kinnon, der Barde, erleiden: aufgerissen, ausgeweidet, ertränkt im eigenen Blut.

Noch während er das dachte, erschlafften die spitzen Krallen von einem Augenblick zum anderen. Ein hochfrequentes Kreischen erscholl, und einen Wimpernschlag später fiel der Redcap von Mylo herunter. Torvis zog ihr Knochenmesser aus seinem Bauch, packte den zuckenden Körper und schleuderte ihn mitten in die nächste Reihe von Redcaps, die soeben aus dem Busch gekrochen kam. Voller gewissenloser Gier stürzten die ausgehungerten Gnome sich auf ihren sterbenden Artgenossen und rissen ihn schneller auseinander, als er brüllen konnte.

Torvis stand vor Mylo wie in einem fernen Albtraum. Ihre Lippen bewegten sich, doch er vermochte die Worte nicht zu hören, die darüber hinwegdrangen. Die Welt ringsum schien in Daunen gepackt. Aus den Augenwinkeln sah er Gair, der mit weit aufgerissenem Mund gleich zwei Redcaps die Schädeldecken zertrümmerte, Fiona, die sich kreidebleich hinter einem Baum versteckte, und Broc, der hicksend sein Gesicht in ihre Schürze drückte.

Eine heftige Ohrfeige sorgte dafür, dass Mylos Gehörsinn zurückkehrte. »Kämpfe!«, schrie Torvis. »Komm endlich hinter deiner Deckung hervor und finde deine Mitte!«

Es war derselbe Ratschlag, den Drostan ihm immer gegeben hatte. Doch diese sagenumwobene Mitte wurde für Mylo zum

Mythos, sobald er in freier Wildbahn auf Redcaps traf, deren bloßes Erscheinen derart an seinen Grundfesten rüttelte, dass ihm der Atem stockte. Unter normalen Umständen beherrschte er die wichtigsten Finten und Tricks des Kampfes, welche die kriegerischen Dorchas ihm in zahlreichen Übungskämpfen beigebracht hatten. Deshalb hatte er unter Wasser auch das Kelpie im richtigen Moment an der richtigen Stelle getroffen. Aber ein Redcap war etwas anderes.

Er versuchte, sich zu konzentrieren. Als der nächste Gnom ihn mit gefletschten Zähnen ansprang, pendelte er mit dem Oberkörper zur Seite, ließ die krallenbewehrte Klaue an sich vorbeizischen und schnitt dem verwirrten Angreifer mit seinem Dolch die Schlagader am Oberarm auf.

»Na, geht doch«, kommentierte Torvis das Geschehen. Gleichzeitig stieß sie ein Bein vor und trat einem Gnom in den Unterleib.

Weitere Redcaps polterten heran. Instinktiv rückten Mylo und Torvis näher aneinander. Rücken an Rücken gaben sie sich gegenseitig Deckung, während sich ein Gnom nach dem anderen auf sie stürzte. Einige der Angreifer zogen es vor, ihre verletzten oder getöteten Verwandten zu verspeisen, andere griffen stattdessen Gair und Fiona an. Schnell merkte Mylo, dass es zu viele wurden. Die gesamte Horde aus dem Gehege musste gemeinsam auf Jagd gegangen sein. Von rechts stürmten fünf besonders kräftige Exemplare mit rosa Mützen auf Gair zu. Und so königlich der Schmied bislang die Kampfkunst Camelots angewandt hatte, so schnell wurde er nun von der Überzahl der Gegner überrannt. Während er noch mit dem Eisenstock auf den Kopf des ersten Redcaps einschlug, verbiss sich der nächste in sein Bein, und ein dritter bekam seinen Bart zu fassen, an dem er aus Leibeskräften zerrte, bis Gair zu Boden ging.

»Wir müssen ihm helfen!«, keuchte Mylo. Er tat es Torvis gleich und trat dem nächsten Gnom mit dem Bein ins Gemächt, was sich als äußerst wirkungsvolle Taktik erwies. Doch bevor sie dem Gefährten zu Hilfe eilen konnten, ließen sich zwei weitere Redcaps vom Ast des Baumes über ihnen fallen und begruben sowohl Mylo als auch Torvis unter sich. Mit einem derart taktischen Angriff der tumben Biester schien selbst die Selkie nicht gerechnet zu haben. Sie versuchte, sich zur Seite zu rollen, um den klammernden Gnom abzuschütteln, doch dieser schlang die dürren Beine um ihren Hals und drückte zu. Torvis begann zu röcheln.

Ein unmenschlicher Drang, sie zu retten, überkam Mylo, doch diesen in die Tat umzusetzen, blieb ihm versagt. Denn zum zweiten Mal innerhalb kurzer Zeit spürte er die messerscharfen Krallen eines Redcaps an seinem Hals. *»Duuuuurst!«*

Ein Pfeifen gellte in seinen Ohren. Panik umschlang ihn mit eiskalten Fingern.

»Aufhöreeeeeen!«, drang ein schriller Schrei an sein Ohr.

Und ungeachtet aller Regeln – falls es in diesem Wald jemals welche gegeben hatte – wurde der Griff des Redcaps augenblicklich schwächer.

Mylo wagte nicht, sich zu bewegen, und Torvis neben ihm schien es genauso zu ergehen. Es war, als hielten die mordlüsternen Gnome für einen kurzen Moment inne, bevor sie ihre tödliche Jagd beenden würden.

»Ich will …«, ertönte Fionas zitternde Stimme hinter ihnen, »… ich will, dass ihr meine Freunde auf der Stelle loslasst, sonst …«, sie räusperte sich, »… sonst kriegt ihr es mit mir zu tun!«

Dieser sinnlose, wenn auch zunächst wirkungsvolle Versuch seiner Schwester, ihrer aller Leben zu retten, rührte Mylo. Dankbarkeit darüber, dass ihre letzten Worte nicht mit Hass gespickt waren, erfüllte ihn. Dann schloss er die Augen und wartete auf das Ende.

Doch nichts dergleichen geschah. Stattdessen ließ der Redcap seinen Hals los und gab ihn frei.

»Gut«, sagte Fiona atemlos, »und nun geht zurück in euer Gehege. Nehmt eure Toten mit. Ich rufe euch, wenn ich euch wieder brauche.«

Ringsum erklang ein Raunen und Tuscheln, doch dann tapste ein Gnom nach den anderen davon, einige packten ihre erschlagenen Artgenossen und schleiften sie am Arm hinter sich her. Einer tunkte seine Mütze in den aufgerissenen Leib eines Leichnams und zog sie seufzend wieder daraus hervor.

Mit schmerzenden Gliedern richtete Mylo sich auf. Sein Blick traf Fionas, und er bemerkte eine Mischung aus Angst und Triumph in ihrer Miene. Breitbeinig stand sie neben Gair, die Hände vor der Brust verschränkt, und überwachte den Abzug der Redcaps wie ein Feldherr, der soeben eine Schlacht gewonnen hatte. Als der letzte Angreifer im Dickicht gegenüber verschwunden war, hob sie die graue Mütze des ersten Opfers vom Boden auf und strich kopfschüttelnd über den gewalkten Stoff.

»Was ist geschehen? Wie hast du das gemacht?«, stammelte Mylo.

»Wieso gehorchen diese Monster dir?«, platzte es aus Torvis heraus.

Broc fügte hinzu: »So ein Glück, so ein unglaubliches Glück!«

Nur Gair sagte nichts. Umständlich hievte er sich hoch, humpelte ein Stück auf seine Verlobte zu und legte ihr eine Hand an die Wange. Zärtlich strich er mit dem Daumen über ihre Lippen. »Ich wusste immer, dass du etwas Besonderes bist!«

Mylo vermutete, dass es Arthur war, der dies zu Guinevere sprach, und nicht Gair, der das Wort an Fiona richtete, doch der Effekt war der Gleiche: Fiona hob ihr Kinn, straffte die Brust und ließ das erste echte Lächeln seit dem Tod ihres Vaters aufblitzen. Es galoppierte über ihr Antlitz wie ein junges Füllen.

»Es ist schön, dass du das sagst.« Mit einem Ärmel wischte sie das Blut ab, das über Gairs Kinn rann. Dann drehte sie sich zu Mylo und Torvis um. Ihre Wangen hatten sich gerötet. »Ich kann eure Fragen nicht beantworten. Es war reine Verzweiflung, die mich zum Eingreifen bewogen hat.«

»Aber wieso haben sie dir gehorcht?«, rief Torvis fassungslos.

»Vielleicht waren sie schon satt genug. Oder die Leiber ihrer Verwandten haben ihnen genügt«, mutmaßte Fiona.

Die Selkie prustete. »Das waren blutgierige Bestien, die nichts anderes als Töten im Sinn hatten. Das Blut kochte in ihren Adern, und sie waren gerade dabei, uns allesamt auseinanderzureißen. Warum, beim neunarmigen Kraken, sollten sie plötzlich beschließen, uns doch am Leben zu lassen?«

»Darauf gibt es im Grunde nur eine Antwort«, schaltete sich Mylo ein.

»Und die wäre?«

Seine vier Begleiter starrten ihn fragend an.

»Meine Schwester hat ein deutlich besseres Händchen für Monster als ich.«

Erst sagte keiner etwas dazu, lediglich Fionas Gesicht hellte sich auf. Dann nickte sie langsam. »Als wir an der Black Annis vorbeigegangen sind, habe ich instinktiv gespürt, wie ich mich verhalten muss. Auch die Gefühle des Kelpies habe ich deutlich wahrgenommen. Und gerade eben … Es schien mir, als fehle es diesen Geschöpfen an einem Anführer. Jemandem, der ihnen klar und deutlich sagt, was sie zu tun haben. Wir hatten nichts mehr zu verlieren, also habe ich es versucht.« Sie starrte wieder auf die Redcap-Mütze in ihren Händen, offenbar unsicher, was sie von ihrer seltsamen Begabung halten sollte.

»Deshalb hat das Kelpie dich nicht ebenfalls unter Wasser

gezogen, obwohl du direkt vor ihm standest«, murmelte Torvis.

»Es ist Merlins Erbe. So wie Morgan eine Meisterin der Gestaltwandlung war, hatte er die Kreaturen aus Licht und Schatten wie niemand sonst unter Kontrolle«, wusste König Arthur zu berichten, der im Moment wieder ganz und gar den Körper des Schmieds zu beherrschen schien.

»Das ist großartig!«, schaltete Broc sich ein. »Endlich eine Druidin, die nicht von jeder dahergelaufenen Vampirin um den Finger gewickelt wird!«

»Ich bin keine Druidin!«, wehrte Fiona schnell ab.

»Aber du wirst eine sein«, erwiderte Mylo. »Sollte es uns gelingen, deine Magie zurückzuholen, so könnte das von unermesslicher Bedeutung für unseren Kampf gegen Nimue und die Christenarmee sein.«

Diese Ankündigung schien Fiona in ihren Grundfesten zu erschüttern. Abwehrend schüttelte sie die Hände vor der Brust. »Ich will gerne helfen, aber vertraut nicht auf mich. Ich bin nur die Tochter eines …«

»… *zweier* sehr bedeutender Magier«, fiel Torvis ein. »Fang besser an, dich von deinem Fischerleben zu verabschieden.«

Fiona nahm einen tiefen Atemzug. Dann steckte sie die graue Mütze an ihren Gürtel und nickte der Selkie zu.

»Warum nimmst du das hässliche Ding mit?«, fragte Torvis.

»Weil es mir dabei hilft, mich an mein neues Leben zu gewöhnen. Und als Beweis, dass ich das alles nicht nur geträumt habe.«

Torvis verdrehte die Augen, dann riss sie einen handlichen Haselnussschössling aus dem Boden, den sie an Mylo weitergab. Die Kraft, die ihren geschickten Händen innewohnte, erstaunte ihn immer wieder. »Hier. Schnitz mir einen anständigen Speer. Und du, Königsschmied, geh weiter, damit wir unser Ziel erreichen, bevor die Küsten der Sterninsel vor Kreuzträgern wimmeln.«

Gair grinste, nickte, machte einen Schritt vorwärts – und zögerte. »Wo wollten wir noch mal hin?«

»Nach Avalon!« Torvis stöhnte auf.

»Ah!« Er kratzte sich am Kopf, aber dann setzte er sich doch in Bewegung.

Die anderen folgten ihm ernüchtert. Was, wenn ihre ganze Unternehmung nichts weiter als eine sinnlose Wanderung durch einen Monsterwald war? In diesem Fall würde Drostan morgen sterben. Und in den Tagen danach würden sie alle sein Schicksal teilen. Entweder wäre Nimue ihr Verderben oder die christliche Flotte. Alles, was ihnen jetzt noch blieb, war das Vertrauen in einen besessenen Schmied.

Oder in das Glück, wie Broc nicht müde wurde zu betonen.

Doch Gair ging offensichtlich im Kreis. Langsam zog die Dämmerung auf und tauchte den Wald ebenso wie die Gruppe der Gefährten in düsteres Schweigen. Schon bald würde dieser Tag enden und damit auch die Präsenz von Arthur Pendragon in Gairs Körper. Seit dem Kampf mit den Redcaps schien der Schmied nur noch die verwirrte Hülle eines einfachen Mannes zu sein, der ziellos durch den Wald stolperte. Mylo vermutete, dass die enorme Anstrengung während des Gefechts zu viel für den Geist des Königs gewesen war, wagte aber nicht, ihn wach zu rütteln, weil er befürchtete, ihn damit vollends zu vertreiben. Vielleicht, so hoffte er, lenkte Arthur sie zumindest noch zeitweise.

Kurz vor Sonnenuntergang schienen Gairs Schritte wieder selbstbewusster zu werden. Zielsicher steuerte er auf einen wohlbekannten Bachlauf zu, den Mylo niemals mehr hatte aufsuchen wollen – den der Banshee.

Schon von weit her konnte er das gehässige Kichern der Todesfee hören, die offensichtlich genau wusste, wer da durch das Dickicht auf sie zukam. Und tatsächlich: Noch ehe sie die Hexe selbst erkennen konnten, huschte ein Fuchs mit menschlichem Gesicht über den Weg und jaulte zur Begrüßung ein unheimliches »Ja!« in die kalte Abendluft.

Fiona schreckte zurück. »Was war das?«

»Ein Brollachan«, klärte Broc sie auf. »Das Vieh beobachtet uns schon länger.«

»Brollachan …«, nuschelte Fiona. »Ich spüre viel Dunkelheit in dieser Kreatur.«

Dieser Umstand war nicht von der Hand zu weisen. Eine erneute Begegnung mit dem Fuchs blieb indes aus. Stattdessen erwartete die alte Moira sie mit einem löcherigen Lumpen, den sie Mylo am ausgestreckten Arm entgegenhielt.

»Sieh dir diese Bescherung an! Es ist beschämend für eine Todesfee, mit solchem Material zu hantieren«, krakeelte sie, während sie den Fetzen zu Boden schleuderte.

Mylos Hand fuhr in seinen Beutel und zog zur Sicherheit etwas Eisenpulver hervor.

»Gib mir neuen Stoff von deinem Totenhemd, Junge, dann geht es schneller mit dem Sterben!«

Er sagte nichts darauf, doch als sie den Bach erreichten, kniff die Banshee die Augen zusammen und legte die Stirn in Falten. Ein verblüfftes Ächzen entwich ihr. »Du schwankst und hustest nicht. Kein Fieberschweiß auf deiner Haut. Nicht einmal das kleinste Röcheln. Und … was ist das? Blutspritzer auf deiner Kutte?«

»Sieht ganz so aus, als könne man den Tod eben doch zurückrufen, nachdem er sich bereits auf den Weg gemacht hat«, antwortete er und verspürte ob ihres entsetzten Blickes Befriedigung. Ein gelöster Todesfluch musste für eine Banshee ähnlich beschämend sein wie der Verlust seiner Magie für einen Druiden.

»Wie hast du das gemacht?«, geiferte die Alte. Ihr einzelnes Nasenloch blähte sich, und aus einer ihrer Zahnlücken troff Speichel.

»Mit der Macht der Götter und der Magie«, flunkerte Mylo in der Hoffnung, damit etwas Respekt vor seinen angeblichen Fähigkeiten bei Moira hervorzurufen.

Der Blick der Alten schweifte über die kleine Gesellschaft, die ihn begleitete. Zuletzt blieb er auf Gair haften. »Hm … ich kenne dich!«, sinnierte sie. »Vor langer Zeit habe ich etwas von dir gewaschen. Doch ich weiß nicht mehr, was es war.«

Der Schmied antwortete nicht, sondern starrte nur auf den Bachlauf und massierte sich dabei die Schläfen, als habe er Kopfschmerzen. »Wieder das falsche Wasser«, murmelte er. »Es ist nicht mal blau.«

Torvis stieß ein genervtes Stöhnen aus.

»Du suchst die Fluten des blauen Sees?« Moira ging näher ran, um Gair genauer betrachten zu können, woraufhin Mylo bedrohlich die Hand mit dem Eisenpulver hob. Die Banshee verharrte und witterte in Gairs Richtung. »Du riechst anders, aber ich bleibe dabei: Ich kenne dich!« Dann fuhr sie herum und funkelte wieder Mylo an. »Auf keinen Fall hast du meinen Fluch aus eigener Kraft gelöst. Druiden besitzen keine solche Macht, denn im Gegensatz zu euren halbherzigen Verwünschungen sind die meinigen nicht zu brechen!«

»Deshalb hat Adair dir auch aufgetragen, mich zu verfluchen, nicht wahr?«

»Der Großmeister?« Moira schien ehrlich erstaunt. »Nein. Das hast du ganz allein hinbekommen, indem du mir bittere Monstermilch untergejubelt hast.«

Es war seltsam, wie eng die Fäden des Schicksals und der Verräter miteinander verknüpft waren. Also hatte Adair nur im rechten Moment dem Brollachan aufgetragen, der Banshee sein

Gewand zu übergeben. Mehr als das war gar nicht nötig gewesen! Und anschließend hatte er ihm in aller Ruhe eingeredet, er dürfe auf keinen Fall den Nuckelavee aufsuchen – im vollen Wissen, dass Mylo es dennoch tun würde. Nimue hatte absolut recht: Adair war ein Meister im Ersinnen von Intrigen! Selbst Drostan hatte er damit eingewickelt wie eine Spinne ihr Opfer.

»Was weißt du über die Verwünschungen der Druiden?«, erkundigte Mylo sich möglichst belanglos.

»Alles natürlich«, säuselte sie.

»Dann müsstest du wissen, dass sie ebenso schwer aufzuheben sind wie deine.«

Moira kicherte in sich hinein. »Ich durchschaue dich, Bürschchen. Du versuchst, etwas von mir zu erfahren, und glaubst, du könntest mich hinters Licht führen, indem du mich provozierst. Aber ich bin weder ein törichter Gnom noch ein gutgläubiger Trottel wie der Urisk. Sprich Klartext: Was willst du von mir wissen?«

Die wache Intelligenz, welche der Alten innewohnte, war der Hauptgrund, weshalb Mylo ihr von Anfang an aus dem Weg gegangen war. Moira musste weit über hundert Lebensjahre auf dem krummen Buckel haben. Auch wenn sie sich in den letzten Jahren mit nichts anderem als ihrem ausgefransten Lumpen beschäftigt hatte, so war sie doch früher durch die Lande gestreift, hatte Bettler und Könige, Schlachtfelder und ärmliche Hütten gleichermaßen aufgesucht, um Gevatter Tod neue Leiber zu verschaffen. Sie kannte die Menschen mit all ihren Sehnsüchten und Abgründen – und das machte sie so gefährlich.

»Nun gut«, gab Mylo klein bei. »Kannst du mich lehren, einen Todesfluch wie deinen zu verhängen?«

Das Gesicht der Banshee verzog sich zu einer faltigen Grimasse; sie riss den zahnlosen Mund auf und lachte aus voller Brust. »Natürlich nicht! Keiner von euch ist dazu in der Lage.

Aber ich nehme gerne jedes Hemd, das du mir bringst, und wasche es rein.«

»Das ist leider nicht möglich.«

»Warum nicht?« Erneut bohrte sich ihr stechender Blick in seine Brust.

»Das Opfer trägt keine Kleidung.«

»Ah! Ein Monster also …«, sinnierte Moira. Sie schien zu überlegen, und schon nach kurzem Nachdenken ging ihr offensichtlich ein Licht auf. Mit ihrem knochigen Zeigefinger deutete sie zum dunklen Herz des Waldes. »Doch nicht etwa der Nuckelavee? Du bist bei ihm gewesen, nicht wahr?«

Es bedurfte keiner Antwort, um die Fragen zu bestätigen. Moira erkannte es allein an Mylos Schweigen. »Ahhhhhh«, plärrte sie entzückt. »Was für eine herrliche Gaukelei! Ein Druidenanwärter gegen die mächtigste Kreatur der diesseitigen Welt. Wie willst du das anstellen, Jüngelchen, sag schon!« Voller Erwartung rieb sie sich die Hände, so dass die trockene Haut darauf raschelte.

»Das wüsste ich gern von dir. Welche Möglichkeiten habe ich?«

Moira kicherte. »Nicht viele.«

»Aber ich habe welche?«

Sie schob die faltige Unterlippe vor. »Nun, wenn ich es mir recht überlege, gibt es durchaus einen Fluch, den ein mächtiger Druide aussprechen könnte, um einen Gegner wie diesen Nuckelavee zu besiegen. Aber ich werde ihn dir nur verraten, wenn du mir etwas zum Waschen gibst. Sofort!« Gierig ließ sie den Blick schweifen und labte sich an all den Gewändern, die sich so lebenswarm an ihre Träger schmiegten. Erneut starrte sie dabei Gair länger an als die anderen.

»Das kommt nicht in Frage. Stell eine andere Bedingung!«, forderte Mylo.

»Nichts da! Ein Totenhemd für eine Überlebensstrategie – das ist ein gerechter Handel. Entscheide dich, Bürschchen, denn ein besseres Angebot wirst du nirgendwo in diesem Wald bekommen.«

Mylo verzichtete darauf, auch nur einen Blick in die Richtung seiner Gefährten zu werfen, denn es stand nicht zur Diskussion, einen der Ihren zu opfern. Dafür waren seine Erinnerungen an den Schwindel, das Fieber und die Luftnot der letzten fünf Tage zu stark. Und niemand konnte wissen, ob die Götter ihnen ein zweites Mal helfen würden.

Zu seiner Verwunderung trat auf einmal Fiona neben ihn. Auf ihre freundliche, gewinnende Art lächelte sie die Banshee an, als wäre diese nichts weiter als ein harmloses Kräuterweib auf dem Markt von Bhaile. »Ich gebe dir ein Kleidungsstück«, versprach sie. »Es ist sogar ein besonderes. Eines, über das ich mir viele Gedanken gemacht habe!«

Nicht!, wollte Mylo schreien, doch da sah er, wie sie an ihren Gürtel griff und die Redcap-Mütze hervorzog.

Gierig starrte Moira auf den filzigen Stoff. »Eine Hauuuuube!«, flötete sie und wollte danach greifen, doch Fiona zog sie zurück.

»Erst das Geheimnis!«

»Nun gut.« Unwirsch winkte die Todesfee ab, ohne den Blick von der Mütze reißen. »Um jemanden zu verfluchen, muss ein Druide ein Opfer bringen, das ebenso immens ist wie die Kraft des Fluches. Krankheit für Krankheit, Tod für Tod. So einfach ist das.«

Mylo sog scharf die Luft ein. »Du meinst, wer den Nuckelavee töten will, muss dafür selbst sein Leben geben?«

»Natürlich! Hättest du dich mal mit deinem Totenhemd abgefunden, kleiner Mylo, dann wäre es dir ein Leichtes gewesen, das Monster gleich mit in Terans Reich zu nehmen – nun, da du *angeblich* Magie besitzt. Aber du wolltest dich und dein armseliges Leben ja unbedingt retten … wie auch immer du das bewerkstelligt hast.« Sie streckte die Knochenfinger nach der Mütze aus.

Fragend sah Fiona ihren Bruder an.

»Und das ist die einzige Möglichkeit?«, hakte er nach.

»Die absolut einzige.«

Seufzend nickte er Fiona zu, und sie reichte der Banshee ihre Belohnung.

Mit leuchtenden Augen nahm Moira sie entgegen, tänzelte wie ein junges Mädchen zum Bach und tunkte die Mütze ins Wasser, woraufhin ihr ein seufzender Laut entfuhr. »Ahhhhhh! Nicht mehr lebenswarm und doch so voller erregender Geschichten!«, säuselte sie.

Mylo wandte sich seinen Begleitern zu. »Gehen wir. Es gibt nichts, was sie uns noch sagen könnte.«

Sie waren nicht weit gekommen, da rief die Banshee hinter ihnen her: »Jetzt weiß ich es wieder!«

Sie drehten sich alle fünf noch einmal zu ihr um.

Moira deutete auf Gair. »Ich habe deine Schwertscheide gewaschen. Das Ding lag in einem Versteck dieser Druidin … Wie hieß sie noch? … Morgan le Fay! Keine Röcke, keine Mäntel – nur diese dumme Scheide. Als die Zauberin davon erfuhr, dass ich sie beraubt hatte, suchte sie mich heim und holte sich ihr Eigentum zurück, aber da war es schon zu spät. Ich habe lange überlegt, ob eine Schwertscheide nun ein Kleidungsstück ist oder nicht. Aber da du wieder hier bist, Arthur Pendragon, vermute ich stark, sie ist es nicht.«

Gair ließ sich zu einem höfischen Nicken herab. »Allem Anschein nach kann nicht einmal das Schicksal selbst diese Frage beantworten.« Damit wandte er sich ab und setzte seinen Weg schnurgerade fort.

ELY
ADAI

LIEDER

König Arthur verließ sie kurz nach Einbruch der Dunkelheit. Mitten auf dem Weg ins Nirgendwo lehnte Gair sich an eine Eiche und gähnte ausgiebig, ehe er sich langsam am Stamm entlang zu Boden gleiten ließ. Dabei nuschelte er unverständliches Zeug vor sich hin. Torvis bildete sich ein, etwas von einem geschmückten Baum herauszuhören, den sie finden sollten. Aber es konnte auch sein, dass er stattdessen von einem entzückten Raum geredet hatte. Oder von einem missglückten Saum.

Danach schnarchte er nur noch.

Ein paarmal rüttelte Torvis ihn vergebens, dann gab sie es auf.

»Na wunderbar«, knurrte sie. »Hat jemand eine Idee, wie wir den angeblichen Hintereingang Avalons jetzt finden sollen? Ist hier noch jemand, der der Stimme seines Herzens im Zickzack durch einen Wald voller Ungeheuer folgen möchte?«

»Deine Schwarzseherei hilft uns jetzt auch nicht weiter«, blaffte Fiona sie an. Die Fischerstochter ließ sich neben ihrem Verlobten nieder und legte ihm besorgt eine Hand auf die Stirn.

Torvis konnte sich einen weiteren bissigen Kommentar nicht verkneifen. »Es ist kein Fieber, sondern der Irrsinn, der ihn plagt.«

»Und dennoch hat seine gequälte Seele ein wenig Mitgefühl

verdient!«, zischte Fiona. »Seit Tagen wird er von immer neuen Geistern heimgesucht. Was glaubst du, was er durchmachen muss?«

»Was glaubst du, was *ich* hier durchmache? Was glaubst du, was *wir alle* durchmachen werden, sobald die Christen hier eintreffen? Die Wehwehchen eines wirren Schmieds sind dann nicht länger von Belang.«

Langsam erhob Fiona sich und stemmte die Arme in die Hüften. »Da draußen im Meer mag es von Vorteil sein, wenn dein Blut kalt wie das eines Fisches ist«, sagte sie. »Aber wir Menschen haben ein warmes Herz, ganz gleich, ob wir daran verbrennen oder nicht.«

Äußerlich ließ Torvis sich die Kränkung nicht anmerken, doch innerlich bebte sie. Diese dahergelaufene Göre maßte sich an, ein Urteil über sie zu fällen, obgleich sie nichts, aber auch gar nichts über sie wusste. Leider war es nicht das erste Mal, dass jemand etwas Derartiges zu ihr sagte.

»Dann sieh zu, wie weit du mit deinem brennenden Herzen kommst! Dir bleiben gewiss noch ein oder zwei Tage auf dieser Welt«, fauchte sie Fiona an, ehe sie herumfuhr und schnellen Schrittes davonmarschierte. Wütend schlug sie die Zweige der Fichten beiseite, die ihr dabei im Weg hingen. Es war von Anfang an ein Fehler gewesen, sich diesen Leuten anzuschließen. Sie aber hatte sich von ebenjenen Gefühlen dazu verleiten lassen, die Fiona ihr soeben abgesprochen hatte. Und was war der Dank dafür?

Find das fehlende Stück!, schoss ihr die Anweisung Sea Mithers durch den Kopf, direkt gefolgt von Terans Aussage, Illarias Seele wäre nicht bereit weiterzuziehen, da ihre Haut fehlte.

Verflucht, sie konnte die Aufträge ihrer Götter nicht erfüllen, weil sie sich zu sehr von ihren Gefühlen leiten ließ. Und das, obwohl sie doch angeblich so fischblütig war!

Bebend vor Wut setzte sie sich auf einen umgestürzten Baumstamm und barg das Gesicht in den Händen.

Ein Ratschlag ihrer verstorbenen Mutter fiel ihr wieder ein: *Nichts, was dir im Leben widerfährt, ist ohne Sinn. Jeder Fehler, den du begehst, ist nur dazu da, dich ins rechte Gewässer zu führen. Und selbst der Tod birgt in all seiner Dunkelheit noch Spuren von Licht. Mögen sie dir ein Leuchtfeuer sein.*

Tausendmal gewiss hatte Torvis versucht, einen Sinn hinter diesen Worten zu finden, doch er blieb ihr versagt. Denn ihre Mutter war von ihr gegangen – erlegt von Jägern, die nichts weiter als ein Monster in ihr gesehen hatten.

In ihrem Rücken raschelte das Laub unter den Tritten schwerer Stiefel. Torvis beeilte sich, die verräterische Feuchtigkeit aus ihren Augen zu wischen. Sie ahnte, wer da hinter ihr herkam, und er sollte nicht bemerken, wie aufgewühlt sie war.

Kurz darauf ließ Mylo sich schwer atmend ebenfalls auf dem Baumstamm nieder. Dabei stieß er ein Seufzen aus, offenbar froh, sie gefunden zu haben. Eine Weile rang er um Worte, dann meinte er: »Willst du deine Magie zurück, folge der Selkie. Das hat Teran mir gesagt. Ich halte mich gerne an die Ratschläge des Gottes, dem ich diene.«

»Oder vielleicht war es auch nur das Gefasel eines Verrückten«, brummte Torvis.

Mylo versuchte sich an einem Lächeln. »Ich will nicht behaupten, ich würde meine Schwester kennen. Aber ich vermute, sie fängt an, neue Sympathie für diesen Gair zu hegen.«

»Es ist reines Mitleid, das sie erweicht.«

»Tja … so ist das mit uns Menschen. Manchmal vergeben wir anderen ihre früheren Taten, weil wir der Meinung sind, sie hätten genug gebüßt.«

Torvis verengte die Augen zu schmalen Schlitzen. »Soll das eine Anspielung auf Connor sein?«

»Vielleicht. Oder auf mich.«

Missmutig betrachtete sie den jungen Druiden, unentschlossen, welchen Gefühlen ihm gegenüber sie nachgeben sollte. Denn wie immer, wenn er ihr so nahe kam, kämpften Wut und Faszination um den vordersten Platz in ihrem Herzen. Sie mochte diesen kratzigen Bart an seinen Wangen. Und seine Augen hatten genau die Farbe, die auch seiner zerstörten Magie innewohnte: ein erdiges Braun, warm und tief. Man wollte hineinfallen und den ganzen Winter über dableiben.

»Meine Mutter war gegen Illarias Verbindung. Sie sagte, Menschen und Selkies seien nicht füreinander bestimmt. Denn die Selkie wird sich beständig nach dem Meer sehnen, und der Mensch wird versuchen festzuhalten, was nicht festgehalten werden kann. Einer von ihnen wird also immer unglücklich sein.«

»Was, wenn Connor gewusst hätte, wer seine Gemahlin wirklich war? Vielleicht hätte er sie ziehenlassen in der Hoffnung, dass sie immer wieder heimkehrt. Und womöglich hätte ihre Liebe Illaria früher zu ihm zurückgebracht, als du denkst. Man kann das Unmögliche möglich machen, indem man aufeinander zugeht. Wenn man einander wahrhaftig – mit Haut und Haaren – liebt.«

»Pfff!« Torvis schüttelte seinen allzu tiefen Blick ab und starrte in die Finsternis des Dickichts. »So etwas funktioniert nur leider im wahren Leben nicht.«

»Warum bist du hinter uns hergekommen?«, fragte Mylo unvermittelt.

»Das habe ich dir doch gesagt: weil ich die Haut meiner Schwester zurückbringen will.«

»Dann bleib bei uns. Denn am Ende unseres Weges werden wir auf den Nuckelavee treffen – so oder so. Was also war der Grund für deine Flucht von eben?«

Langsam ging ihr dieser Druide mit seiner Penetranz auf die Nerven. Er bohrte immer in genau den Wunden, die Torvis gern verborgen hätte.

»Ich antworte dir darauf, wenn du mir noch einmal etwas auf deiner Flöte vorspielst«, stichelte sie in der Gewissheit, damit jeglichen weiteren Fragen zu entgehen. Mylo benutzte das Instrument nicht gerne, aus welchem Grund auch immer. Dass es ihm aber dennoch wichtig war, hatte sie nach dem Vorfall mit dem Kelpie gemerkt: Seine allererste Sorge hatte der Flöte gegolten.

Wie erwartet schüttelte er auch jetzt den Kopf. »Wir sollten zurück zu den anderen gehen, bevor sie unruhig werden.«

»Ich wusste es!«, trumpfte Torvis auf. »Du willst nicht darauf spielen. Das habe ich schon damals in der Hütte gemerkt. Wieso nicht? Du kannst es doch.«

Mylo wand sich. Sein Blick huschte zurück zu dem Dickicht, in dem sie die anderen zurückgelassen hatten, aber niemand kam ihm zu Hilfe. Schließlich seufzte er und sah Torvis an. »Sie gehörte meinem Vater … oder vielmehr meinem Ziehvater, wie ich nun weiß. Immer wenn ich sie an die Lippen setze, bin ich wieder zehn Jahre alt und sehe dabei zu, wie er von Redcaps zerrissen wird.«

Das erklärte sein Verhalten beim Überfall der Gnome. Torvis hielt Mylo nicht für einen Feigling – immerhin war er gewillt, es mit einer übermächtigen Zauberin aufzunehmen, um seinen Meister zu retten und seine Welt zu verteidigen. Aber die Panik, die ihn beim Anblick der zahlreichen grauen Mützen ergriffen hatte, war für jedermann spürbar gewesen.

Ohne weiter darüber nachzudenken, legte sie ihre Hand auf seine. »Ich bin davongerannt, weil Fiona gesagt hat, mein Blut sei kalt wie das eines Fisches. Als meine Mutter ermordet wurde, hat Illaria mir genau das Gleiche vorgeworfen. Wochenlang sprachen wir kein Wort miteinander. Sie konnte es mir nicht verzeihen, dass ich keine Tränen vergossen habe, während sie bitterlich weinte. Stattdessen habe ich mich abgeschottet und niemanden an mich herangelassen.«

»Das kann niemand so gut verstehen wie ich«, sagte Mylo.

»Wir wissen beide, wie es sich anfühlt, eine Mauer um ein Herz zu bauen. Doch meine ist nicht undurchdringlich. Ich höre nach wie vor den Rhythmus der Natur in allen Dingen, du hingegen …«, sie rang um freundliche Worte, »… kannst eben nicht aus deiner Haut.«

»Das mag sein.« Er lächelte. »Aber ich arbeite daran.«

Das merke ich! Erst in diesem Moment ging Torvis auf, dass ihre Hand immer noch auf seiner lag. Schnell zog sie sie weg. »Ich denke, du hast recht – wir sollten die anderen nicht zu lange warten lassen.« Sie stand auf und schlug den Weg zu dem Trampelpfad ein, der sie hergeführt hatte. Doch schon nach wenigen Schritten hielt sie inne. Ein erdiger Ton wehte durch die kühle Abendluft. Langgezogen schallte er in den Wald hinein, brach dann plötzlich ab und machte Platz für eine klare tragende Melodie, die sich wie ein wärmender Umhang um Torvis' kaltes Herz schlang.

Du solltest verschwinden, schalt sie sich selbst. *Weißt du nicht mehr, was geschah, als du dieses Lied das letzte Mal gehört hast? Wieso hast du ihn bloß darum gebeten?*

Doch die Stimme in ihrem Inneren war nicht stark genug. Wie von geheimnisvollen Fäden gezogen kehrte sie um und ging zurück zu dem Baumstamm. Anstatt sich wieder neben Mylo zu setzen, ließ sie sich vor ihm auf dem Moosteppich des Waldes nieder, von wo aus sie ihn besser beobachten konnte. Eine ganze Weile sah sie fasziniert dabei zu, wie seine Finger über die Flöte tanzten und sein dichter Wimpernkranz vibrierte, sobald die Melodie an Kraft gewann. Diesmal war ihr Geist nicht vom Met benebelt, dennoch wohnte dem Lied derselbe verführerische Sog inne wie beim ersten Mal. Vielleicht lag es an Mylos Magie, die mit Hilfe der Musik nach ihrem verlorenen Anteil schrie. Aber womöglich steckte auch etwas anderes hinter diesem wahnsinnigen, überirdischen, erregenden Klang. Etwas, das alle Vernunft lahmlegte und jede Kette zu sprengen vermochte. Torvis wusste nicht, was es war, doch noch während sie darüber nachdachte, nahm sie eine seltsame Bewegung im Gebüsch wahr: Die Ranken der Dornenhecke zu Mylos Linken schienen lebendig zu werden. Wie winzige Schlangen wanden sie sich auseinander und öffneten einen kniehohen Hohlweg, durch den mit hocherhobenem Haupt die Cait Sith geschritten kam. Majestätisch, wie es nur Katzen vermochten, wartete sie ab, bis auch die letzte Ranke zur Seite gewuchert war, bevor sie hindurchtrat und auf den Baumstamm zuhielt.

Auch Mylo hatte die Feenkatze bemerkt. Abrupt endete sein Lied, woraufhin das Tier stehen blieb und ihn mit durchdringenden gelben Augen musterte.

»Du …«, setzte der Druide an, doch seine Stimme brach, noch ehe er den Satz zu Ende bringen konnte.

Nicht einmal das trockene Laub raschelte unter den Pfoten der Katze, während sie näher kam und schnurrend um Mylos Beine strich. Zögernd beugte er sich zu ihr hinab und streichelte ihr samtiges Fell.

»Du hast mich bis hierher geführt. Erst hielt ich dich für eine Botin, aber jetzt frage ich mich … wohnt der Geist meiner Mutter in dir?«

Die Feenkatze maunzte, dann nickte sie sachte mit dem Kopf.

Mylo presste die Lippen aufeinander. Ein sichtbarer Schauder jagte durch seinen Körper. »Krankheit für Krankheit, Tod für Tod«, wiederholte er flüsternd die Worte der Banshee.

»Bann für Bann. Du bist für immer im Körper dieser Katze gefangen – so wie Nimue im Nuckelavee und Merlin in der Eiche.«

Erneut nickte die Katze. Ihr Schnurren wurde lauter, und sie drückte den Kopf in Mylos Hand. In dieser Position verharrten sie wie ein steinernes Abbild ihrer selbst, bis Torvis es nicht länger aushielt.

»Wo kommst du so plötzlich her?«, sprach sie die Katze an. »Du hast mich davon abgehalten, mir Illarias Haut zurückzuholen. Und du hast Gair verflucht. Ganz plötzlich tauchst du auf und verschwindest dann für Stunden oder Tage.«

Bei diesen Worten nahm die Cait Sith wieder Haltung an. Ihre gelben Augen schienen Torvis zu durchleuchten. Sie duckte sich, sprang dann auf den Baumstamm und legte eine Pfote auf Mylos Flöte.

»Du erscheinst nur, wenn jemand darauf spielt!« *Das erklärt den magischen Klang des Instruments – es ist verzaubert!*, fügte sie in Gedanken hinzu.

»Damit könntest du recht haben.« Mylo überlegte. »Das erste Mal tauchte sie auf, nachdem ich in der Hütte für dich gespielt habe. Das zweite Mal, als eine von Adairs Wachen die Flöte ausprobiert hat. Und jetzt zum dritten Mal.« Versonnen betrachtete er die Katze, dann fügte er leiser hinzu: »Kinnon, mein Ziehvater, hat dieses Instrument gehütet wie seinen Augapfel. Doch er hat weder auf der Flöte gespielt noch sie je aus der Hand gegeben. Selbst ich durfte sie nicht anfassen. Bis zu dem Tag, als …« Er stockte kurz. »… als die Redcaps uns angriffen. Sie hatten bereits seinen Leib aufgeschlitzt. Sprechen konnte er nicht mehr. Aber er hatte noch Luft für einen einzigen Ton. Dann warf er sie mir zu.«

»Was ist anschließend geschehen?«, fragte Torvis.

Er schüttelte den Kopf. »Irgendetwas hat mich gerettet. Ich

habe keine Erinnerung daran, doch als ich wieder zu mir kam, saß ich in einem Meer aus Blut, inmitten einer Horde toter Gnome, und hielt die Flöte in der Hand. Jahrelang habe ich geglaubt …« Die Stimme versagte ihm.

Torvis verstand. »Du dachtest, du hättest das Massaker selbst angerichtet.«

Er nickte. »Ich oder der Dämon in meinem Leib. Ich bin davon ausgegangen, auch in mir würde eine Art Monster hausen. Etwas, das sich nicht kontrollieren lässt, wenn es erst einmal ausgebrochen ist.«

Beider Blicke richteten sich wieder auf die Katze. Mitfühlend rieb sie den Kopf an Mylos Ellbogen.

»Deine Mutter hat dich gerettet. Ob es die Panik war oder einer ihrer Zauber, der dir die Erinnerung genommen hat, werden wir wohl nie erfahren. Aber das erklärt weiterhin nicht, weshalb sie sich nach wenigen Stunden wieder in Luft auflöst«, bemerkte Torvis.

Eine Antwort auf diese Frage bekamen sie nicht. Stattdessen schien die Cait Sith unruhig zu werden. Sie sprang vom Baumstamm herunter und lief ein Stück in den Wald hinein. Nach wenigen Schritten drehte sie sich maunzend zu ihnen um.

»Sie will, dass wir ihr folgen«, vermutete Torvis.

Mylo schüttelte den Kopf. »Wir können Fiona, Gair und Broc nicht einfach zurücklassen.«

»Dann geh du hinter ihr her. Knicke hin und wieder einen Zweig am Wegesrand um, dann werde ich deine Fährte finden.«

Sie verzichtete darauf, ihm zu sagen, dass derlei sichtbare Spuren nur eine zweitrangige Bedeutung hatten, denn sie war seinem anregenden Geruch schon einmal quer über die Giant Bay gefolgt und würde ihn auch hier im Wald ohne jegliche Probleme aufspüren können.

Damit erklärte Mylo sich einverstanden. Er nickte ihr zum Abschied zu, dann wandte er sich ab und ging der Feenkatze hinterher. Torvis sah den beiden nach, bis sie zwischen den tiefhängenden Ästen der Fichten verschwunden waren. Eine Aussage, die Illaria kurz vor ihrem Tod über die Menschen im Allgemeinen getätigt hatte, ging ihr nicht mehr aus dem Kopf: »Du musst lange hinsehen und tief hineinhören, um den Rhythmus ihrer Herzen zu erkennen.«

Vielleicht hörte sie dieses schwermütige Druidenherz nun lange genug, um eine Ahnung von seiner wahren Melodie zu bekommen.

Gair schlief immer noch tief und fest, als Torvis den Baum erreichte, an dem sie die anderen zurückgelassen hatten. Der Brownie hatte sich mit angezogenen Beinen daneben zusammengerollt, nur Fiona ging unruhig auf und ab. Kaum dass sie die leisen Schritte im Unterholz vernahm, kam sie angerauscht und ließ ihren Blick durch den Wald schweifen.

»Wo ist Mylo?«

Torvis konnte es nicht lassen, sie ein wenig aufzuziehen. »Geht seine eigenen Wege.«

»Was?« Die Bestürzung, die daraufhin in die Augen der Fischerstochter trat, war Torvis Befriedigung genug. Sie erzählte ihr vom Auftauchen der Feenkatze und der Erkenntnis, dass es sich bei diesem Wesen um Morgan le Fay handelte, die Mylo nun weiterführte.

»Wieso habt ihr nicht gewartet? Nach Sonnenaufgang hätten wir gemeinsam aufbrechen können!«, beschwerte sich Fiona.

»Deine Mutter hätte sich gewiss ebenso entschieden, würde die Zeit nicht drängen.«

»Und was verleitet dich zu dieser Annahme?«

Scheinbar desinteressiert durchwühlte Torvis den Proviantsack und fand einen schrumpeligen Apfel, in den sie hineinbiss. »Die Katze erscheint beim Klang von Mylos Flöte«, erklärte sie kauend. »Aber bisher ist sie nie sehr lange sichtbar geblieben. Wir vermuten, dass ihre Zeit auch jetzt begrenzt ist.«

»Wir!«, äffte Fiona sie nach. »Mir scheint, du fühlst dich meinem Bruder sehr verbunden. Und dabei ist es gerade mal zwei Tage her, dass du ihm seine schrecklichen Vergehen aus tiefstem Herzen heimzahlen wolltest. Hast du mich nicht am Grab meines Vaters gegen ihn aufgehetzt?«

»Und hast du nicht behauptet, dein Verlobter sei ein Trottel, der dir völlig egal ist?«

Sie funkelten einander an, doch keine der beiden brachte mehr eine sinnvolle Entgegnung hervor. Torvis biss ein weiteres Stück von ihrem Apfel ab, dann schleuderte sie den Rest ins Gebüsch. Ihr war der Appetit vergangen.

Schweigend, jede in ihre eigenen Gedanken vertieft, ließen sie sich mit ausreichend Abstand zueinander nieder und betrachteten ihre schlafenden Gefährten. Was hatte das Schicksal sich nur dabei gedacht, ausgerechnet sie zusammenzuführen? Erst nach einer ganzen Weile ergriff Fiona erneut das Wort. Diesmal klang ihre Stimme sanfter. »Kurz bevor er starb, sagte mein Vater zu mir, ich solle Mylo nicht zürnen, sondern nach ihm suchen. Ich konnte diesen Ratschlag nicht annehmen, weil ich zu sehr von Angst und Trauer erfüllt war. Nun aber denke ich, dass unsere Lebensfäden seit Anbeginn der Zeiten miteinander verwoben sind. Nach dem Tod schicken die Götter unsere Seelen zurück in die diesseitige Welt, damit wir lernen, unsere Fehlbarkeiten zu überwinden. Manchmal treffen wir dabei auf andere, die uns helfen, den richtigen Weg zu finden.«

»Und du glaubst, das ist der Grund für unsere seltsame Gemeinschaft?«

Fiona nickte, dann deutete sie auf Gair. »Sieh ihn dir an. Er ist das beste Beispiel dafür, wie die Lektionen der Götter funktionieren. Glaubst du, er wird je wieder derselbe sein, nachdem dies alles vorbei ist?«

Ungerührt zuckte Torvis mit den Schultern. »Ich glaube, er wird im Schlund des Nuckelavees enden oder von einem christlichen Speer getroffen werden, bevor wir dieses Rätsel lösen.«

Ein aufgebrachter Laut drang über die Lippen der Fischerstochter. »Es ist unfasslich. Warum bist du immer so schwarzseherisch?«

»Vielleicht habe ich meine göttliche Lektion noch nicht gelernt«, murmelte Torvis, dann drehte sie sich zur Seite, breitete ihr Seehundfell über sich und gab vor zu schlafen. Doch es dauerte lange, bis sie in die Traumwelt hinüberglitt. Die Dinge, die Fiona gesagt hatte, rasten wie Sardinenschwärme durch ihren Kopf.

Zu allem Überfluss träumte sie auch noch von Connor. Zitternd saß er inmitten einer endlosen Schneelandschaft, Eiskristalle im Bart und die Arme um einen weißen Hügel geschlungen. Sein anklagender Blick wich keinen Moment lang von Torvis, während sie um ihn herumging und das Gebilde betrachtete, das er festzuhalten oder zu wärmen versuchte. Erst als sie direkt neben ihm stand, erkannte sie, dass der Hügel aus gefrorenem Schnee die Umrisse einer jungen Frau hatte. Illaria! Torvis' Herz krampfte sich zusammen. Ihre Schwester würde dort in der Anderwelt erfrieren, wenn sie nicht bald dafür sorgte, dass sie ihre Haut zurückbekam.

Noch während sie so dastand und mit heißen Augen auf den Eisklumpen starrte, der einmal eine lebenslustige Selkie gewesen war, stand Connor auf und fing an zu singen.

Was träumt ich einst von Ruhm und Geld,
von Ehr' und eitlem Tand.
Doch hier im Reich der Anderwelt
hat nichts davon Bestand.

Irgendetwas riss Torvis aus ihrem Traum, und sie empfand tiefe Dankbarkeit dafür – was immer es auch war. Ein schwacher Sonnenstrahl kitzelte ihre Nase. Sie schlug die Augen auf, doch dabei hatte sie den Eindruck, irgendwo zwischen ihrer Traumwelt und der Wirklichkeit festzustecken. Denn obgleich die Szenerie sich geändert hatte, hörte Connors Lied nicht auf. Blinzelnd starrte sie auf den Sänger und stellte fest, dass es Gair war, der mit stolzgeschwellter Brust an seiner Eiche lehnte und die traurigen Worte in eine Melodie kleidete.

Ganz gleich aus welchem edlen Tuch,
aus welchen weichen Maschen –
ein Totenhemd, das ist ein Fluch,
und es hat keine Taschen.

Als er geendet hatte, verbeugte er sich tief in alle Richtungen, und zu seinen Füßen ertönte sogar Applaus. Ebenfalls noch ein wenig schlaftrunken hatte Broc sich aufgerichtet, um dem Vortrag Respekt zu zollen.

Ein Schauder durchfuhr Torvis vom Scheitel bis zur Sohle.

»Nein! Sag mir nicht, du seist Connor!«

Keinen Herzschlag lang, erst recht keinen ganzen Tag hindurch, würde sie das aushalten.

Auch Fiona schien von der Vorstellung reichlich irritiert zu sein. Sie sprang auf und rüttelte Gair am Arm. »Wer bist du? Sag uns deinen Namen!«

Mit breitem Grinsen, gerührt von der scheinbaren Begeisterung, die ihm entgegenschlug, verbeugte der Schmied sich noch einmal vor seinen Zuhörern. »Werte Damen, verehrte Brownies … es war mir eine Freude, Euch an diesem wundervollen Morgen zu unterhalten. Gestattet mir, mich Euch vorzustellen: Mein Name ist Kinnon Mac Gunn, Sänger und Dichter von Heldenliedern und meines Zeichens König der Barden.« Er sah sich nach allen Seiten um, schien aber nicht zu finden, wonach er Ausschau hielt. »Hat jemand von Euch meinen Sohn gesehen? Er kann mit vier Bällen jonglieren, müsst Ihr wissen. Nun ja … mit drei auf jeden Fall.«

Fiona schien nicht zu begreifen, wen sie vor sich hatte. Torvis aber wusste es, denn in der letzten Nacht hatte Mylo seinen Namen erwähnt. »Kinnon«, sprach sie ihn an.

Mit fragendem Blick wandte er sich ihr zu.

»Wir müssen reden. Über deinen Sohn.«

TINGELPRINZ

Der Wald war voller nächtlicher Geräusche, während Mylo schweigend hinter der Feenkatze herging. Käuzchen schrien, Kobolde raschelten, und in der Dunkelheit erklang der Todesschrei eines Rehs. Die Cait Sith schlug einen großen Bogen um die Mitte des Waldes, in welcher der Nuckelavee weilte, und schließlich erreichten sie den Hohlweg, auf dem Mylo vor wenigen Tagen Drostan verfolgt hatte. Kurz bevor sich die letzten Baumkronen über ihnen lichteten, blieb die Katze stehen und wandte sich zu ihm um. Vor ihr, im Osten, zeichneten sich die ersten rosafarbenen Streifen des Sonnenaufgangs am Himmel ab, hinter ihr war der Wald noch in Nacht getaucht.

»Ist dies der Ort, der nach Avalon führt?«, fragte Mylo.

Die Cait Sith antwortete mit einem Nicken.

»Die heilige Lichtung. Nur ausgebildete Druiden dürfen sie betreten.«

Ein seltsames Katzenlachen ertönte.

»Egal?«

Sie nickte.

Er setzte einen Fuß auf den Teppich aus lilafarbenen Blüten, der trotz der kalten Jahreszeit unverändert frisch aussah, und schritt hindurch. Die Feenkatze jedoch verharrte weiterhin an der Grenze zwischen Licht und Schatten. Fragend wandte Mylo sich zu ihr um.

»Kommst du nicht mit?«

Als Antwort tippte sie mit einer Pfote auf die Schattenlinie der Bäume.

Er kehrte zu ihr zurück und ging vor ihr in die Hocke. »Wie soll ich den Eingang nach Avalon finden, wenn du ihn mir nicht zeigst?«

Hastig, als bliebe ihr nicht mehr viel Zeit, scharrte sie an seinem Beutel. Mylo schnürte ihn auf und zog die Flöte hervor. Doch im selben Moment löste die Pfote der Katze sich in nichts auf. Wie ein Traum, der in den Morgenstunden der Wirklichkeit wich, verschwand ihr Körper vor seinen Augen. Das Letzte, was er sah, war ihr tiefgründiger Blick. Zuversicht und Vertrauen lagen darin.

»Mutter …«, stieß er hervor. »Geh nicht!«

Doch es war zu spät. Ohne große Hoffnung setzte Mylo die Flöte an seine Lippen und spielte ein paar Töne, aber die Cait Sith blieb verschwunden.

Da war er nun – völlig allein an dem Ort, der zur Quelle aller Magie führen sollte. Und dennoch sah er nichts anderes als einen heiligen Hain, der ein Meer aus Blumen einfasste. Wo war das Tor nach Avalon?

Langsam, um nur ja keinen versteckten Hinweis zu verpassen, schritt er die einzelnen Bäume ab, legte seine Hände auf den schuppigen Stamm der Kiefer, rieb die spitzen Blätter der Esche zwischen den Fingern, berührte Haselnüsse und Äpfel, die prall und reif an ihren Zweigen hingen. Unterdessen ging die Sonne auf. Das nächtliche Getier des Waldes zog sich zurück, und in der Eibe landete eine Lerche, die mit ihrem Gesang den neuen Tag willkommen hieß. Es war der letzte, der Mylo blieb, um Drostan zu retten. Ließ er ihn sterben, so kam das einem Verrat an seinem Meister gleich, an seinem Gewissen, an sich selbst. Dann war Nimue frei, und niemand – weder Mensch noch

Monster – konnte sie mehr aufhalten. Hätte er Magie, so bliebe ihm als letzter Ausweg zumindest der Fluch, den die Banshee ihm verraten hatte: Tod für Tod. Doch nicht einmal dazu war er in der Lage.

Die Sonne spitzelte bereits durch die Baumkronen, als Mylo die Suche aufgab. Müde von der durchwachten Nacht rollte er sich unter der Eiche in der Mitte der Lichtung zusammen und sandte ein Gebet an die Götter, sie mögen ihm einen Ausweg aus dieser verfahrenen Situation weisen. Er selbst war mit seiner Weisheit am Ende.

Jemand rüttelte ihn unsanft wach. Mylo blinzelte in die Nachmittagssonne und erkannte Torvis' Gesicht, das im Laufe ihrer gemeinsamen Wanderung keine Spur seiner Faszination verloren hatte. Im Nu schlug sein Herz schneller.

»Hast du etwas gefunden?«, fragte die Selkie aufgeregt.

Er schüttelte den Kopf.

»Wo ist die Katze?«

»Mit den letzten Schatten der Nacht davongezogen.«

Er setzte sich auf und sah in die Runde. Sein Blick blieb auf Gair haften, der ihn anstarrte, als stünde er einem Geist gegenüber. Erst in diesem Moment fiel ihm ein, dass König Arthur vermutlich kein weiteres Mal aus der Anderwelt zurückgekehrt war.

»Wer bist du heute?«, fragte er ihn nebenbei, während er sich erhob und streckte.

Gair schien zu Stein erstarrt zu sein. Aber auch Fiona, Torvis und Broc wollten nicht recht mit der Sprache herausrücken. Erst als Mylo die Stirn runzelte und seine Frage wiederholte, kam Leben in die Miene des Schmieds. »Du bist zum Mann geworden«, flüsterte er.

»Ja, was auch sonst? Weder Frau noch Monster liegen mir im Blut.«

»Tingelprinz …«

Dieses eine Wort warf Mylo um Jahre zurück. Er sah sich selbst schluchzend am Karren des Barden lehnen, in der geschlossenen Hand eine glänzende Kupfermünze, doch keinen Bratapfel, wie er ihn sich gewünscht hatte. Kinnon ging vor ihm auf die Knie.

»Warum weinst du?«, fragte er, und die Fältchen in seinen Augenwinkeln traten deutlich hervor.

»Die Marktfrau hat mir nichts verkauft. Sie sagte, ihre Ware wäre zu gut für tingelnde Ratten wie mich.«

»Sie hat dich eine *tingelnde Ratte* genannt?« Kinnon gab sich entsetzt, doch Mylo wusste, dass auch seine zur Schau gestellte Empörung nur Teil der Gaukelei war, mit der er jeder Herausforderung des Lebens begegnete. »Die Apfelbäckerin? Meinst du diese aufgeblasene Schlumperliese mit dem Schwabbelkinn?«

Mylo nickte.

»Tzzzz. Merk dir eines, mein Sohn …« Der Spielmann nahm Haltung an und rückte den Kragen seiner bunten Weste zurecht. »Du bist der Spross von Kinnon Mac Gunn, dem König der Barden. Welcher Titel sonst würde dir also gebühren als …« Er legte einen Zeigefinger an die Nase und schien zu überlegen, dann hob er ihn theatralisch in die Luft. »Tingelprinz! Ja, genau der bist du. Mylo Mac Gunn, der Tingelprinz. Möge die alte Vettel vor Scham in ihrem Backofen versinken, weil sie die Hofetikette der Barden so schmählich missachtet hat.«

Wie so oft zauberten seine Worte ein Lächeln auf die Lippen des Jungen. Und nun kehrte es zurück ins Gesicht des Mannes, der er Jahre später geworden war.

»Kinnon«, flüsterte Mylo. Dann vollführte er die ausladende und immer ein wenig lächerlich wirkende Verbeugung der Spielmänner. Sie ging ihm ebenso leicht von der Hand wie früher, als sei gerade einmal ein Tag vergangen, seit sie einander verloren hatten.

Gair vollführte dieselbe Geste, ehe sie sich in die Arme fielen. Tränen liefen über die Wangen des Schmieds.

»Lassen wir die beiden eine Weile allein«, schlug Fiona vor. »Wir anderen sollten uns umsehen, ob wir einen Hinweis auf Avalon finden.«

»Es muss etwas mit einem fehlenden Stück zu tun haben«, ergänzte Broc.

»Oder mit einem geschmückten Baum«, sagte Torvis.

Mylo hatte nicht viel Hoffnung, dass seine Begleiter erfolgreicher sein würden als er, doch er war froh über die kurze Zweisamkeit mit dem Geist seines Ziehvaters. Er dankte den Göttern, dass sie ihn gerade jetzt – am letzten Tag seiner Frist – zu ihm zurückgeschickt hatten. Wer sonst hätte ihm so viel Mut spenden können wie der Mann, der in seinem Herzen sein Vater war.

Gemeinsam setzten sie sich wieder unter die Eiche. Mylo betrachtete den bulligen Schmied, der so völlig anders aussah als Kinnon und dem dennoch haargenau dessen Mimik innewohnte. Dieselbe Art, mit den Augen zu lächeln, die gleiche Wärme in seinen Worten.

»Wie ist es dir seit damals ergangen?«, erkundigte sich der Barde.

»Ich habe überlebt«, antwortete Mylo. »Ein Jahr lang litt ich Hunger in der Küche einer Burg, danach habe ich bei einem Kürschner mehr Füchsen das Fell abgezogen, als es Reime in deinem Kopf gibt.«

»Und dann bist du losgezogen, um herauszufinden, wer du wirklich bist«, vermutete Kinnon.

Mylo nickte. »Und das ist mir gelungen.«

Der Spielmann seufzte schwer. »Weißt du, Junge … wenn man einen so kleinen Menschen in die Arme gelegt bekommt, dann ist man zunächst nicht mehr als der Hüter seines Lebens. Dann aber durchwacht man ein Dutzend Nächte, macht sich hundert Sorgen und trocknet tausend Tränen. Und mit jeder Umarmung, jedem spitzen Freudenschrei dieses zauberhaften Wunders entwickelt man sich mehr zum Vater.« Versonnen lehnte er den Kopf an den Stamm des Baumes und blickte hinauf in die Krone. Einen Moment lang fürchtete Mylo, die Präsenz seines Geistes ließe nach, doch dann sah Kinnon ihn wieder an, und er erkannte denselben liebevollen Ausdruck in seinem Blick.

»Was genau ist an dem Tag geschehen, als Morgan le Fay mich zu dir gebracht hat?«, fragte er.

»Ich wusste erst nicht, dass es Morgan war. Damals weilte ich für einige Zeit aus reiner Neugier auf der Sterninsel, doch die Menschen hatten kein Geld für meine Dienste übrig, und ich hatte längst beschlossen, wieder abzureisen. Sie kam mitten in der Nacht und sagte, du wärst in Gefahr. Ich solle dich mit mir nehmen, niemals zu lange an einem Ort bleiben und mich stets vor den Schattenwesen hüten. Aber falls ich jemals Hilfe benötigte, so könnte ich sie rufen. Dann gab sie mir die Flöte.«

Mylo zog das Instrument aus dem Beutel und reichte es ihm, woraufhin sich Kinnons Blick sofort verklärte. Vorsichtig strich er mit den Fingern über den verzierten Resonanzkörper, als bestünde dieser nicht aus Knochen, sondern aus Seidenfäden. »Du hast sie immer noch!«

»Ja, aber ich weiß erst seit gestern, dass man damit die Feenkatze beschwören kann, in deren Gestalt meine Mutter geschlüpft ist.«

Der Barde seufzte. »Das erste Mal rief ich sie, nur wenige Tage nachdem sie dich zu mir gebracht hatte. Ein Fieber hatte dich heimgesucht, und ich wusste nicht, was ich dagegen tun konnte. Damals kam sie noch in ihrer Menschengestalt und sagte zu mir: Verschwende die Macht der Flöte nicht, denn ihre Töne sind begrenzt. Lerne, dir selbst zu helfen. Lerne zu beobachten. Und vor allem: Lerne zu fliehen. Wende dich niemals zu den Schatten um, die euch anhaften, sondern blicke stets nach vorn ins Licht.«

»Hast du sie später noch einmal gerufen?«

Kinnon nickte. »Ja, als wir von Räubern angegriffen wurden, denen der Inhalt unserer Börse nicht genügte. Sie wollten uns als Sklaven verkaufen. Damals musst du etwa drei Jahre alt gewesen sein.«

»Was ist dann passiert?«

»Damals erschien die Katze anstelle deiner Mutter. Sie sprach nicht, zögerte nicht, sondern zerfetzte diejenigen, die uns gefangen hielten, und vertrieb den Rest. Aber einen von ihnen ließ sie nicht gehen. Anfangs dachte ich, sie wolle mit ihm spielen, wie Katzen es mit Mäusen tun. Doch anstatt ihn langsam auseinanderzunehmen, sah sie ihm so lange und tief in die Augen, bis ihn die Ohnmacht niederstreckte.«

»Was ist daraufhin mit ihm geschehen?«, wollte Mylo wissen, der wie ein Verdurstender an Kinnons Lippen hing.

»Erst wollte ich ihn liegen lassen und schnell verschwinden. Doch deine Mutter gab mir zu verstehen, dass wir dableiben sollten. Als der Räuber aus seinem Schlaf erwachte, war er nicht mehr derselbe wie zuvor. Er schien … verrückt geworden zu sein.« Seufzend deutete er mit beiden Händen auf seine Brust. »So wie der arme Trottel, in dessen Körper ich nun stecke. Dies ist Morgans einzige Möglichkeit, mit uns zu kommunizieren. Sie wählt die Geister der Toten aus, die das Wissen oder die Fähigkeit haben, uns zu lenken. Denn sie selbst hat keine Worte mehr und schwindet zu Beginn der nächsten Dämmerung. Erst beim darauffolgenden Sonnenauf- oder -untergang kann man sie erneut rufen.«

»Bist du sicher, dass sie hilfreiche Geister herbeiholt?«, wagte Mylo anzuzweifeln. »Denn König Arthur hat uns gestern nicht gerade zielsicher durch den Wald geführt.«

»Womöglich ging es nicht um die Zielsicherheit, sondern um etwas anderes. Hat er euch neue Erkenntnisse gebracht?«

Erst in diesem Moment begriff Mylo, dass der Plan seiner Mutter in der Tat aufgegangen war. Denn Arthur hatte ihnen sogar den entscheidendsten Hinweis von allen geliefert.

»Ja«, räumte er ein. »Er hat die Vermutung geäußert, dass die Sterninsel kein Zufluchtsort für die Druiden ist, sondern dass sie hier seit zwei Jahrzehnten das Tor nach Avalon bewachen.«

Kinnon nickte. »Und mich hat sie gewiss geschickt, um dir zu erzählen, was damals zwischen ihr und Nimue geschehen ist. Ich weiß es, denn meinem Räuber wohnte der Geist einer Avalon-Priesterin inne.« Die letzten Worte flossen nur langsam über seine Lippen. »Die Priesterin teilte ihre Erlebnisse und Visionen mit mir …« Zwielicht beschattete seinen Blick.

Mylo spürte einen stechenden Schmerz über den erneuten Verlust seines Ziehvaters in sich aufkommen. »Nein!«, rief er und rüttelte ihn. »Bleib hier, bitte!«

Ein Zittern durchlief Gairs Körper, und für einen kurzen Moment kehrte der verwirrte Blick des Schmieds zurück, ehe sich Kinnons Geist noch einmal durchsetzte. »Je ferner wir der diesseitigen Welt sind … desto … schwieriger ist es, sich in einem solchen Körper zu halten.«

»Bitte …« Mylos Stimme schwankte gewaltig. »Ich weiß nicht, ob ich das, was in den nächsten Stunden auf mich zukommt, ohne dich schaffe.«

Der Barde legte eine Hand an seine Wange. »Natürlich schaffst du das, Tingelprinz. So wie du alle Herausforderungen gemeistert hast, denen du dich seit damals stellen musstest.«

Seine Wimpern flatterten. Leise und rau begann er zu singen – ein Lied, dessen Klang einen kleinen Jungen vor vielen Jahren gewiss hundertmal in den Schlaf gewiegt hatte.

Hörst du den Wolf im Walde heulen?
Hörst du den Ruf von Feen und Eulen?
Dann lass dich nicht von Angst erfüllen,
ich werd dich warm in Decken …

Er stockte und blinzelte verwirrt. Dann fragte der Schmied: »Wusstest du, dass ich singen kann? Wer bist du überhaupt? Und … wer bin *ich*?«

Mylo fühlte sich nicht in der Lage, Gair über die Umstände seiner Verwirrung aufzuklären. Seine ganze Hoffnung galt den letzten Stunden dieses Tages. Würde Kinnons Geist noch einmal so wundervoll klar zurückkehren, wie er ihn eben erlebt hatte? Oder musste er das nächste Mal mit einem Abklatsch von ihm vorliebnehmen, der wirres Zeug faselte? Es tat weh, den einzigen wirklich vertrauten Menschen seines Lebens für so kurze Zeit und auf so ungewisse Weise zurückzubekommen. Und er wusste weiterhin nicht, aus welchem Grund seine Eltern Avalons Tor geschlossen hatten – falls sie tatsächlich dahintersteckten.

Da Gair nicht aufhörte, ihn fragend anzustarren, rief Mylo nach den anderen. Wie erwartet kehrten sie mit leeren Händen zurück. Niemand hatte etwas gefunden, was auch nur im Entferntesten einen Hinweis auf das versteckte Tor geliefert hätte. Aber Torvis bildete sich ein, den Fuchs mit den menschlichen Augen gesehen zu haben. Die Stimmung war entsprechend gedrückt.

Fiona setzte sich neben Gair und nahm besorgt seine Hand.

»Kinnon ist also wieder weg«, stellte Torvis fest.

»Sein Geist schwand, kurz bevor er mir erzählen konnte, was

damals zwischen Nimue und meinen Eltern vorgefallen ist«, berichtete Mylo. »Aber durch ihn weiß ich jetzt, dass wir meine Mutter nicht unbegrenzt oft zu Hilfe rufen können. Und dass sich ihre Gestalt spätestens zur nächsten Dämmerung auflöst.«

»Und das Tor? Hat er irgendetwas über das Tor gesagt?«

Niedergeschlagen schüttelte Mylo den Kopf.

Während er so dasaß und seinen trüben Gedanken nachhing, fiel ihm auf, dass Broc nirgendwo zu sehen war. Zwar war der Brownie zusammen mit den anderen zurückgekehrt, dann aber hatte er sich offenbar in Luft aufgelöst. Mylo drehte sich einmal um die eigene Achse und rief nach ihm.

»Hier bin ich!«, ertönte eine piepsende Stimme aus der Krone der Eiche über ihren Köpfen. Kurz darauf prasselte eine Handvoll Eicheln auf sie nieder. »'tschuldigung, ich wollte sie eigentlich neben euch werfen. Äpfel und Nüsse habe ich auch schon gepflückt!«

»Du reißt die Früchte heiliger Bäume ab?«, schimpfte Mylo. »Komm sofort herunter, wenn du nicht noch mehr Unglück über uns bringen willst!«

Brocs Wuschelkopf tauchte zwischen zwei Zweigen auf. »Darf man kein heiliges Obst essen?«, rief er sichtbar irritiert. »Wieso nicht?«

»Weil … weil es den Göttern gehört!«

»Aber die Götter sind doch auf unserer Seite. Denkst du nicht, sie lassen es wachsen, um …«

»Komm auf der Stelle runter!«, donnerte Mylo.

Der Brownie ließ sich von der Wut in seiner Stimme beeindrucken und begann ohne weitere Widerworte mit dem Abstieg. Behände kletterte er von Ast zu Ast, bis er keinen mehr fand. Doch auch am knorrigen Stamm gab es genug Rindenkanten und Unregelmäßigkeiten, auf die er treten konnte. Er war schon fast am Boden angelangt, da gab der Halt unter seinen Füßen nach. Mit einem spitzen Schrei stürzte Broc das letzte Stück herab. Jammernd rieb er sich sein Hinterteil.

»Geschieht dir recht«, knurrte Mylo.

Torvis bückte sich und hob die kleine hölzerne Verwachsung auf, die Broc von der Eiche losgetreten hatte. Unsicher, was sie davon halten sollte, betrachtete sie sie von allen Seiten. »Was ist das?«

»Auf jeden Fall ein Stück des heiligsten Baumes auf der diesseitigen Welt. Genau wie die Eicheln im Gras.« Mylo stemmte die Hände in die Hüften und beäugte Broc kritisch. »Rück den Rest heraus!«

Beschämt griff der Brownie weit in den Ausschnitt seines Wamses und zog einen angebissenen Apfel hervor. Erst jetzt fiel Mylo auf, dass der Kobold pummelig aussah, denn sein Gürtel hinderte das Diebesgut am Herausfallen. Es musste eine enorme Anzahl von Früchten sein, die er an seinem Bauch wärmte. Eine Handvoll Nüsse folgte, dann sechs weitere Äpfel.

»Die Götter werden uns schon nicht mit der Ruhr dafür strafen.« Fiona stand auf, um das ovale Holzstück in Torvis' Hand zu betrachten. »Das ist eine Baumperle«, stellte sie fest. »Auf dem Markt von Bhaile hat einmal ein fahrender Händler welche verkauft. Angeblich besitzen sie Heilkräfte.«

Erst jetzt sah auch Mylo genauer hin. »Du hast recht. Wir Druiden nennen es eine *Träne Terans*. Schon viele Leiden wurden mit ihrer Hilfe geheilt. Erst wenn ein Baum bereit ist, seine Perlen herzugeben, kann man sie mit leichtem Druck entfernen.«

»Das ist es!«, rief Torvis auf einmal so laut, dass Mylo zusammenfuhr. »Eine Perle an einem Baum. Arthurs letzte Worte lauteten: Findet den geschmückten Baum!«

»Hm ... bist du sicher, dass er das gemeint hat?«

Er nahm ihr das hölzerne Bruchstück aus der Hand und betrachtete es ebenso intensiv wie sie. Es sah ähnlich aus wie jene Baumperlen, die Mylo aus der Dämmerfeste kannte. Manche hatte die Größe eines Fingernagels, andere waren dick wie Männerfäuste. Die meisten hatten jedoch die Form von Tränen, was ihnen auch die druidische Bezeichnung eingebracht hatte. Diese Perle aber war länglich. Deshalb hatte sie so schnell unter Brocs Fliegengewicht nachgegeben.

»Nimue bannte Merlin in eine Eiche«, sinnierte Mylo. Ihm schauderte bei dem Gedanken, in diesem Moment womöglich seinem leiblichen Vater ganz nah und doch so unendlich fern zu sein. Er legte eine Hand an den Stamm und versuchte zu erspüren, ob dieser eine Verbindung zu ihm herstellte, aber außer der tiefen Ruhe, die so mancher ehrwürdigen Eiche innewohnte, bemerkte er nichts. Keinerlei Hinweis darauf, dass es sich tatsächlich um den entsprechenden Baum handelte. Kopfschüttelnd wandte er sich wieder an die anderen. »Nehmen wir einmal an, wir sind auf der richtigen Spur. Was sollen wir dann mit diesem heilsamen Stück Holz anfangen, das uns womöglich von Merlin zugespielt wurde?«

»Hm … vielleicht bestrafen die Götter uns doch mit der Ruhr. Dann können wir uns damit heilen«, schlug der Brownie vor.

»Na klar. Arthur Pendragon ist nur deshalb von den Toten zurückgekehrt, um uns zu sagen, wie wir uns erst eine Krankheit einfangen und sie dann umgehend wieder heilen können«, knurrte Torvis. »Es muss etwas anderes sein.«

Sosehr sie auch grübelten – sie konnten das Rätsel nicht lösen. Fiona drückte schließlich Gair das Artefakt in die Hand, in der Hoffnung, es möge seinem überanstrengten Geist Linderung verschaffen.

Wortlos sahen sie dem Schmied dabei zu, wie er die Perle zwischen den Fingern drehte und sich daranmachte, die Rinde abzukratzen. Helles Holz kam darunter zum Vorschein, und wie so oft offenbarte sich eine Form, in der jeder etwas anderes sah.

»Sieht aus wie ein Trinkbecher«, fand Broc.

»Eher wie ein Anglerfisch«, urteilte Torvis.

Und Fiona bemerkte: »Erinnerst du dich daran, dass du mal solche Anhänger in deiner Schmiede hergestellt hast, Gair? Einige davon sahen ein bisschen unförmig aus, aber die dürre Lorna hat gesagt, sie hätte nie ein schöneres Geschmeide um den Hals getragen.«

Falls sie gehofft hatte, durch diese Geschichte das Gedächtnis ihres Verlobten aufzufrischen, so hatte sie sich getäuscht. Denn Gair schüttelte nur verwirrt den Kopf und sagte: »Ich weiß nichts von einer Schmiede. Aber wir fahrenden Sänger haben Schaufeln, die so geformt sind. Um damit unsere Hinterlassenschaften und unseren Abfall zu vergraben. Tut man das nicht, zieht man Wölfe und Redcaps an.«

Mylos Herz tat einen Sprung – Kinnon war zurück!

Zur Veranschaulichung seiner Worte rammte der Spielmann den breiteren Teil des Artefakts in den Boden und grinste.

Im selben Moment begann die Erde zu beben.

SCHLÜSSEL

Ein Dröhnen ertönte, wie von einem gewaltigen Ungeheuer, das aus der Tiefe emporsteigt. Panisch sprang Fiona auf und wäre fast gefallen, hätte Gair sie nicht im letzten Moment festgehalten. Das Blumenmeer unter ihren Füßen erzitterte. Ein Spalt von etwa einer Elle Breite tat sich auf, wurde größer und offenbarte ein Loch, an dessen Rändern die Grassoden nach unten klappten, so dass eine kreisrunde Öffnung im Boden entstand. Dann war plötzlich alles still.

Fiona war nicht sicher, ob das Ungeheuer in der Tiefe vielleicht nur Atem holte, daher wagte sie nicht, sich zu rühren. Aber als die Vögel ringsum ihren Gesang wieder aufnahmen, als wäre nichts geschehen, atmeten sie allesamt auf. Mylo war der Erste, der an den Rand des Lochs herantrat.

»Da ist ein Brunnen!«, rief er überrascht.

»Ausgehoben mit einer magischen Schaufel aus einer Baumperle«, fügte Broc staunend hinzu. Er trat an die Eiche heran und umarmte sie stürmisch, wobei er mit seinen kurzen Armen nicht einmal die Hälfte des Stammes umfassen konnte. »Danke, Merlin … für den Fall, dass du uns hörst.«

Vielleicht war es Zufall, doch in diesem Augenblick schwoll der Wind an und brachte die Blätter in der Krone zum Rascheln.

Sie versammelten sich rund um die Öffnung und schauten hinein. Eine Elle tief unter der Erde saß eine steinerne Abdeckung, die den Brunnen verschloss. Auf ihrer Oberfläche prangte das etwa handgroße Relief eines Zeichens. Es bestand aus zwei kleinen ineinander verschmolzenen Kreisen.

»Das Vesica Piscis«, murmelte Mylo in ehrfürchtigem Tonfall. »Es ist das Symbol Avalons.«

Sie waren tatsächlich am Ziel – nur einen Griff von der Magie der Zwischenwelt entfernt!

Mylo fasste in den eingelassenen Eisenring und versuchte, den Brunnen zu öffnen, doch die Steinplatte bewegte sich keinen Fingerbreit.

»Kinnon, hilf mir!«, ächzte er.

Der Barde ließ sich neben ihm nieder und packte ebenfalls in den Ring. Gemeinsam zogen sie mit aller Kraft daran. Ohne Erfolg. Augenblicklich schwand Fionas erste Begeisterung.

Selbst Torvis, die sich in den vergangenen Tagen als äußerst starke Frau herausgestellt hatte, vermochte die Abdeckung nicht zu öffnen, sondern verbrannte sich lediglich die Handflächen am Eisen.

Reichlich ernüchtert ließen sie sich alle fünf zurücksinken.

»Was haben wir nicht bedacht?«, fragte Fiona.

Keiner wusste die Antwort, nur Torvis starrte so verkniffen auf das Vesica Piscis, als wolle sie dessen Zauber mit reiner Willenskraft brechen. Dann lehnte sie sich in die Grube und wischte ein paar Erdklumpen vom Relief. »Hier ist es!« Aufgeregt deutete sie auf den unteren der beiden Kreise. »Das fehlende Stück!«

»Was?« Alle beugten sich gleichzeitig über den Rand des Brunnens, um sehen zu können, was Torvis meinte.

Die filigranen Finger der Selkie strichen über die Vertiefung des unteren Kreises, dann über die Einlegearbeit im oberen. »Seht ihr, dieser graue Ring hier fehlt! Es muss ein Schlüssel sein. Fügt man ihn ein, so lässt sich die Abdeckung öffnen.« Mit glänzenden Augen starrte sie Mylo an, und er erwiderte ihren Blick so aufgewühlt, dass Fiona glaubte, er werde Torvis für ihre Entdeckung küssen. Stattdessen legte er nur eine Hand auf ihre und sagte: »Wo ist es, Donnerkind? Denk nach! Sea Mither hat gesagt, du würdest es finden.«

Torvis presste die Lippen aufeinander. »Ich weiß es nicht …«

»Vielleicht weiß es Morgan«, mischte Broc sich ein. »Wann kannst du sie wieder rufen?«

Mylo wandte den Blick zum dunkler werdenden Himmel. »Bald. Doch noch ist die nächste Dämmerung nicht angebrochen. Wir müssen warten.«

Er hatte kaum ausgesprochen, da ertönte ein Lachen aus dem Wald hinter ihnen. Erschrocken fuhren sie herum und sahen eine dunkle Gestalt aus dem Dickicht treten. Im ersten Moment hielt Fiona die monströse Erscheinung für einen Reiter auf einem riesenhaften Pferd. Dann jedoch erkannte sie mit Entsetzen, dass die beiden Umrisse miteinander verwachsen waren. Die Arme des Reiters waren überlang, das Pferd hatte nur ein Auge, und das Schlimmste: Der Kreatur fehlte die Haut. Bei jedem ihrer Schritte konnte man die Bewegung der blanken Muskeln sehen.

»Nuckelavee«, wehte ihr Name wie ein Hauch über Fionas Lippen. Nie zuvor im Leben hatte sie solche Angst verspürt.

Das Monster witterte in die Luft, woraufhin es erneut ein zischelndes Lachen ausstieß. »Was seid ihr nur für ein Haufen von Feiglingen!«, stieß der Reiter hervor. »Bis zum Bersten gefüllt mit Furcht und Verzagtheit. Aber eines muss ich euch lassen: Ihr habt euren Zweck erfüllt und das Tor zu meinem Reich gefunden. Dank meines freundlichen Vetters waren wir stets über all eure hilflosen Taten informiert.«

Jetzt erst entdeckte Fiona den kleinen Fuchs mit den menschlichen Augen, der aus dem Schatten der flossenförmigen Hufe herausspitzelte. Also hatte der Brollachan sie während ihrer gesamten Reise durch den Wald beobachtet. Und nun, da sie das Geheimnis der geschmückten Eiche gelüftet und den Brunnen zutage gefördert hatten, kam Nimue persönlich, um die Magie aufzusaugen. Was würde sie damit anstellen, wenn sie erst einmal allmächtig geworden war? Die Christen vernichten? Die Druiden? Die ganze Welt? Einzig und allein ein Umstand verwunderte Fiona: Aus welchem Grund kam Nimue schon jetzt, bevor sie das sagenumwobene *fehlende Stück* gefunden hatten? Warum hatte sie nicht auf den Schlüssel gewartet? Auf diese Fragen gab es nur eine mögliche Antwort: Sie wollte verhindern, dass sie die Feenkatze zu Hilfe riefen – Morgan.

Fiona ballte die Hände zu Fäusten. Ein Blick zum Himmel sagte ihr, dass sie Zeit gewinnen mussten. Das Zwielicht war nicht mehr fern, doch noch herrschte die Sonne über den Tag. Wenn sie es schafften, Nimue so lange hinzuhalten, bis Mylo in der Dämmerung seine Flöte erklingen ließ, so würde ihre Mutter ihnen gewiss beistehen.

Sie nahm all ihren Mut zusammen und trat einen Schritt auf den Nuckelavee zu. Zitternd streckte sie eine Hand nach ihm aus, wie sie es bei den Redcaps getan hatte, und rief: »Bleib, wo du bist, unglückseliges Biest! Denn ich werde verhindern, dass du uns ein Leid antust!«

Einen Wimpernschlag lang glaubte sie, das Monster damit beeindruckt zu haben. Dann stieß das Pferd ein abgehacktes Wiehern aus, das entfernt an ein Kichern erinnerte. Der Reiter warf den Kopf viel zu weit in den Nacken und tat es ihm gleich.

»Eine Fischerstochter!«, rief er zwischen dem Gelächter. »Ein törichtes Weibsstück ohne jegliche Magie will mir … *mir*! …« Schlagartig wurde er wieder ernst. Seine blanken Lippen verzogen sich vor Wut. »… der Herrin des blauen Sees, der Gebieterin Avalons, Befehle erteilen?«

»Aber du bist nicht mehr in Avalon!«, schrie Kinnon. Er stellte sich vor Fiona und deckte sie mit Gairs breitem Körper. »Denn Morgan hat dich ausgesperrt, und ich weiß auch, weshalb!«

Nimue zischte. »Aus purer Rachsucht und ungeachtet des Schadens, den sie dadurch über alle Druiden brachte.«

Der bullige Rücken des Schmieds vor Fiona spannte sich an. Kinnon ging nicht auf die Behauptung ein, sondern fuhr ungerührt mit seiner Geschichte fort. »Jahrelang hast du ihr vertraut, hast sie ausgebildet, ihr deine Geheimnisse verraten. Du lehrtest sie, die Elemente zu beherrschen, in die Zukunft zu blicken und ihre Gestalt zu wandeln.« Während er sprach, ging er langsam auf den Nuckelavee zu.

»Nicht!«, rief Mylo und wollte ihm hinterhersetzen, doch Torvis umschlang ihn und hielt ihn fest.

»Aber sie hat dich verraten, denn sie nahm dir das Einzige, was dir je etwas bedeutet hat: Merlin.«

»Schweig!« Donnernd fuhr der Huf des Pferdes auf den Boden.

Kinnon ließ sich davon nicht beeindrucken. »Deshalb hast du beschlossen, sie beide zu vernichten. Aber damit nicht genug: Nie wieder sollte eine menschliche Dienerin die Gnaden Avalons erfahren. Und deshalb hast du sie alle getötet: die Priesterinnen, die du zu schützen geschworen hast. Jede einzelne von ihnen ist dem dunklen Brodem zum Opfer gefallen, der in deiner Seele gärte und der dein Herz vergiftet hat.«

»Sie waren verderbt genau wie Morgan!«, kreischte Nimue. »Schwache Menschen, die es nicht verdient hatten, die Geheimnisse der Magie zu erfahren oder gar die blaue Flamme Avalons einzuatmen!«

»Nachdem sie gefallen sind, hast du ihre Magie aufgesaugt. Lichtmagie, Schattenmagie – es war dir gleich. Aber diese Gier wurde dir zum Verhängnis. Denn es gibt einen Grund, weshalb kein Druide, keine Druidin und auch keine Fee vor dir Mond und Sonne gleichzeitig gedient hat. Stets galt ein Gleichgewicht der Kräfte, niemals gab es eine einzelne Person, die über alles herrschte. Selbst die Götter teilen sich die Macht. Du bist dem Wahnsinn verfallen, Nimue. Eine entfesselte eifersüchtige Zauberin, die von dem Gift aufgefressen wurde, das sie in ihrem eigenen Leib gebraut hat.«

Der Nuckelavee stand da wie eine Statue. Kein Muskel zuckte, selbst sein Herzschlag war nicht mehr auszumachen. Nur die gelb pulsierenden Adern schimmerten in der hereinbrechenden Dunkelheit.

»Du hast recht, ich habe sie beide gejagt«, knurrte er. »Merlin habe ich zuerst gefunden. Es war leicht, ihn zu überwältigen, denn er hatte seine gesamte Magie verschwendet, um das Tor zu verschließen und diesen versunkenen Brunnen auf der Sterninsel zu erschaffen. Ich habe ihn als Wächter davorgestellt, damit er auf ewig stumm seines Verrats gedenken kann.«

Fionas Herz krampfte sich zusammen. Wie viel Rachsucht musste in einer Seele stecken, die ein so schreckliches Schicksal für einen ehemals geliebten Menschen erdachte!

»Dann habe ich gewartet, bis Morgan auftauchte, um sich mir zu stellen«, fuhr Nimue fort. »Niemals werde ich ihr Gesicht vergessen in dem Moment, als sie auf die Lichtung trat und die Eiche erblickte. Sie hat tapfer gekämpft, das muss ich ihr lassen. Doch nicht gut genug, um gegen mich anzukommen. Was auch immer sie versuchte – es misslang. Genau wie der gesamte Plan, den sie und Merlin ersonnen hatten. Denn obwohl ich nun vom Nachschub magischer Kraft aus Avalon abgetrennt war, wohnte immer noch die Licht- und Schattenmagie der Priesterinnen in mir.«

»Doch mit ihrem letzten Atemzug hat Morgan dich verflucht«, zischte Mylo.

Aus den Nüstern des Pferdes drangen graue Dampfwölkchen hervor. Der Reiter schrie: »Ein schwacher Fluch, denn er hat nicht funktioniert! Sie musste mehr und mehr von sich opfern – nicht nur ihre Gestalt, sondern auch ihre Präsenz in der hiesigen Welt. Und alles, was dabei herausgekommen ist, war, mich in einen Körper zu bannen, der beinahe ebenso mächtig ist wie mein eigener. Wäre sie eine große Druidin gewesen, so hätte sie mich in einen Wurm verwandelt und zertreten.« Hasserfüllt richtete Nimue den Blick erst auf Mylo, dann auf Fiona. »Eure Eltern wussten, dass sie es nicht mit mir aufnehmen konnten. Anstatt mich zu töten, haben sie mich nur von Avalon getrennt. Sie dachten, wenn ich nicht zurückkehren kann, würde ich dereinst in der hiesigen Welt zugrunde gehen – hingerichtet von Monsterjägern oder Druiden. Doch sie haben sich getäuscht, denn ich wusste mich zu schützen. Drostan hat es nicht geschafft, mich zu töten, auch euch wird es nicht gelingen! Seht, wo der Platz eines wahrhaftigen Druiden ist: an meiner Seite!«

Sie fauchte etwas Unverständliches in Richtung des Waldes hinter ihr, woraufhin ein Nebelschwall aus dem Gebüsch wogte. Mit langsamen Schritten trat ein alter Mann im weißen Druidengewand daraus hervor. Fiona hatte ihn noch nie gesehen, doch sie ahnte, um wen es sich handeln musste: um Adair, den Großmeister, der sich mit dem Nuckelavee verbündet hatte, um die Insel vor der Invasion durch die Christen zu retten. Er ging gebückt, als trüge er eine zentnerschwere Last auf seinen Schultern, und unter seinem rechten Arm klemmte ein Bündel Decken oder ein Fell – genau konnte Fiona es nicht erkennen.

Torvis neben ihr wusste jedoch sofort, was das war. »Die Haut meiner Schwester!«, rief sie außer sich. »Gib sie mir auf der Stelle zurück!«

»Du kannst sie haben!«, säuselte der Nuckelavee. »Nehmen

wir einen unbedeutenden Austausch vor: die Haut gegen den Schlüssel zum Brunnen.«

»Wir haben keinen Schlüssel!«, schrie Torvis sichtbar erregt.

»Dann bekommst du auch keine Haut. Adair … vernichte dieses Artefakt. Es ist uns nicht mehr von Nutzen!«

Der Großmeister nickte, doch dabei wirkte er gebrochen. Er ließ das Seehundfell zu Boden gleiten und stellte seinen Zauberstab darauf.

»Nein!«, brüllte Torvis und wollte losstürmen, aber diesmal war es Mylo, der sie festhielt. Eindringlich redete er auf sie ein, doch sie hörte ihm gar nicht zu. Stattdessen wand sie sich aus seiner Umklammerung und schlug ihm den Ellbogen ins Gesicht, als er erneut nach ihren Handgelenken griff.

Fiona wusste weder ein noch aus. Immer noch stand die Sonne eine Handbreit über den Wipfeln der Bäume. Kein Zwielicht, mit dessen Hilfe sie Morgan herbeirufen konnten! Und selbst wenn es anders gewesen wäre – nach dem, was Kinnon gerade erzählt hatte, besaß ihre Mutter fast keine Zauberkraft mehr. Mit der wenigen Magie, die sie sich über den damaligen Tag hinaus bewahrt hatte, war es ihr gelungen, Gair zu verwünschen, damit er sie hier herführen konnte. In ihrer Verzweiflung fiel Fiona nur eine Möglichkeit ein, Hilfe zu rufen, auch wenn die Aussicht auf Erfolg noch so klein war: Sie schloss die Augen und wünschte sich die Redcaps her.

Ihr gehorsamen Diener, folgt meinem Ruf! Eilt herbei, so schnell euch eure Beine tragen! Taucht eure Mützen in gelbes Blut!

Sie lauschte in den Wald hinein, hörte Blätter rascheln und Zweige knacken, doch kein Trappeln kleiner gieriger Füße.

Unterdessen hatte Torvis Mylo zu Boden geschleudert und rannte auf Adair zu. Dieser richtete die Spitze seines Zauberstabs auf sie und rief: »Halte ein, Lichtwesen, oder ich …«

»Töte sie!«, zischte der Nuckelavee.

Ein heller Lichtstrahl schoss aus dem Stab. Torvis konnte ihm nicht rechtzeitig ausweichen, doch im letzten Moment wurde sie zur Seite geschleudert, und der tödliche Zauber traf einen anderen Körper, der sich geistesgegenwärtig vor sie geworfen hatte. Es war Kinnon. Nein … es war Gair.

Ein Schrei arbeitete sich in Fionas Kehle nach oben, schien sie innerlich auseinanderzureißen und brach schließlich mit der Inbrunst einer Sturmflut aus ihr heraus. Sie sah den Schmied fallen. Sein letzter Blick galt ihr. Trauer stand darin, gepaart mit blankem Entsetzen über diesen sinnlosen, viel zu frühen Tod.

Torvis sank neben dem leblosen Körper zu Boden. Ihr anklagender Blick richtete sich auf Adair. »Der Nuckelavee ist nicht das einzige Monster hier!«, fauchte sie.

Der Schatten von einem Zauberer, der früher einmal der Großmeister der Druiden gewesen war, schüttelte betrübt den Kopf. »Hört auf zu kämpfen, denn ihr besitzt keinerlei Macht. Ich habe bereits alle Druiden der Dämmerfeste hergerufen, um unser Bündnis mit Nimue zu besiegeln. Fügt euch ihren Anweisungen, dann werden wir gemeinsam die Gefahr abwenden, die uns vom Festland droht.«

»Die größte Gefahr kommt nicht vom Festland, sondern steht genau hier!«, rief Mylo, den Zeigefinger seiner ausgestreckten Hand auf den Nuckelavee gerichtet. »Was glaubt Ihr wohl, was Eure neue Gebieterin mit der Magie anfangen will, die sie in Avalon findet? Denkt Ihr, sie wird die Druiden beschützen? Nein, Adair, sie wird alle Macht an sich reißen. Wenn sie mit uns fertig ist, wird das Meer rot vom Blut der Christen sein und das Land übersäht mit den Leibern toter Geals und Dorchas.«

Der weiße Druide antwortete nicht. Angst und Starrsinn standen gleichermaßen in seinem Blick. Was auch immer ihm seine Visionen erzählt hatten, er wollte daran glauben, die richtige Entscheidung getroffen zu haben.

»Ihr werdet jetzt sterben – einer nach dem anderen«, verkündete der Nuckelavee. »Oder ihr öffnet diesen Brunnen!«

»Wir *können* ihn nicht öffnen, du herzloses Monster!«, schrie Fiona. »Wir haben keinen Schlüssel!«

Im selben Moment spürte sie eine dunkle Präsenz im Unterholz, die mit jedem Herzschlag näher kam. Es war kein einzelner Körper, sondern viele. Lautlose Jäger, die sich von allen Seiten anschlichen, gerufen von der Person, die sie als Anführerin ihres Rudels auserkoren hatten. Die Redcaps!

Auch der Nuckelavee schien das Herannahen der Gefahr zu bemerken. Er fuhr herum, stampfte mit den Hufen und züngelte in Richtung der Baumgrenze. »Was ist das?«, zischte er.

Eine Antwort blieb Fiona ihm schuldig, denn aus dem Unterholz erklang ein vielstimmiges Raunen.

»Herrrrin!«, hörte sie es flüstern.

»Wir sind daaaa!«

»Duuuurst!«

Einen Wimpernschlag lang kehrte Ruhe ein. Fiona nahm einen tiefen Atemzug, dann straffte sie die Schultern und wisperte: »Tötet die Bestie. Tötet den Zauberer!«

Sie hatte kaum ausgesprochen, da sprangen die Gnome wie angreifende Wölfe aus dem Gebüsch. Adair schreckte zurück, doch der Nuckelavee stampfte auf sie zu und ließ seinen giftigen Atem auf die vorderen Redcaps niederfahren. Taumelnd gingen sie zu Boden, griffen sich an Brust und Hals. Gelber Schaum quoll aus ihrem Mund, und die Augäpfel schienen ihnen aus den Höhlen zu treten. Fiona Herz krampfte sich bei dem Anblick zusammen.

Die restliche Meute ließ sich durch den grausamen Tod ihrer Gefährten nicht von ihrem Auftrag abbringen. Mit ungebrochenem Blutdurst stürzten sich weitere Gnome auf den Nuckelavee, wobei einer von ihnen den Rücken des Pferdes erklomm und mit seinen messerscharfen Klauen eine tiefe Schramme in die Seite des Reiters riss, bevor dieser ihn packte und zu Boden schleuderte. Dennoch sprudelte frisches gelbes Blut aus der Wunde, was die Angriffslust der Redcaps noch verstärkte. Mit seinen steinharten Hufen zertrampelte der Nuckelavee seinen Gegner zu Brei. Andere bissen sich in seine langen Arme fest oder versuchten nun ihrerseits, auf seinen Rücken zu gelangen, um ihre Mützen zu baden. Auch Adair musste sich gegen fünf Redcaps wehren, die ihn von der Seite angriffen. Er streckte einen nach dem anderen mit seinem Zauberstab nieder.

Erneut fuhr eine Giftwolke aus dem Maul des Pferdes herab, doch diesmal wich der Großteil der Gnome ihr rechtzeitig aus. Lediglich zwei von ihnen krümmten sich zuckend in dem verdorrten Blumenmeer unter ihren Füßen. Fiona begriff, dass dieser Angriff ihnen höchstens Zeit verschaffen würde. Selbst das tapferste und größte Redcap-Rudel kam nicht gegen einen so übermächtigen Gegner an.

Verzweifelt drehte sie sich zu Mylo um und sah, dass er seine Flöte hervorgezogen hatte. Im Westen setzte der orange glühende Ball der Sonne soeben auf die schwarzen Silhouetten der Bäume auf, und mattes Dämmerlicht drang durchs Geäst.

Er führte das Instrument an die Lippen und ließ seine Finger tanzen. Bereits der erste Ton aus dem beinernen Resonanzkörper gab Fiona die Hoffnung zurück. Dieses Lied war von so unermesslicher Macht, dass es der Welt für einen Augenblick den Atem verschlug. Die Redcaps erstarrten am Bein des Nuckelavees, sogar das Monster selbst verharrte wie vom Donner gerührt. Adair, der mächtigste lebende Druide, öffnete den Mund und gab einen Ton von sich, der wie ein Klagelaut klang. Niemand sagte etwas, niemand versuchte, das Lied zu unterbrechen. Und Fiona verstand in diesem Moment instinktiv, wer ihr Bruder wirklich war: die Verkörperung der hereinbrechenden Nacht. So wie sie selbst das Morgenlicht im Herzen trug. Zwei Menschen, wie sie unterschiedlicher nicht sein konnten, zwei Kreise, die einander überschnitten. Schwarz und Weiß, Tag und Nacht.

Doch die Feenkatze erschien nicht. Vielleicht war die Dämmerung noch nicht weit genug fortgeschritten.

Mit einem Mal endete die Melodie abrupt. Unbemerkt hatte Torvis sich herangeschlichen und Mylo die Flöte vom Mund gerissen.

»Was tust du?«, fragte er entgeistert.

Sie antwortete nicht, sondern zog das Mundstück ab und holte mit spitzen Fingern die Einlegearbeit heraus, welche die beiden Teile des Instruments verbunden hatte. Es war ein eiserner Ring.

»Das fehlende Stück«, piepste Broc an Fionas Seite. »Der Schlüssel nach Avalon! Wir hatten ihn die ganze Zeit bei uns!«

»Her damit, Selkie!«, kreischte der Nuckelavee, während er einen ganzen Schwung Redcaps von seinem Rücken schüttelte. »Händige ihn mir aus, und du bekommst die Haut deiner Schwester!« Er angelte das Seehundfell vom Boden und hielt es ihr am ausgestreckten Arm entgegen, während er gleichzeitig nach weiteren Angreifern trat.

Alle starrten Torvis an. Unentschlossen wiegte sie den Ring in der Hand. Dampfwolken stiegen hervor, da ihre lichte Haut unter dem Eisen verbrannte. Ihr Blick ging ins Nichts, verfing sich eine Weile im Unterholz, ehe er sich wieder auf den Nuckelavee richtete. Dann tat sie das, was Fiona die ganze Zeit über befürchtet hatte: Sie erinnerte sich daran, wer sie wirklich war – keine Menschenfrau, die sich um die Belange ihres schwachen Volkes scherte, sondern eine Selkie, die ihre Schwester erlösen wollte.

Der Ring flog durch die Luft und landete direkt in der ausgestreckten Hand des Monsters.

Ein triumphierendes Lachen drang aus dessen Kehle. »Ich danke dir. Geh zurück ins Meer, kleine Robbe, dann entkommst du meiner Rache vielleicht.«

Mit diesen Worten schleuderte er Illarias Haut in Torvis' Arme und stampfte an ihnen vorbei zum Brunnen.

BET FLAM

Im ersten Moment fühlte Mylo weder Wut noch Enttäuschung, sondern nur tiefe Fassungslosigkeit. In Gedanken sah er Torvis auf dem Boden sitzen, während er ihr sein Lied vorspielte. Ihre Wangen waren gerötet, und ihre Augen strahlten. In diesem Moment hatte es sich angefühlt, als wären ihre Seelen seit Anbeginn der Zeiten miteinander verbunden. Ihr Mut, ihre Entschlossenheit, die Kraft ihres Herzens – hatte er sich all das nur eingebildet? Verriet sie nun tatsächlich ihre ganze Welt, um an ihr persönliches Ziel zu gelangen?

Unfähig, sich zu rühren, stand er da und sah hilflos mit an, wie der Nuckelavee die restlichen Redcaps abschüttelte, die noch an ihm klebten, und zum Brunnen galoppierte, wo er den kleinen Eisenring in die dafür vorgesehene Aussparung setzte.

Ein Klicken ertönte, und zwei Nebelschwaden stiegen aus der Tiefe empor. Einer davon war strahlend weiß, der andere dunkel wie in Schatten getaucht.

Broc nahm Mylos Hand. Fiona trat an seine Seite. »Sind das die Nebel von Avalon?« Ihre Stimme klang heiser.

»Ich weiß es nicht«, flüsterte Mylo.

Nun war alles vorbei. Sie konnten nichts mehr tun, als zuzusehen, wie Nimue die Zwischenwelt mit all ihrer Magie zurückeroberte. Sie hatten versagt, das Vermächtnis ihrer Eltern mit Füßen getreten.

Die beiden Nebelschwaden stiegen vor dem Nuckelavee in die Höhe. Er reckte den Hals danach, verfolgte ihren Flug mit weit aufgerissenen Augen. Dabei spannten sich die Muskelstränge seiner Arme an, und er verkrampfte die Hände zu Fäusten. Ein Wort drang aus seinem Mund, jedoch so leise, dass Mylo nicht sicher war, ob er richtig gehört hatte. Dann aber reckte das Monster die Arme zum Himmel und wiederholte es so laut, dass sein Schrei die Zweige der Bäume ringsum zum Zittern brachte.

»Neiiiiiinnnn!«

Als hätte seine Reaktion die Nebelschwaden erschreckt, stoben sie so schnell von dannen, dass Mylos Blick ihnen kaum folgen konnte. Er sah noch, wie die weiße Wolke sich um Fiona wand. Im nächsten Moment verschluckte ihn die schwarze. Unwillkürlich hielt er die Luft an. Da vernahm er eine Stimme aus dem Nebel, sanft und flüsternd wie die Worte einer Mutter, die ihr Kind in den Schlaf wiegte. »Atme, mein Sohn, denn dies ist deine Magie. Ich musste sie dir nehmen, um dich zu schützen, auf dass du unentdeckt zum Mann reifen kannst. Doch wenn der Tag kommt, an dem sie zu dir zurückkehrt, dann nutze sie. Du kannst alles sein und alles bewirken, wenn du an dich glaubst!«

Die Stimme verklang. Mylo schauderte, schloss die Augen und sog die Magie in sich auf. Sie schmeckte nach Lagerfeuer und Einsamkeit, nach Liebeskummer und schwerem Wein. Düster war sie und machtvoll zugleich. Ein Pochen aus der Tiefe, das den Tag vertrieb und die Nacht herbeisehnte.

Er öffnete die Lider und fand sich Auge in Auge mit dem Nuckelavee wieder. Neben ihm stand immer noch Broc und hielt seine Hand. Schemenhaft erkannte er auch Fionas Umrisse, die keinen Steinwurf von ihm entfernt auf die Knie gesunken war. Torvis konnte er nirgendwo mehr entdecken.

»Ein schlauer Schachzug deiner Eltern. Nur schade, dass du diese Magie niemals unter Beweis stellen wirst!«, zischte

Nimue, dann fuhr ihre Giftwolke auf Mylo herab. Mehr aus Reflex denn aus Berechnung riss er die Arme nach oben. Ein dumpfes Ploppen ertönte, und die Welt versank in Stille. Sonst geschah nichts. Keine Luftnot, die ihn quälte, kein schmerzender Dampf in seiner Lunge. Als er es wagte, durch seine verkrampften Finger hindurch zu dem Monster über sich zu sehen, stellte er fest, dass es weiterhin Gift auf ihn spie, doch dieses prallte von einer unsichtbaren Schutzglocke ab, die Mylo mitsamt seinem Brownie eingeschlossen hatte.

»Du bist jetzt ein echter Dorcha!«, wisperte Broc ehrfürchtig. »Sieh nur, was du erschaffen hast!«

Mylo wollte ihm erklären, dass er keine Ahnung hatte, wie er dieses Wunder vollbrachte, und zudem nicht wusste, wie lange es anhalten würde, doch ehe er dazu kam, brach der Nuckelavee seinen Angriff ab und starrte mit blutunterlaufenen Augen auf ihn herab. »Ein Schild aus Nacht«, spie er angewidert aus. Seine Stimme klang betäubt, wie von weit her. »Mehr als das bringst du nicht zustande? Sieh her, was wahre Magie vermag! Sie beherrscht die Elemente und alle Kreaturen, die daraus geschaffen sind.«

Er hob die Arme, woraufhin ein diffuses Rauschen aus dem Wald erklang. Zahlreiche kleine Lichter schwebten herbei, und als Mylo verstand, worum es sich dabei handelte, griff die Verzweiflung mit kalten Fingern nach seinem Herzen.

»Irrlichter«, wisperte er.

Broc hickste. »Sie werden deinen Schild niederbrennen und uns in den Tod locken.«

Nie zuvor war Mylo einem Irrlicht begegnet, denn normalerweise beugten sie sich den Regeln der Druiden und geisterten nur des Nachts durch die Sümpfe. Nimues rachsüchtiger Ruf schien sie entfesselt zu haben. Jetzt zählte für sie nur noch der Befehl ihrer Herrin.

Schon prallte das erste Flämmchen gegen seinen Schild. Es wand sich wie ein Wurm, nagte und flackerte, kämpfte sich verbissen hindurch. Ein Irrlicht nach dem anderen tat es ihm gleich, so lange, bis Mylos Deckung durchlöchert war und in sich zusammenbrach.

Ein Singsang drang an sein Ohr. Feine Stimmen, die ihn betäubten und von Erlösung sprachen. »Komm!«, summten sie. »Gib dich hin, und du wirst schweben. Leg deine Waffen nieder, damit du in Frieden gehen kannst.«

Seine Lider wurden schwer, das Hicksen neben ihm erstarb. Brocs Hand entglitt ihm, nur noch das zweifache Lächeln des Nuckelavees über ihm war von Bedeutung. Tief schnitt der Blick des insektenhaften Pferdeauges in seine Seele.

»Lass deine widerlichen Hände von meinem Bruder, du Hexe!«

Ein Donnerschlag ertönte, gefolgt von einem gleißenden Blitz am Firmament. Die Stimmen der Irrlichter verstummten. Ein Wimpernschlag der Stille, dann ging ein Platzregen auf die Lichtung nieder. Das Wispern der Flammen verkam zu panischem Schreien. Zischend verloschen ihre Lebenslichter, bis nichts mehr übrig war als taumelnde Ascheflocken.

Mylo wandte sich um und sah seine Schwester, die mit ausgebreiteten Armen inmitten des Schauers stand. Das nasse Haar klebte an ihren Wangen, und ihr Blick war der eines Falken im Sturzflug. Eine kleine Horde überlebender Redcaps hatte sich um sie versammelt – fauchend und mit ausgefahrenen Krallen. Einer von ihnen hatte den Brollachan erwischt. Kopflos baumelte der Leib des Fuchses an seinem Gürtel.

»Wasser«, wisperte Nimue. Ihr Blick glitt erst zu der Eiche, dann zu Fiona. »Das war Merlins bevorzugtes Element. Er wirkte wahre Wunder damit – einfach aus dem Bauch heraus, genau wie du.«

Sie nickte Adair zu, der soeben mit erhobenem Zauberstab zu ihnen trat. Der Schein des aufgehenden Mondes spiegelte sich auf seinem bleichen Gesicht, und für einen kurzen Moment zweifelte Mylo daran, dass die Tropfen auf seinen Wangen wirklich vom Regen stammten.

Versonnen betrachtete Nimue das Wasser auf ihren hautlosen Handflächen. »Beinahe schmerzt es mich, dass ich dieses Schauspiel nun unterbrechen muss, denn es erinnert mich so sehr an *ihn*.« Sie vollführte eine kreisende Geste, und der Schauer hörte schlagartig auf.

Dann polterte sie nach vorn und zertrat den ersten Redcap mit einem einzigen Hufschlag, ergriff den, der den Brollachan getötet hatte, und schüttelte ihn so lange, bis der Leib des Fuchses von seinem Gürtel fiel. Befriedigt hielt sie den strampelnden Gnom ihrem Pferdemaul entgegen, damit es den Kopf abbeißen konnte. Blut spritzte nach allen Seiten, als die scharfen Reißzähne sich durch Fleisch und Sehnen gruben.

Nimue richtete einen Zeigefinger auf Fiona. »Adair, streck dieses Weib nieder, aber verschone ihr Leben, damit sie später meinen Fluch aufheben kann! Das Bürschchen hingegen werde ich nun mit Freuden töten, denn es hat mich zu oft geärgert.«

Mylo wollte seinen Schutzschild abermals errichten, um den nächsten Angriff abzuwehren, doch bevor er die Arme bewegen konnte, wuchsen Schlingpflanzen aus dem Boden und umklammerten seine Handgelenke.

»Jetzt gehörst du mir, Graukutte! Willst du auf dieselbe Weise sterben wie dein Meister Drostan? Oder pflanzen wir einen neuen Schössling neben die Eiche?«

Du kannst alles sein und alles bewirken!, wehten die Worte seiner Mutter durch seinen Kopf. *Wenn du an dich glaubst.*

Er wollte an sich glauben. Wollte die Kraft in seinem Inneren loslassen und kämpfen. Doch er wusste nicht, wie. Trotz seiner sechs Lehrjahre war er im entscheidenden Moment nicht in der Lage, mit der Magie, die nun in seinem Herzen wohnte, umzugehen.

Nimue lachte spöttisch. »Wo sind deine sagenumwobenen Kräfte? Löse die Fesseln, es ist ganz einfach!«

»Halte ein!«, ertönte da Adairs Stimme.

Wütend wandte Nimue den Blick von Mylo ab und starrte den weißen Druiden an.

»Alles ist anders gekommen, als meine Visionen vorhergesagt haben. Sie wurden manipuliert – von dir!«

»Aber nicht doch.« In ihren Worten schwang unterdrückte Wut mit. »Sieh dir diese beiden Geschwister doch einmal an! Merkst du nicht, was sie vorhaben? Sie werden dich von deinem Thron stürzen, Adair. Die wahren Nachkommen von Merlin und Morgan – sie wollen sich über alle anderen Druiden erheben und sich selbst als neue Götter krönen. Wer braucht da noch einen Großmeister wie dich?«

»Du hast die Priesterinnen von Avalon getötet!«

»Ich habe lediglich die Verderbtheit aus meinem Reich verbannt. Nun aber werden neue Zeiten anbrechen – mit mir als der einzig wahren Herrscherin Avalons und dir als oberstem Führer der diesseitigen Sphäre. Mit meiner Hilfe wird es allein deiner Entscheidung obliegen, welcher König über das Festland herrscht und welche Götter seine Untertanen anbeten. Wir beide zusammen werden die Welt zu einem besseren Ort machen.«

Adair knurrte etwas Unverständliches, und es sah aus, als zögere er. Doch viel zu schnell fasste er einen Entschluss. Seine Miene verzerrte sich, er fuhr herum und richtete seinen Zauberstab auf Fiona.

Ein heimtückisches Lächeln umspielte die Lippen des Nuckelavees.

Kreischend sprang einer der Redcaps vor, doch Adairs greller Lichtblitz brachte ihn sofort zu Fall. Der Druide streckte weitere Gnome nieder, bis Fiona schutzlos vor ihm stand. Seinen Angriffszauber wehrte sie mit einem Schild ab, der aus reinem Licht bestand. Nur kurz legte dessen leuchtender Schein einen Hauch von Hoffnung über die Lichtung, dann brach er zusammen, und Fiona wurde zurückgeschleudert.

Keuchend versuchte sie, sich aufzurichten, musste sich jedoch erneut zur Seite werfen, als der nächste Lichtstrahl auf sie niederging.

Mehr bekam Mylo nicht mit, denn in diesem Moment fuhren die Reißzähne des Nuckelavees auf ihn herab. Das Blut des letzten Redcaps klebte daran, und aus dem Rachen stiegen giftige Rauchschwaden hervor. Erneut war es wieder nur Glück, das Mylo rettete: Er wankte rückwärts, stolperte über Broc und fiel zu Boden, so dass das zahnbewehrte Maul ins Leere schnappte. Schmerzhaft zerrissen die Schlingpflanzen und hinterließen blutige Striemen an seinen Handgelenken.

»Und du willst Merlins Sohn sein?«, zischte Nimue. »Dein Vater war ein großer Zauberer, du aber bist ein Nichts!«

Aus den Augenwinkeln nahm er einen weiteren Lichtblitz aus Adairs Zauberstab wahr, doch noch ehe er sich nach Fiona umsehen konnte, tänzelte das schauderhafte Pferd auf ihn zu. Mylo wich zurück.

»Feuer!«, flüsterte Broc. »Mach Feuer!«

»Wie denn?«

Das Beschwören der Elemente gehörte nicht zur Ausbildung der Anwärter. Erst wenn sie Anzeichen von magischer Veranlagung zeigten, unterrichteten die Druiden sie in der höheren Zauberkunst, zuvor mussten sie mit dem Auswendiglernen diverser Formeln vorliebnehmen. Nur einmal, als Mylo für das Füttern von Drostans Hühnern verantwortlich gewesen war, hatte er mit angehört, was dieser hinter der dünnen Holzwand, die Stall und Wohnraum voneinander trennte, zu einem Schüler sagte:

»Um mit einem Element in Kontakt zu treten, werde eins mit ihm. Finde es in deinem Herzen. Mach es zu deinem Verbündeten. Ergründe es – und erst dann sprich die Worte der Macht.«

Der Nuckelavee erhob sich auf die Hinterhufe, bereit, seinen Gegner zu zerschmettern. Mylo sah die schlagenden Flossen als dunkle Silhouetten über sich und warf sich zur Seite.

»Jetzt weiß ich, was du bist, Graukutte: kein Zauberer, sondern ein Angsthase. Denn genau wie das Kaninchen im Wald hast du dem angreifenden Wolf nichts weiter entgegenzusetzen als hilflose Haken.«

Das Insektenauge senkte sich auf ihn nieder.

Feuer, dachte Mylo, *solltest du irgendwo ein meinem Herzen glimmen, dann hilf mir.*

Das Maul des Monsters öffnete sich. Geifer troff über seine fleischigen Lippen.

Fache dich an, entzünde dich, brich heraus aus den Tiefen meiner Brust!

Keine Antwort, kein Flüstern. Nur der Todeshauch Nimues. Und ein gellender Schrei aus dem Hintergrund, der Mylos Herz zum Flimmern brachte.

Für die Dauer eines Wimpernschlags wollte er aufgeben. Nur die Augen schließen wie damals in Kilmartin Glen. Dem Tod in die Arme fallen und auf ein neues, besseres Leben hoffen. Doch dann siegte seine Wut auf Nimue über die Angst. Heftiger Zorn steckte seine Seele in Brand. Er öffnete die Augen und sah das Entsetzen im Blick seiner Gegnerin.

»Bet Flam«, stammelte sie. »Aber du … hast keinen Zauberstab. Nicht einmal die Worte gesprochen.«

»Schau! Deine Hände!«, wisperte Broc.

Mylo blickte an sich hinab und sah die Flammen, die seine Finger umzüngelten, ohne seine Haut zu verbrennen. Die Bezeichnung, die Nimue dafür benutzt hatte, kannte er aus Drostans Unterricht: Bet Flam – kleine Flamme. Ausgebildete Druiden steuerten die Elemente mit Worten der Macht. Doch stets katalysierten sie diese mit Hilfe ihrer Zauberstäbe, die aus dem Holz eines heiligen Baumes geschnitzt waren.

Er hob beide Hände und reckte sie dem Nuckelavee entgegen. »Dann spreche ich sie jetzt. Und ich rufe das *große* Feuer: Kal Vas Flam!«

Die Wucht des Infernos, das daraufhin aus seinen Fingern schoss, katapultierte ihn mehrere Schritte zurück. Verwirrt vom Ausmaß seiner eigenen Kraft rappelte Mylo sich auf und sah, wie der Nuckelavee sich kreischend vor Schmerz auf dem Boden wand. Zwar hatte das Feuer es nicht vermocht, ihn gänzlich in Brand zu stecken, doch das blank liegende Fleisch der Kreatur war an vielen Stellen schwarz verkohlt.

Fieberhaft schaute Mylo sich nach Fiona um. Kein Lichtstrahl brannte mehr zwischen ihr und Adair. Stattdessen kniete der oberste Druide neben dem leblosen Körper der jungen Frau und starrte mit aufgewühltem Blick in Richtung des Nuckelavees.

Gefolgt von Broc rannte Mylo zu seiner Schwester und fühlte nach ihrem Herzschlag. Sie lebte.

»Was habt Ihr getan?«, spie er Adair entgegen.

»Was ihm befohlen wurde.« Dampfend aus Nüstern und Fleisch polterte der Nuckelavee heran. Tiefe Brandwunden zogen sich über seinen Körper, doch in seinen Augen flackerte ungebrochene Wut. »Dieses schwache Mädchen darf bald vollenden, was du nicht geschafft hast: Sie wird den Fluch eurer Mutter lösen und mir ermöglichen, wieder meine alte Gestalt anzunehmen. Dies ist die erste Stunde einer neuen Ära. Aber du, Graukutte, wirst kein Teil mehr davon sein.«

»Ich habe mich an dich gewandt, weil du meine einzige Hoffnung warst«, begehrte Adair auf.

»Und die bin ich noch! Wer sonst soll dir die Christenarmee vom Leib schaffen?«, fragte Nimue. Verachtung troff aus ihrer Stimme.

Adairs Blick richtete sich auf Mylo. Wie zufällig wanderte seine Hand auf Fionas Stirn. Sie öffnete die Lider und sog röchelnd Luft ein. Broc stieß einen Laut der Erleichterung aus.

Der Druide erhob sich zu seiner vollen Größe. Den Zauberstab vor der Brust stellte er sich zwischen den Nuckelavee und dessen Opfer.

Nimue knurrte. Ohne weitere Worte an Adair zu verschwenden, ließ sie ihren Pferdekopf vorschnellen und spuckte eine Giftwolke auf ihn herab, die der Druide mühelos ablenkte. Er antwortete mit Donnergrollen und einem gleißenden Blitz. Der Nuckelavee stampfte auf den Boden, woraufhin die Erde bebte und eine Spalte aufklaffte. Adair richtete seinen Stab darauf, murmelte eine Beschwörungsformel und ließ Wasser darin aufsteigen, das eine natürliche Barriere zwischen ihnen und dem Monster bildete. Als Nächstes versuchte er, die Spalte zu vergrößern, wohl um den Nuckelavee kreisförmig einzuschließen, doch er hörte damit auf, ehe das neue Gefängnis fertiggestellt war. Mylo ahnte den Grund dafür: Mit jedem Zauber, den der Großmeister wirkte, schwand seine Kraft. Und er hatte keinerlei Möglichkeit, sich durch Einkehr oder Besinnung zu stärken.

Mylo packte den Brownie an den Schultern. »Wir brauchen Drostan. Fällt dir etwas ein, um ihn zu befreien?«

»Ja«, piepste Broc. »Glück.«

»Lauf zur dunklen Mitte und versuch es!«

Der Kobold nickte, nahm die Beine in die Hand und rannte davon, so schnell er es vermochte. Wie immer achtete niemand auf ihn. Die beiden mächtigsten Wesen der diesseitigen Welt waren einzig und allein damit beschäftigt, sich gegenseitig den Garaus zu machen. Lichtblitze prallten gegen Giftwolken, bis die gesamte Lichtung in qualmende Nebelschwaden getaucht war.

»Adairs Zauberkraft hält nicht endlos lange an ebenso wenig wie unsere«, raunte Mylo seiner Schwester zu. »Solange keine neue Magie in unsere Welt fließt, wird Nimue uns überlegen sein. Geh zum Brunnen und teile die Nebel Avalons! Glaubst du, du schaffst das?«

»Ich … weiß nicht, wie!« Ihre Lippen bebten.

»Ich weiß es auch nicht. Doch es waren seit jeher Frauen, die dieses Wunder vollbracht haben. Wenn jemand es kann, dann du!«

Sie nickte ihm mit Hoffnung und Angst im Blick zu. Er half ihr hoch, und sie hastete davon, umrundete das klaffende Loch im Boden und verschwand hinter den düsteren Wolken in der Dunkelheit.

Als Nimue das sah, stieß sie ein schrilles Kreischen aus. Sie fuhr auf den Hinterhufen herum und wollte Fiona nachsetzen. Mylo hörte den Wind in seiner Seele flüstern. Wütende Böen, die an ihren Zügeln rissen wie junge Pferde, die losgaloppieren wollten.

»Uus Hur«, wisperte er und ließ sie frei.

Im selben Moment, in dem der Sturm aus ihm herausschoss, brach die Schwäche über ihn herein. Sein Körper war nicht daran gewöhnt, von Magie durchdrungen zu werden, sein Geist kaum in der Lage, sie einzuteilen. Weder die Intensität noch die räumlichen Ausmaße seiner Elementarkraft konnte er bestimmen. Der Sturm schwoll zum Orkan an und warf nicht nur Nimue zur Seite, sondern fegte über die Lichtung bis in den Wald hinein, wo er mehrere Bäume entwurzelte und eine Schneise von der Länge eines Schiffes hinterließ. Am ganzen

Körper zitternd, sank Mylo in die Knie. Eine Hand legte sich auf seine Schulter. Er blickte auf und sah Adair vor sich stehen. Das Gesicht des Großmeisters hatte eine fahle Farbe angenommen, krampfhaft umschlossen seine Finger den Schaft des Zauberstabs. »Sieh!«, flüsterte er, den Blick zu der Schneise gewandt, die Mylos Orkanböe in den Wald geschlagen hatte.

Dort thronte ein Wesen inmitten der zersplitterten Bäume. Es sah aus wie eine riesige Schlange mit drei Beinpaaren. Ihr Nackenschild war weit gespreizt, und aus ihrem Maul schoss eine gespaltene Zunge hervor. Ein Beithir! Neben ihm trat eine kleine Herde Kelpies mit nassem glänzendem Fell aus dem Unterholz. Mit wiegenden Hüften folgten die Baobhan-Sith. Fünf kuhgroße Feenhunde, Cu Sith genannt. Ein Greif. Die Black Annis. Zwei Fuaths mit Stachelschwanz und zottiger gelber Mähne. Und sogar der sonst so friedfertige zitternde Urisk. Immer mehr Monster aus dem Druidenwald rotteten sich dort zusammen. Als Letztes – Mylos Herz tat einen Sprung – kam Torvis hinzu. Ihre Hand umklammerte das kleine Knochenmesser, und um ihre Beine strich die schwarze Feenkatze.

Hinter ihr erschienen, Mann für Mann, die Geals und Dorchas der Dämmerfeste. Sie waren Adairs Ruf gefolgt, sich mit Nimue zu verbünden, doch nun standen sie bereit, um sie stattdessen zu bekämpfen.

Als der Nuckelavee die Ansammlung kampfbereiter Feinde sah, verzerrten sich seine Gesichtsmuskeln vor Zorn. »Morgan!«, zischte er.

Die Katze fauchte.

»All die törichten Kreaturen, die du um dich geschart hast, deine schwachen Druiden und dieses lächerliche Selkie-Weib. Ich werde sie ebenso zerreißen wie die Redcaps, denn ich allein trage die Macht Avalons in mir. Doch bevor es so weit ist: Sieh zu, wie ich deinen Sohn vernichte!«

Damit wandte sie sich wieder Adair und Mylo zu, und das schauderhafte Pferdemaul bleckte die Reißzähne. Der Giftstrahl, der diesmal auf ihre Gegner niederfuhr, war gleißend blau. Zischend verging Adairs Lichtschild unter der übermächtigen Zauberkraft.

»Lauf, Junge!«, wisperte der Großmeister. »Fliege! Krieche! Schleiche! Du kannst alles sein, was du willst.«

Es war derselbe Ratschlag, den auch seine Mutter ihm gegeben hatte. Mylo ahnte, was er bedeutete. Doch es gab noch eine andere Möglichkeit: Dank seiner Eltern wohnte nun endlich die Magie für einen allerletzten Fluch in ihm. War er fähig, das zu tun, was sie einst getan hatten?

Die Banshee hatte ihm erklärt, wie es ging: Tod für Tod.

LIDLOS

Torvis hatte die Anwesenheit der Feenkatze lange vor den anderen bemerkt, nämlich bereits in dem Moment, als sie das fehlende Stück des Vesica Piscis aus der Flöte nahm. Morgan hatte versteckt im Buschwerk gekauert, die leuchtend gelben Augen geschlossen. Nur ihre Magie hatte Torvis' Aufmerksamkeit erregt, denn sie hatte denselben Klang wie Mylos – erdig, düster und ebenso zerrissen. Diese Druidin hatte einen hohen Preis für den Fluch gezahlt, mit dem sie ihre Erzfeindin einst gebannt hatte. Um es im Alleingang mit dem Nuckelavee aufzunehmen, war sie zu schwach. Doch in dem Moment, als dieser den Ring einforderte, nickte sie Torvis zu. Und dieses kleine Nicken war der Ausschlag für alles weitere gewesen, was danach geschehen war.

Im Vertrauen auf Morgan hatte Torvis das Artefakt weggegeben und damit scheinbar Nimue in die Hände gespielt. Mylos anklagender Blick bohrte sich in ihren Rücken, als sie dafür Illarias Haut entgegennahm und sich hastig ins Unterholz davonstahl. Wie gerne hätte sie ihm gesagt, dass sie ihn niemals verraten würde. Dass er stark sein und aushalten sollte, denn seine Mutter würde sicher eine Lösung finden.

Und damit lag sie richtig. Die Nebelschwaden, die beim Öffnen des Brunnens aus dessen Innerem hervorstiegen, verbündeten sich nicht mit Nimue, sondern mit Mylo und Fiona. Morgan selbst musste diese Magie einst ihren Kindern geraubt und dann an Merlin übergeben haben, damit er sie dort versteckte – dafür sprach zumindest der triumphierende Blick der Feenkatze.

So erschöpft die Zauberkraft der Cait Sith auch war, reichte sie dennoch aus, um Botschaften durch das Wurzelwerk der Bäume zu senden. Einer nach dem anderen folgte ihrem Ruf – Vampirinnen und Mischwesen, Wasserkreaturen und Erdgeister, Licht- und Schattenwesen. Fast zeitgleich mit den Monstern des Waldes tauchten die Druiden aus der Festung auf, die Adair herbeigerufen hatte. Entsetzen machte sich unter den Geals und Dorchas breit, als ihnen gewahr wurde, welcher tödliche Kampf dort draußen auf der Lichtung tobte.

Ganz gleich, was Torvis ihnen erzählte – viele zögerten einzuschreiten, denn immerhin kämpfte Adair auf der Seite Nimues. Unter den Druiden brandeten heftige Diskussionen auf, doch in Ermangelung eines Anführers gab es keinen, der sich zu einem schnellen Entschluss durchringen konnte, was zu tun war. Genau wegen dieser Unentschlossenheit verabscheute Torvis die Menschen: Sie redeten, anstatt zu handeln.

Irgendwann schien sich ein schwarz gekleideter Dorcha durchzusetzen, denn er erinnerte die anderen daran, dass sein eigener Meister – Drostan – nirgendwo zu sehen war. Kurz darauf erhob sich aber ein Geal und betete den Treueeid herunter, den er Adair geleistet hatte.

Einmal, als Mylo nur durch einen Sturz nach hinten dem giftigen Brodem aus dem Hals des Nuckelavees entkam, war Torvis drauf und dran, ihre Deckung zu verlassen und sich schützend über ihn zu werfen, aber der gelbe Blick der Feenkatze hielt sie davon ab.

Es brauchte jenen einen Moment, in dem Adair sich klar auf die Seite seines letzten Anwärters schlug, um die Druiden zu überzeugen.

Doch sie hatten zu lange gezögert, um ihrem Großmeister noch beistehen zu können. Gleichzeitig mit ihrem Erscheinen auf dem Schlachtfeld zerbarst Adairs Schild unter einem Ansturm leuchtend blauer Magie.

Torvis entwich ein Schrei, als sie ihn fallen sah, denn auch Mylo hatte bis zu diesem Augenblick direkt hinter ihm verharrt. Der Dunst verzog sich, und Adair lag regungslos im verbrannten Gras. Von Mylo keine Spur.

»Was ist passiert?«, japste Torvis.

Die Feenkatze fauchte.

Ein Raunen ging durch die nun führerlose Gemeinschaft der Druiden. Deutlich drang das Wort »Rache« aus dem Gemurmel hervor. Die schwarzen Dorchas zogen ihre Zauberstäbe und positionierten sich in vorderster Reihe. Aufgeregt zischelte der schlangenhafte Beithir. Einer der Fuaths ließ einen kreischenden Kriegsschrei verlauten.

Nimue fuhr zu ihnen herum, und allein diese Bewegung brachte die Armee aus Licht- und Schattenwesen zum Verstummen. Hasserfüllt starrten sie einander an.

Torvis spürte die Tatze der Feenkatze an ihrem Bein. Sie wusste, was Morgan ihr sagen wollte, ohne dass dafür Worte nötig gewesen wären: Jemand musste den Befehl zum Angriff geben. Doch sie zögerte, denn genau in der Mitte zwischen ihnen und dem Nuckelavee tat sich der Brunnen auf, vor dem Fiona in gebückter Haltung kniete. Würde Nimue sie verschonen, damit sie später ihren Fluch aufheben konnte? Oder war die ehemalige Herrin vom See bereits an einem Punkt angelangt, an dem ihr jedes Opfer recht war?

Der Nuckelavee erhob sich auf die Hinterhufe und galoppierte auf den Brunnen zu. Was auch immer er vorhatte – er durfte Fiona nicht als Erster erreichen!

»Angriff!«, brüllte Torvis und sprang über eine Reihe umgefallener Bäume hinweg. Mit donnernden Hufen, trippelnden Schritten und schlagenden Flügeln setzten die Monster hinter ihr her. Lichtblitze und Nachtwolken stoben aus den Zauberstäben der Druiden. Nimue jedoch wehrte jeden Angriff mit der Leichtigkeit eines Wals ab, der einen ganzen Schwarm Makrelen durch einen einzigen Flossenschlag vertrieb.

»Halte sie auf!«, rief Torvis dem Greifen zu, der daraufhin seine Schwingen spreizte und sich in die Lüfte erhob. Mit ausgefahrenen Löwenkrallen ging er auf den Nuckelavee los, doch dieser spie sein Gift in den Nachthimmel empor, woraufhin der Greif höher steigen musste, um ihr zu entkommen. Triumphierend reckte das Monster seine Hände nach oben und ließ aus einer dunklen Wolke einen Blitz niederfahren, der krachend in den Leib des Greifen einschlug. Augenblicklich ging sein feuerrotes Gefieder in Flammen auf, so dass er wie eine lebende Fackel die Lichtung in blutiges Licht tauchte. Für einen Moment stockte Torvis bei diesem Anblick der Atem, dann rief Nimue einen Sturm herbei, der die Überreste des Greifen in der Luft zerriss und auf die attackierende Armee niederregnen ließ. Angefacht von der Gewalt des Windes, entzündete er die Gewänder einiger Druiden und Vampirinnen und sengte tiefe Löcher in das Fell des Urisks. Auch das weiße Haar der Black Annis fing Feuer, doch einer der Geals erstickte es mit seinem Zauberstab.

Torvis löschte den brennenden Mähnenkamm eines Kelpies mit Illarias Fell, dann tauchte sie unter den herabregnenden Feuerflocken hindurch und rannte auf den Brunnen zu, an dem Fiona weiterhin unbewegt verharrte – beide Hände auf den Rand der Einfassung gestützt.

Der Nuckelavee war schneller. Erst kurz vor seinem Ziel stemmte er plötzlich alle vier Beine gleichzeitig in den Boden und schlitterte das letzte Stück. Das Tor nach Avalon lag direkt vor ihm, und doch hielt ihn irgendetwas davon ab, es einzunehmen. Er schäumte vor Wut und tänzelte einige Schritte zurück, als hätte er sich an etwas verbrannt.

Langsam, wie in Trance, stand Fiona auf. Sie streckte den Rücken durch und richtete ihren Blick auf Nimue. »Du wirst draußen bleiben«, bemerkte sie schlicht.

Erst jetzt war Torvis nahe genug heran, um erkennen zu können, was die Fischerstochter getan hatte: Rund um den Brunnen herum erstreckte sich ein kleiner, aber kreisrunder Bach. Er wurde von mehreren Quellen gespeist, die in kurzem Abstand hintereinander dafür sorgten, dass das Wasser nicht versiegte.

»Dieser Zauber ist das Einzige, was du zu tun vermagst«, schrie Nimue. »Nicht einmal die Nebel konntest du teilen. Alles, wozu du imstande bist, ist, das Element deines Vaters zu beherrschen!«

»Es hat ausgereicht, um dich zu besiegen«, entgegnete Fiona.

»Besiegen? Du hast mich nicht besiegt.« Geifer spritzte aus dem Monstermaul. »Ich bin die Herrin Avalons, die Königin der Feen. Ich werde deine Armee vernichten und dich in diesem Kreis aus Wasser aushungern. Denn du hast dich selbst darin eingeschlossen!«

Fiona verzog keine Miene. »Es hat ausgereicht, um dich zu besiegen«, wiederholte sie. Dann hob sie den Bund ihres Ärmels an, und eine kleine Schlange fiel heraus. Das verkrümmte Knäuel wurde größer und breiter. Doch erst als seine Ausmaße die des Beithirs angenommen hatten, wand sich auch der Kopf aus den Windungen des Körpers, und Torvis erkannte, dass es nicht das Haupt einer Schlange war, sondern das eines Hahns. Es war ein Cockatrice – eines der am meisten gefürchteten Schattenwesen der diesseitigen Sphäre. Nie zuvor hatte Torvis eine solche Kreatur gesehen. Weder verstand sie, wo dieses Monster so plötzlich herkam, noch, was es vorhatte. Der Blick seiner roten

Augen richtete sich auf den Nuckelavee, der es nicht schaffte, den Kopf rechtzeitig abzuwenden. Ein Krachen ertönte, ähnlich dem Geräusch von Felsen, die von Eis gesprengt wurden. Der flossenhafte Huf, den er angehoben hatte, um zur Seite zu springen und aus der Gefahrenzone zu fliehen, verharrte augenblicklich. Rotes Fleisch verwandelte sich in graues Gestein.

»Neiiiiiin!«, kreischte Nimue, doch der Schrei erstarb in ihrem Halse, als die Versteinerung sich durch ihren Körper nach oben fraß. Das aufgerissene Maul des Pferdes, die langen Arme, die der Reiter angehoben hatte, um seine Augen zu bedecken –, jeder Muskel des schauderhaften Körpers erstarrte in der Bewegung. Ein letztes Knacken und Brechen, dann regte sich nichts mehr.

»Zu dumm, wenn man keine Lider hat, die man schließen könnte«, sagte Fiona kühl.

Zusammen mit den Druiden und den anderen Licht- und Schattenwesen blieb Torvis wie gelähmt auf der gegenüberliegenden Seite des Brunnens stehen. Der Cockatrice drehte sich nicht zu ihnen um, denn ein einziger Blick in seine Augen hätte genügt, um sie ebenfalls in leblose Skulpturen zu verwandeln. Auch Fiona sah ihn nicht an, sondern legte nur eine Hand auf seinen schuppigen Körper und wisperte: »Komm zurück, Bruder. Unser Kampf ist vorbei.«

Ein Zittern ging durch den Schlangenkörper. Er schrumpfte auf die Hälfte seiner Größe, dann krampfte er sich zusammen und verwandelte sich in einen wohlbekannten jungen Mann. Schwer atmend stemmte Mylo beide Hände auf den Boden, um sich aufzusetzen. Seine dunklen Augen richteten sich auf die schwarze Katze, die schnurrend an Torvis' Seite stand.

»Du hattest recht«, flüsterte er. »Ich kann alles sein, was ich will.«

Da sie annahm, ihm verlange in diesem Augenblick nur nach der Gesellschaft seiner Mutter und Schwester, hielt Torvis sich von Mylo fern. Sie wollte sich soeben der Armee zuwenden, um die eine oder andere Brandwunde zu versorgen, da rief er ihren Namen.

Mit flatterndem Herzen wandte sie sich zu ihm um. Gestützt von Fiona saß Mylo immer noch auf dem Boden neben dem Brunnen. Das dunkle Haar hing ihm wirr in die Stirn, und unter seinem grauen Gewand hob und senkte sich seine Brust in schnellem Rhythmus, was darauf schließen ließ, wie ungeheuer anstrengend die Gestaltwandlung gewesen sein musste.

Sie ging neben ihm in die Hocke.

»Danke, dass du zurückgekommen bist«, sagte er leise.

»Ich war niemals weg. Aber Morgan«, sie deutete auf die Katze, »hat mir zu verstehen gegeben, dass ich dem Nuckelavee den Ring ausliefern solle. Es tut mir leid, wenn ich dich in diesem Moment aufgewühlt habe.«

»Aufgewühlt? Du hast mein Herz in tausend Stücke gerissen.«

»Dafür hast du recht gut gekämpft.« Sie lächelte, dann wandte sie den Blick nach oben zum versteinerten Nuckelavee. »Wir sollten dieses Bildnis im tiefsten aller Lochs versenken.«

Mylo schüttelte den Kopf. »Wir werden es auf der Lichtung stehen lassen, als Mahnmal für alle Druiden, damit sie sehen, wohin Rachsucht und Gier uns führen. Aber nicht in der Mitte bei Merlin, denn er würde sie sicher nicht in seiner Nähe haben wollen.«

Zum ersten Mal, seit die grauen Nebelschwaden Mylo eingehüllt hatten, war Torvis ihm so nahe, dass sie den vollen Klang seiner Magie wahrnehmen konnte. Der Vulkan in seinem Inneren war endlich ausgebrochen, die bebenden Gesteinsbrocken in alle Winde zersprengt. Jetzt hörte sie nur noch das beständige Prasseln der Flammen und wusste: Dies war der Grundton des Liedes, das er ihr vorgespielt hatte. All die Jahre hindurch hatte er nach diesem fehlenden Puzzleteil seiner selbst gesucht und es nun gefunden.

»Du bist vollständig«, stellte sie fest. »Endlich in dir angekommen.«

»Nicht ganz.« Er richtete sich auf und legte eine Hand an ihre Wange. »Es stimmt, mein Kreis hat sich geschlossen. Aber es gibt da noch ... ein fehlendes Stück.«

Sie zuckte zurück, denn sie ahnte, worauf er anspielte. »Du bist der Vulkan, ich bin der Ozean. Wir können niemals ...«

Mylo schloss ihren Mund mit einem Kuss. Heiße Lippen, die nach Glut und Hingabe schmeckten. In diesem Moment, zwischen Mondlicht und Dämmerung, sehnte sie sich danach, ein Mensch zu sein – ein Wesen mit einer einzigen Heimat, einem einzigen Streben. Doch sie war eine Selkie. Und sie würde niemals glücklich werden, wenn sie blieb. Sanft schob sie ihn von sich.

In seinen Augen stand Enttäuschung. Ein dunkles Prasseln erhob sich in seinem magischen Lied.

Noch bevor sie zu einer Erklärung ansetzen konnte, erklang vielstimmiges Murmeln hinter ihnen. Torvis wandte sich zu der Armee um und bemerkte, dass die Druiden allesamt auf die gegenüberliegende Waldseite starrten.

Dort war soeben eine Gestalt aus dem Gebüsch getreten. Torvis hatte den Mann noch nie gesehen, doch es handelte sich um einen ausgemergelten schwarzen Druiden, vermutlich Mylos ehemaligen Meister Drostan. Mehrere rot glänzende Würgemale zeichneten sich um seine Handgelenke und seinen Hals herum ab, und der Ausdruck in seinem vernarbten Gesicht war der eines Gefolterten. Dennoch ging er aufrecht, beide Hände in den Ärmeln vergraben. Beim Anblick des versteinerten Nuckelavees lief ein Beben durch seinen Körper. Er trat neben die Skulptur und strich mit einer Hand über das gebleckte Maul des Pferdes.

»Wie sehr habe ich dich gefürchtet. Es schien, als könne dich nichts und niemand aufhalten«, murmelte er versonnen.

Mylo erhob sich und trat neben ihn. »Ich bin froh, dass Ihr wohlauf seid, Meister.«

»Meister?« Mit unergründlichem Blick betrachtete Drostan seinen Schüler. »So nennst du mich noch – nach allem, was geschehen ist?«

»Es ist nichts geschehen, das mich an Euch zweifeln lässt. Ihr habt Euch gegen Nimue gestellt. Nur das zählt für mich.«

»Aber besiegt hast du sie ganz allein, so wie Teran es mir prophezeit hat. Ich dachte, ich wäre der Held in dieser Geschichte und du seist nur ein Werkzeug. Doch das Schicksal hat unsere Rollen vertauscht. Es tut mir leid, dass ich das nicht früher begriffen habe.«

»So wie ich es bereue, Euch misstraut zu haben«, sagte Mylo. Er überbrückte das letzte Stück, das ihn noch von seinem Meister trennte, und ergriff dessen Unterarme. Es war eine Geste der Versöhnung. Sie nickten einander zu.

»Habt Ihr Broc nicht mitgebracht?«

Drostan musste kurz überlegen, doch dann begriff er, wer gemeint war. »Den Brownie? Nein, er saß neben mir, als ich aus meiner Ohnmacht erwachte, und erzählte mir, wo ich euch finde. Aber dann hatte er es plötzlich eilig. Angeblich wurde er von einer *Vision* heimgesucht.« Er lachte auf, und einige der umstehenden Druiden fielen mit ein. »Nun ja, hat es wohl mit der Angst zu tun bekommen. Die meisten Brownies sind feige.«

»Nicht dieser«, erwiderte Mylo stirnrunzelnd. »Hat er gesagt, wohin er gehen will?«

Der Dorcha schien zu überlegen, schüttelte dann aber den

Kopf. »Er faselte etwas von einer alten Freundin, mehr weiß ich aber nicht …« Als sei das Thema Broc nun lange genug besprochen worden, legte Drostan Mylo kurz eine Hand auf die Schulter und drückte sie, bevor er sich an die versammelten Druiden und Kreaturen wandte.

»Ihr habt tapfer gekämpft und gewonnen. Möget ihr das versteinerte Abbild Nimues, die ihr jahrelang für allmächtig gehalten habt, vor Augen sehen, wenn ihr nun in Richtung Küste zieht. Denn noch vor dem nächsten Sonnenaufgang steht euch ein weiterer Kampf bevor.«

Ein Raunen ging durch die Reihen der Krieger. Torvis konnte die Angst auf den Gesichtern der Menschen sehen und die Wut in den Augen der Monster. Sie alle hatten in dieser Nacht bereits Leid erduldet, doch es wurde ihnen keine Pause vergönnt. Torvis spürte noch einen weiteren Stachel in ihrem Herzen: Dieser Kampf, zu dem Drostan sie aufrief, war nicht der ihre. Schon lange dachten die Selkies darüber nach, die Orkneyinseln zu verlassen. Im Norden, so sagte man, gab es ein kaltes Land, das die Form eines Fisches hatte und an dessen Küsten noch nie ein Schiff vor Anker gegangen war. Womöglich lag die Zukunft ihres Volkes in jenem einsamen Eisland und nicht hier.

Drostan riss sie aus ihren Gedanken, indem er vor der Feenkatze auf die Knie niedersank. »Ihr habt ein großes Opfer gebracht, um unsere Welt zu bewahren, Morgan. Aber es war nicht Euer letztes.«

Die Katze nickte wissend, doch Fiona, die bis dahin nur schweigend zugehört hatte, sog scharf die Luft ein. »Wovon sprecht Ihr?«

Drostan schenkte auch ihr ein ehrerbietiges Nicken. »Um die Nebel von Avalon zu teilen, benötigt es ein besonderes Artefakt. Ein Feenzauber, der aus dem Herzen der Zwischenwelt stammt.«

»So etwas wie dieser … *An*-Stein, der den Nuckelavee befreit hat?«

Der Druide nickte. »Nur dass das gesuchte Artefakt keine materielle Form hat. Wir nennen es die *blaue Flamme*. Früher, als Avalon noch mit Leben gefüllt war, brannte das immerwährende blaue Feuer an den Ufern des Sees. Nimue selbst hat eine seiner Flammen absorbiert. Doch nur ein einziges Mal hat sie einem Menschen erlaubt, dasselbe zu tun: ihrer Schülerin Morgan le Fay.«

Fiona klatschte in die Hände. »Dann kannst du die Nebel teilen. Wir sind gerettet!«

Die Katze senkte den Blick.

»Was?«, fragte Fiona verunsichert. »Wo liegt das Problem?«

»Die Flamme allein reicht nicht aus«, antwortete Drostan an Morgans statt. »Dazu ist auch das Anrufen aller vier Elemente vonnöten: Wasser, um den blauen See zu besänftigen, Erde, um die Geister in seinem Untergrund im Zaum zu halten, Feuer, um den Nebel aufzulösen, und Wind, um ihn auseinanderzutreiben. Morgan hat ihre Magie verbraucht, um Nimue zu bannen und den Brunnen zu verschließen. Alles, was sie noch im Diesseits hält, ist das letzte Flackern der blauen Flamme in ihrem Herzen. Sie reicht für diesen Zauber nicht aus.«

»Dann tun wir es gemeinsam!«, schlug Fiona vor.

»Auch das ist nicht möglich. Die Handlung muss von einer einzigen Person vorgenommen werden.«

Tränen stiegen in Fionas Augen. Sie sank vor der Feenkatze zu Boden und streckte eine Hand nach ihr aus. Morgan schmiegte ihren Kopf hinein.

»Ich gebe dir meine Magie. Mein Leben lang war ich eine einfache Fischerstochter. Das kann ich auch weiterhin sein.«

Sie sah zu Drostan auf, doch er schüttelte nur betrübt den Kopf. »Eines Tages, wenn Ihr eine Ausbildung erfahren habt, werdet Ihr verstehen, dass Magie nicht einfach so ausgetauscht werden kann. Sie verbindet sich mit ihrem Träger, verschmilzt mit seiner Seele. Um sie loszureißen, müssen große Opfer gebracht werden, und es wird niemals sauber vonstattengehen. Reste davon verbleiben in der ursprünglichen Seele, und sie wird stets auf der Suche nach dem großen Ganzen sein. Auf ewig zerrissen und unvollständig. So war es auch bei Euch und Eurem Bruder.«

»Ich bin dennoch bereit, dieses Opfer zu bringen«, schluchzte Fiona.

Die Feenkatze maunzte und schüttelte den Kopf. Sie nickte Drostan zu, dann schlich sie auf leisen Pfoten zwischen den Beinen der Umstehenden davon. Die Blicke aller folgten ihr.

»Wo will sie hin?«, fragte Mylo, doch selbst sein Meister schien die Antwort nicht zu kennen.

Verwirrt sahen sie mit an, wie Morgan den Brunnen umrundete und über die Lichtung zu der Stelle ging, an der Gair von Adairs tödlichem Lichtstrahl niedergestreckt worden war. Sein verkrümmter Leichnam lag dort immer noch auf der Erde. Die Katze sprang auf seine Brust, ihr Gesicht näherte sich dem seinen. Sie öffnete ihr kleines Maul, und ein blau glühender Lichtschein stieg daraus hervor, verband sich mit seinen Lippen und zog sich wieder zurück.

Im ersten Moment dachte Torvis, Morgan le Fay hätte in einem Anfall von Wahnsinn ihre wertvolle blaue Flamme einem toten Schmied geschenkt, dann jedoch begriff sie, dass sie lediglich ihren Zauber zurückgerufen hatte, denn Gair begann, sich zu regen. Drostan erklärte: »Sein Körper war noch intakt. Gestorben ist nur der Geist, der sich zum Zeitpunkt des Todes in ihm befand.«

»Kinnon«, murmelte Mylo.

Drostan nickte. »Er ist wieder in die Anderwelt gezogen.«

»Und wo war Gair die ganze Zeit?«, wollte Fiona wissen.

Noch ehe der Dorcha zu einer Antwort ansetzen konnte, lief ein Zittern durch den Körper des Schmieds. Er japste nach Luft, dann fuhr er hoch. Sein Blick raste hin und her, bevor er auf der Feenkatze haften blieb. Panisch schüttelte er sie von sich ab und sprang auf die Beine. »Weg mit dir, du Ausgeburt der Dunkelheit!«, schrie er. »Was fällt dir ein, mich …« Er stockte und sah sich nach allen Seiten um. »Wo bin ich?«

Fiona löste sich aus dem Kreis ihrer Begleiter und ging ein paar Schritte auf ihn zu. Bei ihrem Anblick wich Gair noch weiter zurück. »Du … du bist weggerannt. Hast mich mit diesem Monster allein gelassen.« Sein Zeigefinger richtete sich auf Morgan.

»Das ist mehrere Tage her. Erinnerst du dich an nichts, was seither passiert ist?«

Ein verwirrter Ausdruck trat auf sein Gesicht. Er schien völlig außer sich zu sein. »Apfelbäume«, nuschelte er dann. »Ein menschenleerer Tempel, ein Steinkreis auf einem Berg. Und … sehr viel Nebel.«

»Avalon!«, flüsterte Fiona.

Drostan trat neben sie. »Deshalb nennt man es die Zwischenwelt. Es ist ein Ort jenseits der diesseitigen Sphäre und doch nur der halbe Weg zur Anderwelt. Morgan hat den Geist dieses Mannes dort bewahrt.«

»Aber«, murmelte Gair. »Manchmal … da flog ich durch den Nebel, und dann …« Kratertiefe Falten erschienen auf seiner Stirn. »… ich weiß es nicht mehr.«

Diese Verwirrung passte zu dem Bild, das Torvis von Gairs Fluch hatte: In manchen Momenten hatte sein Geist von weit her nach seinem Körper gegriffen und die fremde Präsenz darin verdrängt. Ob er sich je wieder an ihren Marsch durch den Wald erinnern würde, war allerdings dahingestellt. Der enttäuschte

Ausdruck in Fionas Gesicht sprach Bände. Natürlich hatte sie gehofft, die Erlebnisse der letzten Tage hätten ihren tumben Verlobten verändert. Doch nun war nichts mehr übrig von einer göttlichen, königlichen oder väterlichen Präsenz. Jetzt gab es nur noch Gair, einen Grobschmied aus Bhaile.

Entsprechend stumpfsinnig stemmte er die Hände in die Hüften und funkelte Fiona böse an. »Was hast du in diesem Wald zu suchen? Die ehrenwerten Druiden können keine Weibsbilder brauchen, die sich unerlaubt …«

Ein heftiger Regenguss, der einzig und allein auf ihn niederging, stoppte seinen Redeschwall. Er machte einen Schritt zur Seite, doch der Regen folgte ihm. »Siehst du – sie bestrafen uns schon. Wir haben hier nichts verloren. Komm jetzt mit, Weib!« Er ging auf Fiona zu und wollte nach ihrem Handgelenk greifen, doch sie zog es wütend zurück.

»Verfluchter Dummkopf! Ich bin es, die diesen Schauer auf dich hetzt – in der vagen Hoffnung, er möge die Blödheit aus deinem Kopf spülen, aber es funktioniert nicht.« Der Regen hörte auf.

Reichlich belämmert sah Gair von einem zum anderen. In diesem Moment tat er Torvis leid.

»Geh nach Hause, Schmied«, sagte Fiona. »Dies hier ist nichts für dich.«

Sie wandte sich ab und lief zurück zum Brunnen.

»Aber … ich werde nirgendwohin gehen ohne dich!«, rief Gair hinter ihr her. »Du bist mein Herzschlag … der Stern, der mir den Weg durch die Nacht weist.« Entzückt von seinen eigenen Worten riss er die Augen auf. Dann kratzte er sich am Kopf, als könne er nicht verstehen, wieso er etwas Derartiges gesagt hatte. Vielleicht hatten die Geister der vergangenen Tage ja doch ihre Spuren in ihm hinterlassen.

Drostan gebot ihm durch eine Geste Einhalt.

»Dies alles ist jetzt nicht von Belang. Jeder wehrhafte Druide und jedes Licht- oder Schattenwesen, das noch zu kämpfen vermag, muss sich augenblicklich zur Küste aufmachen. Halten wir die christliche Armee nicht auf, so wird sie unsere Dörfer besetzen und die Dämmerfeste mitsamt dem Wald niederbrennen.«

»Erst brauchen wir die Magie Avalons«, widersprach Mylo. »Oder sollen wir uns dieser Übermacht an Feinden mit dem kläglichen Rest der Zauberkraft stellen, der uns noch geblieben ist?«

Torvis konnte kaum fassen, dass der schwarze Druide daraufhin nickte. »Wenn es sein muss.« Sein Blick traf den der Feenkatze. »Fiona und Morgan werden hierbleiben, um die Nebel zu teilen. Verabschiede dich von deiner Mutter, Mylo, denn in dieser Welt wirst du sie nicht wiedersehen.«

GÖTTERKRIEGER

Auf dem Weg durch den Wald zur Küste hielt Mylo mehrfach inne und ließ seinen Blick über den Zug aus Druiden und sagenhaften Kreaturen schweifen, der ihm nachfolgte. Der volle Mond warf sein fahles Licht auf ihre Gesichter und brachte die Entschlossenheit in jeder einzelnen Miene zum Vorschein. Stolz flutete bei diesem Anblick seine Brust. Selbst wenn die alte Welt in dieser Nacht untergehen sollte, so würde es doch zumindest kein hilfloses Ende in Unterdrückung und Verzweiflung sein. Sie zogen vereint in diesen letzten Kampf – Licht und Schattenwesen, Geals und Dorchas. Und es fühlte sich an, als trage jeder Einzelne von ihnen den Segen der Götter auf seinem Haupt.

Bei all der Zuversicht, die Mylo in diesen Stunden zwischen Nacht und Dämmerung durchflutete, war sein Herz dennoch in Bitterkeit getaucht, denn er hatte seine Schwester und seine Mutter auf der Lichtung zurücklassen müssen. Schafften sie es, die blaue Flamme Avalons auf Fiona zu übertragen und die Nebel zu teilen, so würde ihre Armee vielleicht siegreich aus dem bevorstehenden Kampf hervorgehen. Wenn sie jedoch versagten, würden die Christen bald ganz Britannien unterworfen haben – und die alten Götter mussten sterben. Die Gewissheit, dass er seine Mutter vorhin zum letzten Mal gesehen hatte, schmerzte Mylo. Ohne die Macht Avalons in ihrem Herzen würde auch der Rest ihrer Präsenz in der diesseitigen Sphäre schwinden. Die Feenkatze mit diesem Wissen zu verlassen, war ihm unendlich schwergefallen.

Und noch jemanden vermisste er.

»Wenn ich nur wüsste, wo Broc ist!«, sagte er zu Torvis, die ein Stück hinter ihn zurückgefallen war. Seit ihrem Kuss war sie schweigsam geworden, und je näher sie dem Meer kamen, desto zögerlicher wurden ihre Schritte.

»Ich würde mich nicht wundern, wenn er längst wieder zu uns gestoßen ist, aber keiner ihn bemerkt hat«, antwortete sie. »Wo auch immer er steckt – es ist besser so. Ein Schlachtfeld ist kein Ort für einen Brownie.«

»Ich wüsste gerne, wie er Drostan aus Adairs magischem Gefängnis befreit hat«, grübelte Mylo.

»Frag doch deinen Meister!«

»Das habe ich bereits getan, aber er weiß es nicht. Er sagt, die Weißdornranken hätten ihn fast erstickt. Er war seit Stunden kaum mehr bei Bewusstsein. Als er wieder zu sich kam, stand der Brownie über ihm und drängte zum Aufbruch. Drostan ist sicher, er sei durch ein Artefakt befreit worden, aber etwas Derartiges hatte Broc nicht dabei.«

Torvis runzelte die Stirn. »Das ist in der Tat seltsam. Meinst du, Broc hat uns die ganze Zeit etwas vorgemacht? Oder könnte dein Meister ihn beseitigt haben?«

Eine ganze Weile starrte Mylo nach vorn, wo Drostan zusammen mit einigen anderen Dorchas den Zug durch den Wald anführte. Seine schnelle Genesung war in der Tat seltsam, ebenso wie das Verschwinden des Brownies. Aber dies war nicht der Moment, um erneut an ihm zu zweifeln. Sie mussten nach vorn blicken, denn sie benötigten all ihre Kraft und Aufmerksamkeit für den Feind vom Festland. »Nein. Ich vertraue beiden«, beschloss er.

»Ich hoffe, du hast recht.«

Torvis wollte sich wieder zurückfallen lassen, doch Mylo blieb nun ebenfalls stehen und sah ihr eindringlich in die Augen. »Was beschäftigt dich?«, fragte er.

Sie konnte seinem Blick nicht standhalten und sah auf ihre Füße. Wie zufällig strichen ihre Finger über die beiden Seehundhäute, die nebeneinander an ihrem Gürtel befestigt waren.

»Du hast mit diesem Kampf nichts zu tun«, sprach Mylo die Worte aus, die sie nicht hervorbrachte. »Dein Zuhause ist dort draußen auf dem Meer, das habe ich verstanden.«

»Nur zur Hälfte«, murmelte sie. »Du kannst dir nicht vorstellen, wie es sich anfühlt, so zerrissen zu sein.« Zum ersten Mal, seit er sie kannte, wirkte ihr Blick unstet, beinahe fiebernd.

»Aber ich weiß, wie es sich anfühlt, unvollständig zu sein. Für manche Dinge gibt es keine eindeutige Lösung. Du musst eine Entscheidung treffen und deren Konsequenzen tragen.«

Von weiter vorne rief Drostan nach ihm. Mylo drückte Torvis' Hand, dann hastete er seinem Meister hinterher. Als er sich auf halben Weg noch einmal zu ihr umdrehte, konnte er sie nirgendwo mehr entdecken.

Die Morgensonne tauchte soeben aus dem Meer hervor, als sie die Küste erreichten, was dazu führte, dass die beiden Fuaths – reine Schattenwesen, für die jeder Sonnenstrahl den Tod bedeutete – sich kopfüber in die rettenden Fluten stürzten. Mylo sah ihre gelben Mähnen zwischen den Gischtkronen der Wellen verschwinden und fragte sich, ob ihre Armee dadurch zwei weitere Krieger verloren hatte oder ob die Kreaturen genug Verstand besaßen, um sich unter Wasser bereitzuhalten.

Wenig später waren die Wolken in ein flammendes Orange

gekleidet, was die anrückende Flotte wie eine Ansammlung kleiner schwarzer Spielzeugschiffe aussehen ließ. Es wirkte seltsam friedlich, wie sie geräuschlos näher kamen. Noch waren die Segel gehisst, weder Ruderschläge noch Kriegsgeschrei drang an ihre Ohren.

»Nun werden wir also Aidan Mac Gabhran kennenlernen«, sinnierte Mylo. »Was ist er für ein Mann?«

»Wie alle seine Ahnen ist Aidan ein überzeugter Anhänger von Jesus Christus«, erklärte Drostan. »Sein Vater Gabhran hat zusammen mit König Arthur gegen die Angelsachsen gekämpft. Man sagt, auf dem Schlachtfeld sei ihm die Gottesmutter erschienen und habe ihm prophezeit, dass sein Sohn dereinst über den ganzen Norden herrschen und alle Pikten und Skoten vertreiben würde. Das Land solle ihm gehören, die Herzen der Menschen aber Jesus. Er will uns im Namen seines Gottes töten, um damit ein Zeichen zu setzen. Denn wer die letzten Druiden und Monster erschlägt, der ist der wahre Herrscher der neuen Welt. Angefacht von dieser Prophezeiung ist Aidan verblendet. Er wagt, was keiner vor ihm gewagt hat – und er kommt im Moment unserer größten Schwäche.«

Wortlos betrachtete Mylo die Silhouetten der Schiffe und versuchte, ihre Zahl zu schätzen. Es waren annähernd sechzig, jedes davon mit mindestens dreißig Kriegern besetzt, was eine feindliche Übermacht von fast zweitausend Männern bedeutete. Drostan und Mylo hingegen hatten gerade einmal drei Dutzend Druiden und eine noch kleinere Ansammlung von Licht- und Schattenwesen hinter sich. Einen Beithir, zwei Fuaths, einige Feenhunde und eine Herde Kelpies. Dazu diejenigen, die kaum für einen direkten Kampf von Mann zu Mann taugten, wie die Vampirinnen, den Urisken und die Black Annis. Unterwegs hatten sich ihnen einige versprengte Redcaps angeschlossen, doch auch sie würden nicht das Zünglein an der Waage sein. Sollte

Fiona ihrer Armee keine weitere Magie zur Verfügung stellen, so würde der Kampf vorbei sein, noch ehe die Sonne im Zenit stand.

Vom Meer her erscholl das Dröhnen eines Signalhorns, woraufhin die Flotte die Segel strich. Ruder wurden ausgefahren, und die bislang eher ungeordnet dahingleitenden Schiffe nahmen eine Formation wie ein Rammbock an. Im Takt der Trommeln tauchten die Krieger gleichzeitig ihre Riemen ins Wasser. Angespannte Stille legte sich über den Strand.

Mylos Blick traf den zitternden Urisken, der einsam ein paar Schritte neben ihm stand. Er ging zu ihm hinüber und sprach ihn an. »Ghobwin, nicht wahr?«

Hastig nickte das Wesen. »Ghobwin, ja, Herr, das ist er! Er fühlt sich geehrt, dass Ihr Euch an ihn erinnert!«

»Wie könnte ich dich und deine Monstermilch jemals vergessen?«, murmelte Mylo, winkte jedoch ab, als er den verlegenen Blick des Ziegenmannes sah. Stattdessen fragte er: »Warum ist dein Loch-Monster dem Ruf meiner Mutter nicht gefolgt? Es gibt noch mehr Kreaturen in diesem Wald, die uns hilfreich sein könnten.«

»Das Monster hat ein Junges. Will sein Leben nicht riskieren, um Euch beizustehen. Sagte, Ghobwin soll gehen, da er so gerne den Druiden hilft.«

»Hört sich an, als sei es beleidigt … wegen der Milch.«

Beschämt sah der Urisk auf seine Hufe.

»Womit könnte man es besänftigen?«

Erst spreizte der Ziegenmann nur verzweifelt die Arme, dann aber schien ihm plötzlich etwas einzufallen. Man konnte direkt zusehen, wie die Idee in ihm spross, denn seine ohnehin schon hervorstehenden Augen traten noch ein bisschen weiter aus den Höhlen heraus. »Es liebt Musik!«, trumpfte er auf. »Immer wenn es schlecht gelaunt ist, singt Ghobwin für es.«

»Gut. Dann sage ihm, ich komme fortan jede Woche einmal bei ihm vorbei und spiele ihm auf meiner Flöte vor.«

Der Urisk nickte begierig. Aufgeregt wie ein Kind rieb er sich die Handflächen.

Drostan, der ihr Gespräch mit angehört hatte, trat neben sie. »Er wird es nicht rechtzeitig schaffen, aber er ist auch kein Verlust. Also, Urisk: Falls ein Wunder geschieht und du deinen See erreichst, bevor wir allesamt gefallen sind, dann sag dem Monster, es muss nur ein kurzes Stück über Land kriechen. Hinter dem gegenüberliegenden Ufer gibt es eine Kaverne im Berg mit einer unterirdischen Verbindung zum Meer. Es soll sich sputen. Und du selbst … bleib dort und halte Wache bei seinem Jungen.«

Dieser Ratschlag schien Ghobwin ein zentnerschweres Joch von den Schultern zu nehmen. »Habt Dank, Ihr werten Druiden!« In gebückter Haltung, eine Verbeugung nach der anderen vollführend, ging er rückwärts davon.

»Und wenn es nur eine gute Tat war«, murmelte Drostan.

Mylo nickte.

Sie starrten beide wieder aufs Meer hinaus. Bug an Bug näherte sich die Phalanx aus Kriegsschiffen ihrer Küste. Der Rhythmus der Trommeln wurde schneller.

»Wo ist deine Selkie?«, fragte Drostan.

»Zu ihrer Familie zurückgekehrt«, antwortete Mylo so emotionslos wie möglich. Er wollte sich nicht anmerken lassen, wie sehr dieser Umstand ihn aufwühlte.

»Der Brownie?«

»Ebenfalls nicht wiedergekommen. Könnt Ihr Euch das erklären?«

Drostan bemerkte das Misstrauen in der Stimme seines Schülers sofort. »Ich verstehe deine Skepsis mir gegenüber«, sagte er. »Wer einmal den Verdacht des Verrats auf sich gezogen hat, der wird ihn nur schwerlich wieder los. Aber dies ist nicht der Moment zum Zaudern, Mylo. Es ist der Moment, um auf die Götter zu vertrauen … und auf deinen Meister.« Beschwörend legte er seine Hände auf die des Anwärters. »Mein Leben gehört nun dir, Sohn des Merlin. Ich gelobe dir: Kein Schwert, kein Fluch und kein böses Wort wird meine Treue brechen.«

Mylo schluckte schwer. Er war ergriffen von Drostans Worten. Denn in dieser schwersten aller Stunden war sein Meister der Einzige, der ihm noch geblieben war. Der letzte wahrhaft große Druide, der lieber sterben wollte, als sich zu unterwerfen.

»Mögen die Sterne Euch Euren Weg weisen«, antwortete Mylo mit dem traditionellen Segen der Dorchas.

»Möge der Mond dir seine Weisheit schenken«, sagte sein Meister sichtlich bewegt.

Draußen auf dem Meer schlugen die feindlichen Soldaten mit den Schwertern auf ihre Schilde.

Drostan wandte sich zu den Druiden um. »Bringen wir etwas Chaos in diesen allzu geordneten Angriff!«

Wortlos und mit ernsten Mienen reckten die Geals und Dorchas ihre Zauberstäbe zum Himmel, zur Erde und zum Wasser. Mylo spürte eine Erschütterung unter seinen Füßen. Der Untergrund schlug Wellen, als werfe er sich durch die Bewegungen eines riesigen Lindwurms auf. Heftige Sturmböen wehten ihm Strähnen seines Haars ins Gesicht. Als die Wogen aus Sand und Gestein auf jene des Ozeans trafen, bäumten sie sich zu einer einzigen großen Welle auf, die aufs Meer hinauszog und die Flotte des christlichen Königs durcheinanderwirbelte. Nun war es vorbei mit Ordnung und Disziplin. Mehrere Schiffsrümpfe krachten gegeneinander, Ruder splitterten, und einige Männer gingen über Bord.

»Jetzt weiß Aidan, mit wem er es zu tun hat. Sollte jemand ihm erzählt haben, es wäre ein Leichtes, die Sterninsel einzunehmen, so wird er nach dieser Demonstration unserer Macht vielleicht aufgeben. Geben wir ihm die Chance dazu.«

Ähnliche Gedanken schienen auch den Kriegern auf den Schiffen durch den Kopf zu gehen, denn nachdem die Welle abgeklungen war, nahm keiner von ihnen seinen Kriegsgesang wieder auf, auch Trommeln waren nicht mehr zu hören. Die Flotte lag mittlerweile so nah vor der Küste, dass Mylo die Gesichter der Soldaten auf den vorderen Schiffen sehen konnte. Sie alle hatten den Kopf in dieselbe Richtung gedreht. Ihre Blicke trafen sich bei einem gekrönten Mann in voller Rüstung, der am Bug des größten Schiffes stand. Mit einer Hand hielt er den Vordersteven umklammert, die andere lag angewinkelt an seiner Seite, vermutlich auf dem Knauf seines Schwertes.

Zieh es nicht!, wünschte Mylo sich. *Gib den Befehl zum Umkehren, und kein Lebenslicht muss heute verlöschen!*

Doch Aidan, der verblendete König Dalriadas, dachte gar nicht daran, den Weissagungen zu misstrauen, die seinem Vater einst auf dem Schlachtfeld gemacht worden waren. Mit einer kraftvollen Geste riss er sein Schwert aus der Scheide, reckte es zum Himmel und brüllte seinen Kampfruf heraus. »Für Gott und mit dem Schutz seiner himmlischen Heerscharen!«, zerschnitten seine Worte die Stille des Morgens.

Seine Krieger antworteten mit heiserem Gebrüll. Neue Ruder wurden zu Wasser gelassen, die Trommeln nahmen wieder ihren Rhythmus auf. Und nur Augenblicke später zischten Hunderte von Pfeilen durch die Luft. Sie prallten an einem Schild aus Wind und Licht ab, den die Druiden erhoben.

»Auf sie!«, flüsterte Mylo den Kelpies zu, woraufhin sich die Wasserwesen in die Fluten stürzten.

ABSCHIED

Fiona strich der Feenkatze über den Kopf. Schnurrend ließ diese es geschehen. Mit sanften Schritten erklomm das Tierchen ihren Schoß. Tränen stiegen der jungen Frau in die Augen.

»Warum weinst du?«, fragte Gair neben ihr. Er begriff immer noch nicht, was um ihn herum vorging, dennoch verharrte er stur an Ort und Stelle. Fiona war unsicher, ob sie über seine Anwesenheit nun froh oder verärgert sein sollte.

»Weil ich meine Mutter nie wiedersehen werde, nachdem sie ihre Magie an mich übertragen hat. Nur die blaue Flamme hält ihre Präsenz am Leben.«

»Präsenz? Du meinst dieses … Katzenvieh?«

Sie wandte den Blick von ihm ab. Im Osten zogen helle Schlieren am Horizont auf. Die nächste Dämmerung war nicht mehr fern. Sie mussten sich beeilen, wenn sie nicht Gefahr laufen wollten, dass ihre Mutter sich im Schein des neuen Morgens auflöste und die blaue Flamme mit sich nahm.

Vorsichtig, ohne ihre Krallen auszufahren, stemmte die Feenkatze sich gegen Fionas Brust und richtete sich auf. Der Blick ihrer gelben Augen war wie ein Sog. Senkrechte Pupillen, die sich so weit verbreiterten, bis zwei tiefe schwarze Krater darin klafften.

Fiona hatte das Gefühl hineinzustürzen. Mit jedem Atemzug versank ihre Umgebung mehr in Bedeutungslosigkeit. Die erwachenden Vogelstimmen ringsum, der verwunschene Brunnen, ihr verwirrter Verlobter – nichts davon nahm Fiona noch wahr. Nur die unendliche Tiefe, in die sie stürzte, war von Belang. Sie spürte keine Angst, suchte nicht nach Halt, sondern ließ sich bereitwillig fallen.

Der blaue Schein kam allmählich wie ein Sonnenaufgang über sie. Zunächst bemerkte sie nicht, dass er sie inmitten der Schwärze bereits eingehüllt hatte, dann wurde sein Leuchten stärker. Sie hörte sein Lodern, spürte seine Wärme, atmete seinen Duft nach blühenden Apfelbäumen ein. Und im selben Moment hatte sie das Gefühl, als hätte ihr Herz seine Kammern geöffnet und etwas darin eingeschlossen, das fortan ihren Mittelpunkt bilden würde. Etwas, das der Quell ihrer Entscheidungen sein würde – und der Ursprung ihrer Macht.

Die blaue Flamme!

Erst jetzt begriff Fiona, dass ihre Lider geschlossen waren. Sie öffnete sie und sah die Katze direkt vor sich. Ihre Schnurrhaare kitzelten sie am Kinn. Am Horizont zog das Zwielicht eines neuen Tages herauf.

»Mutter …« Fiona kamen erneut die Tränen. »Verlass mich nicht!«

Sanft strich eine der schwarzen Samtpfoten über ihre Wange.

»Ich weiß immer noch nicht, wie man die Nebel teilt. Was, wenn ich es nicht schaffe?«

Die Feenkatze nickte ihr aufmunternd zu. Sie öffnete ihr kleines Maul, um einen Ton von sich zu geben, doch Fiona konnte ihn nicht mehr hören. Ein Windhauch strich über die Lichtung, brachte das Glühen der Morgensonne mit sich und riss die Nachtschatten hinfort. Morgan löste sich auf wie die Dunkelheit, die vom Licht vertrieben wurde. Nichts würde sie mehr zurückbringen. Kein Wunsch, kein Zauber, kein Flötenklang.

Schluchzend sank Fiona in sich zusammen.

Erst nach einer ganzen Weile, als die Sonnenstrahlen bereits durch das Geäst der Bäume fluteten, schaffte sie es, sich den Herausforderungen des Lebens wieder zu stellen. Sie richtete sich auf und sah Gair vor sich im Gras sitzen. Für den Schmied aus Bhaile, den sie kannte, wirkte er ungewöhnlich ruhig. Sein Blick schien seit Stunden auf ihr zu ruhen, unfähig, sich nun plötzlich von ihr zu lösen.

»Ich habe verstanden, was passiert ist«, verkündete er.

»Das war unübersehbar, vermute ich«, entgegnete Fiona. »Meine Mutter hat mir den Teil ihrer Magie übertragen, der sie bisher am Leben erhalten hat. Nun ist sie in die Anderwelt gezogen.«

Gair nickte. »Ja, aber das meine ich nicht.«

»Was dann?«, fragte Fiona irritiert.

»Sie hat mich an diesem Tag auf der Klippe als ihr Werkzeug erwählt. Ich war die ganze Zeit bei euch, doch viele dieser Stunden sind in Vergessenheit versunken. Von manchen Dingen ist zwar keine Erinnerung geblieben, aber ein Gefühl. Mittlerweile glaube ich, dass ein tieferer Sinn dahintersteckt.«

Fiona fühlte die Wärme jener Hoffnung in sich aufsteigen, die sie längst begraben hatte. Wie sehr hatte sie sich gewünscht, anstelle eines ungehobelten Kerls einen Mann mit Weitsicht an ihrer Seite zu wissen. Einen, der die Weisheit Terans, den Edelmut Arthurs und die Lebensfreude eines Spielmanns in sich trug – und vielleicht sogar die Düsternis eines Kelpies. Eine Seele, die wissend genug war, um nicht zu verbrennen, wenn sie die blaue Flamme berührte.

Gair fuhr fort: »Ich weiß nicht, welche Dämonen mich in den letzten Tagen heimgesucht haben. Doch während sie meinen Körper beherrschten, weilte ich an jenem Ort, an den du nun zu gelangen suchst. Vielleicht kann ich dir helfen, ihn zu erreichen.«

»Glaubst du wirklich?«

Er betrachtete sie unverwandt von der Seite. Dann stand er auf und reichte ihr die Hand. »Lass es uns versuchen.«

Sie erhob sich ebenfalls, und gemeinsam gingen sie zum Brunnen. Nicht zum ersten Mal blickte Fiona hinein, doch ebenso wie zuvor sah sie nichts als eine grau wabernde Masse, die ihr aus der Tiefe entgegenschlug. Der Sage nach landete derjenige, der dort hineinstieg, ohne die Nebel zu teilen, nicht in Avalon, sondern an einem anderen Ort. Einem unbedeutenden Platz im Diesseits, der jede Möglichkeit auf baldige Rückkehr vereitelte. Leider war in den Legenden, die Logan ihr so oft erzählt hatte, nie die Rede davon gewesen, wie genau die Priesterinnen Avalons das Wunder der Teilung vollbrachten.

Sie sah Gair an, nahm einen tiefen Atemzug und reckte die Hände nach unten in den Brunnen.

FAING

Es war ein unwirklicher Kampf, der vor Mylos Augen tobte. Er sah die aufgerissenen Mäuler der Kelpies aus den Wellen tauchen, Zähne und Hufe gegen die Planken der Schiffe schlagen. Grimmige Dorchas schleuderten schwarze Nachtblitze auf die Flotte, und leidenschaftliche Geals wühlten mit ihrer Magie den Ozean auf. Doch die Christen ließen sich von keinem dieser Angriffe zurückdrängen. Egal, wie sehr die Wasserpferde an ihren Kielen rissen, wie viele Krieger mit verkohlter Rüstung über Bord gingen – Aidan Mac Gabhran war kein König des Rückzugs. Verbissen ruderten seine Männer weiter, versenkten ihre Harpunen in den Nacken der Kelpies und feuerten eine Pfeilsalve nach der anderen auf die Druiden ab.

In der Hoffnung, der Tod des Königs würde gleichsam auch seine Armee zum Einlenken bringen, versuchte Drostan, ihn mit seinem dunklen Zauber zu treffen, doch dieser prallte zum Erstaunen aller an einem Lichtschild ab.

»Bei den Göttern, was ist das?«, rief Mylo.

Drostan knurrte. »Es muss einer der Unseren sein. Jemand, der die Seiten gewechselt hat.«

Er stieß beide Hände nach vorn, als wolle er einen unsichtbaren Hammer aufs Meer hinausschicken, woraufhin sich eine gewaltige Welle vor dem Schiff des Königs aufbäumte. Sie raste auf den Bug zu, teilte sich jedoch, kurz bevor sie diesen erreichte, und strömte harmlos auf beiden Seiten des Kiels vorbei. Als Nächstes ließ Drostan einen so starken Wind aufkommen, dass einige der brennenden Pfeile, welche die Christen auf die Druiden abgefeuert hatten, sich im Flug drehten und auf Aidans Schiff zurasten.

Auch sie gingen an dem Lichtschild zugrunde, der sich nun so weit verbreiterte, dass er das Deck mitsamt Mast und Segel schützte. Doch dieses Mal konnten sie die Person erkennen, die für den Zauber verantwortlich war: Direkt hinter dem König erhob sich ein weißer Druide, der beide Arme zum Himmel reckte. Sein Zauberstab stieß pulsierende Lichtwolken aus.

»Faing«, flüsterte Drostan.

Mylo hatte den Namen dieses Mannes nie gehört, doch die Blässe, die bei dessen Anblick das Gesicht seines Meisters heimsuchte, verriet ihm, dass es sich um einen alten Bekannten handeln musste.

»Wer ist das? Woher kennt Ihr ihn?«

Drostan schluckte schwer. »Einst waren wir Freunde. Er war einer derjenigen, die in Richtung Festland ausgezogen sind, um Handelsgüter und Münzgeld zu beschaffen. Es hieß, er sei von den Christen hingerichtet worden.«

Mylo erinnerte sich an solche Berichte. Doch in Faings Fall schien der König eine Begnadigung ausgesprochen zu haben. Und allem Anschein nach hatte sich der Druide in den darauffolgenden Monaten tatsächlich auf die Seite der Christen geschlagen, warum sonst verteidigte er sie derart gewissenhaft? Drostan schien von diesem Umstand so entsetzt zu sein, dass er beide Arme sinken ließ und beinahe von einem Pfeilhagel getroffen worden wäre, wenn Mylo diesen nicht rechtzeitig abgelenkt hätte.

»Wie kann er die alten Götter nur so verraten?«, brachte er hervor.

»Was auch immer seine Gründe sind – er wird nicht zulassen, dass wir Aidan auch nur ein Haar krümmen.« Mylo ließ den Blick über die anderen Schiffe schweifen. Die ersten hatten den Strand fast erreicht. Einige waren gekentert, weil die Kelpies es geschafft hatten, ihre Seiten aufzureißen. Doch die Wasserpferde hatten einen hohen Preis dafür bezahlt: Zahlreiche schwarze Leiber trieben bewegungslos in der blutroten See. Eines war von einer Harpune getroffen worden und kreischte lauthals seinen Schmerz heraus, während ein Krieger von Bord des Schiffes mit einem brennenden Pfeil auf es zielte. Da schoss ein stachelbewehrter Schwanz aus dem Meer und traf den Schützen mitten im Gesicht. Er riss Fleisch, Knochensplitter und einen Augapfel heraus, als er sich wieder zurückzog. Mit einem hörbaren Platschen stürzte der tote Krieger ins Meer. Mylo sah eine gelbe Mähne unterhalb der Wellen glitzern. Die Fuaths waren zurück!

Doch die Besatzung der Schiffe schien sich bestens mit den Angriffen der Wasserwesen auszukennen. Denn anstatt ihre Waffen nach ihnen zu schleudern, provozierten sie die Fuaths, indem sie den Leib des schreienden Kelpies mit weiteren Geschossen spickten. Unbemerkt wurde eine Seilschlinge zu Wasser gelassen. Als eine gelbe Mähne in Sichtweite kam, warteten die Männer so lange, bis der Fuath durch die Schlinge schwamm, dann zogen sie sie mit vereinten Kräften zu und hoben das Schattenwesen gerade so weit aus dem Meer, dass sein schuppiges nasenloses Gesicht den Sonnenstrahlen ausgesetzt war. Qualvolles Kreischen drang an Mylos Ohr, als Haut und Fleisch des Fuaths im Licht des anbrechenden Tages schmolzen. Wahrlich, dieser abtrünnige Faing hatte ganze Arbeit geleistet, denn offenbar schützte er nicht nur den König, sondern hatte dessen Armee auch über die Schwachstellen der Monster informiert. Vermutlich war er es sogar gewesen, der Aidan mitgeteilt hatte, wie verletzbar die Druiden in den letzten Jahren geworden waren und wie wenig magische Kraft noch von ihnen ausging. Manchmal reichte ein einzelner Verräter, um eine ganze Welt mitsamt ihren Göttern dem Untergang zu weihen.

Aidans Schiff landete an der Küste – beinahe gleichzeitig mit einem halben Dutzend weiterer. Lässig nahm der König seinen Mantel ab und warf ihn über eine Ruderbank. Dann sprang er als Erster von Bord. Die blanke Klinge seines Schwertes reflektierte das Sonnenlicht.

Drostan wandte sich zu seinen Druiden um. »Wir müssen uns auf Faings Schutzschild konzentrieren. Greifen wir ihn alle gemeinsam an, um seine Wirkung zu brechen und Aidan zu töten!«

»Unsere Kraft lässt nach!«, antwortete ein Geal, dessen Gesicht ebenso weiß wie sein Gewand war. »Erst der Kampf gegen den Nuckelavee, jetzt die Christen. Wir werden das nicht schaffen, wenn …« Sein unsteter Blick streifte Mylo.

»Meine Schwester wird die Nebel teilen!«, konterte dieser gereizt.

Beschwichtigend legte sich Drostans Hand auf seine Schulter. »Da bin ich sicher. Aber ewig werden wir nicht durchhalten.«

»Dann lasst uns unsere verbleibende Energie nutzen, um uns selbst zu schützen. Verteidigung statt Angriff. So verschaffen wir Fiona mehr Zeit.«

»Du hast recht.« Drostan wandte sich den Druiden und Sagenwesen zu. Zahlreiche Augenpaare richteten sich auf ihn: geifernde Feenhunde, bangende Vampirinnen, ein wilder Beithir, eine hasserfüllte Black Annis. Furcht und Kühnheit stand gleichermaßen in ihren Blicken. »Erschafft eine Kuppel. Darunter werden wir ausharren, bis unser Schicksal sich offenbart. Unser aller Leben hängt jetzt von einer einzelnen jungen Frau ab. Beten wir zu den Göttern, dass sie dem Erbe ihrer Mutter würdig ist.«

KNOTEN

Es funktionierte nicht. Sosehr Fiona auch versuchte, sich auf Drostans Worte zu besinnen – die Nebelmassen innerhalb des Brunnens bewegten sich keinen Fingerbreit.

Die Flamme allein reicht nicht aus, hörte sie den Druiden zum wiederholten Male in ihrer Erinnerung sagen. *Dazu ist auch das Anrufen aller vier Elemente vonnöten: Wasser, um den blauen See zu besänftigen, Erde, um die Geister in seinem Untergrund im Zaum zu halten, Feuer, um den Nebel aufzulösen, und Wind, um ihn auseinanderzutreiben.*

All dies versuchte Fiona nun seit Sonnenaufgang, doch es funktionierte nicht. Wie hatte sie nur annehmen können, eine einfache Fischerstochter wäre dazu auserkoren, die Welt zu retten? Wieso war sie so vermessen gewesen, Mylo und Drostan gegen die Christen ausziehen zu lassen? Und selbst das Leben ihrer Mutter hatte sie geopfert – nur um jetzt, im entscheidenden Moment, zu versagen.

Verzweifelt sank sie in sich zusammen und schlug sich die Hände vors Gesicht. »Ich kann es nicht, Gair!«, jammerte sie. »Sie werden alle sterben!«

Seine große warme Hand legte sich tröstend auf ihren Rücken. »Was ist das Problem?«

»Ich weiß es nicht! Es ist einfach, das Wasser zu beschwören, aber wenn ich es mit den anderen Elementen versuche, gehen sie mir wieder verloren, bevor ich alle vier vereinigt habe. Ich schaffe es nicht, sie in Gleichklang zu bringen.«

Zu ihrer Überraschung nickte der Schmied. »Ich weiß, wovon du sprichst.« Er griff an die Halskette, die er ihr vor vielen Monden geschenkt hatte und die sie seither trug, ohne recht zu wissen, weshalb. Vielleicht nur in Gedanken an die törichten Wünsche vergangener Tage.

Nachdenklich strich Gair mit seinen schwieligen Fingern über das Knotenmuster. »Ich habe viele davon gemacht.«

»Ich weiß«, murmelte Fiona und wandte den Blick wieder zum Brunnen. Sie hatte keine Ahnung, weshalb er gerade jetzt darauf zu sprechen kam. Vermutlich war sein Geist immer noch verwirrt. Und nun störte er sie damit in ihrer ohnehin kaum vorhandenen Konzentration.

»Aber keiner davon wurde perfekt«, fuhr er fort. »Diesen komplizierten Knoten aus einem einzigen Stück Draht zu wickeln, war zu schwer für mich. Immer beulte eine Stelle aus, manchmal schlang ich die falschen Windungen. Ich fertigte einen nach dem anderen, aber keiner davon schien mir würdig zu sein, den Hals meiner Verlobten zu schmücken. Also … machte ich weiter.«

»Und hast die anderen Schmuckstücke an andere Frauen verschenkt«, fügte Fiona säuerlich hinzu.

Er nickte. »Im Gegensatz zu dir haben sie sich daran erfreut – obwohl die Knoten nicht perfekt waren. Aber dann, eines Tages, gelang mir genau das Stück, auf das ich seit Monaten hingearbeitet hatte. Voller Stolz habe ich es dir übergeben, in der Hoffnung, damit dein Herz zu gewinnen. Aber es hat nicht funktioniert. Es lag kein Lächeln auf deinen Lippen, keine Bewunderung in deinen Augen. Du hast es getragen, aber nur aus Pflichtgefühl.«

Fiona senkte den Blick. Mit ihrer Ablehnung musste sie Gair

mehr gekränkt haben, als er es ihr gegenüber zugegeben hatte. Missachtung erzeugte Härte und Härte nur weitere Missachtung. Auf diese Weise war ihre Beziehung zueinander in jene trostlose Pflichtvereinigung abgeglitten, aus der sie nie mehr entkommen waren.

Sie räusperte sich. »Damals, als unsere Väter beschlossen haben, uns zu verheiraten, war ich zunächst erfreut. Aber dann habe ich all diese Frauen gesehen, die deine Schmuckstücke zur Schau trugen …«

»… unbedeutender Tand für unbedeutende Weiber …«

Fiona presste die Lippen aufeinander. »Diesen Teil der Geschichte kannte ich nicht.«

Er nickte. »Und genau deshalb erzähle ich sie dir. Erst wenn man alle Zusammenhänge einer Sache begreift, versteht man sie wirklich. Aber deine Mutter hätte dich mit diesem Brunnen nicht allein gelassen, ohne die nötigen Voraussetzungen zu schaffen, dass du ihn öffnen kannst. Das fehlende Puzzlestück muss hier irgendwo sein. Es wird dir helfen, den perfekten Knoten zu knüpfen.«

Ein Hauch von Hoffnung keimte in Fionas Herzen. »Hast du irgendeine Ahnung, wo dieses Puzzleteil steckt?«

Zu ihrer Überraschung nickte er. Ein Lächeln legte sich auf seine Mundwinkel, dann tippte er sich an die Schläfe. »Womöglich hat sie meinen Geist nicht umsonst nach Avalon verbannt. Ich muss dort etwas gesehen haben, das dir hilft.«

DRUIDENDÄMMERUNG

Die Druiden hatten einen Schild aus Licht und Schatten über ihre kleine Armee gelegt. Eine Kuppel aus Zwielicht, die alle Angriffe von außen an sich abprallen ließ, ganz gleich, ob es brennende Pfeile, Harpunen oder Faings Lichtblitze waren. Auch Mylo hatte die Arme zum Himmel gereckt, um jenen undurchdringlichen Wall aus reiner Dämmerung zu erschaffen, doch er spürte, dass dessen Macht begrenzt war. Mit jeder Handbreit, die die aufgehende Sonne sich über den Horizont erhob, jeder Attacke der Christen, die sie von sich abwendeten, schien es mehr Kraft zu kosten, den Schild aufrechtzuerhalten. Bald zitterten seine Arme so sehr, dass er sie nur noch unter größter Anstrengung oben hielt. Einige andere Druiden hatten bereits aufgegeben und waren vor Schwäche zu Boden gegangen. Nur Drostan stand ungebrochen aufrecht an vorderster Front, den eiskalten Blick auf seinen ehemaligen Freund gerichtet, der an der Seite des Königs in aller Ruhe zusah, wie die Pfeile auf sie niederregneten. Faing und Aidan wussten, dass es nur eine Frage der Zeit war, bis sie den Schutzwall ihrer Gegner gesprengt und auch den letzten Teil der alten Welt erobert hatten. Nur wenige Schritte von Mylo entfernt verharrten sie am Strand, ein siegessicheres Lächeln auf den Lippen.

Mylo schwankte leicht, dabei stieß er gegen das Schuppenkleid des schlangenhaften Beithirs neben sich. »Sollte unsere Verteidigung fallen, so stürze dich auf den König, mein Freund«, flüsterte er ihm zu, und das Monster antwortete mit einem gierigen Züngeln.

»Duuurst«, zischte einer der letzten Redcaps zu seiner Linken. Zum ersten Mal in seinem Leben spürte Mylo beim Klang einer solchen Stimme keine Furcht in sich aufsteigen. Er nickte dem Gnom zu. »Bald.«

In diesem Moment ging ein Ruck durch die Schiffe, die noch nicht am Strand angelegt hatten. Eines davon krachte urplötzlich in sich zusammen, als sei es auf ein Riff gelaufen und sogleich von einem Strudel erfasst worden. Planken barsten, der Mast brach, und nur wenige Herzschläge später wurde das gesamte Wrack in die Tiefe gerissen. Augenblicklich kamen die Kampfhandlungen vor der Kuppel zum Erliegen. Jeder christliche Krieger, der eben noch Pfeile abgefeuert oder sich für den letzten Sturm auf die sterbende Bastion gefechtsbereit gemacht hatte, drehte sich um und starrte aufs Meer hinaus.

»Das Loch-Monster!« Einer der Druiden seufzte erleichtert.

Mylo atmete auf, auch wenn er sich in keiner Weise erklären konnte, wie Ghobwin es derart schnell zu seinem See zurückgeschafft hatte. Doch um sich darüber den Kopf zu zerbrechen, blieb keine Zeit. Erneut drang das Splittern von Holz an sein Ohr. Ein weiteres Schiff wurde am Heck gepackt, wodurch es sich aufstellte wie ein Spielzeugboot. Einige der Matrosen sprangen rechtzeitig von Bord, andere schlitterten unkontrolliert über das Deck, klammerten sich an der Reling fest und konnten doch nichts dagegen unternehmen, dass sie Mann für Mann nach unten stürzten – direkt in das aufgerissene Maul eines Wesens, das auf den ersten Blick wie ein Wal aussah, aber am Ende vielleicht doch eine Schildkröte war. Mehr als diese breiten zahnbewehrten Kiefer gab das Monster nicht von sich preis. Es umklammerte das gesamte Schiff – ob mit Tentakeln,

Flossen oder Beinen – und verwandelte es in eine Ansammlung blutigen Treibholzes.

Ein wütender Schrei durchschnitt die Luft. Faing, der abtrünnige Druide, richtete seinen Zauberstab aufs Meer hinaus. Er schloss die Augen und murmelte etwas, das Mylo nicht verstehen konnte.

»Was tut er?«, rief er Drostan zu, der zum ersten Mal die Arme senkte und den Erhalt des Schildes den übrigen Druiden überließ. Fahle Haut spannte sich über seine vernarbten Wangen.

»Er lässt die Salzkonzentration im Wasser steigen. Loch-Monster kommen normalerweise nur in Süßwasser vor. Im Meer können sie nicht lange überleben, und Faing beschleunigt diesen Prozess.« Mit verkniffener Miene tat er es dem weißen Druiden gleich und beschwor ebenfalls das Wasser. »An Ort«, hörte Mylo ihn wiederholt wispern – die Kraftworte für die Auflösung von Faings Zauber.

Während draußen auf dem Meer ein weiteres Schiff in die Tiefe gezogen wurde, brach der dem Land zugewandte Teil der Dämmerkuppel unter einem erneuten Pfeilhagel zusammen. Die meisten Druiden, die dort verweilten, konnten sich durch einen beherzten Sprung zur Seite retten. Einer wurde ins Bein getroffen und ging zu Boden.

Die schwarzhaarige Anführerin der Baobhan-Sith eilte ihm zu Hilfe, doch noch ehe sie ihn erreicht hatte, stürzte eine Reihe christlicher Krieger vor und überwältigte ihn. Für den Bruchteil einer Sekunde schien die Vampirin zu überlegen, ob sie ihr Heil in der Flucht suchen sollte. Dann aber traten ihre Gefährtinnen mit wehenden grünen Gewändern neben sie. Selbst durch die Schreie, den tobenden Wind und das Krachen berstender Schiffsrümpfe hindurch konnte Mylo das prickelnde Säuseln vernehmen, mit dem die sechs Frauen ihre Gegner verführten.

Keiner von ihnen hob sein Schwert oder brachte den Hauch einer Gegenwehr auf, während die Baobhan-Sith sich auf sie stürzten und ihre spitzen Zähne in ihre Hälse schlugen.

Angefacht vom Geruch des Blutes verließen die Feenhunde ihren sicheren Platz in der Mitte, um sich auf die nächsten Soldaten zu stürzen.

»Fleisch, Haut, Tod!«, geiferte die Black Annis und rannte ihnen hinterher, die messerscharfen Krallen nach vorn ausgestreckt.

Mylo spürte instinktiv, dass der Moment gekommen war. Jeder von ihnen musste sich nun entscheiden, auf welche Weise er zu sterben gedachte. Er selbst konnte dies tun, indem er die Arme nach oben reckte und den bröckelnden Schild so lange wie möglich aufrechterhielt. Doch ebenso wie Drostan, der beschlossen hatte, dem Loch-Monster beizustehen, wollte auch er nicht tatenlos sterben. Die Vampirinnen waren dem sicheren Tod geweiht, denn von der Landseite aus stürmten immer mehr Christenkrieger unter die Kuppel. Einige fielen den Feenhunden zum Opfer, andere nahmen es mit der Black Annis auf, die jedoch von einem Schwert durchbohrt wurde, während sie versuchte, einem Sterbenden die Haut abzuziehen.

Mit gezogenen Klingen und unter frenetischem Gebrüll rannten weitere gut gerüstete Männer herbei. Sie trugen Spangenhelme mit Nackenschutz und lange Hemden aus Kettengeflecht.

»Vergiss nicht, was ich dir gesagt habe, mein schuppiger Freund!«, raunte Mylo dem Beithir zu, dann rannte er durch die schwankende Armee erschöpfter Druiden hindurch auf den Stoßtrupp zu.

Dieser hatte die Vampirinnen fast erreicht. Gierige Klingen blitzten auf, bereit, sich in Blut zu baden.

Feuer, richtete Mylo seinen Blick nach innen. *Brich mit all deiner Wut hervor! Schmilz, was du einst erschaffen!*

Er stürmte auf die Krieger zu, verlangsamte seine Schritte nicht einmal in dem Moment, als sein Zauber Wirkung zeigte. Dieses Mal schossen keine Flammen aus seinen Fingern. Stattdessen wirkte das beschworene Element genau an jenem Ort, den Mylo ihm zugewiesen hatte: Rüstung für Rüstung, geschmiedet, um Schwertspitzen und Pfeile aufzuhalten, begann, rot zu glühen, als wäre sie niemals der Esse entstiegen.

Erde, Erz, Eisen. Gebt euch hin!

Grässliche Schreie drangen an sein Ohr. Er musste sich zwingen, den Blick nicht abzuwenden, sondern das Grauen mit anzusehen, das die beiden Elemente, die ihm am nächsten standen, anzurichten vermochten. Panisch rissen die Männer sich ihre Helme vom Kopf, doch was darunter hervorkam, war nur noch rohes Fleisch. Der Gestank nach verbranntem Haar und angesengter Haut lag in der Luft. Gleich darauf entzündeten die glühenden Kettenhemden die darunterliegende Polsterung, und die gesamte Gruppe von etwa sieben oder acht Kriegern ging in Flammen auf. Wahnsinnig vor Schmerz und Furcht stoben sie in alle Richtungen auseinander, bis der Tod sie in die Knie zwang.

Schwer atmend blieb Mylo stehen und sah sich um. Nur einen Steinwurf von ihm entfernt labten sich die Baobhan-Siths am Blut ihrer Opfer, ohne auch nur annähernd bemerkt zu haben, was um sie herum geschah. Weitere Geals und Dorchas fielen auf die Knie. Der Schutzschild wurde schwächer.

Auf der Meerseite war Drostan immer noch damit beschäftigt, Faings Zauber zu verwässern. Ein weiteres Schiff ächzte bereits zwischen den Fangarmen des Loch-Monsters, doch die Kreatur schien zunehmend schwächer zu werden. Als Mylo den Blick in Richtung des Königs wandte, sah er diesem direkt in die Augen. Bebend vor Wut stand der Herrscher Dalriadas kurz hinter dem Schutzschild, beide Arme in die Seiten gestemmt.

Wärst du einer von uns, so würden Blitze der Macht aus deinen Pupillen schießen, dachte Mylo.

Im Augenblick war der Weg zwischen ihm und dem König frei. Die meisten Christen befanden sich noch auf den Schiffen oder waren damit beschäftigt, ihre sterbenden Kameraden aus dem Meer zu fischen. Nur wenige standen zum Schutz ihres Herrschers um Aidan und Faing versammelt.

Mylo rief sein vertrautestes Element an, um festzustellen, ob es noch stark genug in ihm loderte, und es antwortete mit einem aufgeregten Prasseln. *Steck sie alle in Brand. Lass ihre schwarzen Seelen in Terans Haus ziehen, auf dass sie erkennen mögen, wie wahrhaftig dessen Herrschaft ist.*

Er spürte die Hitze in seinem Körper aufsteigen, fühlte das Glühen in seinen Fingern. Im selben Moment überkam ihn ein Gefühl, als hätte jemand ihn mit einem Eimer Eiswasser übergossen, ähnlich wie Torvis es in Logans Hütte getan hatte. Sein Herz setzte einen Schlag aus, und die Kälte lähmte jedes seiner Glieder. Unfähig, die Spannung seiner Muskeln aufrechtzuerhalten, sank er in die Knie und japste nach Luft.

»Was glaubst du, wer du bist, Jüngelchen?«, ertönte eine krächzende Stimme. Der weiße Druide näherte sich. Er hatte die Beschwörung der See aufgegeben und war nun ganz auf Mylo fixiert. »Ein Anwärter, der den König Dalriadas tötet?«

Was auch immer dieser Geal für einen Zauber gewirkt hatte, so besaß dieser eine beeindruckende Durchschlagskraft. Trotz aller Anstrengung gelang es Mylo nicht mehr, das Feuer in seinem Inneren anzufachen. Es schien von unsagbarer Kälte erstickt zu sein.

Umringt von seinen Kriegern kam König Aidan auf ihn zu, wobei der Druide ihm dicht auf den Fersen blieb. »Ein Anwärter sagst du?« Er hatte stahlblaue Augen, tief wie das Meer.

»So ist es, Herr. Erkennbar an der grauen Kutte.« Faing vollführte eine Bewegung mit seinem Zauberstab, die irgendjemanden in Mylos Rücken davonfegte. »Gebt acht, denn das Feuer in ihm war stark.«

Ein Lichtblitz zuckte aus dem Schild der Druiden hervor, aber Faing wehrte ihn ab, ohne hinzusehen. »Du musst hier nicht draufgehen, Junge. In Dalriada gibt es Platz für magisch Begabte, die sich den Regeln des christlichen Glaubens beugen. Sieh mich an!«

»Lieber sterbe ich!«, presste Mylo hervor. Er versuchte, sich aufzurichten, doch die Schwäche, die seinen Körper fesselte, zwang ihn wieder auf die Knie.

Der Druide zuckte mit den Schultern. »Wenn das dein Wunsch ist.« Sein Zauberstab senkte sich nieder.

Mylo schloss die Augen.

»Er ist mein Schüler!«, hörte er Drostans Stimme in seinem Rücken.

Unter Anstrengung schaffte er es, den Kopf zu drehen, und er erblickte seinen Meister mit wehendem Mantel hinter sich. In seinem Windschatten hatten sich die übrigen Geals und Dorchas versammelt. »Wenn du ihn töten willst, musst du erst mich besiegen.«

Drostan hatte kaum ausgesprochen, da schwand die schützende Kuppel.

Laute Stimmen wehten vom Meer her zu ihnen herüber. Erst wollte Mylo nicht glauben, welches Wort er aus dem Stimmengewirr heraushörte, doch dann machte ihm das Pochen seines Herzens klar, dass er es richtig verstanden hatte.

»Selkies!«

Im selben Moment sprang der Beithir aus dem Gegenlicht der Sonne hervor und stürzte sich auf den König.

ZWEIFEL

Viele Dinge war ein Selkie dem Meer schuldig, aber einige dem Land. Nicht nur Torvis empfand das so, sondern auch diejenigen, die hinter ihr schwammen. Es war der Morgen der Entscheidung, jener Sonnenaufgang, der ihre Familie für alle Ewigkeiten an neue Liegeplätze, fernab der alten Welt, hätte führen können. Doch sie hatten die herannahende Flotte bemerkt und daraufhin anders entschieden. Auf halbem Weg waren sie ihr entgegengekommen: Schwestern und Brüder, die bereit waren, sich mit den Druiden in jene alles entscheidende Schlacht zu stürzen.

Als Erstes stießen sie auf das Loch-Monster. Erschöpft vom Kampf mit dem Salzwasser trieb es zwischen Treibgut und den abgerissenen Körperteilen seiner Opfer ein Stück hinter der Königsflotte. Torvis hatte nie zuvor ein Geschöpf wie dieses gesehen. Sein rundlicher und dadurch behäbiger Rumpf unterschied sich gänzlich von den stromlinienförmigen Körpern der Meeresbewohner. Vier längliche Flossen standen davon ab, die mit Saugnäpfen übersät waren, was es der Kreatur ermöglicht hatte, sich von unten an die Kiele der Schiffe zu hängen und dann mit aller Kraft zuzudrücken. Das Seltsamste aber war der große Kopf mit dem breiten Maul, denn er saß auf einem viel zu langen und dünnen Hals. Nach den Ausmaßen des Kiefers zu urteilen, mussten mächtige Reißzähne darin stecken. Seine

Augen hatte das Monster nur halb geöffnet, die Pupillen waren nach oben verdreht. Seine graue Haut war runzelig geworden, da das Salz ihm viel Wasser aus dem Körper gezogen hatte. Zudem steckten zwei Harpunen in seinem Rücken.

Ohne jegliche verbale Kommunikation verständigten sich die Selkies untereinander. Torvis entnahm den Blicken ihrer fünf Brüder und zwei Schwestern, dass sie versuchen wollten, das Monster zumindest ins Brackwasser im Westen der Insel zu ziehen. Die anderen schwammen weiter hinter ihr her. Schnell stießen sie auf die ersten Schiffe, die nun wieder ihre Riemen ausgefahren hatten, um anzulanden. Mit der ureigenen Kraft der Selkies rammten sie zunächst die Steuerruder, dann die Rümpfe der Boote, bis zahlreiche Lecks darin klafften. Panisch fingen die Männer an, schneller zu rudern, um auf Kurs zu bleiben, doch Torvis schwärmte mit einigen anderen aus und biss die Riemenblätter ab, so dass die Mannschaft nur hilflos zusehen konnte, wie ihr Schiff nach Backbord schwenkte und mit einem anderen zusammenstieß.

Das Überraschungsmoment, das zunächst auf der Seite der Selkies gewesen war, ging leider schnell verloren, denn nun stellten sich auf den umliegenden Booten Bogenschützen und Harpunenwerfer entlang der Reling auf. Nur knapp neben Torvis' Kopf schlugen mehrere Geschosse ins Wasser ein. Sie tauchte ein Stück tiefer und rammte das nächste Schiff von weiter unten, wo zumindest die Pfeile sie nicht erwischen konnten. Nachdem sie sich davon überzeugt hatte, dass ihre Brüder und Schwestern dieselbe Strategie verfolgten und dadurch kaum noch tödlich verwundet wurden, gab sie dem Drängen ihres Herzens nach und setzte sich von der Gruppe ab. Sie musste wenigstens einen kurzen Blick auf die Druiden am Strand werfen. Erst wenn sie wusste, dass Mylo in Sicherheit war, konnte sie an der Seite ihrer Familie weiterkämpfen.

Doch als sie im Schatten eines intakten Bugs den Kopf aus dem Wasser hob, blieb ihr vor Schreck beinahe das Herz stehen: Dort an der Küste hatten sich die Druiden mit ihrer Handvoll Licht- und Schattenwesen zusammengedrängt. Zahlreiche von ihnen lagen bereits reglos am Boden, während immer mehr christliche Krieger von ihren Schiffen sprangen und sich um einen Mann scharten, der ihr König sein musste. Dieser stand, geschützt von einem weißen Druiden, in direkter Nähe der Inselbewohner und richtete einen Zeigefinger auf eine Gestalt am Boden. Es war Mylo.

Um ein Haar hätte Torvis so laut geschrien, dass sie die Aufmerksamkeit der Männer auf dem Schiff über ihr auf sich gezogen hätte. Doch noch ehe der König dazu kam, einen Befehl zu geben, geschahen zwei Dinge gleichzeitig: Drostan, weithin erkennbar an seinem weißblonden Haar, schleuderte einen schwarzen Blitz auf den Druiden, der den König begleitete. Und aus dem Kreis der Schattenwesen sprang, geschmeidig wie eine Katze, der Beithir hervor. Mit seinen sechs Beinen landete er zunächst auf einem kleinen Felsbrocken, stieß sich aber sofort wieder ab und flog auf den König zu. Seine Nackenplatten sträubten sich, sein Maul öffnete sich, und die beiden langen Giftzähne kamen zum Vorschein.

Im selben Moment ließ der verräterische Geal von Drostan ab und schnitt mit seinem Lichtstrahl den Beithir in der Mitte entzwei. Zuckend gingen beide Körperteile zu Boden.

Das ist das Ende, dachte Torvis verbittert. *Wir haben unser Vertrauen in eine Frau gesetzt, die wohl doch nur eine Fischerstochter ist.*

Einen Herzschlag lang starrten alle Beteiligten auf das gefällte Schattenwesen. Dann zogen die Christen gleichzeitig ihre Schwerter, und Drostan richtete seinen Zauberstab auf den Boden. Ein Spalt klaffte auf, der um ein Haar den König verschluckt hätte, wäre dieser nicht rechtzeitig von seinen Männern zurückgezogen worden.

Dieser Zauber schien den Dorcha die letzte Kraft gekostet zu haben, denn der Stab entglitt seinen Händen. Schwankend fiel er auf die Knie.

Der König hob eine Hand, und ein Bogenschütze trat hervor. Ein Pfeil wurde eingenockt, eine Sehne gespannt.

In dem Moment schaffte Mylo es, auf die Beine zu kommen.

Lauf! Rette dich, denn an diesem Strand lauert nur der Tod!, wünschte Torvis sich. Aber mittlerweile kannte sie den jungen Druiden gut genug, um zu wissen, dass dies nicht sein Weg war. Tiefe Zuneigung für seine verletzte und doch so tapfere Seele überkam sie. Zu viele Dinge hatte sie ihm nie gesagt, und nun würden sie auf ewig unausgesprochen bleiben. Ein schmerzhaftes Schluchzen arbeitete sich in ihrer Kehle nach oben.

Wind kam auf. Er pflückte Mylos Worte von seinen Lippen und trug sie über den Strand und aufs Meer hinaus an jedes Ohr. »Haltet ein!« Er reckte den Zeigefinger seiner rechten Hand gen Süden. »Seht!«

Die ungefilterte Lautstärke, mit der seine Stimme durch die Bucht scholl, brachte auch die Kampfhandlungen auf See zum Erliegen. Alle – Christen, Druiden, Licht- und Schattenwesen – wandten ihre Blicke nach links und entdeckten zwei Gestalten, die dort am Rande eines schmalen Priels standen. Eine davon war dürr und buckelig, die andere klein, mit lockigem dunklem Haar und braunem Gewand.

Broc!

Er hielt irgendetwas in der Hand. Womöglich eine Decke oder ein Fell.

»Wir haben Euren Umhang, König Aidan!«, scholl Mylos Stimme über den Strand. »Zieht Euch sofort zurück, oder ich händige ihn der Banshee aus, damit sie Euer Totenhemd wäscht!«

Jetzt erkannte Torvis den gebeugten Körper der runzeligen Hexe. Begierig streckte diese ihre Hände nach dem flatternden Umhang aus. Wo auch immer Broc das Kleidungsstück gefunden hatte – wie so meist hatte niemand ihn bei seinem Diebstahl bemerkt.

Torvis' aufkeimende Hoffnung schwand, als der König der Christen zu einer Antwort ansetzte.

»Gebt meinen Mantel, wem Ihr wollt. Ist er verloren, so berge ich mich unter dem schützenden Baldachin der Heiligen Jungfrau, deren Macht größer ist als Euer Heidenzauber.«

Dennoch gab er keinen Befehl, den Angriff fortzusetzen.

Angespannte Stille senkte sich über die Küste, und Torvis begriff: Aidan zweifelte.

NEBEL

»Ich kann deine Gedanken nicht lesen. Niemand kann das. Druiden sind auf die Visionen angewiesen, die ihnen von den Göttern gesandt werden«, widersprach Fiona. Verzweiflung kroch in ihr empor. Was auch immer gerade an den Küsten der Sterninsel passierte – sie spürte instinktiv, dass die Zeit drängte.

Gair ergriff ihre Hände und legte sie an seine Stirn. »Dann bitte um eine Vision!«

»Ich weiß nicht, wie!«

»Hat dir denn niemand etwas darüber gesagt? Dein Bruder vielleicht?«

Sie drängte das hysterische Schluchzen zurück, das in ihrer Kehle emporsteigen wollte. »Einmal hat er erzählt, dass die Geals sich in stundenlange Einkehr begeben. Dadurch finden sie neue Energie, und manch einer erhascht einen Blick auf die Zukunft.«

»Dann tu das!«

»Aber wir haben keine Stunde mehr. Wir …«

Er küsste sie. Diesmal war die Berührung seiner Lippen anders als zuvor. Weder Gier noch Besitzanspruch standen dahinter, sondern eine tiefe, reine Form von Zuversicht. Wie ein Knoten, der sich ganz von selbst in die perfekte Fasson schloss, ein Versprechen, dass alles gut werden würde – irgendwie und irgendwo. Fiona spürte, wie dieser Kuss ihren Herzschlag beruhigte und die Verbissenheit aus ihrem Kopf verdrängte. Mit einem Mal war die Zeitnot verflogen, der Druck, die Hoffnungslosigkeit. Ruhe breitete sich in ihrem Inneren aus. Sollte sie sterben, dann jetzt. Sollte sie neu geboren werden, dann auf diese Weise.

Sie schloss die Augen und atmete tief ein. Die Luft schmeckte feucht, nach einer fremden Umgebung. Zitternd löste sie sich von Gair und sah sich um. Sie saßen nicht mehr auf der Lichtung vor dem Brunnen, sondern auf einer Wiese am Rande eines Sees mit hohem Wellengang. Erst glaubte sie, es hätte geschneit, doch dann erkannte sie, dass die weiße Pracht um sie herum von unzähligen Blütenblättern herrührte.

»Das ist der Apfelhain, von dem ich gesprochen habe«, flüsterte Gair. Sein Atem kitzelte an ihrem Ohr. Er deutete auf eine Ansammlung von Bäumen im Nebel hinter ihnen.

Langsam, voller Furcht, die Vision könnte wieder schwinden, erhoben sie sich beide. Fiona ließ den Blick über das aufgepeitschte Wasser vor ihnen schweifen. Obgleich es völlig windstill war, bauschten sich die Wellen wie im Sturm. Eine steinerne Furt war in das Ufer gehauen, davor stand eine Feuerschale, die jedoch erloschen war.

»Wir sind in Avalon«, sagte Fiona ehrfürchtig. »Aber es liegt immer noch Nebel über dem See.«

»Vielleicht kannst du ihn nur von dieser Seite aus teilen. Deshalb musste ich dich hierherbringen. Versuch es!«

Fiona wusste nicht, ob er damit richtiglag, doch die Intensität, mit der ihr Herz nun schlug, machte ihr klar, wie nahe sie ihrem Ziel gekommen waren. Sie trat an das Wasser und rief das Element in ihrem Inneren an. Jetzt, da sie die tobenden Fluten vor Augen hatte, war ihr völlig klar, was sie tun musste. Denn sie spürte, wie es um den See bestellt war.

Wasser! Da ist kein Schiff, das du in die Tiefe ziehen musst, kein

Feind, den es zu zermalmen gilt. Leg dich schlafen, ich wache über dich.

Die Wellen ließen erkennbar nach.

Fiona richtete ihr inneres Augenmerk auf die Erde.

Ihr Geister des Untergrunds, ihr Steine und Klumpen, ihr Schlingpflanzen und Algen, haltet für einen Moment inne, denn ich bitte euch darum!

Sie hatte den Gedanken kaum zu Ende gedacht, da wurde der See endgültig ruhig. Einem blauen Spiegel gleich lag er da, aber immer noch von dichtem Nebel überzogen, so dass man nur wenige Schritt weit sehen konnte.

Fiona ahnte, dass die stille Feuerschale zu einem bestimmten Zweck am Ufer aufgestellt worden war. Sie trat neben das eiserne Konstrukt und hielt ihre Handflächen darüber. Tief in sich fühlte sie das Lodern jener Macht, die ihre Mutter an sie übergeben hatte.

Feuer Avalons, Flamme des blauen Sees, komm zurück und öffne das Tor zwischen den Welten!

Es war seltsam: So viele einfache Dinge hatten Fiona in ihrem Leben unendliche Kraft abverlangt. Aber die größte aller Herausforderungen stellte sich nun, da sie sich zur rechten Zeit mit den richtigen Gedanken am passenden Ort befand, als ganz leicht heraus. Wie aus dem Nichts entstand eine blaue Flamme in der Feuerschale. Sie brannte ohne jegliches Brennmaterial.

»Du hast es geschafft«, wisperte Gair neben ihr.

»Noch nicht ganz«, antwortete Fiona. Doch nun zweifelte sie nicht mehr. Stattdessen breitete sie die Arme aus, als wolle sie einen Keil in den See schlagen.

Wind, teile den Nebel!

Eine sachte Böe fegte über sie hinweg und trieb den weißen Dunst vom stillen Wasserspiegel. Schritt um Schritt wich er zurück, bis sie sehen konnten, was am anderen Ufer geschah: Dort standen Mylo und Drostan mit ihrer Armee, ihnen gegenüber der christliche König mit seinen Mannen. Obgleich augenblicklich kein Kampf zwischen ihnen tobte, war die Küste doch von leblosen Körpern übersät und das Meer rot vom Blut der Wasserwesen. Vor Kummer krampfte sich Fionas Herz zusammen.

In diesem Moment erhob der König seine Stimme. »Tapfere Krieger Dalriadas! Wir sind nicht gekommen, um uns von heidnischem Zauberwerk aufhalten zu lassen. Die Kraft der Druiden ist erschöpft, ihre Götter sind tot. Möge Jesus Christus mich und euch am Leben halten, wenn es ihm gefällt.«

Die Sicht zwischen ihnen war nun so klar, dass Fiona beinahe das Gefühl hatte, direkt neben Mylo zu stehen. Sie fachte den Sturm noch weiter an, bis eine Böe sein Haar zum Flattern brachte. Da wandte er sich zu ihr um und sah ihr in die Augen.

»Fiona«, flüsterte er. »Du hast es geschafft!«

Im selben Moment entriss der Wind ihr sein Bild.

Unbedeutend

Mylo hatte immer geglaubt, die Magie Avalons wäre eine stille Macht, die sich leise in die Herzen der Druiden schlich. Doch in dem Moment, als sie ihn zum ersten Mal ergriff, fühlte es sich an, als hätte ein Wirbelsturm ihn erfasst, gewaltsam auseinandergerissen und neu zusammengesetzt. Ihm war, als atme er eine völlig neue Luft, als schlage sein Herz im Rhythmus des Ozeans. Spürte er in sich hinein, so hörte er das Grollen eines Vulkans, richtete er den Blick nach außen, so glaubte er, mit dem Boden unter seinen Füßen verwachsen zu sein. Mit einem Mal war Aidan nur noch ein unbedeutender Mann und seine Armee nichts weiter als eine Herde Schafe.

»Fiona … du hast es geschafft«, flüsterte er.

Aufgeregtes Raunen ging durch die Reihe der Geals und Dorchas.

Genau wie alle anderen Druiden merkte auch Faing den überwältigenden Zufluss magischer Energie, der plötzlich von ihm Besitz ergriff. Hastig packte er den König am Arm und flüsterte etwas in sein Ohr. Aidan wurde bleich. Er sah zwischen den Druiden und dem Brownie, der immer noch seinen ausgebreiteten Mantel schwang, hin und her. Seine Unterlippe zitterte.

Gib den Befehl zum Abrücken, und niemand muss mehr sterben!, wünschte Mylo sich.

Drostan hingegen sprach es aus: »Diene deinem Herrn, indem du ihm einen Tempel baust, nicht, indem du Leben nimmst.«

»Herr …«, murmelte Faing leise, aber beschwörend. »Erinnert Ihr Euch an diese Insel im Nordosten? Lindisfarne. Ihr wolltet dort ein Kloster gründen.«

»Ja, aber erst, nachdem ich hier fertig bin.« Aidan knurrte wie ein Tier.

»Der Norden liegt bereits in christlicher Hand. Diese Insel … Sie ist unbedeutend.«

»Vielleicht ist sie das«, presste der König hervor. »Wenn ich meinen Umhang zurückbekomme.«

Er knirschte mit den Zähnen. Bedachte die Druiden und Monster ringsum mit einem flammenden Blick. Schlug ein Kreuzzeichen.

Dann drehte er sich um und ging zurück zu seinem Schiff.

Beim Anblick seines Rückens, der sich mit jedem Schritt weiter entfernte, wusste Mylo, dass dieser Sonnenaufgang nicht sein letzter gewesen war.

Die Flotte Dalriadas hatte die Segel wieder gesetzt. Aidans Schiff war das einzige, das noch am Strand lag und auf die Übergabe des geraubten Kleidungsstücks wartete.

Mylo saß allein mit Broc auf einem höhergelegenen Felsen und beobachtete das Treiben am Strand. Zahlreiche Druiden waren dort zugange, um die Verletzungen der überlebenden Licht- und Schattenwesen zu heilen. Unter ihnen befanden sich viele Selkies, doch Torvis hatte er bislang nirgendwo entdeckt.

»Wie hast du das alles geschafft?«, fragte er den Brownie. »Drostan befreit, die Banshee überredet, den Mantel gestohlen …«

Broc schmunzelte. »Glück?«

»Das allein kann es nicht gewesen sein.«

»Du hast recht.« Der Kobold drehte den königlichen Umhang auf links und gab vor, die aufgestickten Kronen zu begutachten. »Das Ding hier habe ich mir einfach vom Schiff geholt. Niemand hat mich dabei gesehen – wie immer.«

Mylo nickte. Dieser Teil der Geschichte erschloss sich am leichtesten. Alles Weitere wollte jedoch nicht so einfach aus dem Brownie heraus. Man musste sichtbar die Stirn runzeln und sehr düster gucken, um ihn zum Weiterreden zu bewegen. Doch schließlich fasste Broc sich ein Herz.

»Als die Magie deiner Mutter aus dem Brunnen über dich kam, stand ich direkt neben dir. Ich habe versucht, die Luft anzuhalten, aber es hat zu lange gedauert. Es tut mir sehr leid, wenn ich dich dadurch geschwächt habe, aber irgendwann musste ich einfach atmen.«

»Das heißt, du hast einen Teil meiner Magie eingesaugt?«

Der Brownie nickte schuldbewusst. »Ich wollte das nicht, glaub mir. Zunächst habe ich es nicht mal verstanden. Erst als die magischen Schlingen um Drostans Hals sich allein durch die Berührung meiner Finger gelöst haben, wurde es mir klar. Dann habe ich ihm die Hände aufgelegt, und er kam sofort zu sich. Im selben Moment sah ich die christliche Flotte vor meinem inneren Auge, so deutlich, als stünde ich wirklich am Meer und müsste dir beim Sterben zusehen. Du hattest wieder dein Totenhemd an, doch in meiner Vision ging ich um dich herum, und als ich endlich dein Gesicht sehen konnte, war es nicht das deinige. Stattdessen hattest du blaue Augen und eine Krone auf dem Kopf. Da ist mir klargeworden, dass es der König ist, der das Totenhemd bekommen soll.«

Mylo war zutiefst beeindruckt. Ohne den sagenhaften Kobold wäre keiner von ihnen mehr am Leben. Wenn er also schon einen Teil seiner Magie teilen musste, dann mit einem so tapferen, gutherzigen Wesen wie ihm.

»Später, als mir unser Freund Ghobwin über den Weg lief, habe ich versucht, über die Wurzeln der Bäume mit dem Loch-Monster in Kontakt zu treten … Auch das hat funktioniert«, schloss Broc seine Geschichte.

»Deshalb war es so schnell hier«, ging Mylo auf.

Der Brownie nickte.

»Aber was ist mit der Banshee? Welchen Zauber hast du angewandt, um sie zu überreden?« Er deutete auf die Hexe, die gerade damit beschäftigt war, das Wams eines toten Christenkriegers im Priel zu schrubben.

»Nun.« Broc zeigte sein bezauberndstes Lächeln. »Die ureigene Magie meiner Art: Ich habe freundlich darum gebeten. Vielleicht hatte ich einfach …«

»… Glück«, ergänzte Mylo.

»So muss es wohl gewesen sein.«

Für einen Moment schwiegen sie beide, dann legte Mylo einen Arm um den Kobold und drückte dessen Schulter. »Ich bin froh, dass du damals auf meinen Wagen geklettert bist.«

Broc gab ein beseeltes Seufzen von sich.

Wenig später war Aidans Schiff zum Ablegen bereit. Flankiert von einer Reihe Dorchas ging der König an Bord, dicht gefolgt von dem unruhig dreinblickenden Faing.

Mylo und Broc traten zu ihnen und reichten den Mantel hinauf, den Aidan wortlos entgegennahm.

»Solltet wir Eure Schiffe je wieder an unseren Küsten erblicken, werden sie als Wracks auf dem Meeresgrund enden«, verkündete Drostan mit eisigem Blick. Dann wandte er sich an Faing: »Es waren *unsere* Götter, die beschlossen haben, dich vor Jahren als ihr Gefäß zu erwählen. Denke daran, wenn du künftig vor dem Christenkreuz kniest.«

Die Antwort war nur ein unverständliches Zischen.

Sie ließen die Flut ansteigen, um das Schiff auf See zu bringen.

Lange standen sie noch alle gemeinsam am Strand und sahen der Flotte hinterher. Erst als die letzten Punkte am Horizont verschwunden waren, begriff Mylo, dass sein Abenteuer wahrhaftig zu Ende war.

Fast jedenfalls.

HOFFNUNG

Die verbotene Lichtung gab es nicht mehr, denn anstelle einer Wiese erstreckte sich dort nun ein See, umrahmt von heiligen Bäumen. Die Eiche, in der Merlin gefangen war, wurde von den Nebeln des blau schimmernden Wassers verdeckt oder war gänzlich verschwunden. Und am Ufer stand, genau wie Mylo es verfügt hatte, die steinerne Skulptur des Nuckelavees, um jedem Neuankömmling vor Augen zu führen, was einem magischen Wesen drohte, das die Pfade der Götter verließ.

Gair hatte Fiona in einem uralten Kahn hinübergerudert. Als sie auf halber Strecke zurückgeblickt hatte, war Avalon bereits wieder von grauem Dunst verschlungen gewesen.

»Waren wir wirklich dort?«, fragte Gair, nachdem er das Boot neben Nimues steinernem Bildnis an Land gezogen hatte.

»Sind wir wirklich hier?«, erwiderte sie. Viele der Geheimnisse, die ihre Mutter ihr hinterlassen hatte, würde sie noch ergründen müssen. Und doch hatte sich ein tiefes Gefühl von Ruhe in ihrem Inneren ausgebreitet. Nicht einmal der Blick in die wütende Fratze des Nuckelavees konnte ihren Herzschlag aus dem Takt bringen.

Zögerlich fasste Gair nach ihrer Hand. »Fiona … was wirst du nun tun?«

»Das weiß ich nicht«, antwortete sie wahrheitsgemäß. »Aber jetzt brennen die Feuer Avalons wieder, und die Zwischenwelt braucht eine Herrin, in deren Herz die blaue Flamme glimmt. Bald schon werden die Götter neue Priesterinnen erwählen, und vielleicht sind uns noch viele Jahre vergönnt, um über die diesseitige Sphäre zu wachen, bevor die Zeiten sich wirklich ändern und das Tor für immer geschlossen werden muss.«

»Also willst du mich verlassen?« Kummer stand in seinem Blick, gemischt mit einem kleinen Hauch von Hoffnung.

Instinktiv strich sie mit einer Hand über den perfekten Knoten an ihrer Kette. »Ich weiß nur so viel: Ich werde nicht zurück in meine Hütte gehen. Und nach Bhaile auch nicht. Einige der Licht- und Schattenwesen werden mir folgen, denn ihre Zeit auf dieser Welt neigt sich dem Ende entgegen.«

Er nickte und wartete, dass sie noch mehr sagte, aber dazu war sie im Augenblick nicht imstande. Sie musste tief in sich hineinhören – vielleicht stundenlang in Einkehr versinken wie die Geals, von denen Mylo ihr erzählt hatte –, um zu verstehen, was die Magie in ihrem Inneren ihr riet.

Schweigend machten sie sich auf den Weg zur Dämmerfeste. Fiona ging langsam, ganz auf sich konzentriert, und auch Gair schien genug mit seinen eigenen Gedanken beschäftigt zu sein, um sie nicht mit Fragen zu bedrängen. Mittlerweile musste die Schlacht an der Küste ein Ende gefunden haben, und obwohl Fiona sie nicht mehr als Vision sehen konnte, war sie zuversichtlich, dass Mylo und die anderen noch am Leben waren.

Der Wald wirkte wie ausgestorben. Kein Tier und kein Monster lief ihnen über den Weg. So erreichten sie ohne jegliche Zwischenfälle in den Nachmittagsstunden die Feste. Wie erwartet war die Anlage wieder mit Druiden bevölkert, die geschäftig hin und her rannten, um ihre Verwundeten zu versorgen, Heiltränke zu brauen und Futter für die Monster zu finden, die immer noch unter ihnen weilten. Sie alle waren so beschäftigt, dass niemand die beiden Besucher wahrnahm, die sich von der Waldseite aus durchs offen stehende Tor zu ihnen gesellten.

Fiona staunte über die Präzision, mit der jedes einzelne Gebäude errichtet worden war. Jedes Stück Holz war kerzengerade gehobelt, jeder Klumpen Lehm sauber verschmiert. Magische Zeichen zierten die Türbalken. Darüber baumelten Ketten oder Büschel aus Steinen und Federn. Und das Sonderbarste: Jedes Haus besaß einen eigenen Brunnen. An einem davon blieb sie stehen und zog den Eimer heraus, um ihren Durst zu stillen.

»Ein Brunnen für das Wasser, Federn für die Luft, Holz und Gestein für die Erde. Und in der Mitte jeder Hütte brennt eine Feuerstelle. So stehen wir ständig in Verbindung mit allen Elementen«, sagte plötzlich eine Stimme hinter ihr.

Sie drehte sich um und erkannte Drostan. Mit ernster Miene stand der Dorcha da und beobachtete jeden ihrer Handgriffe, als wolle er sie genau ergründen. Er wirkte erschöpft von den vergangenen Stunden und dennoch von Zufriedenheit erfüllt.

»Könnt Ihr Gedanken lesen?«, wollte sie wissen, was ein leichtes Zucken seiner Mundwinkel hervorrief.

»Nein, aber jeder Außenstehende, der unsere Festung betritt, stellt die gleichen Fragen. Und gerade Ihr solltet alle Antworten erhalten, denn Ihr werdet sie brauchen.«

Sie nickte. »Ich benötige Ausbildung. Viele Dinge sind mir nicht klar.«

»Wir bringen Euch alles bei, was Ihr wissen müsst, genau wie Eurem Bruder.«

»Wo ist Mylo? Ist er wohlauf?«

Drostan nickte. »Er hatte noch etwas an der Küste zu erledigen. Ein Abschied.« Bei diesen Worten huschte sein Blick zu Gair hinüber, ob nun bewusst oder unbewusst. Fiona verstand – es ging um Torvis.

»Ist es verboten, jemanden an seiner Seite zu haben?«, fragte sie geradeheraus. Immerhin hatten sich die Druiden auf der Sterninsel zu einer klosterähnlichen Männergemeinschaft zusammengefunden, genau wie die christlichen Mönche. Und Avalon war seit jeher nur von Frauen bevölkert gewesen.

»Nein. Aber unsere Art zu leben lässt nicht viel Raum für Liebe und Familie. Die meisten von uns entscheiden sich bewusst dagegen, ebenso wie die Priesterinnen der Zwischenwelt.«

»Merlin und Morgan haben es anders gehandhabt«, erklärte Fiona kühl. Sie ruckelte an der Ziehvorrichtung des Brunnens, deren Kurbel und Kette verrostet waren. »Fangen wir mit etwas Einfachem an: Ihr braucht einen Schmied.«

Es dauerte einen Moment, bis auch Gair begriff, worauf sie hinauswollte. Begierig klatschte er in die Hände. »Und wie Ihr den braucht! Dieser Zaun dort wird nicht lange halten, denn ihm fehlt es an Nägeln. Und der Gaul da drüben lahmt, weil ihm sein Hufeisen nicht passt!« Er deutete auf ein Pferd, das gerade aus dem Stall geführt wurde.

Drostan runzelte die Stirn. »Sobald Eure Ausbildung abgeschlossen ist, solltet Ihr Euch um Avalon kümmern und dann …«

»… dann sehen wir weiter«, beendete Fiona seinen Satz.

Dem Dorcha war anzusehen, dass er nicht sonderlich begeistert von ihrem Plan war, doch er nahm ihn hin. Seine Worte bestätigten diesen Eindruck. »Ohne Euch, werte Fiona, wäre keiner von uns mehr am Leben. Ihr habt die Magie zurück auf die Welt gebracht, und ich gehe fest davon aus, dass die Götter Euch den richtigen Weg weisen werden.« Demütig senkte er sein Haupt.

Sie nickte ihm zu. »Ich danke Euch.«

Mylo kam nicht zurück, weder am Nachmittag noch am Abend. Dafür traf Fiona Broc in der *Halle des Zwielichts*. Er saß allein an einem mit weißen Tüchern und Kerzenleuchtern gedeckten

Tisch, eine blütenreine Serviette um den Hals gebunden. In der Mitte stand ein tönerner Krug, der von verschiedenen Arten Honigkuchen umkränzt war. Broc griff herzhaft zu. Dabei strahlte er die Wachen und Diener an, die sich um ihn herum versammelt hatten.

Vom Platz des Großmeisters unter dem Mittelbalken des Raumes beobachtete Drostan, wie der Brownie sich schmatzend eine Köstlichkeit nach der anderen in den Mund stopfte. Das Gesicht des Dorchas war nicht zum Lächeln geschaffen, aber immerhin bildete sich eine kleine Falte an einem seiner Mundwinkel, was darauf hindeutete, dass das Schauspiel ihn erheiterte.

Fiona trat an Brocs Tafel und nickte ihm zu. »So viel Süßes, wie du nur essen kannst.«

»O ja!« Der Kobold griff nach dem zu großen Krug, führte ihn schwankend an den Mund und leerte ihn in einem Zug. Als er ihn wieder absetzte, hatte sich der Bartflaum an seiner Oberlippe weiß verfärbt. »Und so viel Milch, wie ich nur trinken kann!«

»Solange noch etwas für die Banshee übrig bleibt.«

Er kicherte, dann schnippte er mit einem Finger, woraufhin ihm ein weiterer Krug gebracht wurde.

Mittlerweile kannte Fiona die ganze Geschichte, die zur Rettung der Sterninsel geführt hatte. Es war nicht allein die Magie Avalons gewesen, die dieses Wunder bewirkt hatte, sondern auch der heldenhafte Einsatz eines einfachen Kobolds, durch den der König zum Einlenken gezwungen worden war. Wie viel Tod und Leid hatte dieser kleine Brownie den Menschen erspart, indem er zur rechten Zeit die richtige Hexe herbeigeschafft hatte.

»Hast du schon entschieden, welchem Haus du künftig Glück bringen willst?«, fragte sie Broc.

Der leckte sich den Honig von den Fingern und deutete damit in Drostans Richtung. »Er hat mir seines angeboten. Noch nehme ich weitere Vorschläge entgegen.«

»Auch Avalon wird kluge Geister brauchen, die gute Stimmung verbreiten«, bemerkte Fiona lächelnd.

»Gibt es Bienen und Kühe in der Zwischenwelt?«

»Ich nehme es an.«

»Nun …« Eine Weile schwankte die Hand des Kobolds über unterschiedlichen Honigkuchen, bevor er sich für ein besonders saftiges Exemplar entschied. »Wenn Mylo erst einmal in die Gemeinschaft der Druiden aufgenommen ist, dann wird er nicht nur seine Tätowierung, sondern zudem eine eigene Hütte bekommen.«

»Er wird dich bestimmt ebenfalls einladen, bei ihm zu wohnen.«

Ein vor Honig triefendes Kuchenstück verschwand in Brocs Mund. Kauend antwortete er: »Ich werde all eure Vorschläge gewissenhaft abwägen.« Er grinste schelmisch, bevor er den gleichen Satz hinzufügte, den Fiona erst vor kurzem zu Drostan gesagt hatte: »Dann sehen wir weiter.«

SEHNSUCHT

Die Druiden hatten ihre Magie zurück, die böse Zauberin war vernichtet, die Christen vertrieben. Und somit neigte sich auch Torvis' Rolle in dieser Geschichte dem Ende entgegen. Nun musste sie nur noch eines tun, um einen Schlussstrich unter die Sache zu ziehen und ein neues Leben anfangen zu können: Illaria ihre Haut zurückbringen.

In sich versunken kniete sie vor dem Grab und trug die obersten Erdschichten ab, um das Seehundfell an seinen ursprünglichen Platz zurückzulegen. Sie benutzte keine Schaufel, sondern grub mit bloßen Händen, um der Handlung mehr Bedeutung zu verleihen. Nachdem der Hügel gänzlich abgetragen war, legte sie die Haut feierlich darüber.

»Schwester«, flüsterte sie. »Vieles ist geschehen, seit ich behauptet habe, die Sinne der Menschen seien so stumpf wie ihre Lieder. Heute verstehe ich, was dich an Land getrieben hat.«

Seufzend beugte sie sich vor und häufte die Erde zurück auf das Grab.

»Ich wünschte, ich könnte dir erzählen, was ich hier erlebt und wen ich getroffen habe. Vielleicht waren es die Götter selbst, die mich gezwungen haben, genau dasselbe zu tun wie du: lange genug hinzusehen. Hättest du nur das Lied gehört, das mein Herz erfüllt hat. Jede Dämmerung wird nun seinen Klang haben und jeder Mond sein Gesicht.«

Sie seufzte, strich die Erde glatt und erhob sich. An ihrem Gürtel baumelte ihr eigenes Robbenfell und schlug gegen ihre Beine, als wolle es sie zwingen, endlich diesen Ort zu verlassen und sich in die tosenden Fluten des Meeres zu stürzen.

»Trotzdem ruft der Ozean nach mir. Ich werde nicht zurückkommen, denn nun ist mein Werk getan. Deine Seele wird davonziehen, um ein anderes Wesen mit deinem wundervollen Geist zu erfüllen. Hab Dank, dass ich über viele Jahre an deiner Seite sein durfte.«

Ihr kamen die Tränen. Sie schloss die offen stehende Hintertür der Hütte, denn alles in dem ärmlichen Raum war angefüllt mit Erinnerungen, die sie lieber verdrängen wollte – gerade jetzt, zu dieser Zeit zwischen Tag und Nacht, diesem Augenblick zwischen Abschied und Neubeginn.

Sie ging um die Hütte herum und blieb kurz vor der abgerissenen Wäscheleine stehen, an der Illaria immer ein Kleid für sie bereitgehängt hatte. Vor Trauer krampfte sich ihr Herz zusammen.

Tröstend und zugleich verheißungsvoll schlugen die Wellen an den Strand. Dort draußen wartete die Freiheit.

Langsam senkte sich das Zwielicht über die Bucht. Es war an der Zeit zu gehen.

Gerade wollte Torvis sich die schäbigen Menschenkleider vom Leib streifen, da hörte sie es: Flötenklang. Jenes eine einzigartige Lied, dem sie mit aller Kraft zu entfliehen suchte. Im ersten Moment hielt sie die Melodie für ein Trugbild ihres wankelmütigen Geistes, das sie von nun an zu jeder Dämmerung heimsuchen würde. Dann aber sah sie die Gestalt auf der Düne: Das dunkle Haar vom Wind verweht, den zerrissenen Umhang um die Schultern geschlungen, stand Mylo da und spielte auf seiner Flöte.

Sie hatte es ihm leichter machen wollen und sich nach dem

Ende der Schlacht zurückgezogen. Nun aber war er gekommen, um ihr den Abschied zu erschweren. Freude und Ärger flammten gleichermaßen in ihr auf, wie so oft, wenn sie ihn sah.

Sie schluckte beides hinunter, dann ging sie zu ihm hinüber.

Er nahm die Flöte von den Lippen und sah ihr entgegen.

»Warum bist du nicht zu mir gekommen, nachdem Aidan besiegt war?«, fragte er.

»Du kennst die Antwort: weil das Meer nach mir ruft.«

»Lass es noch eine Weile weiterrufen!«

Sie schüttelte den Kopf. »Du warst dein Leben lang unvollständig, Mylo. Fordere nicht von mir, dass ich mich ebenso beschneide. Sieh, was aus Connor und Illaria geworden ist.« Sie deutete auf die beiden Gräber im Hintergrund.

Er überbrückte den kurzen Abstand zwischen ihnen und trat auf Tuchfühlung an sie heran. Sein Atem strich über ihre Wange. »Ich weiß das alles, Donnerkind. Ich bin nicht hier, um dich in Fesseln zu legen. Aber bleib dennoch. Bis zur nächsten Dämmerung.«

Darauf einzugehen, wäre, wie Salzwasser auf eine frische Wunde zu gießen, es zu verweigern, wie ein Stich ins Herz.

Sie legte eine Hand an sein kratziges Kinn. »Bis zur nächsten Dämmerung«, flüsterte sie.

»Und dann sehen wir weiter«, fügte er leise hinzu.

Die Morgensonne war noch nicht aus dem Meer getaucht, doch irgendwo, weit draußen auf dem Ozean, mussten schon die ersten Lichtreflexe auf dem Wasser tanzen, denn durch die Ritzen der Hütte drang ein fahles Licht.

Mylo saß neben Torvis auf dem Bett. In seinem Blick lag Abschiedsschmerz, und auf seinen Lippen glitzerte ein Kuss. »Wenn ich das nächste Mal sieben Tränen ins Meer weinen muss, wird es mir gelingen«, flüsterte er.

»Das hast du auch beim ersten Mal schon geschafft«, korrigierte sie ihn.

»Würdest du kommen?«

Eine Weile antwortete sie nicht, sondern spürte lediglich dem Gefühl nach, das sie bei diesem Gedanken heimsuchte. »Die Vorstellung, zu dir zurückzukehren, erfüllt mich ebenso mit Lust wie mit Furcht«, verriet sie schließlich.

Er nickte schicksalsergeben.

»Aber die Vorstellung, für immer da draußen zu bleiben, tut es ebenfalls«, fügte sie hinzu.

Überrascht sah Mylo zu ihr auf.

»Vielleicht ist es möglich, die Furcht zu verkleinern und die Lust zu vergrößern«, spann sie den Gedanken weiter.

»Ich habe gehofft, dass du das sagst!«

Sie lächelte ihm zu. »Ich würde gern etwas ausprobieren.«

»Was denn?«

Sie stand auf und zog ihn mit sich.

Gemeinsam verließen sie die Hütte. Unten am Meer warf ein orangeroter Sonnenaufgang seine Farben an den Himmel. Der Wasserspiegel lag ganz still da, als halte Sea Mither in der Tiefe den Atem an. Ein Schicksalsmeer!

Torvis legte ihre Kleidung ab und trat ins Wasser. Gischt umspielte ihre Knöchel. »Wie hast du es geschafft, auf der Lichtung im Wald deine Gestalt zu wechseln?«, fragte sie Mylo.

Er stöhnte. »Das weiß ich nicht – wie so vieles andere. Drostan muss mich noch vieles lehren.«

»Was war der letzte Gedanke, den du hattest, bevor es geschah?«

Die Antwort darauf fiel ihm offensichtlich leichter, denn sie kam ohne Zögern: »Ich habe an etwas gedacht, das meine Mutter mir sagte, als sie mir meine Magie zurückgab: *Du kannst alles sein, was du willst.*«

Torvis lächelte. »Nun denn, Mylo Graukutte: Denke noch einmal das Gleiche!«

Damit stürzte sie sich ins Wasser und schwamm davon.

Sie ließ die Küste nicht sehr weit hinter sich, ehe sie sich umwandte und voller Sehnsucht zurückblickte. Dabei zählte sie jeden ihrer Herzschläge mit, eins, zwei, drei … zwanzig. Doch nichts geschah. Erst als sie die Hoffnung schon beinahe aufgegeben hatte, vernahm sie ein dumpfes Platschen vom Strand her. Tausende von Luftbläschen stiegen im Wasser vor ihr auf, dann schnellte eine graue Robbe ohne jegliche Sprenkel im Fell hindurch, streifte sie spielerisch mit einer Flosse und nahm Kurs aufs offene Meer hinaus. Torvis hetzte hinterher. Schon nach kurzer Zeit hatte sie den Abstand zwischen ihnen verringert, schwamm neben den Selkie, der keiner war, und fing seinen Blick auf. Menschenworte waren nicht nötig, um zu verstehen, was Mylo ihr in diesem Moment sagte: »Bis zur nächsten Dämmerung!«

»Und dann sehen wir weiter!«, antwortete sie ihm in Gedanken.

ENDE

KLEINES LEXIKON DER KELTISCHEN MONSTER

Banshee: sprich *Bän-schi.* Sie wäscht die Kleider der Sterbenden. Man trifft sie daher häufig an Ufern von Flüssen und Seen an. Ihr lautes Weinen und Klagen kann Menschen in den Wahnsinn treiben. Die schottische Banshee hat Hängebrüste, hervorstehende Zähne und nur ein Nasenloch.

Baobhan-Sith: sprich *Baa-van sieh.* Eine verführerische Vampirin, die es vor allem auf hübsche junge Männer abgesehen hat. Sie ist meist grün gekleidet und hält sich vorwiegend im Wald auf.

Beithir: sprich *Bei-der.* Große, schlangenhafte Kreatur. Er lebt in hügeligen und bergischen Landschaften und hat einen Giftstachel. Sticht er damit einen Menschen, so findet dieser nur dann Heilung, wenn er das nächste Gewässer schneller erreicht als der Beithir.

Black Annis: Eine alte Hexe mit blauem Gesicht und schrecklichen Klauen. Sie liebt Menschenfleisch, vor allem das von Kindern. Sie lebt in einer Wohnhöhle in einer alten Eiche, vor der sie die Häute ihrer Opfer trocknet.

Brollachan: sprich *Brolla-ken.* Dieser gestaltlose Dämon befällt andere Wesen und nimmt deren Gestalt an, wodurch sie innerhalb weniger Tage sterben. Hin und wieder wurde er als nebelhafte Erscheinung mit Mund und Augen erblickt. Er kann nur zwei Worte sprechen: *Ich* und *Du.*

Brownie: Ähnlich wie die deutschen Heinzelmännchen helfen Brownies heimlich im Haushalt. Dafür nehmen sie gerne Süßigkeiten oder einen Schluck Milch als Belohnung. Ihre Kleidung ist stets braun. Sie haben runzelige Gesichter und kurze, lockige Haare.

Cait Sith: sprich *Keit sieh.* Große schwarze Katze, mit einem weißen Fleck auf der Brust, die vorwiegend in den Highlands gesichtet wurde. Sie kann sehr wild werden, wenn sie sich bedroht fühlt.

Cockatrice: eine britische Unterform des Basilisken, ein Hahn mit Schlangenkörper. Sein Blick versteinert oder tötet.

Cu Sith: sprich *Ku sieh.* Ein gewaltiger Hund, der in den Highlands lebt. Sein Fell ist dunkelgrün, und er hat einen geringelten Schwanz.

Fuath: sprich *Fuad.* Bösartiger Wassergeist mit zottigem gelbem Fell und Stachelschwanz, aber ohne Nase. Sonnenlicht und kalter Stahl tötet sie.

Kelpie: Das Wasserpferd bewohnt die Gewässer des Hochlandes, taucht oft als Rappe, manchmal mit Fischschwanz auf. Kann seine Gestalt wechseln, um Menschen zu verführen.

Loch-Monster: Das bekannteste dieser Ungeheuer ist »Nessie«, das Monster von Loch Ness. Es soll ähnlich wie ein Plesiosaurier aussehen.

Nuckelavee: sprich *Nack-ela-vi.* Die gefürchtetste aller keltischen Kreaturen besteht aus dem Torso eines Mannes, festgewachsen auf dem Leib eines einäugigen Pferdes. Er hat keine Haut, seine Muskeln liegen frei, seine Adern sind gelb, sein Atem ist giftig.

Redcaps: Bösartige Gnome, die ihre Mützen im Blut ihrer Opfer baden. Ist dieses Blut vollständig getrocknet, so sterben sie.

Selkie: Im Meer sind sie Robben, an Land legen sie ihr Fell ab und sehen aus wie Menschen. Die Frauen sind unbeschreiblich schön. Um sie anzulocken, muss man sieben Tränen ins Meer weinen.

Shellycoat: Noch ein Wassergeist. Er trägt ein Muschelkleid und wird mal als besonders hübsch, mal als sehr hässlich bezeichnet. Shellycoats erschrecken Wanderer oder ziehen sie hinab ins Wasser.

Twrch Trwyth: sprich *Turch Troich.* Ein riesiger Eber, auf den König Arthur Pendragon einst Jagd machte. Zwischen seinen Ohren trägt er einen kostbaren Kamm und eine Schere.

Urisk: sprich *Ju-risk:* Er ist ein Mischwesen aus Ziege und Mensch, lebt an Seen und Bächen in den Highlands. Der Urisk ist sehr einsam und sehnt sich nach menschlichen Freunden.